Reni Weller

DAS PORTAL DER KÖNIGIN

IMPRESSUM

Das Portal der Königin

1. Auflage
© 2025 Reni Weller

Lektorat / Korrektorat: Lektorat Lynx / Christine Dreyer
Buchsatz: Covered in Colours Buchdesign / Viktoria Sabo
unter Verwendung von stock.adobe.com (julia_january,
ondo, hasan, Design thinking6), freepik.com (@pixzot)
Covergestaltung: MostlyPremade / Nadine Most
unter Verwendung von stock.adobe.com
(mirskaya, pai, julia_january, jamroenjaiman,
PETR BABKIN, RPL-Studio, 4zevar, afzal)
Illustration: Elina Tcvetkova / Instagram: elinaclevergull

Renata Weller
Wernitzgrüner Str. 52
08258 Markneukirchen
reniwellerbooks@googlemail.com

Verlag: BoD · Books on Demand GmbH, In de Tarpen 42,
22848 Norderstedt, bod@bod.de
Druck: Libri Plureos GmbH, Friedensallee 273, 22763 Hamburg

Bibliografische Information der Deutschen Nationalbibliothek:
Die Deutsche Nationalbibliothek verzeichnet diese Publikation in der
Deutschen Nationalbibliografie; detaillierte bibliografische Daten
sind im Internet über http://dnb.dnb.de abrufbar.

ISBN: 978-3-7693-2739-7

RENI WELLER

Das
PORTAL
der
KÖNIGIN

Märchenadaption

I
Königliche Sorgen

€s werden Köpfe rollen«, schrie der König und lief in schnellen Schritten durch den Thronsaal. Sein Kopf hochrot, die Nasenflügel hoben und senkten sich mit seinen Atemzügen, bis er auf seinem Thron Platz nahm und endlich Ruhe fand.

Die Soldaten schlichen tonlos aus dem Raum und versteckten sich auf den Gängen, während der Hofmeister an des Königs Seite weilte. Keiner sollte es wagen, den Monarchen zu verärgern, denn eine aus der Wut heraus entstandene Entscheidung von ihm konnte der anderen Tod bedeuten.

Für dieses Ärgernis waren allerdings seine eigenen Töchter verantwortlich.

»Ein weiteres Paar Schuhe können wir uns nicht mehr erlauben«, sprach der Herrscher zornig und stützte seinen Kopf in den Handflächen ab. Dabei rieb er sich verzweifelt die Stirn mit seinen Fingern und volvierte.

»Einige Handwerker und Schuster reden«, fügte der Hofmeister demütig flüsternd hinzu und wich vorsichtshalber einen Schritt zurück.

»Wie lange geht das schon so?«, brüllte der Kronenträger verärgert.

»Mein König. Wir werden gewiss eine Lösung finden.« Davon wollte der Monarch jedoch nichts wissen und winkte ihn mit der Hand weg.

»Lasst mich allein.« Sein treuer Butler wagte nicht, zu widersprechen.

Das Einzige, was der König wusste, war, dass er jeden Morgen die Schuhe seiner sechs Töchter aufs Neue in katastrophalem Zustand vorfand. Die Prinzessinnen trugen alle dieselbe Größe und jedes Schuhpaar wies am darauffolgenden Morgen erneut einen Mangel auf. Sie waren verschmutzt, fleckig, zerschlissen, aufgerissen, die Sohle löste sich ab oder die Nähte gingen auf. Ein skandalöser Anblick, der sich dem König bot.

Wie die Kammerzofe der kürzlich verstorbenen Königin unter Zwang berichtete, begann das Schuh-Dilemma mit dem vierzehnten Geburtstag seiner ersten Tochter Adelheid und in jedem Jahr, in dem seine anderen Erben dieses Alter erreichten, wurden es mehr. Doch die Kenntnis darüber blieb im Palast und sollte niemanden interessieren.

In wenigen Wochen wurde das jüngste Kind Fronica vierzehn Jahre alt und würde dann ebenso Unmut erregen und unzählige Schuhe ruinieren.

Der trauernde König, Waldur von Levenheim, ließ in seiner Verzweiflung und Wut die besten Schuster des Landes zu sich bringen und erwarb Materialien aus aller Welt. Aber keiner war imstande dazu, die Haltbarkeit des Schuhwerks zu verlängern. Einige davon berichteten, dass sich ihr Wissen nach der damaligen Anfrage der Königin nicht erweiterte und sie deshalb immer noch auf der Suche nach einer Lösung waren.

Er nahm aus lauter Niedergeschlagenheit den Kindern für eine Zeitlang die Fußbegleitung weg, das machte sie traurig und schweigsam.

Die Besonderheit mit den Schuhen der Töchter war dem Vater erst nach dem Tod seiner geliebten Frau aufgefallen. Er erlangte zufällig Kenntnis davon, als er sah, wie sich eine Kammerzofe eilig mit mehreren Paaren der zerschlissenen Schuhe entfernte. Die Bediensteten teilten ihm auf energischer Nachfrage mit, dass sich sonst die Königin des Schlosses um den Ersatz der unbrauchbaren Fußbekleidung kümmerte. Ihr war es zeitlebens nicht gelungen, dieses Ärgernis zu unterbinden. Stattdessen entschied sich die Mutter dazu, kein Aufheben daraus zu machen. Im Gegenteil, sie hatte den Anblick und den schäbigen Zustand der einst hübschen Schuhe am nächsten Morgen stets belächelt.

Das plötzliche Interesse des Königs brachte deshalb unnötig Unruhe in den Palast.

Die werte Königin, Magdalena von Levenheim, hatte immerfort ein dezentes, aber freundliches Lächeln auf den Lippen und sah kein Problem darin, ein paar Schuhe zu ersetzen; als hätte sie gewusst, was vonstattenging.

Was die sechs Königstöchter nachts unternahmen, verrieten sie dem Vater nicht und die Gouvernanten konnten ebenso nichts berichten. Anfangs schrieb er das Verhalten der Trauer zu, dass sie mit dem Verlust ihrer Mutter kämpften und sich deshalb einer augenscheinlich ungewöhnlichen Ablenkung hingaben. Die täglichen Kosten, die anfielen, und dass er von seiner Familie bei diesem Geheimnis ausgegrenzt wurde, waren dem König ein Dorn im Auge.

Er erfuhr, dass seine geliebte Frau selbst mehrmals den Schuster wechselte und sie stets großzügig für ihr Stillschweigen entlohnte. Ihm blieb nichts anderes übrig, als sich mit Alternativen auseinanderzusetzen.

Er hätte sich gewünscht, eher davon zu erfahren, um mit seiner Gattin darüber reden zu können. Jedoch musste er ihr zugestehen, ein Geheimnis zwischen Mutter und Töchtern zu haben.

Früher gab es regelmäßig unerquickliche Situationen mit den Prinzessinnen, die Raufereien untereinander bis hin zu materieller Zerstörung boten.

Und er hatte nie hinterfragt, wie es seiner geliebten Ehefrau gelang, dies zu verhindern.

Wie der Hofmeister ihn einen Tag zuvor unterrichtete, redete das Volk darüber. Es kursierten Gerüchte über prunkvolle Bälle, die jede Nacht veranstaltet wurden, bis zu Vermutungen der Zwangsarbeit. Niemand glaubte daran, dass König Waldur seine Töchter als Stallburschen oder Bedienstete schuften ließ. Er wollte dennoch das Gerede unterbinden und das Problem direkt am Schopfe packen.

Er vermisste seine Frau, seine Gefährtin, seine Vertraute und die liebevolle Mutter seiner Kinder. Ihr plötzliches Ableben nach einer schnell verlaufenden Krankheit hatte ihm den Boden unter den Füßen weggerissen.

Magdalena von Levenheim war würdevoll, beliebt und unantastbar. Sie herrschte über ihr Land wie keine andere und unterstützte ihren Ehegatten und König so gut sie konnte. Ratschläge, Verständnis und Mitsprache auf Augenhöhe.

Sie vertrat den Herrscher in der Form der Regentschaft, Beratung und Vermittlung. Sie war, untypisch für die adeligen Gepflogenheiten, Teilhaberin der königlichen Macht. Sie fungierte zur Legitimation und Repräsentation der Kultur des Landes.

Und doch war sie nicht gleichgestellt.

Die Liebe der beiden war echt und greifbar. Die Ehe war zu keiner Zeit ein Arrangement oder eine eingefädelte Allianz und vor allem keine Qual. Nach außen herrschten sie streng und machtvoll, hinter verschlossenen Türen jedoch lief es sozial und liebevoll ab.

Der Rang der Monarchen stand für das Verhältnis zwischen König und Adel, aber für das Monarchenpaar ging es um das Verhältnis zwischen Schloss und Volk.

Während in vielen Herrschaftsgebieten das Volk zerstreut und abgesondert lebte, wurde es hier von dem Königspaar gestärkt. Somit schützten die Anwohner ihre Monarchie in beiden Ländern bis vor die Tore des Palastes und hatten keinen Grund zu rebellieren. Wer sich an die Gesetze hielt, hatte nichts zu befürchten.

Für die Regentschaft des Reiches hatte der König Berater, Barone und Grafen um sich. Auch sein Hofmeister stand ihm seit seiner Krönung zur Seite. Er hatte dem Herrscher sein Leben zu verdanken, hütete er mit ihm ein altes Geheimnis. Eine falsche Entscheidung, die ihn fast den Kopf gekostet hätte, wäre Waldur nicht eingeschritten. Aus Dank verpflichtete er sich ihm bis zum Tod.

Die Erziehung der Töchter lag immer in weiblicher und zärtlicher Hand. Der König nahm sich allerdings nach dem Ableben seiner Frau vor, sich einen Teil der mütterlichen Pflichten anzunehmen. Denn der weitere Weg der Prinzessinnen würde sich zeitnah entscheiden. Er war für sie verantwortlich, und die neue Königin wurde bald gekrönt.

Die Kammerzofen übernahmen die täglichen Aufgaben des Ankleidens und der Reinigung, und die schlosseigenen Lehrmeister und Gouvernanten unterrichteten. Die Monarchen hatten einen hohen Bildungsanspruch und sorgten mit einer prall gefüllten Bibliothek für eine wissensreiche Grundlage.

Sie strebten bei der Erziehung das Erlangen von Selbstständigkeit, Pflichtbewusstsein, Wortgewandtheit und eine legitime politische Position an. Die Prinzessinnen sollten von ihrem zukünftigen Ehegatten als Mitregentinnen angesehen werden und dem Weg der Mutter folgen.

Ein Wunsch, der früher leicht über die Lippen ging, doch für die Älteste der Schwestern zur Realität werden sollte. Sie wurde in wenigen Wochen volljährig und nach ihrem achtzehnten Geburtstag zur neuen Herrscherin gekrönt.

Königin Adelheid von Levenheim.

Ein prägendes Ereignis für das ganze Schloss und eine Veränderung für alle Familienmitglieder.

Während der Verlust wie eine graue Nebelwolke bedrückend durch die Gänge zog, liefen die Vorbereitungen für die Krönung. Es sollte ein großes Fest stattfinden. Das ganze Reich würde feiern und den Weg zu den Toren des Schlosses auf sich nehmen. Der höchste Adel, Monarchen aus den angrenzenden Ländern, heiratsfähige Prinzen aus einflussreichen Königsfamilien würden den Feierlichkeiten beiwohnen.

II
Die Familie von Levenheim

Prinzessin Adelheid war die älteste der sechs Prinzessinnen des Königreiches von Levenheim. Von ihr erwarteten der Hof und König Waldur, dass sie in die Fußstapfen ihrer Mutter und Königin trat. Es war eine auferlegte Pflicht des Thrones, um die Regentschaft und die weiteren Thronerben von königlichem Blut zu gewährleisten.

Die Siebzehnjährige lebte mit der Last dieser Verantwortung, doch ein Funken Hoffnung begleitete sie. Der Antritt zur Krone und das Besteigen eines Thrones bedeutete, eine eigene Familie zu gründen und dafür einen Mann von hohem Stand und königlicher Abstammung zu heiraten.

Ihre Vorbilder schienen stets glücklich zu sein, eingebettet in eine wohlhabende, aber soziale Gemeinschaft – etwas, das sie sich ebenfalls wünschte. Und sollte sie das Pech verfolgen, so erhoffte sie sich möglichst viel Desinteresse von ihrem Ehegatten, um ihren Freiraum zu erhalten. Dennoch hatte sie bei der

Wahl ihres Gemahls keinerlei Mitspracherecht. Ihr Vater, der König, würde die Vermählung als politisches Werkzeug nutzen, um eine Allianz zu schmieden, die beiden Königreichen Vorteile brachte – idealerweise eine Steigerung von Wohlstand und Sicherheit. Solch ein Bündnis sollte die Landesgrenzen festigen und die Macht der Monarchen stärken.

Adelheid wusste, was von ihr erwartet wurde. Ihr ganzes Leben wurde sie auf diese Aufgabe vorbereitet, und die meiste Zeit ihres Prinzessinnendaseins, ging es um nichts anderes. Dennoch fühlte sie sich dem nicht gewachsen.

Die Geschwister wurden vom Hof genauso darauf trainiert, in der Öffentlichkeit ein Ebenbild der verstorbenen Königin zu sein und sie in allem zu vertreten. Eine Rolle, die bis ins kleinste Detail einstudiert, verinnerlicht und vorgelebt wurde.

Adelheid würde in wenigen Wochen volljährig werden und auf Grund des plötzlichen Ablebens der Königin musste sie sich mit dem Verlust ihrer Mutter, der Heirat mit einem fremden, strengen und hochwohlgeborenen Mann und dem Abschied vom Familienanwesen beschäftigen. Dabei waren ihre Schwestern alles, an was sie derzeit denken konnte.

Bei ihren Geschwistern fühlte sie sich am wohlsten.

Sie verstanden, was es hieß, eine Prinzessin zu sein. Wie es sich anfühlte, in einem goldenen Käfig eingesperrt zu sein und in einem Leben festzustecken, welches aus Etikette und Regeln bestand. Ein Leben, in dem jeder Schritt, jedes Wort und jeder Blick festen Vorschriften zu folgen hatte und es keine eigene Meinung gab. Entmündigt und nur zu einem bestimmten Zweck geboren.

Die Bürde einer Thronfolgerin.

Adelheid war immer für die Jüngeren da und würde es bleiben.

Ihr Vater würde ihr dennoch nicht gestatten, nach der Vermählung im Palast zu wohnen. Sie würde unmittelbar nach den Feierlichkeiten in ein eigenes prächtiges Schloss ziehen – begleitet von einer privaten Dienerschaft, aber getrennt von ihrer Familie. Auf sich allein gestellt und einsam.

Diesen neuen Lebensabschnitt würde sie in einem fremden Land beginnen. Das bedeutete ebenfalls den Verlust ihres Portals – das wertvollste Geschenk der Königin an ihre Töchter. Das größte Geheimnis, das die Mädchen mit ihrer Mutter hüteten. Nur acht Personen wussten davon: die sechs Schwestern – Adelheid, die Zwillinge Begonia und Carissima, Dorethin, Elsbeth, Fronica – sowie die Königin und der Spiegelmeister. An oberster Stelle stand die Geheimhaltung der Portale und selbst der König war nicht eingeweiht.

Das Verhalten der jungen Damen missfiel ihrem Vater, der um jeden Preis verhindern wollte, dass schlecht über sie gesprochen wurde. Er begann Nachforschungen anzustellen, um das Mysterium der Schuhe zu lüften.

Anfangs wandte er sich an die Bediensteten und fragte sie aus. Diese wagten es nicht, ihrem König die Wahrheit zu verschweigen, doch ihre Berichte blieben vage: Die Schuhe der Prinzessinnen waren jeden Morgen beschädigt oder verschmutzt – außer die der jüngsten Tochter. Neuerdings blieb auch ein zweites Paar unversehrt, aber zu wem es gehörte, konnten die Diener nicht sagen.

Diese Erkenntnis half dem Monarchen nicht weiter, deshalb beschloss er, es als liebevoller Vater zu versuchen. Er erklärte seinen Töchtern die Situation, in der er sich befand. Welche finanzielle Belastung die Herstellung neuer Schuhe oder die Reparatur und Reinigung verursachten und was die Stadt am Fuße des Berges redete. Dass sie sich mit ihrem rüpelhaften Benehmen zum Gespött des Hofes machten und sie ihre Authentizität verloren. Er bat sie inständig, darüber nachzudenken, sich ihrer Verantwortung bewusst zu werden und ihm keine Sorgen zu bereiten. Doch die Mädchen schwiegen beharrlich.

Nach dem vertrauten Gespräch nahm er seine Töchter in den Arm und fühlte Trost. Sie erinnerten ihn täglich an ihre verstorbene Mutter, besonders die Älteste, was ihm jedes Mal einen Stich ins Herz versetzte.

Gefühle in der Öffentlichkeit zu zeigen, war den Mädchen genauso untersagt wie Männern. Solche Dialoge fanden nur im engsten Kreis statt, fern von Zeugen, und nur in Fällen dringender Notwendigkeit.

Da weder das Gespräch, noch der Appell an die Vernunft seiner Töchter Früchte trug, griff der König in seiner Verzweiflung zu strengeren Maßnahmen: Er wies den Hofmeister an, zwei Soldaten vor das Zimmer der Prinzessinnen zu postieren und die Kleidergehilfin anzuweisen, das Ankleidezimmer sorgfältig abzuschließen. Danach widmete er sich seinen königlichen Pflichten und vertraute darauf, dass dieses Vorgehen von Erfolg gekrönt sein würde.

Einige Tage später, beim Frühstück, ließ der König eine ungewöhnliche Lektion erteilen.

Er hatte seine Mahlzeit bereits zu sich genommen und beobachtete interessiert seine Töchter, als die Diener die Teller der Prinzessinnen enthüllten. Anstelle wohlduftender Köstlichkeiten lagen darauf abgetragene, schmutzige Schuhe.

Der König musterte ihre Gesichter, doch keines zeigte eine Reaktion. Wie die eingeschworene Einheit, die die Mädchen waren, schwiegen sie und weigerten sich, Licht ins Dunkel zu bringen. Verärgert verließ er den Saal mit den Worten:

»Nun denn, lasst es euch schmecken.«

Es dauerte eine volle Minute, bis die zweitjüngste, Elsbeth, sich traute zu sprechen.

»Mir gefällt es nicht, Vater so erbost zu sehen.«

Sie sah, wie einige der Mädchen nickten.

»Es wäre ein Leichtes, dieses Problem zu beheben«, erinnerte Fronica ihre Schwestern daran, dass sie selbst schuld am Aussehen ihrer Schuhe waren.

»Du hast gut reden«, flöteten die Zwillinge Begonia und Carissima zeitgleich und schauten die Jüngste ermahnend an.

»Lasst sie in Ruhe«, mischte sich Elsbeth erneut ein. »Ihr seid alle dafür verantwortlich«, erinnerte das kleine, schüchterne Mädchen die Älteren daran.

Fronica war die Einzige, die kein Portal besaß, und somit waren ihre Schuhe stets sauber geblieben. Sie konnte die brenzlige Lage der Schwestern und die Bedeutung eines Portals nicht verstehen.

»Ihr könnt den Tisch abräumen«, wies die zukünftige Königin den Diener an und lächelte ihm freundlich zu. Sie bereitete damit den Diskussionen ein Ende und es war ihr sichtlich unangenehm, vor den Bediensteten eine derartige Rüge von ihrem Vater zu erhalten. Dabei gehörte eines der beiden sauberen Paar Schuhe ihr, das änderte jedoch nichts daran.

»Wir werden heute ohne Frühstück auskommen müssen«, erklärte die Älteste und ließ keinen Widerspruch zu. »Möchte mich jemand auf einen Spaziergang in den Garten begleiten?«

Die Jüngste stand bereits neben ihr. Die anderen verließen mürrisch den Speisesaal und liefen in die oberste Etage, um zu lesen oder ihren Unterricht zu absolvieren.

Das Schloss hatte hauseigene Lehrer und sittenstrenge Gouvernanten, die die Prinzessinnen unterrichteten. Somit hatte jede ihren eigenen Stundenplan und musste Unterrichtsfächer wie Zeichnen, Lesen, Schreiben, Etikette, Geschichte, Botanik und

Klavier spielen wahrnehmen. Für die Älteren kamen Stunden der Gesellschaftswissenschaften und Philosophie hinzu.

Das Anwenden von Rhetorik, Arithmetik, Geometrie und Astrologie war offiziell den Männern vorbehalten. Sehr abwechslungsreich war das nicht.

Die Mädchen durften das Schloss nur für einen Spaziergang in den großangelegten Park, den gesicherten Waldbereich oder für eine formelle, gesellschaftliche Einladung verlassen. Abseits des einsamen Bergpalastes hatten sie keine Freunde – zumindest nicht in dieser Realität.

Die Portale waren ihr Weg in eine andere Welt, ein Hauch von Freiheit in einem Leben, das von Pflichten und Erwartungen geprägt war.

Ihre Mutter, Königin Magdalena, hatte stets versucht, ihren Kindern trotz der starren Regeln ein wenig Eigenständigkeit zu ermöglichen. Vielleicht hatten die Portale genau diesen Zweck erfüllt – ein Erbe, das sie von ihrer Mutter mit auf den Weg bekamen, um in einer Welt voller Einschränkungen dennoch ihre eigene Geschichte zu schreiben.

III
Das Geheimnis der Königin

Magdalena war eine angesehene und mächtige Königin, die das große Glück hatte, ihren zukünftigen Ehemann als Achtzehnjährige bereits zu kennen.

Prinz Waldur und Prinzessin Magdalena wurden auf einem gesellschaftlichen Ball, zwei Jahre vor ihrer Trauung, miteinander bekannt gemacht und einander versprochen. Einigungen wie diese eingeleitete Verlobung waren von höchster Bedeutung und sicherten eine königliche Blutlinie und den Fortbestand von Macht und Ansehen.

Es war üblich, dass das persönliche Einvernehmen der zukünftigen Eheleute dabei keine Rolle spielte. Emotionale Aspekte rückten in den Hintergrund; die Heiratspolitik diente allein der finanziellen Stabilität, dem Einfluss und dem Wohlstand.

Das Bündnis von Magdalena und Waldur vereinte zwei Länder unter einem Wappen, obwohl beide ihre Eigenständigkeit bewahrten. Magdalena stammte aus Dänemark, Waldur aus

Norwegen. Gemeinsam regierte das Paar beide Regionen und hielt zum Wohle des Volkes Grenzen und Sprachen aufrecht. Nach ihrer Hochzeit im Jahr 1835 schmiedeten sie ein privates Bündnis und lenkten fortan ihr gemeinsames Imperium. Sie förderten die Landwirtschaft und den Handel und brachten Fortschritt in die Infrastruktur des gebirgigen Landes. Kein Bewohner musste Hunger leiden oder auswandern.

Das Königspaar bewährte sich rasch als weise und gütige Herrscher, obwohl sie ein abgeschirmtes Leben im Wohlstand führten. Mit ihrer beeindruckenden Armee und den fähigsten Anführern war das Königreich bestens auf mögliche Konflikte vorbereitet.

Die Königin engagierte sich für Krankenhäuser und Kinderheime und hatte trotz der Krone auf ihrem Haupt ihr soziales Wesen nie verloren. Sie war tugendhaft, würdevoll und unantastbar. Dennoch sorgte sie anfangs in ihren eigenen Reihen für großes Aufsehen.

Sie mied Bälle, Hochzeiten und Amtseinführungen anderer Adeliger und lehnte jede Einladung für die Oper ab. Sie hatte keine blaublütigen Freunde und wenig Interesse an Aristokratie. Sie wollte von dem weltweiten Klatsch und Tratsch nichts wissen, deshalb nahm der König verpflichtende Reisen ohne sie auf sich. Selbst die Tanzabende in ihrem prunkvollen Kristallsaal betrat und verließ sie, als wäre sie nur ein Gast. Sie blieb für sich und war gerne allein.

Der große Garten und Schlosspark entstand auf ihren Wunsch hin und wuchs über die Jahre zu einem prachtvollen botanischen Schmuckstück heran. Sie liebte das Gärtnern und war gern in der Natur. So war es nicht verwunderlich, dass die Prinzessinnen viel Zeit an der frischen Luft verbrachten und die Lehre der Pflanzenwelt verstanden.

Von ihrem großen Geheimnis erzählte die Königin niemandem etwas. Keiner Menschenseele. Selbst ihrem geliebten Ehegatten und den Kindern nicht.

Es gab eine Wende in ihrem Leben, die sie fast zur Aufgabe zwang, denn die Königin wurde die ersten Jahre der Ehe einfach nicht schwanger.

Ihre Mutter, die damals noch lebte, versorgte sie mit Tränken, Heilkräutern und Diätplänen und arrangierte regelmäßig geheime Arztbesuche. Nichts schien zu helfen.

Nach dem Tod ihrer geliebten Mutter vergingen Monate der Trauer und die bösen Zungen wurden immer lauter. Sie versteckte sich in ihren eigenen vier Wänden, besorgt, einsam und ohne Freunde.

Die Pflicht einer Königin war es, Thronfolger zu gebären, um den Fortbestand der Blutlinie zu sichern, doch es sollte nicht sein. Ihr Ehegatte machte keinen Druck; seine Liebe war bedingungslos. Aber sie selbst empfand sich als nutzlos und unwürdig.

Eines Abends, von Verzweiflung getrieben, fuhr Magdalena heimlich in ein nahegelegenes Dorf.

Sie belauschte zuvor ihre Kammerzofen dabei, wie sie über einen sogenannten Spiegelmeister redeten, dem hinter vorgehaltener Hand Hexerei vorgeworfen wurde. Er wurde bezichtigt, Krankheiten zu verbreiten und den Thron an sich reißen zu wollen. Sie sprachen davon, dass er alle Menschen vernichten wolle und die Hexen die Herrschaft der Welt übernehmen würden. Die Bediensteten vermuteten deshalb einen Fluch, der auf der Königin lastet, oder eine alte Bürde der Familie, die sie tragen muss.

Magdalena von Levenheim konnte diese Gerüchte jedoch nicht glauben. Sie wollte sich selbst ein Bild von dem Spiegelmeister machen und war bereit, alles zu riskieren.

Die Kutsche hielt wenige Straßen von besagtem Haus entfernt an. Die Dunkelheit verbarg ihre Anwesenheit im Schatten der Nacht. Der Fahrer weigerte sich zunächst, den Wunschort der Königin anzusteuern. Er wurde jedoch so reichlich entlohnt, dass er versprach, nach der Königin zu sehen, sollte sie in einer halben Stunde nicht zurück sein. Gleichzeitig betonte er, dass er sich offiziell nach der Rückkehr im Schloss an nichts mehr erinnern würde.

Sie hatte sich im Vorfeld einen ausgeklügelten Plan überlegt und sich Kleidung von den Bediensteten verschafft, in die sie nun heimlich schlüpfte. Die Kapuze des Umhangs verbarg ihr Gesicht – sie war nicht wiederzuerkennen und konnte sich auf der Straße frei bewegen.

Vor der Eingangstür des Spiegelmeisters stockte sie kurz, bevor sie klopfte, und rügte sich für ihre Dummheit, aber da war es schon zu spät. Die Tür öffnete sich wie von Geisterhand und blieb offen, bis sie eintrat.

»Welch überraschender Besuch«, trällerte eine männliche, rauchige Stimme aus dem hintersten Raum.

Der Eingang war staubig und von Kerzenlicht erhellt. Er zog sie neugierig hinein, und die Tür schloss sich ohne ihr Zutun.

»Guten Tag, der Herr«, rang sie nach passenden Worten und schlich weiter ins Innere des Hauses, bis er plötzlich vor ihr stand.

»Die Königin höchstpersönlich. Was verschafft mir die Ehre?«, fragte der alte Meister und verfiel in eine tiefe Verbeugung.

»Woher wissen Sie ...?«, wollte sie gerade fragen, doch der Mann ging einfach an ihr vorbei.

»Was kann ich für Sie tun, Eure Majestät?«, fragte er höflich und schob ihr einen Stuhl entgegen, bevor er sich selbst in seinen Sessel setzte.

Sie war nervös und spielte mit dem Stoff der Schürze, die sie trug. Im ganzen Raum glitzerten Lichter, die vom Kerzenschein stammten und sich in den zahlreichen Spiegeln vervielfältigten. Sie fühlte sich beobachtet, fast schon unwohl.

»Je eher Sie mir verraten, was ich für Sie tun kann, desto schneller kommen Sie wieder in Ihren glanzvollen Palast«, erinnerte der Spiegelmeister sie an ihr freiwilliges Hiersein.

»Ich werde Sie reichlich entlohnen. Nennen Sie mir Ihren Preis«, wies sie den Herren unverhohlen an, zu benennen, was ihm die Geheimhaltung wert war.

»Kein Geld«, sagte er und ließ die Königin stutzen.

»Was wollen Sie dann?«

»Kommen Sie mich regelmäßig besuchen«, entgegnete er.

Seine Bitte war untypisch und machte sie skeptisch.

»Warum sollte ich das tun? Womöglich sind Sie ein Hexer.«

Genau diese Erkenntnis war der Preis.

»Sie wollen den Gerüchten ein Ende bereiten und ich soll Ihnen dabei helfen?«, wollte sie sich vergewissern.

»Sie werden mir nicht helfen, Sie werden es im Keim ersticken«, erklärte er.

»Nun denn.«

Die Königin zögerte nicht lange und reichte dem Meister ihre Hand – eine tiefere und bedeutsamere Geste würde er von ihr nie wieder bekommen.

Der betagte, hagere Mann stand auf, holte aus einem Kommodenfach einen handgroßen Gegenstand, säuberte ihn mit einem vergilbten Tuch und reichte ihn ihr vorsichtig. Er griff neben den Sessel zu einem Nachttisch und fischte eine kleine Nähnadel heraus.

Die Königin saß dem Mann schweigend gegenüber und begutachtete skeptisch den Glasbecher.

»Wählen Sie: einen Wunsch oder Ihre Freiheit?«, fragte er und fügte hinzu: »Für beides brauche ich einen Tropfen Blut.«

Sie starrte auf den dunkelroten Kristallbecher in ihrer Hand und drehte ihn gedankenverloren hin und her.

Was soll ich wählen? Soll sich hinter dem Becher die Freiheit verbergen? Die Freiheit, dem goldenen, einsamen Leben zu entfliehen? Oder ist genau das mein Wunsch?

Sie war verunsichert und brauchte einen Moment, um sich daran zu erinnern, weshalb sie hier war.

»Ich bin wegen eines Wunsches hier. Wegen eines ganz bestimmten.«

»Den kann ich Ihnen jedoch nicht erfüllen.«

»Aber dieser Gegenstand ...?«, fragte sie verwirrt.

»Er kann Ihnen bei einem drängenden Problem helfen.«

Sie blickte ihn verständnislos an.

Dann stand sie auf und wandte sich zum Gehen.

»Warten Sie«, wies er sie in freundlichem Ton an und griff nach ihrer Hand. Dabei pikste er unbemerkt mit der Nadel in einen ihrer Finger. Erschrocken wich sie ihm aus und musterte die schmerzende Stelle.

Der Blutstropfen, der sich auf der Fingerkuppe bildete, tropfte auf den Glasrand und lief der Form entlang hinunter.

Der Spiegelmeister nickte zufrieden und blickte sie eindringlich an.

»Benutzen Sie ihn. Dann werden Sie es verstehen.«

Plötzlich wehte ein kalter Luftzug durch den Raum, denn die Tür öffnete sich mit einem gewaltigen Ruck.

»Und jetzt beeilen Sie sich. Ein Sturm kommt auf.«

Der Kutscher, Gottlieb Herbst, war heilfroh, sie wiederzusehen, und brachte sie zurück zum Schloss.

Trotz des Regens schlüpfte die Königin unbemerkt durch den Hintereingang hinein. Sie legte die entwendeten Kleider an ihren ursprünglichen Platz zurück und eilte in ihr Schlafgemach. Der König, der sich im Beratungsraum aufhielt, bekam von ihrem nächtlichen Streifzug nichts mit. Magdalena versteckte den Glasbecher in einer Kommode und ging zu Bett.

Gedankenverloren warf sie einen letzten Blick auf die Einstich-stelle an ihrem Finger und schlief augenblicklich ein.

Am Morgen darauf musste sie allein frühstücken und warte-te im Speisesaal hungrig auf die Dienerschaft, die ihr das Es-sen brachte.

Sie grübelte über die gestrige Begegnung nach und ließ ihren Blick durch das Zimmer schweifen. Diese Personen waren ihr nach all den Jahren fremd, obwohl sie bereits vor ihrem Ein-zug im Palast arbeiteten. Irgendetwas sorgte für eine deutlich spürbare Distanz.

Während Magdalena von Levenheim gelangweilt den ihr ge-schenkten Becher betrachtete, drehte sie ihn vorsichtig hin und her und versuchte, einen Hinweis auf dessen Bedeutung zu entdecken. Als sie ihn einen Augenblick gegen das Licht hielt, durchschien ein Sonnenstrahl das Glas und offenbarte ein Bild, das sie erstarren ließ.

Der Becher wurde durch den Lichtstrahl zum Spiegel und zeigte ihr, was in diesem Moment hinter ihr vonstattenging.

Sie sah, wie eine der Bediensteten eine Flüssigkeit mit einer Pipette in ihren Wasserkrug träufelte. Erschrocken sprang sie auf.

»Wachen, Wachen«, schrie sie und wich entsetzt einen Schritt zurück. Die Dame steckte hastig das Fläschchen in ihre Schür-zentasche. Sie rechnete nicht mit der plötzlichen Störung und zitterte.

Die Männer der Garde stürmten in den Speisesaal, erblickten den ausgestreckten Arm der Königin, der auf die Bedienstete gerichtet war, und hielten die Verdächtige in Windeseile fest.

»Sie wollte mich vergiften. Durchsucht ihre Taschen«, befahl Magdalena den Soldaten.

»Nein, das ist ein Missverständnis«, rief die Frau panisch und versuchte, sich aus dem Griff der kräftigen Männer zu befreien.

Durch die ruckartigen Bewegungen erhoffte sie sich, das Versteck des Giftfläschchens zu bewahren; dies gelang ihr jedoch nicht. In der Zwischenzeit liefen andere Uniformierte zum König und unterrichteten ihn über einen Notfall. Dieser eilte, ohne zu zögern, zu seiner geliebten Ehefrau. Die Soldaten erklärten ihren Einsatz und was sie vorfanden. Der ganze Raum pulsierte vor Anspannung.

König Waldur war außer sich. Er ließ die Frau sofort ins Gefängnis sperren, schickte nach einem Arzt, um die Königin untersuchen und das Gift analysieren zu lassen. Es wurde der ganze Bereich der Bediensteten auf den Kopf gestellt und alle Arbeiter, die in engerem Kontakt mit der Attentäterin standen, wurden unverzüglich entlassen.

Nach der ganzen Hektik des Tages hatte sie fast vergessen, den Glasbecher zu verstecken. Seit jenem Moment hütete sie ihn wie einen Schatz, denn jetzt hatte sie seine wahre Bedeutung erkannt.

Es dauerte nur wenige Monate, da wurde Magdalena schwanger und erwartete ein gesundes Kind.

Wie der Arzt erklärte, sorgte das mehrfach heimlich verabreichte Gift dafür, dass ihre Fruchtbarkeit beeinträchtigt war. Mit dem Beenden der Einnahme war ihr Körper schließlich in der Lage, es selbst auszuschleichen und zu genesen. Die Freude aller war groß.

Die Königin war sich nicht sicher, ob Magie im Spiel war, allerdings erfüllte der Becher ihr ihren innigsten Wunsch.

Nun hatte sie ihren Teil des Versprechens einzuhalten.

Während der Schwangerschaft wurde ihr strenge Bettruhe verordnet oder maximal leichte Bewegung im Schlafgemach gestattet. Sie wurde rund um die Uhr bewacht, um einem erneuten Anschlag vorzubeugen. Sie durfte nichts heben, auf nichts hinaufsteigen und nicht lange laufen. Sie sollte sich nicht aufregen, nicht traurig werden und keine Einladungen für Veranstaltungen annehmen.

So hatte sie jedoch keine Möglichkeit, zu dem Spiegelmeister zu gelangen und ihren Teil der Abmachung zu erfüllen. Sie war im Schloss gefangen und grübelte über die zweite Wahl nach, die er ihr präsentiert hatte: Freiheit. Doch es half nichts.

Zunächst versuchte sie, die Gerüchte um den Spiegelmeister durch geschickte Mundpropaganda zu zerstreuen.

Sie erzählte, dass sie selbst einen von ihm angefertigten Spiegel besaß und dafür weder ihr Blut noch ihre Anwesenheit vonnöten war. Dass es ein vorzüglich gefertigtes Handstück war und sie das Gerede deshalb nicht länger duldete.

Für eine Weile wurde es um den Meister still, und die Königin vergaß schnell die gemeinsame Geschichte.

Es schien, als sei der Sturm vorübergezogen und hatte sie beide verschont.

Magdalena gebar in den folgenden Jahren, neben ihrer ersten Tochter Adelheid, fünf weitere gesunde Kinder. Die Zwillinge Carissima und Begonia, Dorethin, Elsbeth und die jüngste, Fronica. Sie war glücklich und erfüllt.

Der damalige Anschlag hatte jedoch Spuren hinterlassen.

Magdalena veränderte sich und zog sich zurück. Sie misstraute Fremden, vertraute ihre Töchter selten anderen an und behielt stets eine kleine Gruppe wohlbekannter Kammerzofen um sich, die jeden ihrer Schritte begleiteten.

Dieses Leben machte die Kinder allerdings zunehmend unglücklich. Sie wollten nicht nur die Geschichten der Eltern hören. Sie wurden älter und reifer und hofften, Freunde zu finden. Sie wollten eigene Abenteuer erleben und frei sein.

Adelheid begann bereits mit elf Jahren zu rebellieren und versuchte wegzulaufen. Sie wollte etwas anderes sehen als die Wälder und den Abhang des Berges. Sie kannte das Schloss in- und auswendig und langweilte sich.

Sie war eine Musterschülerin und studierte Bücher aus der Bibliothek, die ihrem Alter weit voraus waren. Sie war es leid, eingesperrt zu sein, und machte den Kammerzofen und der Mutter das Leben schwer. Sie stachelte die Geschwister zu Unruhen an und wurde aufmüpfig. Auf jede Aufforderung folgte ein Wutanfall, jede Bitte wurde mit Stillschweigen gestraft und jeder Zwang mit lautem Gebrüll beendet. Sie vergaß ihre gute Erziehung und wollte keine Prinzessin mehr sein.

Die Lage spitzte sich kurz vor Adelheids vierzehnten Geburtstag zu, als sie ihre Sachen packte und fliehen wollte. Der König hatte keine Zeit, sich mit derartig kindischen Problemen auseinanderzusetzen, und forderte seine Frau auf, etwas zu tun. Er wurde boshaft und begann, sie zu bestrafen. Das hatte zur Folge, dass alle noch mehr Freiraum einbüßen mussten. Als Älteste war sie stets an allem schuld und verfehlte ihre Vorbildfunktion.

Das Verhalten der Mädchen belastete vermehrt die eheliche Beziehung des Königspaares und Magdalena begann ihre Mutterrolle anzuzweifeln.

Sie wusste, was es bedeutete, zur Prinzessin ausgebildet zu werden und welche Vor- und Nachteile das mit sich brachte. Ihre Kinder hatten alles, was sie brauchten, und dennoch waren sie hin und wieder undankbar dem gegenüber.

Als die Königin von Adelheids Versuch wegzulaufen erfuhr, platzte ihr der mütterliche Kragen. In ihrer Wut schnappte sich Magdalena die Dreizehnjährige und sperrte sie ins Ankleidezimmer.

»Du kommst erst wieder heraus, wenn du dein Verhalten gründlich überdacht hast«, maßregelte die Königin ihre Tochter und verschloss die Tür mit dem Schlüssel.

»Dann werde ich lieber für immer hier drinbleiben«, kreischte die aufgebrachte Jugendliche und schmiss wutentbrannt einen Schuh gegen die Zimmertür.

»Derartiges Verhalten ziemt sich für eine Prinzessin nicht. Selbst der Hofmeister hat mehr Manieren als du«, sprach die Königin mit bebender Stimme.

»Dann soll er dir doch auf deinen Thron folgen«, gab Adelheid als Antwort und weinte.

Die Königin war verzweifelt. Sie verließ überstürzt das Schloss und orderte eine Kutsche an. Ohne nachzudenken, ließ sie sich zum Spiegelmeister fahren.

Als sie vor seiner Tür stand, fühlte sie sich gleichzeitig skeptisch und entschlossen.

Sie hatte keine Zeit gehabt, ihren Mann darüber in Kenntnis zu setzen oder gar die Kleider zu wechseln. Und aus irgendeinem unerklärlichen Grund war es ihr an dem Tag egal.

Es waren fast vierzehn Jahre vergangen, seit sie das letzte Mal, ebenso verzweifelt wie heute, hier gewesen war. Es waren keine Menschen außer Haus, niemand hatte sie erkannt. Obwohl sie in einer prunkvollen Kutsche unterwegs war, schien sie unsichtbar zu sein.

Sie wollte gerade ihre Hand heben, um an die Tür zu klopfen, da öffnete sie sich wie von Geisterhand. Die Monarchin trat ein und sah den Meister schweigsam auf seinem Sessel sitzen.

»Sind Sie hier, um Ihre Schuld zu begleichen?«, fragte er entspannt.

»Geehrter Herr, ich dachte, das habe ich bereits.«

»Wie kommen Sie darauf?«

»Wie ich sehe, sind Sie noch hier.« Sie ging versöhnlich einen Schritt auf ihn zu.

»Ich habe seither dennoch nichts verkauft.« Seine Worte ließen Magdalena von Levenheim aufhorchen.

»Wie ist das möglich?«, fragte sie misstrauisch und blickte sich im Raum um. Es schien sich hier tatsächlich nichts verändert zu haben. Die ganzen Bilder, Gegenstände und Spiegel standen alle genauso da wie damals.

»Die Menschen haben Ihnen zwar geglaubt, wollten danach aber trotzdem nichts mit mir zu tun haben«, erklärte er geduldig und sah sie eindringlich an.

Die Königin schluckte. Eine Entschuldigung lag ihr auf der Zunge, doch nach der höfischen Etikette durfte sie keine Schwäche zeigen – Adelige machten keine Fehler. Stattdessen fragte sie: »Was kann ich für Sie tun?«

Der Spiegelmeister hob erstaunt die Augenbrauen und zeigte auf den Inhalt seines Geschäftes: »Vielleicht kaufen Sie heute wirklich einen Spiegel? Einen beruhigend wirkenden für Ihre älteste Tochter?«

Die Königin rührte sich nicht vom Fleck und wusste nicht, worüber sie zuerst nachdenken sollte.

Sie bekam eine Rüge von diesem Mann; etwas, das sich keiner unter Zeugen erlauben sollte, und dennoch hatte er recht. Sie hatte damals eine Lüge verbreitet. Und die zweite Frage traf sie genauso. Woher wusste er von ihrer rebellierenden Tochter?

»Darf ich mich setzen?«, fragte sie kühl und verschränkte ihre Arme hinter dem Rücken. Der alte Herr hatte seine Manieren nicht vergessen, stand auf und brachte der Adeligen einen Stuhl, auf dem sie dankbar Platz nahm. Sie hatte keinen Grund, ihm zu misstrauen, trotz ihrer privaten Offenbarung.

»Die Prinzessin hat bald Geburtstag«, begann die Königin zu berichten und fuhr mit einem tiefen Seufzer fort. »Ich würde ihr gern einen schönen Handspiegel schenken. Würde sie sich darüber freuen?«

Der Meister stellte allerdings nur eine Gegenfrage.

»Wählen Sie Wunsch oder Freiheit?«

Sie überlegte nicht lange. »Ich wähle Freiheit.«

IV
Die Güte des Spiegelmeisters

Der Spiegelmeister war ein geheimnisvoller, betagter Mann, der weder Familie noch Freunde hatte. Sein Lebensinhalt bestand darin, Tag ein, Tag aus mit seinen rauen Händen zu arbeiten und Neues zu erschaffen. Kein Stillstand, kein Schwofen – er hatte sich ganz dem Handwerk verschrieben.

Er stand auf und holte den besagten Gegenstand aus dem Nebenzimmer.

Dann reichte er ihr einen wunderschönen Handspiegel. Dieser war aus edlen Materialien gefertigt. Den elegant geschwungenen Griff verschönerte ein Blumenornament in matten Farben. Daneben wanden sich goldverzierte Ranken bis ganz nach oben und fasste das Spiegelglas spielerisch ein.

Filigrane Zeichnungen von Blumen und Blättern, sowie eingebettete Edelsteine schmückten den Rand, und in der Mitte oberhalb und unterhalb des ovalen Glases thronte eine kunstvoll gestaltete Blüte in voller Pracht. Auf der Rückseite zeigte eine meisterhafte Miniaturmalerei die Gänge eines monumentalen Gebäudes, das eindeutig eine Bibliothek darstellte. Es war ein wahrlich bezauberndes Geschenk und von höchster Qualität. Dennoch stellte es die Königin nicht zufrieden.

»Werde ich es verstehen?«, fragte sie dann.

»Sie werden es akzeptieren müssen.«

Der Spiegelmeister zog abermals eine Nähnadel aus einem in der Nähe liegenden Garn und hielt ihr seine Hand hin.

»Ich habe jedoch eine Bedingung«, unterbrach sie ängstlich das erneute Bündnis der beiden und duldet keine Widerrede, »es muss mit den Pflichten der Prinzessin zu vereinbaren sein.«

»Nun denn.«

Sie hielt ihm ihren Finger der rechten Hand hin, sodass der Meister mit geübten Bewegungen mit der Nadel in ihre Fingerkuppe piksen konnte. Er drückte den herausquellenden Tropfen Blut konzentriert auf die Mitte des Spiegels und sprach leise ein kurzes, ihr unbekanntes Gedicht.

Sie konnte sich keines seiner Worte merken und starrte verwundert auf den Gegenstand. Anschließend gab er ihr ein paar Anweisungen für die Nutzung des Handspiegels, reichte der Monarchin ein sauberes Taschentuch für die feine Wunde und ein Leinentuch, in das sie den Spiegel schützend einwickeln konnte. Die beiden trennten sich ohne ein weiteres Wort.

Magdalena eilte zurück zum Wagen und blickte sich nicht um. Sie hatte so viele Fragen und saß dennoch schweigend in der Kutsche, um den alten, betagten Mann zu schützen.

Herr Herbst, der Kutscher, hatte seine Fahrt pflichtbewusst und ohne Zwischenfälle durchgeführt, obwohl ihm der Schutz der Königin ohne bewaffnete Begleitung anvertraut worden war. Er erfüllte seinen Auftrag. Das Hinterfragen der Notwendigkeit stand ihm nicht zu; trotz allem erfreute er sich an dem königlichen Anblick außerhalb des Palastes. Das Bündnis des

Schweigens zwischen ihm und der Königin hatte weiterhin Bestand. Am Schlosseingang veränderte sich jedoch die Situation, denn dort wurde Magdalena von Levenheim von ihrem besorgten Gatten und den Soldaten in Empfang genommen.

Er wartete ungeduldig darauf, dass sie ausstieg, und wirkte angespannt.

»Meine Teuerste, wo bist du gewesen?«, fragt er aufgebracht.

»Ich wollte dir keine Sorgen bereiten, mein Liebster. Ich habe nur ein Geschenk gekauft.«

Sie zollte dem König mit einem Knicks Respekt und schenkte ihm ein aufrichtiges Lächeln. Mit ihren bewusst gewählten Worten blieb sie bei der Wahrheit. Sie hatte ihren Ehemann nie angelogen, und das sollte so bleiben.

»Mein Herz«, begann der König und räusperte sich. Er trat einen Schritt zur Seite und gab den Blick auf die hinter ihm stehende Tochter frei. Erst jetzt fiel der Königin Adelheid auf, die beschämt zu Boden blickte.

»Hier möchte jemand mit dir reden«, kündigte der König an und gab seiner Ehefrau zum Abschied einen Kuss auf die Wange. Eine Geste, die in strengen adeligen Haushalten nicht vor der Dienerschaft gezeigt wurde, dennoch war es ihm ein Anliegen, seinen Gefühlen ihr gegenüber Ausdruck zu verleihen. Die von Levenheims liebten sich und ließen keinen Moment ungenutzt, das der Welt zu beweisen.

»Mutter«, begann die Dreizehnjährige und wischte sich eine Träne aus dem Gesicht.

»Schon gut. Lass uns nach oben gehen.«

Die Königin schritt erhobenen Hauptes in die oberste Etage und nahm den direkten Weg zur Bibliothek. Dort schloss sie die Tür hinter ihnen und zog die Prinzessin fest in ihren Arm. Ihre Tochter weinte bitterlich und versuchte, sich zwischen all den Tränen für ihr Benehmen zu entschuldigen. Der König hatte der Ältesten eine Standpauke gehalten, die ihr die Sprache verschlagen hatte. Magdalena konnte sich vorstellen, welche Drohungen ihm dabei über die Lippen gekommen waren.

Wenn es um die Zukunft des Reiches und der von Levenheims ging, verstand er zu Recht keinen Spaß und duldete keine Widerrede. Er hielt ihr sehr deutlich vor Augen, was sie ohne den Rückhalt der Familie erwartete.

Die Dreizehnjährige war völlig aufgelöst und traute sich nicht, ihre Mutter loszulassen.

Magdalena wollte nie, dass ihre Kinder eine schreckliche, eingeengte und langweilige Kindheit haben.

Sie erinnerte sich an freudiges, lautes Kinderlachen und gemeinsame Spiele im Garten. Aber die Mädchen wurden erwachsen und das schneller, als der Königin lieb war.

»Bitte schickt mich nicht weg. Ich will noch nicht heiraten«, flüsterte Adelheid und fing erneut fürchterlich an zu weinen.

Viele Königshäuser schmiedeten Allianzen mit ihren Kindern weit vor dem heiratsfähigen Alter. Sie verlobten die Prinzen und Prinzessinnen bereits zu ihrem vierzehnten Geburtstag und ließen den oder die Versprochene bei sich einziehen, bis die Vermählung vollzogen war.

Das würden die Königin und der König ihren Töchtern niemals antun. Dennoch schien die Drohung bei der Ältesten Wirkung zu zeigen.

»Nun mäßige dich. Ich bin deinetwegen weg gewesen.«

Das Mädchen schaute in das Gesicht ihrer Mutter, die ein kleines, versöhnliches Lächeln aufgelegt hatte.

Sie nahmen an einem nahegelegenen Tisch Platz und reichten sich die Hände.

»Dein Geburtstag ist erst in zwei Wochen, jedoch möchte ich dir heute bereits etwas schenken.«

Magdalena ergriff das Leinentuch samt Inhalt und übergab es vorsichtig ihrer aufgeregten Tochter. Doch bevor sie hineinspähen konnte, hielt ihre Mutter ihre Hand kurz fest.

»Du wirst es bald verstehen. Er gehört dir allein und ist nur für dich bestimmt.«

Die Tochter entblätterte die Lagen des Leinentuchs und starrte ehrfürchtig auf den kostbaren Gegenstand.

»Mutter, er ist bezaubernd.«

Sie fuhr gedankenverloren mit ihren Fingern über die filigranen Verzierungen und blickte neugierig in den Spiegel. Dann warf sie sich ihrer Mutter um den Hals.

»Danke, Mutter. Ich danke dir von Herzen.«

Magdalena nahm Adelheids Gesicht in ihre Hände, schaute ihr tief in die Augen und lächelte.

»Möge er dir stets die Wahrheit zeigen.«

Der Tag hatte alle aufgewühlt, und Adelheid versprach, nie wieder so einen Streit anzuzetteln und Ärger zu bereiten.

Ihre Geschwister warteten ängstlich im gemeinsamen Mädchenzimmer auf sie und befürchteten, sie nie wiederzusehen.

Ihr Vater hatte so laut geschrien, dass das ganze Schloss davon erfahren und alle das Weite gesucht hatten. Sie wollten dem wütenden König nicht begegnen und konnten der Ältesten entsprechend nicht bei seinem Wutanfall zur Seite stehen. Sie musste diese Rüge allein durchstehen, und niemand wollte mit hineingezogen werden.

Dennoch waren alle erleichtert, als Adelheid unversehrt in ihr Zimmer zurückkam.

Die Mädchen schienen zunächst beschäftigt und würdigten die Älteste keines Blickes, da niemand von ihnen wusste, wie der Streit ausgegangen war. Jede fürchtete, erneut einen Tobsuchtsanfall auszulösen, bei dem vielleicht die Kleiderkammer verwüstet würde oder Adelheid sich lauthals weinend in ihr Bett warf. Doch nichts dergleichen geschah.

Die Schwestern ließen ihr Zeit, bis sie sich selbst bei ihnen für ihr Verhalten entschuldigte, und sie sich alle versöhnlich umarmten.

Die Königin nahm sich einen Moment in der Bibliothek und überdachte die Situation mit dem Spiegelmeister. Er hatte sich all die Jahre nicht blicken lassen, um keine Audienz gebeten und sich still seinem Schicksal ergeben. So viele Jahre. Er hatte es gewiss nicht leicht gehabt, und doch half er ihr erneut. Sie war sich nicht sicher, ob der Spiegel Abhilfe schaffen konnte oder eine Falle darstellte. Dennoch schien er ihr gegenüber wohlwollend zu sein. Sie kam zu dem Entschluss, ein wenig Zeit verstreichen zu lassen. Damals hatte sie dem sonderbaren betagten Mann vertraut, ohne Fragen zu stellen, und tat es auch jetzt.

Am späten Abend ging sie in das gemeinsame Schlafgemach und führte mit ihrem Gatten ihr tägliches kurzes Gespräch, in dem sie, um keinen Unmut zu schüren, nur den Kauf des Geschenkes und den Erhalt eines Briefes erwähnte.

»Meine Liebste, ich war besorgt und überrascht über deinen plötzlichen Aufbruch«, erklärte der König liebevoll.

»Ich war aufgebracht und brauchte frische Luft. Da kam mir die Idee für eine Versöhnung.« Ihr entging dabei sein skeptischer Blick nicht. Magdalena ergriff fürsorglich Waldurs Hand und strich mit der anderen über seine Wange.

»Derartig aufbrausendes Verhalten ziemt sich nicht für eine Königin. Ich habe mein Fehlverhalten überdacht und entschuldige mich dafür.«

»Teuerste, du solltest immer sagen können, was du empfindest. Aber lasse deine Wut lieber im Palast.«

Ihr Ehemann und König hatte unausweichlich recht: Persönliche Belange durften nicht an die Öffentlichkeit geraten.

Gefühle vor allen Augen zu zeigen, vermenschlichte Adelige; ließ sie dem Volk gleichgestellt erscheinen. Das Gleichgewicht dieser Waage musste erhalten bleiben – als Schutz, als Prestige und als Zeichen der Wertschätzung. Auch wenn viele diese strikte Trennung als ungerecht betrachteten.

»Was wolltest du von dem verrufenen Handwerker?«, fragte er streng. »Ich war geneigt, Wachen bei ihm aufstellen zu lassen. Herr Herbst versicherte mir jedoch, dass euch niemand gesehen hat.«

»Ich habe beim Spiegelmeister ein Geburtstagsgeschenk für Adelheid erworben.«

Der Monarch schüttelte energisch den Kopf.

»Dafür hast du Bedienstete und außerdem haben wir bereits ein maßgeschneidertes Kleid in Frankreich anfertigen lassen.«

»Ein persönliches, das der Versöhnung dienen sollte«, fuhr sie fort und hoffte auf sein Verständnis.

Er wog ihren Einwand kurz ab und nickte. »So denn. Ich hoffe, dass es einen erneuten Tag wie heute zu verhindern vermag.«

Der König gab seiner Ehefrau einen Kuss auf die Stirn, und beide gingen zu Bett.

Die Königin wusste, dass ihr spontaner Ausbruch Konsequenzen haben würde. Von nun an unterlag sie ebenso wie die Älteste strengeren Kontrollen. Aber die Hoffnung auf ein erfülltes Leben, samt glücklichen, gebildeten und eigenständigen Töchtern überwog. Dafür lohnte es sich, Regeln zu brechen.

Während die königlichen Eltern sich zurückzogen, begann das neugierige Geschnatter der Mädchen. Carissima und Begonia waren die Ersten, die die Stille im Raum verjagten und standen aus dem gemeinsamen Bett auf.

»Adelheid, nun erzähl schon«, flüsterte Carissima und eilte voraus zu dem Stuhl, auf dem die Älteste saß.

»Sag uns, was passiert ist.«

»Wird man dich wegschicken?«, hakte Begonia besorgt nach.
Das brachte wiederum die Jüngste zum Weinen.

»Adelheid, sie dürfen dich nicht wegbringen. Du darfst nicht gehen«, schniefte Fronica und warf sich in den Schoß ihrer Schwester. Auch Elsbeth und Dorethin setzten sich zu ihnen.

»Niemand muss gehen«, beruhigte Adelheid ihre Geschwister und lächelte sie tröstend an.

»Aber Vater hat dir sicher eine Strafe auferlegt«, mutmaßten die Mädchen.

»Keine Strafe. Ich habe mein Fehlverhalten eingesehen. Und die Konsequenzen, die daraus resultieren.«

Prinzessin Adelheid von Levenheim wusste, dass sie ihre Mutter und ihren Vater unter keinen Umständen wiederholt verärgern durfte.

Die Zurechtweisung des Königs hatte eine derartige Angst geschürt, die sie bisher nicht verspürt hatte. Und das überstürzte Aufbrechen der Mutter hatte den König so besorgt, dass sie dafür bei einem erneuten Vorfall zur Verantwortung gezogen würde.

Sie hatte verstanden, dass es ein Privileg war, bei der Wahl ihres zukünftigen Ehegatten mitsprechen zu dürfen. Und dass, wenn ihrer Mutter ihretwegen etwas zustoßen sollte, ein bösartiger, desinteressierter Ehemann ihr geringstes Problem sein würde.

Adelheid holte das Leinentuch hervor.

Es wirkte unscheinbar und doch maß sie dem Geschenk eine große Bedeutung bei – wie richtig sie damit lag, würde sich ihr bald offenbaren.

Sie entwickelte vorsichtig den Inhalt und ließ ihre Schwestern einen Blick darauf werfen. Die fünf machten große Augen, denn der Handspiegel war wahrlich bezaubernd.

Die Mädchen verloren allerdings schnell das Interesse daran, während Adelheid ihn fortan hütete wie einen Schatz.

In den folgenden Wochen schien er nichts weiter als ein gewöhnlicher Handspiegel zu sein. Abends hingegen zog er sie förmlich an, aber bisher zeigte er lediglich ihr eigenes Abbild, wie jeder andere im Schloss.

An ihrem vierzehnten Geburtstag erhielt Adelheid ein maßgeschneidertes Kleid aus Frankreich und war überwältigt von dem Anblick. Bis sie das Ballkleid zum Einführungstanz tragen konnte, würde es jedoch ein paar Tage dauern.

Der Gedanke daran erfüllte sie mit Vorfreude, denn es war der Debütantinnenball, an dem sie offiziell als Prinzessin in die Gesellschaft eingeführt werden würde – ein langersehntes Ereignis, dem sie nun mehr denn je entgegenfieberte.

Für die Älteste bedeutete das, seit Wochen strengen Tanzunterricht unter den Augen ihrer Mutter und Gouvernante zu absolvieren. Sie ließ es über sich ergehen, da die Drohung des Königs deutlich war und sie ihm keinen weiteren Anlass für eine frühzeitige Heirat bieten wollte.

Sie wägte die persönlichen Vorteile des Tanzballs ab.

Während die jüngsten Schwestern hofften, Freunde und Spielgefährten zu finden, wollten die Zwillinge den Abend nur hinter sich bringen. Sie selbst jedoch zählte auf Gespräche mit anderen Damen und Neuigkeiten aus der Adelswelt.

Wenn man seit Jahren nur seine Geschwister, Eltern und Hofbediensteten als Gesprächspartner kannte, hatte man sich nicht viel zu berichten. Das war der Grund, warum Adelheid in ihrer Freizeit die Bibliothek erkundete, Romane las und Fachliteratur studierte. Die meisten Werke waren ihr allerdings untersagt.

Der König war die täglichen Diskussionen über die Auswahl der erlaubten Bücher leid und erweiterte ihre Regale, aber das, was sie interessierte, wurde ihr verwehrt.

Ihr Interesse galt der Medizin, insbesondere der Heilung der Tiere. Aufgefallen war das einer Kammerzofe, die ein Buch über Heilkräuter unter Adelheids Kopfkissen gefunden hatte, in dem ein Zettel mit einer Notiz lag. Die Aufzeichnungen beschrieben Kräutermischungen, die der oft kränkelnden Ziege des Hofes Linderung verschaffen sollten. Der Hofarzt wurde ebenfalls von ihr ausgefragt. Die Zofe und der Mediziner informierten das Königspaar über diese ungewöhnliche Leidenschaft, was Adelheid in ein unangenehmes Gespräch mit ihren Eltern brachte.

Anfangs versuchte ihre Mutter, sie mit anderen Geschichten abzulenken, wusste das adelige Paar nicht einmal, wie viele Ziegen sie hielten. Doch die aufgeweckte Tochter schlich im Hof umher und belauschte die Stallburschen bei ihren Gesprächen. So erfuhr sie meist als Erste von der dringenden Notwendigkeit eines Tierarztes.

Dank ihres außergewöhnlichen Interesses konnte sie einigen Tieren helfen: verletzten Igeln aus dem Wald, Vögeln, die an die Palastscheiben geflogen waren und sich dabei Flügel gebrochen hatten, oder einem streunenden Hund, der etwas Verdorbenes gefressen hatte.

Sie fertigte sogar eine Teemischung aus Kräutern an, die ihrem Vater unbemerkt aus einem Fieber half – ein Geheimnis, von dem lediglich ihre Geschwister wussten.

Die Bediensteten kamen zwischenzeitlich auf sie zu, wenn sie mit den Tieren Hilfe brauchten. Jedoch, ohne sie direkt anzusprechen, denn das wurde vom König verboten.

Das Königspaar hoffte inständig, dass die ungewöhnliche Leidenschaft mit der Pubertät von selbst verschwand und wollte davon nichts hören. Die Lehrer versuchten, sie auf historische Themen zu konzentrieren, und verweigerten ihr verzweifelt die selbstständige Nutzung der Bibliothek.

Aber eine Prinzessin wusste, wie man die strengen Regeln im eigenen Palast geschickt umgehen konnte.

Umso älter die Mädchen wurden, desto intensiver suchten sie nach ihrer persönlichen Identität. Lachanfälle wechselten sich mit emotionalen Schwankungen ab; sie entwickelten kritisches Denken und wollten unabhängig sein.

Adelheid war die Vorreiterin des Ganzen, während Dorethin, Elsbeth und Fronica noch aus allen Handlungen Wettbewerbe anzettelten und den Sinn für Gerechtigkeit entdeckten.

Alle sechs Geschwister hatten ihre eigene geheime Leidenschaft und Wünsche. Doch sie unterstützten einander bedingungslos – komme, was wolle.

In der Nacht vor dem Einführungsball, wenige Tage nach ihrem Geburtstag, weckte Adelheid ihre Schwestern. Sie zog um Mitternacht heimlich das französische Ballkleid an, und die Mädchen kicherten. Sie benahmen sich wie eingebildete Prinzen und luden die schöne Debütantin spielerisch zu einem Tanz ein.

Adelheid hob ihren goldverzierten Handspiegel, um sich besser darin sehen zu können, und blickte stolz hinein. Plötzlich schimmerte ein blasses Licht aus dem Spiegel hervor, dass sie wie ein Lichtstrahl einhüllte. Die Schwestern erstarrten in ihrer Bewegung und schauten sie erschrocken an. Es bot sich ihnen ein surreales Bild: Es wirkte, als stünde sie inmitten eines matten Lichtkegels, der ihr Antlitz unwirklich und wunderschön erscheinen ließ. Und dann – war sie einfach verschwunden.

Die Mädchen kreischten panisch und liefen zu der Stelle, an der ihre Schwester eben noch gestanden hatte. Von der Ältesten war keine Spur zu sehen.

»Adelheid?«, flüstert Elsbeth und suchte verzweifelt die Ecken des Zimmers ab. Sie hob die Bettdecke an und schaute unters Bett. Gleichzeitig stürmte Dorethin nach nebenan ins Ankleidezimmer und durchsuchte hektisch die Schränke. Begonia ging ihr zur Hand und öffnete völlig verwirrt sogar alle Schubläden der Kommode.

»Begonia, konzentrier dich. Dort drin wird sie wohl kaum sein«, schrie Dorethin ihre ältere Schwester an.

»Wo ist Adelheid?«, weinte die erst zehnjährige Fronica und klammerte sich an Carissima. Sie wuselten laut und panisch umher und begannen, sich zu streiten. Da klopfte es unerwartet an der Tür. Schlagartig verstummten alle fünf und eilten zur Zimmertür.

Die Königin höchstpersönlich stand in ihrem Schlafgewand vor ihnen und schaute verärgert drein.

»Was ist hier los?«, fragte sie die aufgewühlten Mädchen mit scharfer Stimme.

»Adelheid«, flüsterte Fronica. »Adelheid ist weg.«

»Adelheid hat ... Also, sie ist ...«

Alle sprachen durcheinander. Zwei Bedienstete eilten zur Hilfe, wurden von der Monarchin allerdings per Handzeichen gestoppt. Schnell machten sie kehrt und verschwanden.

Magdalena, ließ ihre Töchter nicht aus den Augen und erklärte ruhig, aber bestimmt: »Adelheid hat, obwohl ich es ihr ausdrücklich verboten habe, ihr Ballkleid anprobiert.«

Die Mädchen schauten ihre Mutter verwirrt an, bis sie ihrem starren Blick folgten, der in die hinterste Ecke des Zimmers gerichtet war. Wie auf ein stummes Kommando drehten sie ihre Köpfe, und was sie sahen, ließ sie sprachlos werden.

»Tut mir leid, Mutter«, murmelte Adelheid, die wieder an dem gleichen Ort stand, an dem sie verschwunden war. Schuldbewusst versteckte sie den Spiegel hinter ihrem Rücken und richtete den Blick demütig zu Boden.

Kein Wort verließ die Lippen der Prinzessinnen.

»Adelheid, ich verstehe, wie aufregend das alles ist. Doch das ist keine Rechtfertigung, deine Schwestern und den halben Palast aufzuwecken.« Die Königin richtete die Worte ebenso an die anderen Töchter, die sie mit ihrem Gekreische geweckt hatten. »Nun ab ins Bett.« Ein Befehl, der keinen Widerspruch duldete. Noch während die müde Königin im Türrahmen verweilte, krochen die Mädchen in ihre Betten.

Adelheid musste sich aus dem Kleid befreien. Aber die schweren Stoffschichten, die Korsage und der Reifrock machten es nahezu unmöglich, es ohne Hilfe zu bewerkstelligen.

Hilfesuchend sah die Älteste an sich hinunter.

Magdalena nickte Dorethin zu und erlaubte ihr, Adelheid zu entlasten und ihr vorsichtig aus den kostspieligen Stoffen zu helfen. Dann zog sie sich schließlich in ihr königliches Schlafgemach zurück.

Die Mädchen wandten sich ab und wollten die Aufregung der letzten halben Stunde vergessen, warfen aber immer wieder einen verstohlenen Blick auf die *Verschwundene*.

Nur Fronica ließ es sich nicht nehmen, ein ernstes Wort an die Älteste zu richten: »So etwas machst du nie wieder, Adelheid. Hörst du? Nie wieder.«

V

Das Portal von Adelheid

Die kurze Nacht steckte den Geschwistern in den Knochen. Aber alle waren neugierig darauf, zu erfahren, was sich ihnen am Vorabend für ein seltsames Ereignis geboten hatte, und Adelheid selbst machte den Anfang.

»Was habt ihr gesehen?«, fragte sie in die Runde und blickte die Mädchen auffordernd an. Ihre drei Jahre jüngere Schwester Elsbeth setzte sich zu ihr ans Bett.

»Du hast in den Spiegel geschaut und eine Art matter Strahl fiel direkt auf dich.«

»Und dann warst du einfach verschwunden«, ergänzte Dorethin.

»Was meinst du mit *verschwunden*?«, wollte Adelheid wissen. Ihr skeptischer Blick wanderte zu den Zwillingen. »Aber das ergibt Sinn, denn ich war tatsächlich an einem anderen Ort.«

»An welchem Ort?«, wollte Carissima wissen, die sich einladend zu ihrer Zwillingsschwester lehnte, bis auch diese sich zur

Ältesten setzte. Fronica, die Jüngste, kuschelte sich an Adelheids Arm und fürchtete sich vor der bevorstehenden Geschichte.

Adelheid ergriff ihren Handspiegel und blickte hinein – doch nichts geschah.

Sie musterte ihn genauer, drehte ihn in den Händen, bis sie die Rückseite nachdenklich betrachtete.

»Moment.« Sie beugte sich näher heran und begutachtete verwirrt das filigran gemalte Bild. »Genau dort bin ich gewesen.«

Die Mädchen reichten den Spiegel im Kreis herum. Jede wollte einen Blick auf die Zeichnung und ihr eigenes Spiegelbild werfen, aber nichts passierte.

»Das ist eine Bibliothek. Wie kannst du an jenem Ort gewesen sein?«, fragte Begonia ungläubig.

»Es ist auch mir ein Rätsel. Ich sah das Licht im Spiegel und trat hindurch. Dann war ich plötzlich dort.«

Die Prinzessinnen starrten nachdenklich und gespannt auf die Verzierungen. Sie konnten es nicht glauben, obwohl sie es mit ihren eigenen Augen gesehen hatten.

»Was hast du an dem Ort gemacht?«, fragte die Jüngste.

»Was soll sie in dem Gebäude angestellt haben, Fronica? Sie war wenige Minuten danach direkt wieder hier«, erinnerte Elsbeth sie.

»Aber irgendetwas hast du sicherlich gesehen, oder?«, bohrte Dorethin weiter.

»Ja. Ich landete hinter einem Tresen der Bibliothek. Hatte jedoch kein Ballkleid mehr an, nur ein schlichtes Gewand«, begann Adelheid von ihrer mystischen Reise zu berichten. »Mein Herz pochte und ich vermochte mich nicht zu bewegen. Sanfte Stimmen waren, um mich herum zu vernehmen; ich konnte diese jedoch nicht zuordnen. Der Ausgang befand sich in unmittelbarer Nähe, und ich hätte ihn schnell erreichen können, aber ich war zu neugierig. Ich schlenderte in den erstbesten Gang und schaute mir die Bücher genauer an. Und dann erkannte ich das Gebäude – die Bibliothek auf dem Gemälde des Spiegels, die Nationalbibliothek in England.« Die Geschwister lauschten ihrer Geschichte, unsicher, ob Adelheid die Wahrheit sprach. »Ein riesiges, atemberaubendes Bauwerk. Es waren wenige Personen vor Ort. Das Licht war gedimmt, und an den freien Wänden hingen abnehmbare Öllampen. Ich sah, wie einige Männer damit durch die Gänge liefen und mit Hilfe des Lichtes die Titel der Werke studierten. Ein Weiterer eilte geschäftig an mir vorbei und schenkte mir keine Beachtung. Doch auch keinen Tadel.«

»Die Nationalbibliothek von England, wie langweilig«, flöteten Carissima und Begonia im Einklang. Adelheid und die Jüngeren schienen hingegen begeistert zu sein.

»Wie bist du zurückgekommen?«, fragte Elsbeth und blickte die Älteste besorgt an.

»Ich habe einfach nur an den Spiegel gedacht und war sofort wieder hier.«

»Wir werden es Mutter sagen müssen«, mischte sich Begonia in verräterischem Ton ein.

»Müssen wir das? Das war schließlich ein Geschenk von ihr, das sie eigens für Adelheid ausgewählt hat. Würde das nicht ihr Urteilsvermögen infrage stellen?«, überlegte Carissima und stieß mit den Ellbogen in die Hüfte ihres Zwillings. Diese verstand den Seitenhieb zunächst nicht.

»Ich sehe das so: Mutter hat Adelheid ein wahres Wunder verschafft, und wir sollten an ihrem Wohlwollen nicht zweifeln.«

»Du glaubst diese absurde Geschichte nicht etwa, Carissima?«, fragte die ängstliche Fronica. Adelheid bemerkte das Unbehagen der Jüngsten und nahm sie fest in den Arm.

»Ich würde euch nie anlügen.«

»Das ist Magie, und ihr wisst, was das bedeutet«, warf Fronica aufgeregt ein. »Wir alle haben die Kammerzofen darüber reden hören. Der Spiegelmeister wurde schon der Hexerei beschuldigt. Jetzt haben wir einen Beweis.«

»Willst du, dass man die Königin ebenfalls als Hexe bezeichnet und sie auf dem Scheiterhaufen brennen lässt?«, schallte Elsbeth die Jüngste realistisch.

»So brennen auch wir«, flüsterte das kleine, eingeschüchterte Mädchen und krallte sich noch fester an den schützenden Arm der Schwester.

»Es liegt an uns, dieses Geheimnis zu wahren und Mutter zu schützen«, warnte Adelheid ihre fünf Geschwister. Die drastische Klarstellung und Benennung der Situation hatten ihren Zweck nicht verfehlt. Alle ließen sich die mahnenden Worte durch den Kopf gehen und schwiegen.

»Du solltest es positiv sehen«, sprach die zuversichtliche Carissima und schaute ihren Zwilling eindringlich an. »Wir müssen nur ein Jahr warten.«

Es dauert eine Weile, bis die anderen Prinzessinnen ihren Hinweis auf ein weiteres Portal verstanden.

Denn wenn Adelheid dieses besondere, von ihrer Mutter sorgfältig ausgewählte Geschenk zu ihrem vierzehnten Geburtstag bekommen hatte, würden nächstes Jahr Begonia und Carissima zu ihrer gesellschaftlichen Einführung gleichermaßen eine persönliche Aufmerksamkeit erhalten.

Etwas, das ihnen womöglich half, den goldenen Käfig ihres Lebens besser zu ertragen.

Adelheid nahm sich vor, bei Gelegenheit mit ihrer Mutter über den Spiegel zu sprechen, ohne dass eine der Schwestern oder eine Hofbedienstete etwas davon mitbekam.

Sie vertraute auf die Klugheit und Gutherzigkeit ihrer Königin, war jedoch unsicher, ob ihre Mutter von der magischen Kraft des Spiegels wusste – und warum sie ein solches Risiko eingegangen war, Magie ins Schloss zu bringen.

In den Wochen darauf prüften sie Adelheids Geschichte über ihr Portal auf Herz und Nieren. Dabei hatten sie erfahren, dass es nicht möglich war, Gegenstände in die magische Welt zu bringen oder herauszuholen. Zudem war Adelheid die Einzige, die den Handspiegel auf diese Weise nutzen konnte. Die Zeit im Portal schien anders zu fließen: Während die Älteste stundenlang in der mystischen Bibliothek verweilte, verging in der Realität kaum eine Stunde.

Das Geheimnis wurde zum gemeinsamen Spiel. Die Mädchen schickten ihre älteste Schwester mit spezifischen Aufträgen in die andere Welt, etwa Seiten aus Büchern zu lesen und den Inhalt zu überprüfen. Jedes Mal stimmte ihre Beschreibung – ein Beweis für die Wirklichkeit ihrer Erzählungen.

Auch der Spiegel selbst wurde auf unterschiedlichste Weise getestet. Sie hielten ihn unter Wasser, über Feuer, verschmutzten das Glas mit Erde und ließen ihn sogar aus einem Fenster fallen. Der Handspiegel blieb jedoch unversehrt und kehrte stets wie von selbst zu Adelheid zurück. Sie wurde den Spiegel nicht mehr los, und dennoch bedeutete er für sie Freiheit.

Sie nahm sich dem neuen Schicksal an und studierte in der Bibliothek der Anderswelt so viel Fachliteratur, wie sie in die Finger bekam. Dort spezialisierte sie sich auf Veterinärmedizin, obwohl sie wusste, dass sie es in der Realität nicht anwenden durfte. Sie konnte sich dort frei bewegen, ohne ermahnt oder begutachtet zu werden. Ohne sich immer wieder anhören zu müssen, was sich für eine Dame geziemte und was nicht. Aber allein die Zuversicht und das angeeignete Wissen ließ sie wachsen.

Zwei Wochen nach ihrem Geburtstag erwischte sie ihre Mutter endlich allein bei der Pflege der Pflanzen im Garten. Ein Anblick, der ihr ein Schmunzeln entlockte, denn das Gärtnern war der feinen Gesellschaft untersagt und ein Aufgabenfeld der Dienerschaft. Es blieb ein freudebringendes Geheimnis zwischen den Familienmitgliedern.

»Es schadet nie, seinen Horizont zu erweitern«, erklärte die Monarchin, während sich ihre Tochter neben sie hockte. Adelheid war dankbar für die hilfreiche Einleitung: »Was bietet sich da mehr an als eine Bibliothek?«

»Auf jeden Fall ein Palastgarten«, stimmt ihre Mutter zu, und beide lachten.

»Mutter«, setzte Adelheid vorsichtig an und rang mit den Worten. »Der Handspiegel, den du mir schenktest. Ich möchte mich dafür bedanken.«

»Ich sehe, welch Freude er dir bereitet.« Die Königin strahlte sie unbeschwert an.

»Er zeigt mir Dinge, die ich nicht vermochte zu sehen«, erzählte die Tochter ehrlich und erhoffte sich eine Erkenntnis.

»Und doch spiegelt er nur dich.«

Die Worte ihrer Mutter schmerzten, denn sie bestätigten, was Adelheid längst vermutete: dass die Königin nichts von der Magie wusste, die dem Spiegel innewohnte.

Und das bedeutete, dass es ein Geheimnis bleiben musste.

Adelheid kehrte betrübt in das gemeinsame Mädchenzimmer zurück und berichtete ihren Schwestern von dem Gespräch. Sie erhoffte sich ihren Rückhalt und weihte sie ein. Diese befürchten sofort, dass ihr Wunsch, ebenso ein Portal zu erhalten, nicht wahr werden könnte.

Die Zwillinge ermittelten den Grund, weshalb ihre Mutter eingegriffen und den Spiegel gekauft hatte, und wollten die Geschichte wiederholen.

Wie Adelheid wollten sie, wenn notwendig, vor ihrem vierzehnten Geburtstag möglichst viel Unruhe stiften, um die Königin zu einem Besuch beim Spiegelmeister zu zwingen. In ihrem abwechslungslosen Leben würde sich andernfalls nichts ändern. Im Gegensatz zu Adelheid, die nun mehr als zufrieden mit ihrem Geschenk und dem daraus resultierenden Leben war.

Während sie, laut ihren Schwestern, nur sechzig Minuten die Realität durch den Spiegel verließ, verweilte sie in der Bibliothek häufig mehrere Stunden. Das Gebäude war oft leer, und Adelheid genoss die Stille, wenn die anderen Studierenden längst gegangen waren.

Aus Dankbarkeit räumte sie die Bücher an ihre Plätze zurück, ordnete sie alphabetisch und wischte den Staub von den obersten Reihen. Sogar die Sitzplätze der Besucher reinigte sie gründlich, und selbst die bereitgelegten Bleistifte spitzte sie in mühevoller Handarbeit an. Für sie waren diese Arbeiten keine Last, sondern fühlten sich wie eine wahre Berufung an.

Die anderen Töchter teilten ihre Leidenschaft nicht, ließen sie aber gewähren, ohne noch einmal darüber zu sprechen.

Die Einführung in die Gesellschaft hatte Adelheid nicht den erwünschten Effekt gebracht, und sie hatte den Prinzessinnen nicht viel zu berichten.

Jede wurde für dieses Event stundenlang eingekleidet, frisiert und gepudert, um dann nicht einmal dreißig Minuten anwesend zu sein. Sie begrüßten die Adelshäuser im Empfangssaal und knicksten in Reih und Glied, wie man es von ihnen verlangte.

Adelheid und der König standen an der Frontseite des Kristallraumes und beobachteten ihre Gäste. Die Prinzessin wurde nicht zum Tanz aufgefordert, und die mühseligen Übungsstunden waren umsonst.

Obwohl sie bezaubernd in ihrem neuen Ballkleid aussah und alles über Benimmregeln und Etikette der Nachbarländer lernte, schien sie für die anderen unantastbar.

Sie stand neben dem König und wurde von den adeligen Familien abschätzig gemustert, wie ein wertvolles Ausstellungsstück. Ihre Ohren vernahmen geplante Allianzen, Verlobungspläne und Lobgesänge auf ihr Erscheinungsbild. »Eine wahrhaft zukünftige Königin«, war nur einer der Sätze, die sie dezent belächelte.

Sie behielt den ganzen Abend das Verhalten der einzelnen Gruppen im Auge und sah, wie sich diese für Gespräche auf die Balkone oder in die Bibliothek zurückzogen.

Die Männer genossen ihren Tabak im Beratungssaal und die Damen trafen sich am Büfett, um ein Gläschen Wein oder einen sommerlichen Obstsaft zu genießen. Dort wurde Klatsch und Tratsch ausgetauscht, Schneider weiterempfohlen, Halbwahrheiten verbreitet und lauthals gekichert.

Die Kellner trugen Tabletts mit Gläsern und Häppchen, säuberten unauffällig die Hinterlassenschaften und arbeiteten unter den wachsamen Augen des angespannten Hofmeisters. Er delegierte die Bediensteten und sorgte für einen reibungslosen Ablauf. Er wusste, wann Kutschen eintrafen und wohin die abgeladenen Koffer gebracht werden mussten. Er kümmerte sich verlässlich um die Verwaltungsaufgaben und hielt dem König den Rücken frei. Die sechs Mädchen hatten wenig mit dem Butler zu tun, doch er wusste zu jeder Zeit, wo sie sich aufhielten und was sie taten.

Je später die Stunde, desto mehr floss der Alkohol. Die Stimmung wurde ausgelassener und die Musik lebhafter. Adelheid verstand nun die Abneigung ihrer Mutter gegenüber solchen selbstdarstellenden, dem Prestige geltenden Brautschauen. Es war schwer, sich vorzustellen, auf dieser Veranstaltung eine Freundin oder einen vernünftigen Gesprächspartner zu finden. Adelheid hatte den ganzen Abend einen kühlen Blick aufgelegt und verbarg sich hinter einer harten Schale aus Prunk.

Sie imitierte Bewegungen, die sie in den Büchern gelesen hatte, wie etwa sich sanft über die Halskette zu streichen, um den Blick auf die Diamanten zu lenken. Sie präsentierte das Kleid in unterschiedlichen Posen, was ihr wiederum sagenhaft gut gefiel. Sie hielt den behandschuhten Arm, an dem ein passender Reif hing, stets sichtbar über dem anderen, um ihn nicht zu verdecken.

Der wertvolle Stoff des Kleides bestand aus vielen Lagen; ohne Hilfe gelang es ihr nicht, es allein an- und auszuziehen. Der Reifrock war schwer, ergab dennoch hilfreiche Beinfreiheit und wippte leicht bei jedem Schritt. Die Debütantin bekam bereits nach einer knappen Stunde Schmerzen im Rücken, denn das eng geschnürte Korsett des pompösen Kleides sorgte für eine gewöhnungsbedürftige Haltung.

So drehte die Prinzessin den steifen Körper stets im Gesamten – was für die veranstaltungsliebenden Damen längst reine Gewohnheit war.

Die Ballkleider der anderen schwangen im Takt des kleinen Orchesters, dabei strahlten die verwebten Gold- und Silberfäden um die Wette. Die Kristallleuchter warfen ein hervorhebendes, warmes Licht auf die Gesellschaft. Hunderte brennende Kerzen sorgten für eine angenehme Atmosphäre. Und wurde es zu heiß, konnten sich die Gäste auf dem weitläufigen Balkon erfrischen.

Es wurde im Minutentakt geknickst und genickt. Für die Gäste war es eine reguläre Art der Etikette, doch Adelheid fühlte sich schnell fehl am Platz.

Sie war froh darüber, dass ihre Gouvernante am späten Abend andeutete, dass es Zeit wurde zu gehen.

Mit einem höflichen Knicks verabschiedet sich die vierzehnjährige Prinzessin aus der adeligen Runde. Sie verspürte Erleichterung, die Gesellschaft für ein weiteres Jahr hinter sich lassen zu können.

Die Geschwister warteten sehnsüchtig auf ihre Geschichten, denn sie durften nur zu Beginn am Tanzabend teilnehmen, als die Familie vorgestellt wurde. Auch Magdalena von Levenheim verließ den Kristallsaal nach nur knapp zwei Stunden. Adelheid war erschöpft und wollte nur noch nach England in die ruhige Bibliothek verschwinden. An ihren Lieblingsort, eingehüllt vom Geruch ausgelesener, alter Bücher und in die umarmende Stille des Gebäudes. Sie entfloh der Aufforderung der Mädchen für zehn Minuten und genoss magische erholsame Stunden der Einsamkeit, in den Händen Jahrhunderte alte Geschichte und Erzählungen aus früheren Leben.

VI
Der goldene Käfig

N achdem die Bediensteten sie aus dem pompösen Kleid befreiten und die Räumlichkeiten verlassen hatten, fasste Adelheid die Ereignisse des Balls in Stichpunkten zusammen, um die Neugier der Schwestern zu stillen. Aber auch sie konnte dem Abend nichts Reizvolles abgewinnen.

Unangenehme Blicke, Lästereien hinter vorgehaltener Hand und herablassende Bemerkungen hinter dem königlichen Rücken waren ihr nicht entgangen.

Allerdings wollte sie ihre Schwestern nicht mit den negativen Eindrücken belasten und verschwieg die gemeinen Kommentare. Schließlich verschwand sie unter einem Vorwand durch ihr Spiegelportal und widmet sich dort ihrer Leidenschaft zwischen den schützenden Regalen.

Die Zwillinge, Begonia und Carissima, teilten mit ihrer älteren Schwester das Gefühl des Zwangs und das Leben im goldenen Käfig. Doch während Adelheid das Bild einer offenherzigen Persönlichkeit präsentierte, wirkten die zwei Mädchen eher wie

Bedienstete. Sie waren weniger grazil und kaum belesen, legten hingegen größeren Wert auf Mathematik und Kommunikation. Körperlicher Anstrengung scheuten sie nicht, taten sich jedoch schwer mit dem Erlernen und Anwenden der Etikette, die ihr gesellschaftlicher Stand voraussetzte.

Der König tadelte sie häufig für ihr bäuerliches Benehmen. Sie fühlten sich ihm allerdings umso näher, wenn sie ihn zu Themen wie der wirtschaftlichen Führung eines Hauses oder finanziellen Wohlstands befragen konnten.

Begonia und Carissima standen immer im Schatten ihrer großen Schwester. Das Hauptaugenmerk lag auf Adelheid. Als zukünftige Königin sollte sie den Familiennamen in Ehren weiterführen und eines Tages einen Thronfolger gebären. Sie galt als das Aushängeschild der königlichen Erziehung und musste ein Vorbild für die Regentschaft sein.

Auf ihren Schultern lastete der Druck des gesamten Königshauses. Die Zwillinge konnten sich nicht vorstellen, mit Adelheid zu tauschen, und versuchten dennoch, ihr das Leben so einfach wie möglich zu machen. Sie ergänzten sich gegenseitig und schützten ihre Schwester, wo sie nur konnten.

Falls Adelheid je einen törichten Fehler beginge oder unerwartet stürbe, müssten die beiden die Bürde einer Königin tragen – ein Schicksal, das sie stets zu vermeiden suchten.

Die Schwestern liebten einander, daran bestand kein Zweifel. Aber jede war ein Unikat für sich. Während Adelheid auf Schritt und Tritt Regeln befolgen musste, hatten es die Jüngsten leichter. Trotzdem kannte auch sie nur den Bergpalast und den angrenzenden Wald samt Steilhang und Wachen.

Die Schwestern wussten sich zu beschäftigen, und durch das erste Portal der Ältesten kamen nach und nach mehr Freiheiten in ihr Leben. Adelheid erzählte abends von den Geschichten, die sie gelesen hatte, so war für jede etwas dabei und sorgte für kurzweilige Ablenkung. Es ging um Schlachten und ihre Reiter, Alchemisten und ihre Heiltränke, Ländereien und das Pflanzen von Obstbäumen, das Beheizen von Kemenaten und die Schmiedekunst; sogar Schriften über das Schloss gehörten dazu. Sie erfuhren vom Pferdesport, dem fahrenden Volk und dem Winterfrust; traurige Geschichten von Hochgeborenen und spannende über verbotene Lust. Es eröffnete sich ihnen eine verborgene Welt, hinter den Mauern des eminenten Palastes.

Die Themen und Träume der Schwestern verflochten sich mit diesen Geschichten.

Sie forschten und hielten ihr Wissen geheim.

Der königlichen Mutter war das Aufblühen der Kinder nicht entgangen. Sie hatte Stunden damit verbracht, ihr Ohr an das Zimmer ihrer Mädchen zu legen und zu lauschen, um naives Unheil rechtzeitig verhindern zu können.

Adelheid schlich nachts durch die Gänge der Nationalbibliothek. Dabei konnte sie es nicht vermeiden, dass ihr Kleid beschmutzt wurde – ihr Schuhwerk litt offensichtlich unter ihren Ausflügen. Durch den Staub und das Besteigen der Holzleiter, die notwendig war, um an die wertvollere Literatur zu gelangen, blieb der Beweis ihrer nächtlichen Abstecher an der Sohle haften. Zumindest dachte sie das.

Die Mutter wusste um die Magie des Portals, doch konnte mit niemandem darüber sprechen. Adelheid stellte ebenfalls keine Ausnahme dar.

Magdalena ahnte deshalb längst, warum die Schuhe von Adelheid beschmutzt waren, und lenkte die Geschwister selbst auf eine hilfreiche Idee: Alle sollten identische Fußbekleidung tragen, damit kein Fehlverhalten auf eine von ihnen zurückzuführen war.

Die Königin lenkte ebenso durch subtile Hinweise das entstehende Gerede der Bediensteten um. Ein Klatsch über magische Portale hätte drastische Folgen gehabt. Der Spiegelmeister wäre hingerichtet und die Königin wegen Hochverrats in eine Anstalt gebracht worden. Die Schwestern hätten nie wieder das Schloss verlassen, außer Adelheid, die einem Ehemann zugewiesen worden wäre – auf ihre Kosten.

Es wäre ein Ereignis, das seinen Platz in den Memoiren des Landes finden würde und die Familie zum Gespött des Jahrhunderts machte.

Die Mutter hatte selbst hier und da Hinweise gestreut, die die Mädchen verstanden, doch ohne das Geheimnis zu lüften. Und ihr war bewusst, dass der Preis jeder Tochter ein eigenes Portal war. Magdalena war stolz auf ihre Töchter – trotz jugendlichen Leichtsinns waren sie sich der Konsequenzen ihres Handelns bewusst.

Viele Monate vergingen. Adelheid entwickelte Interesse an der Medizin, was untypisch für eine Vierzehnjährige war und schwer zu koordinieren. Sie las Fachliteratur, die sie nicht verstand und ihr ein Spektrum an Themen bot, das sie zu erdrücken drohte.

Es gab so viel zu sehen, so viele Werke zu lesen und so viele Menschen, die das gleiche Interesse hegten. Die Älteste fand einen Ausgleich, der sie veränderte. Eine Welt, die ihr Türen öffnete. Dabei ging es nicht nur um die Möglichkeit der Bildung, sondern auch der Weiterentwicklung ihres Charakters.

Sie war wie ausgewechselt und tat alles, um ihre gewonnene Freiheit zu schützen. Sie hatte stets ein Auge auf ihre Schwestern, denn jede Einzelne konnte aus Trotz dafür sorgen, dass es ihr wieder weggenommen wurde. Die Bindung der sechs Mädchen wuchs, ebenso das Verständnis füreinander.

Bald war es für die Zwillinge so weit. Ihr vierzehnter Geburtstag stand vor der Tür, und die Vorbereitungen des Einführungsballs waren in vollem Gange.

Ihr Interesse galt ihrem Geschenk, und um es tatsächlich zu erhalten, folgten sie jeder Anweisung ohne Murren. Selbst am Abend der alljährlichen Festlichkeiten wagten sie es nicht, ein Wort gegen die Notwendigkeit der Veranstaltung zu verlieren.

Sie würden an Adelheids Seite verweilen und den Palast repräsentieren – als das, was er war: ein Symbol der Regentschaft für Reichtum und Macht.

Hinter verschlossenen Türen wurde nichtsdestotrotz gezetert, geflucht und geweint. Adelheid versuchte, das Beste aus den beiden sturen Mädchen herauszuholen und wusste sie zu ermahnen. Sie brachte ihnen die höfischen Gepflogenheiten bei, wiederholte Tanzschritte bis in die Nacht hinein und schloss ein Bündnis.

»Meine lieben Schwestern. Wir bilden unsere eigene Allianz«, verkündete sie den Zwillingen.

»Jedes Jahr werden wir eine mehr sein. Dann treffen wir uns auf den Bällen und sorgen für Gesprächsstoff. Wir werden das stärkste Bündnis sein. Eine Riege aus sechs Prinzessinnen, und jeder wird sich uns anschließen wollen.«

Die Zwillinge kicherten.

»Adelheid, ich möchte aber auf keinen Ball mehr gehen«, wimmerte Carissima.

»Adelheid hat recht. Reiß dich zusammen. Wir sollten wenigstens einen Tanzball im Jahr besuchen und uns amüsieren. Lasst uns dieses Versprechen bis in alle Ewigkeiten beibehalten«, wünschte sich Begonia und umarmte ihre Schwestern.

Den Zwillingen fiel es schwer, sich auf die Sitten und Gebräuche einzulassen. Damenhaftes Verhalten lag ihnen nicht. Sie waren kräftiger gebaut als ihre Schwestern, mit Muskeln, die

sich abzeichneten und den Schneidern regelmäßig Schweiß-
perlen auf die Stirn trieben.

Sie packten gern mit an und sahen kein Problem darin, körperlich anstrengende Arbeit zu verrichten. Sie hassten es, un-
tätig zuzusehen, wenn andere sich mit einer schweren Truhe
abmühten und sie ohne weiteres helfen konnten.

Es ziemte sich jedoch nicht für eine Prinzessin, sich die Handschuhe oder gar die Hände zu beschmutzen. Eine Regel, bei der
sie stets genervt die Augen verdrehten.

Die Zwillinge hatten einen enormen Appetit und wussten sich
kaum zu zügeln. Deshalb standen häufig Diäten auf ihrem Ta-
gesplan. Sie wuchsen und wuchsen und es war dem König ein
Rätsel, welche Größe die beiden, in ihrem Alter bereits angenommen hatten. Er scherzte und liebte sie so, wie sie waren. Sie
kamen wohl nach ihrem geliebten Vater.

»Was will ich mit einem Sohn, wenn ich zwei solcher Töchter
haben kann?«, witzelte er liebevoll. Sie nahmen eben die Dinge selbst in die Hand, ohne dabei ihre Herkunft zu vergessen.

Königin Magdalena von Levenheim ließ vor einigen Wochen
heimlich einen Brief zu dem Spiegelmeister bringen, da ihr Ehegatte auf Grund ihres Aufbruchs letztes Jahr einen persönlichen Besuch nicht dulden würde.

Sie bat den Künstler um ein Geschenk für die zwei Mädchen,
doch sie bekam lediglich eine Anweisung und kein Präsent zurück. Der Kutscher, der bei den anderen Besuchen an ihrer Seite
gewesen war, suchte sie nach der Rückkehr aus der Stadt um-
gehend auf.

»Meine Königin, er erwartet heute eure Antwort«, flüsterte er
und reichte ihr ein Stück Papier. »Mehr hat der Spiegelmeister
nicht gesagt«, fügte er hinzu und verbeugte sich in tiefer Demut.

Sie nahm den Zettel aus seiner Hand entgegen und las skeptisch die Zeilen.

Werte Königin, die Wahl der Freiheit bleibt. Aber wie würden Sie Ihre beiden Töchter mit nur einem Wort beschreiben?

Magdalena strich mit ihren Fingern über die schwungvoll geschriebenen Buchstaben und stockte.

»Geben Sie mir einen Moment. Ich werde Sie in weniger als einer Stunde erneut aufsuchen.«

Gottlieb Herbst drehte sich um und eilte davon, und die Königin zog sich gedankenverloren auf ihre Terrasse zurück.

Die Frage des Meisters beschäftigte sie sehr. Dieses eine Wort würde entscheidend für das jeweilige Geschenk sein, und sie musste es mit Bedacht wählen. Die Bemerkung über die Option der Freiheit bestärkte sie in dem Wunsch, ein weiteres Portal für ihre Töchter zu erhalten – wohin es führen würde, lag nun an ihr.

Sie saß auf einem weichen Kissen auf einer Bank und richtete ihren Blick auf den gepflegten, dicht bewachsenen und farbenfrohen Garten. Ihre Gedanken schweiften umher und suchten nach einer passenden Beschreibung.

Ihre beiden Zwillinge waren sich ähnlich und nahezu gleich groß. Sie waren kräftig, liebevoll, schüchtern, aber robust. Dagegen aber deutlich weniger musikalisch, jedoch mathematisch begabt und selbstständig. Familiär, gerecht und gute Zuhörer. Hilfsbereit und ehrlich.

Trotzdem schien keiner der Begriffe wahrhaftig zu beschreiben, wer sie waren.

Die Königin benötigte eine volle Stunde, um ein einziges Wort auf einem Zettel zu notieren. Diesen faltete sie mehrfach und ließ ihn durch einen Boten dem Kutscher bringen.

An diesem Tag erwartete Magdalena keine Antwort mehr und widmete sich stattdessen den anstehenden Festlichkeiten.

Auch sie musste sich den Gepflogenheiten stellen. Ihr Ehegatte, der König, hatte sich einen Eröffnungstanz mit ihr gewünscht, und nun nahm sie erneut mit den Prinzessinnen am Tanzunterricht teil. Eine Seltenheit, bei der alle lachten. In diesen innigen Stunden zwischen Mutter, Töchtern und Gouvernante, herrschte Leichtigkeit und Frohsinn.

Zum ersten Mal trafen sie gemeinsam Entscheidungen über die Stoff- und Farbauswahl der Ballkleider und Farbkombination der Dekorationen. Sie weihte sie in die Vorbereitungen ein und gab ihr Wissen weiter.

Der Vater informierte über die Ländereien der angesehenen Gäste und deren Grenzen. Während die Mutter hinter vorgehaltener Hand von den Eigenheiten der Adeligen berichtete. Die korrekten Ansprachen, Etikette und Wortgewandtheit unterrichtete ein weiterer hauseigener Lehrer. Und zusätzliche Gouvernanten wurden eingestellt.

Mit dem Älterwerden der Kinder und dem unweigerlichen Herauskristallisieren ihrer Persönlichkeiten wurde den Eheleuten bewusst, dass es an der Zeit war, sie in die Aufgaben eines Hofstaates einzuführen. Es wurde hinter vorgehaltener Hand über den Palast gesprochen, und das wollte der König nicht auf sich beruhen lassen. Spitze Zungen behaupteten, das Haus der von Levenheims sei finanziell instabil und mangelnd an Stärke und Macht. Sie berichteten von einem geschwächten Königshaus, das seine Waffen nicht einzusetzen wusste. Adelige forderten den König sogar öffentlich heraus.

Adelheid wurde fünfzehn und die Zwillinge Carissima und Begonia in wenigen Wochen vierzehn Jahre alt. Sie gehörten nun der erwachsenen Nobilität an und würden bald eigene Entscheidungen für ihre Zukunft treffen.

Dorethin, Elsbeth und Fronica würden von ihren Schwestern lernen und ihren Weg zum Wohle der Familie bestreiten.

Es war offensichtlich, dass die Mädchen zu Damen heranwuchsen und hoffentlich dem Antlitz und Stellenwert ihrer Mutter folgten.

Die Familie saß gemeinsam im Speisesaal, an dem großen, länglichen Tisch und versuchte sich an sozialen Konversationen. Die Zwillinge hatten sichtliche Probleme mit dem Umgangston in feiner Gesellschaft und machten dies durch Stöhnen und wütende Blicke deutlich, bis der König das Wort an sie richtete: »Ihr sollt euch nicht verbiegen, meine liebreizenden Töchter. Doch solltet ihr eure Mutter oder mich blamieren, wird verbiegen eure geringste Sorge sein.« Die Mädchen verstanden, was er mit dieser Drohung meinte, und gaben von nun an ihr Bestes.

Ihnen wurde bewusst, was für ein Glück es war, Schwestern zu haben – sich gegenseitig zu unterstützen, um nicht unter dem Druck der Familie und der Gesellschaft begraben zu werden. Für den anstehenden Ball war vor allem eines wichtig: Sie mussten stets in der Nähe der anderen bleiben.

Adelheid war dezent in ihrer Wortwahl, während die Zwillinge bei Nervosität unüberlegt lospolterten, als seien sie im eigenen Schlafzimmer. Die Älteste wusste die beiden zwar zu bremsen, konnte aber nicht dauerhaft an ihrer Seite bleiben. Sie mussten lernen, ihr loses Mundwerk zu zügeln und ihre Gedanken in beherrschte Worte umzulenken. Das Leben in der Öffentlichkeit, insbesondere die Anwesenheit in den adeligen Kreisen, sollte die oberste Priorität sein. Was zu Hause in den eigenen vier Wänden, bei Familien und Freunden und im Schutz der Allianzen vonstattenging, war nicht von Belang.

»Behaltet stets einen wohlwollenden Blick auf euer Spiegelbild, denn das zeigt die Augen der Gesellschaft. Müsst ihr euch kritisch betrachten, so tun sie es auch«, war ein wichtiger Hinweis des Königs.

Die letzten Wochen vergingen wie im Flug. Es herrschte eine allgemeine Anspannung, die deutlich spürbar war.

Nicht selten antwortete eine der Schwestern gereizt oder vermochte es gar nicht erst, zu reden – gedankenverloren, abgelenkt und unter Druck.

Adelheid versuchte, den Zwillingen die Aufregung wegen ihres Geburtstagsgeschenks zu nehmen:

»Mutter hat nie eine falsche Entscheidung getroffen, zumindest keine, die euch geschadet hat. Vergesst das nicht.«

»Aber was ist, wenn der Ort, an den uns das Portal führt, nicht der Richtige ist?«, fragte Begonia ihre Zwillingsschwester.

»Es ist doch egal, wohin das Portal uns führt, solange wir zusammen sind.«

»Aber davon rede ich. Was ist, wenn es zwei Portale sind?« Mit dieser Aussage brachte Begonia ihre Schwestern zum Stutzen.

Die drei Ältesten saßen im Ankleidezimmer und warteten auf die Bediensteten. Alle drehten sich abrupt zur Tür, um sich zu vergewissern, dass sie unbeobachtet blieben.

»Du meinst, ihr werdet getrennt?«, grübelte Adelheid. »Mutter hat nie etwas veranlasst, das euch schadet«, wiederholte sie mahnend ihre Worte.

Carissima ergriff fürsorglich die Hand ihrer Schwester.

»Zudem sind wir dem Spiegelmeister fremd.«

VII
Der Wandel des Palastes

Das Gespräch der drei wurde durch das Eintreffen der Bediensteten unterbrochen. An diesem Samstagabend fand der Debütantinnenball statt, und die Zwillinge hatten morgen Geburtstag. Jedoch wurde an einem Sonntag keine Tanzveranstaltung ausgerichtet, da dieser Tag der Kirche gehörte.

Unter diesen Umständen durften die drei Ältesten der Feierlichkeit bis maximal Mitternacht beiwohnen. Viele Gäste mussten spätnachts oder am frühen Morgen wieder aufbrechen, um es rechtzeitig zum Gottesdienst zu schaffen.

Da sich heute alle Augen auf die Prinzessinnen richteten, wurden sie besonders aufwendig zurechtgemacht. Es wurden neue Kleider ausgesucht, die den Charakter jeder einzelnen unterstrichen und der modernen Zeit entsprachen.

Ornamente, Blumenmuster und Ranken verzierten die Röcke der Mädchen. Sie gestalteten ein Ebenbild reiner Eleganz – so pompös, farbenfroh und edel, wie sie niemand zuvor gesehen hatte. Die Korsagen formten die Figuren der Prinzessinnen zu Sanduhren, während die gelockten Steckfrisuren und perlenbesetzten Haarkämme sie reifer wirken ließen.

Funkelnder Schmuck, dezentes Make-up und Absatzschuhe vollendeten das Gesamtbild und machten die Erscheinung der Prinzessinnen zu einem Höhepunkt der Anmut.

Die jungen Mädchen waren in ihrem Benehmen und Auftreten auf Grund der Ausbildung und Etikette weiter als Kinder der Mittelklasse in ihrem Alter. Die Bediensteten und Gouvernanten waren entzückt. Sie konnten die Schwestern, die sie seit ihrer Geburt kannten, nicht mehr von erwachsenen Damen unterscheiden.

Auch wenn die Zwillinge sich vor der Maskerade sträubten, taten sie alles, um ihre Eltern und den Hofstaat glücklich zu machen. Sie hielten sich im Hintergrund, wenn sie angesprochen wurden, und nahmen jeden Tanz an, der sich ihnen bot – selbst wenn dies blutige Füße bedeutete.

An diesem Abend leitete die Familie von Levenheim den modernen Wandel ein. Böse Zungen spotteten über Inflexibilität und altmodischen Reigen.

Das ließ sich König Waldur nicht zweimal sagen. Er tauschte seine Gewohnheiten gegen internationale Inspiration und zeigte sich und seine Familie in neuem Gewand – mit neuzeitlicher Musik und Tanzeinlagen.

Zudem standen heute Abend vier Frauen an seiner Seite und repräsentierten ein gestärktes und selbstbewusstes Königreich.

Die redseligsten und zugleich skeptischsten Gäste und Monarchen, deren Eintreffen der König zuerst erbat, erhielten eine persönliche Führung durch den Palast. Bekamen sie früher nur den Eingangsbereich und den Kristallsaal samt Balkon zu sehen, durften sie heute überraschend weitere Räumlichkeiten besichtigen. Die von Levenheims planten, eigenen Gesprächsstoff in Umlauf zubringen und sorgten dafür, dass diese Gäste sich für etwas Besonderes hielten.

Neben der privaten Bibliothek wurde das Musik- und Lesezimmer von einem musikalischen Klavierstück der begabten Dorethin erhellt. Sie spielte »Liebestraum« von Franz Liszt ohne einen Patzer und blickte in die erstaunten Augen der Gäste.

Anschließend wurden die Gemälde im prunkvollen Gardesaal bewundert, bevor es einen Einblick in den riesigen, mit Säulen bestückten Thronsaal gab. Allein diese Führung reichte aus, um die tonangebenden Skeptiker zu beeindrucken und ihre kritischen Einwände zu entkräften.

Die Familie von Levenheim überstand diesen Abend als einflussreiches, mächtiges Haus und demonstrierte die Stärke ihrer vereinten Wappen und Ländereien.

Der Hofmeister wurde in die Pläne eingeweiht und sorgte für einen reibungslosen Ablauf. Er teilte die Gäste in Gruppen ein und befolgte ein anderes Zeitmanagement. Zusätzliche Kellner waren nicht nur fürs Bedienen, sondern auch als aufmerksame Beobachter engagiert. Denn das Spiel der Anderen gewann der König schon lange. Intrigen spinnen, Allianzen schmieden und bewachen, stand heute auf der Agenda ganz oben.

Die Damen des Hauses taten, was man von ihnen verlangte, und das außerordentlich grazil und entzückend. Eigenschaften, die so gar nicht zu den Zwillingen passten und ihnen ein hohes Maß an Schauspielkunst abverlangten. Die Schwestern übten als eingeschworenes Bündnis die letzten Wochen daran und jede Bewegung, jedes Wort und jeder Blick wurde beurteilt.

Der Abend verlief nach Plan, der König stand mit geschwellter Brust vor der adligen Gesellschaft und reckte sein Kinn über die tratschenden, neugierigen Köpfe hinweg.

Der Kristallsaal im zweiten Stock erstrahlte in üppiger Pracht und konnte nicht prunkvoller wirken. Die Bediensteten und der Hofmeister hatten ganze Arbeit geleistet, und der Einführungsball der Zwillinge würde noch lange in aller Munde sein. Adelheid, Carissima und Begonia zogen bereits am frühen Abend prüfende Blicke von jungen Prinzen auf sich und mussten sich beweisen.

Der Königin war das als Mutter zwar nicht recht, doch es gehörte zur adeligen Einführung. Sie sollten Kontakte zu ihresgleichen knüpfen und im besten Falle wahre Freunde finden.

Obwohl das Tamtam den Zwillingen beizeiten zu langweilig wurde, mussten sie bis kurz vor Mitternacht verweilen. Innerlich brodelten sie voller spannender Geschichten, die sie unbedingt den Schwestern erzählen wollten.

Königin Magdalena genoss den Eröffnungstanz mit ihrem Ehegatten, aber auch sie war von der Lautstärke, der Musik und dem aufgesetzten Lächeln überanstrengt.

Wie ihren Töchtern war es ihr erst gestattet, sich nach Mitternacht zu empfehlen. Es wartete ein besonderes Geburtstagsgeschenk hinter verschlossenen Türen, das sie persönlich überreichen wollte.

Neben all dem Trubel und den Vorbereitungen im Schloss unternahm sie am frühen Morgen, gegen den Willen ihres Ehegatten, einen heimlichen Ausflug mit ihrem Kutscher. Gottlieb Herbst überbrachte am Abend zuvor eine Nachricht vom Spiegelmeister: Das gewünschte Geschenk sei abholbereit.

Also machten sie sich gemeinsam auf den Weg.

Auch an diesem Morgen wurde sie von niemandem gesehen. Die Straßen waren menschenleer, obwohl sich der Morgennebel bereits lichtete. Herr Herbst hielt wie gewohnt in einer kleinen Seitengasse, und die Königin trat allein vor das Haus des alten Meisters.

Abermals öffnete sich die Tür wie von Geisterhand.

»Willkommen, Königin Magdalena von Levenheim.« Der wundersame Mann machte eine tiefe Verbeugung vor der Monarchin und ließ sie eintreten.

»Spiegelmeister. Wie ich sehe, sind Sie wohlauf.«

»Gewiss, geehrte Königin. Eure wohlwollende Haltung gegenüber meinem Hause hat mich durchatmen lassen.«

Seit sie das letzte Geschenk bei ihm erworben hatte, gaben ihm die Menschen hier eine Chance und behandelten ihn nicht mehr wie einen Ausgestoßenen. Er verrichtete ehrliche Arbeiten, und die Königin wusste das.

»Unser Bündnis hat Bestand.« Sie trat ein und blickte sich um. Im Vorraum hatte sich nichts verändert. Unaufgefordert nahm sie auf einem Stuhl Platz und wandte sich ihm wieder zu.

»Sie schrieben, das Geschenk meiner Töchter sei abholbereit. Nun, ich würde es gerne zuerst sehen.«

»Gewiss, werte Königin«, sprach der alte Herr in ruhigem Ton und verschwand in einem angrenzenden Raum.

Es dauerte eine Weile, und sie hörte ihn schnaufen, bis er im Türrahmen erschien und ein riesiges Gemälde hinter sich herzog. Es war mit einem schweren Baumwollstoff bedeckt.

»Ein Gemälde für die Prinzessinnen?«

Magdalena musterte ihn skeptisch.

»Kein einfaches Gemälde. Es ist ein Porträt.«

Die Königin stand auf und trat einen Schritt auf den auffällig verzierten Rahmen zu, der unter dem schweren beigen Stoff hervorlugte. Sie griff danach und hob ihn an, um einen Blick darauf zu werfen. Das Porträt zeigte tatsächlich das strahlende Antlitz der Zwillinge mit einem zaghaften Lächeln.

Was die Königin stutzig machte, waren gleich mehrere Details, die ihren Blick fingen.

»Setzen Sie sich bitte, Majestät. Ich bringe Ihnen einen Schluck Wasser.« Der Spiegelmeister lehnte das Bild an die Wand und lief in die Küche.

Als er zurückkam, reichte er ihr einen Becher.

Sie warf einen prüfenden Blick auf die klare Flüssigkeit. Trotz ihrer Vorsicht traute sie ihm aus irgendeinem Grund. Ihr Bündnis basierte auf gegenseitigem Respekt. Hätte er ihr schaden wollen, hätte er das längst über die Bediensteten tun können.

»Zeigen Sie es mir vollständig«, befahl sie und bedeutete ihm, das Baumwolltuch zu entfernen.

Sie blickte auf das Abbild ihrer Töchter, in ihren wunderschönen Ballkleidern, die sie an diesem Abend zum ersten Mal tragen sollten. Keiner hatte die Stoffe vorher gesehen. Die Kleider wurden speziell in Italien und Frankreich angefertigt. Es war ihr ein Rätsel, wie er die Abendrobe der Damen ohne Vorlage hatte erahnen und zeichnen können.

Sie erkannte hinter den Mädchen einen Wald. Ein Weg führte hinein, der sie an ihr eigenes Grundstück erinnerte, doch da war noch etwas anderes. Sie starrte den Spiegelmeister mit einem durchdringenden Blick an, stand auf und ging näher an das Bild heran.

»Was ist das?«, fragte sie entrüstet.

Hinter den Geschwistern war ein filigranes Haus eingezeichnet, das eine Unterkunft darstellte. Diese Erkenntnis stellte die Königin alles andere als zufrieden.

Sie hob die Hand und ihre Finger strichen vorsichtig über die Fenster des gezeichneten Gebäudes.

Da erfühlte sie das, wonach sie bereits suchte: winzige Glassplitter eines echten Spiegels.

Der Spiegelmeister holte eine Nähnadel hervor und drehte sich zu ihr um.

»Gestatten Sie mir, Eure Hand, werte Königin.«

Ohne zu zögern reichte sie ihm einen Finger.

Er stach behutsam in ihre Haut, und ein kleiner Tropfen Blut quoll hervor. Gemeinsam traten sie wieder an das Gemälde heran. Magdalena tupfte das Blut auf das Glas der Spiegelsplitter, wobei sie darauf achtete, sich nicht zu verletzen. Dann richtete sie sich auf, atmete tief durch und sah den Spiegelmeister intensiv an, während er leise einen Vers murmelte.

»Werden sie es verstehen?«, fragte sie.

»Sie werden es leben«, antwortete er.

Ohne ein weiteres Wort verließ die Königin das Haus und kehrte zur Kutsche zurück. Der Fahrer ging dem Spiegelmeister zur Hand, wickelte das Gemälde sorgfältig in das Tuch, um es vor Wettereinflüssen und neugierigen Blicken zu schützen, und sicherte es auf der Ablage des Kutschwagens.

Die Königin versteckte sich hinter den Vorhängen im Inneren und spähte an der Seite der Gardine nach draußen. Auch jetzt war wieder keine Menschenseele auf den Straßen zu sehen.

Um weiterhin unerkannt zu bleiben, fuhren sie zügig zurück ins Schloss. Magdalena gab Gottlieb Herbst Anweisungen, wo und wann das Gemälde seinen Platz finden sollte, und entlohnte ihn großzügig. Dann widmete sie sich ihrem eigenen Tagesablauf und gesellte sich zu ihren Töchtern.

Sie bemerkte den ganzen Abend, wie aufgeregt und unruhig die Prinzessinnen waren, aber auch sie beschlich ein missmutiges Gefühl. Spätestens um Mitternacht würden die Zwillinge ihr Geburtstagsgeschenk bekommen, und sie war sich sicher, dass diese es mit Verlassen des Balls direkt einforderten.

Sie hatten es sich redlich verdient, denn ihr Benehmen und Auftreten vor den höchsten Adeligen war vorzüglich und machte ihre Familie stolz.

Die Königin hoffte, dass sie danach die Wichtigkeit ihres hochherrschaftlichen Standes und dessen Macht besser verstanden. Dass sie den Intrigen lauschten und sahen, was hinter den Fächern der Damen und den Zigarren der Herren besprochen und geplant wurde und was das Umwerben der jüngeren Männer für sie bedeutete.

Sie ließ ihren Blick über die Gesichter der Gäste streifen. Vernahm die Grüppchen, die sich bildeten, wie sie lachten, und flirteten und hitzig diskutierten. Wie sie neugierig den Garten vom Balkon aus begutachteten und Pläne für ihre eigenen Grundstücke schmiedeten.

Wie sie zaghaft mit ihren behandschuhten Fingern über die Kristalle der Dekoration strichen und anerkennend das Büfett beäugten. Wie die unterschiedlichen Pärchen gemeinsam einen Auftritt vollführten und andere Adelige zu einer Konversation einluden.

Sie sah, wie alle drei Mädchen elegant und pflichtbewusst den Walzer tanzten, wie sie es geübt hatten und dabei die Ränge der Prinzen und deren Familien respektierten.

Magdalena beobachtete, wie die Wangen der Zwillinge rot anliefen, wenn man sie zu einem erneuten Tanz aufforderte und ebenso, wie sie peinlich berührt kicherten, wenn die Herrschaften ihnen ein Kompliment zuflüsterten.

Die älteste Schwester hatte sie zu deren Wirkung bereits eingeweiht. Adelheid erklärte ihnen auch, was leicht beeinflussbaren Prinzessinnen passierte, die direkt auf derartige Avancen eingingen und frühzeitig verheiratet wurden. Dem Gesprochenen untereinander konnte Magdalena jedoch nicht beiwohnen. Sie musste ihren wohlerzogenen Töchtern vertrauen.

Die Königin fragte sich oft, woher ihre Älteste das alles wusste, bewahrte sie sie stets vor den Gerüchten der anderen Königshäuser. Es erzielte jedoch den erwünschten Effekt bei den Schwestern: Sie blieben wachsam und unbeherrschbar.

Adelheid legte eine kühle Miene auf und hatte kein Interesse daran, von den Prinzen umworben zu werden. Und das zeigte sie durch eine unmissverständliche kalte Schulter.

Die Älteste war sehr belesen, und ihr Portal gab ihr nicht nur die Möglichkeit, ihre Forschungen und Lerneinheiten zu verfolgen, sondern hinter die alte Geschichte zu blicken. Sie erkundigte sich über angrenzende Königshäuser und deren Familien. Sie verstand, warum Bündnisse trotz Hass geschlossen wurden und wie sich ein Königreich aufbaute.

Sie versuchte unter allen Umständen, ihre Schwestern vor falschen Entscheidungen zu bewahren und teilte in ihren abendlichen Geschichten ihre meist unschönen Erkenntnisse mit ihnen. Denn obwohl sich in den ersten Jahrzehnten des achtzehnten Jahrhunderts ein Wandel vollzog, konnte es eine von ihnen mit einer frühzeitigen Vermählung zugunsten des Königreiches treffen. Adelheid ließ keine tragische oder erschütternde Information aus und verbreitete ihr erlangtes Wissen, um sie zu schützen.

Die Königin genoss die Anwesenheit ihrer Familie auf dem Ball in vollen Zügen. Sie fühlte sich nicht mehr so allein.

Viele der Damen der anderen Ländereien verstanden ihre gewählte Einsamkeit und das Wegbleiben von Festlichkeiten nicht. Hin und wieder boten sie ihr Einladungen und ihre Freundschaft an. Aus einem ihnen unerklärlichen Grund lehnte sie diese allerdings freundlich, aber bestimmt ab.

Es kam selten vor, dass Magdalena von Levenheim einen Teenachmittag veranstaltete, während die Männer einen Kriegsrat hielten oder gar in die Oper und ins Theater ging. Sie hatte kein großes Interesse an Musik und Schauspiel oder Klatsch und Tratsch. Sie wählte und lebte für die Familie.

Deshalb blickte sie dem Erwachsenwerden ihrer Töchter mit einer gewissen Traurigkeit entgegen.

In nicht allzu ferner Zukunft würden sie ihre eigenen Familien gründen, ein Schloss führen und mit einem wohlhabenden Prinzen an ihrer Seite leben.

Auch sie würden unter bestimmten Umständen den Thron besteigen und gemeinsam mit ihrem Mann ein Königreich regieren. Doch so weit wollte sie nicht denken. Bis dahin genoss sie jede freie Minute mit ihren Mädchen und sammelte wertvolle Erinnerungen.

VIII
Das Geschenk der Zwillinge

Die Königin wurde von einer Gouvernante in ihren Gedanken unterbrochen, die sie auf die Uhrzeit aufmerksam machte – es war Zeit zu gehen. Magdalena verabschiedete sich von ihrem Ehemann Waldur, dem König von Levenheim, und überließ die Gäste ihm.

Am nächsten Morgen würde eine Kaninchenjagd unter den engsten Vertrauten ihres Mannes stattfinden. Danach würden sich die Ränke neu schmieden und zeigen, ob sich der Tanzball und das späte Saufgelage der feinen Gesellschaft gelohnt hatten. Bis dahin hielt der König die Stellung.

Begonia und Carissima warfen ihrer Mutter gequälte Blicke zu, da ihre Füße von den ungewohnt hochhackigen Tanzschuhen schmerzten. Sie sehnten sich nach den bequemeren Schuhen zurück, die sie nutzten, um das Geheimnis des Portals zu schützen. Auch die schweren, eng geschnürten Kleider lasteten auf ihrem Gemüt. Deshalb entließ die Mutter ihre Töchter rechtzeitig und ließ sie in ihr Zimmer führen. In der Zwischenzeit holte sie die anderen Schwestern aus dem Musikzimmer.

Die Jüngeren schliefen auf den Sitzreihen, und Dorethin las gedankenversunken ein Buch. Sie erschrak, als ihre Mutter eintrat, klappte das Buch hastig zu und half, Elsbeth und Fronica aufzuwecken. Nachdem die Mädchen sich ihrer Umgebung vergewissert hatten, wurde ihnen klar, was nun bevorstand.

Die Königin führte die drei zum Kinderzimmer, wo die Zwillinge bereits mit Adelheid warteten. Zögernd öffneten sie gemeinsam die Tür und entdeckten schließlich das wuchtige Gemälde über ihrem Bett, verborgen hinter beigen Stoffbahnen.

Begonia machte große Augen und traute sich als Erste an das Werk. Sie griff sich einen Zipfel des hellen Stoffes und zog zaghaft daran. Nun trat auch Carissima an das Kopfende des Bettes und half ihr beim Enthüllen des Gemäldes.

»Wie ist das möglich?«, flüsterte eine der Gouvernanten hinter der Königin.

»Ein wahres Kunstwerk«, sprach die Dienstälteste.

»Meine Mädchen«, strahlte die Mutter und breitete die Arme für eine innige Umarmung aus. Sie drückte sie sanft, aber aus vollem Herzen. Dann wich sie einen Schritt zurück, holte umständlich einen versteckten Zettel aus einer nicht sichtbaren Tasche des Kleides heraus und richtete die darauf geschriebenen Worte an die beiden.

Dein Tag stets glänzt, dein Lächeln erblüht.
Dem Unmut strotzt und Leidenschaft glüht.
Doch hat Neid der anderen deine Hand verbrüht,
seid im Halten das innige Bündnis bemüht.

Der Wille und Wohlwollen nicht genügten,
stets Liebe und Verständnis zusammenfügten.
Aus zwei wird eins und wenn einer lügt,
eure Mutter es weiss und beide rügt.

Die Schwestern lachten, denn immerhin hatte ihre Mutter wenigstens versucht, ihnen eine liebevolle Botschaft zu verfassen, und ihre Fähigkeit zu reimen hatte sich in den letzten Jahren ein wenig verbessert.

Nachdem Magdalena die Bediensteten in die Nachtruhe geschickt und sich von ihren Kindern verabschiedet hatte, zog sie sich zurück. Sie war innerlich unheimlich missmutig und geplagt von Sorgen.

Nun lag es an den Zwillingen, das Geschenk zu verstehen und sinnvoll zu nutzen. Deshalb ließ sie sie schnell allein.

Während die Königin sich in ihre Gemächer begab und eine unruhige, traumreiche Nacht entgegensah, blickten die sechs Schwestern ungläubig auf das Gemälde an der Wand – und warteten. Die Zwillinge verweilten Hand in Hand und ängstlich vor ihren nebeneinanderstehenden Betten und starrten das Porträt an der Wand an.

Die anderen Geschwister gingen ebenfalls zu ihren Betten und nahmen darauf Platz.

Während Fronica sich bei Adelheid versteckte, forderte die Älteste die beiden auf, das Bildnis zu begutachten.

»Ich würde lieber noch warten«, flüsterte Begonia und schaute ihre Schwester unsicher an.

»Ich fühle mich auch unwohl, aber darauf haben wir so lange gewartet. Bist du denn nicht neugierig?«, erwiderte Carissima.

Während die beiden unnötig Zeit schindeten, kam Dorethin zu ihnen herüber und warf einen Blick auf das Geschenk. Die Zwillinge drehten sich verwundert zu ihr um, ließen sie aber gewähren. Ihre Schwester berührte zaghaft den Rahmen und strich mit ihren Fingern vorsichtig über den goldenen Rand. Dabei betrachtete sie die Farben, die feinen Pinselstriche und tastete diese sanft ab. Nichts geschah.

»Steigt auf das Bett.« Dorethin unterstrich ihre Worte mit einer entsprechenden Geste.

Schaugierig wagten sie schließlich ihren ersten Schritt.

»Was sollen wir tun?«, fragten die beiden gleichzeitig und schauten auf ihr gemaltes Ebenbild.

»Sieh mal, Carissima«, flüsterte Begonia und zeigte auf das Haus, das hinter ihnen zu sehen war.

»Was siehst du?«, rätselte Carissima, die es zunächst nicht erkannte.

»Dort, im Fenster des Hauses. Das Glas funkelt.« Begonia half ihrer Schwester, die kleinen Splitter zu erkennen, und traute sich, einen weiteren Schritt heran. Vorsichtig streckte sie ihren Arm aus und tastete nach einem der Fenster, um die Echtheit zu überprüfen.

»Das ist Glas, aber es ist geschliffen«, stellte Begonia überrascht fest und wechselte einen Blick mit ihrer Schwester.

Auch Carissima griff nun nach dem Fenster.

Und in dem Moment, als beide gleichzeitig die Glassplitter berührten, öffnete sich ein leicht schimmerndes Portal – und die Zwillinge waren verschwunden.

»Wo sind sie hin?«, flüsterte Fronica, die sich hinter ihrer Schwester versteckte, als die beiden plötzlich rückwärts aus ihrem Bild heraus fielen und unsanft auf ihren Betten landeten.

Was ist passiert? Seid ihr wohlauf? Was habt ihr gesehen?

Die Mädchen riefen geschockt durcheinander, ehe sie hastig aufsprangen und zu ihren Schwestern eilten, die sich gerade aufrichteten. Die Zwillinge schauten an ihren pompösen Kleidern herunter, doch nur ihre verschmutzten, schlammbedeckten Schuhe zeugten von einem Ausflug. Sie waren lediglich wenige Sekunden verschwunden.

»Was bildet der sich ein?«, schnaubte Carissima aufgebracht und versuchte, umständlich aus der verdrehten Position aufzustehen. »Was glaubt der, wen er vor sich hat, dieser Tölpel.« Jetzt strampelte sich auch Begonia frei und stand auf.

Die Mädchen strichen sich ihre Kleider glatt, richteten ihre Frisuren und blickten unglücklich auf die dreckigen Schuhe an ihren Füßen.

»Oh nein. Mutter wird uns maßregeln.« Begonia begann zu weinen, und Adelheid eilte herbei, um sie zu trösten.

»Sorge dich nicht, kleine Schwester. Sie weiß nicht, wem die Schuhe gehören. Und sei dir gewiss: Sie wird es niemandem erzählen.« Diese Vereinbarung gingen alle Mädchen des Hauses verbindlich ein. Die Mutter und die Bediensteten würden nicht fragen, und die Schwestern behielten das Geheimnis für sich.

»Jetzt erzählt schon!«, forderte Elsbeth, die sich bisher schweigend im Hintergrund gehalten hatte, die Zwillinge ungeduldig auf. »Wo wart ihr?«

Die Zwillinge mussten erst begreifen, wo sie eben waren und was sie erlebt hatten. Denn das war ihr Portal. Das Geschenk enthielt ihre Freiheit und repräsentierte ihren Charakter. Doch es verlief anders als erwartet.

Begonia drehte sich um und zeigte auf die Hütte.

»Das ist eine Schenke«, erklärte sie den Geschwistern, aber die Mädchen schauten sie nur ungläubig an.

»Wir sind direkt vor der Tür gelandet und wollten gerade hineingehen, als uns ein junger, ungepflegter Mann abfing und uns den Eintritt verwehrte«, erläuterte nun Carissima. »Dieser

Flegel hat uns an den Armen gepackt und uns weggeschickt. Und dann hat er uns die Tür vor der Nase zugeschlagen ...«

»Und ihr seid wieder hier erschienen«, beendete Elsbeth den Satz. Die Zwillinge schüttelten jedoch energisch den Kopf.

»Nein, das haben wir uns nicht gefallen lassen. Der wusste nicht, wer wir sind«, sprach Carissima weiter.

»Und es interessierte ihn nicht. Auch nicht, als Carissima es wiederholt hat«, ergänzte Begonia beschämt.

»Er sagte, dass Damen wie wir dort nichts zu suchen hätten. Aber ich konnte einen Moment hineinspähen – es waren durchaus Frauen anwesend.«

Carissima schien nicht zu verstehen, was damit gemeint war.

»Dabei hatten wir eben gar nicht mehr unsere schönen Kleider an, sondern sahen wie einfache Mägde aus.«

Auch Begonia war es ein Rätsel.

»Wie kann Mutter euch das nur antun?«, schluchzte Fronica, die den Ausführungen der Älteren aufmerksam lauschte.

»Das ist ein außergewöhnliches Geschenk«, meinte Dorethin und klang besorgt.

»Ich finde es perfekt.«

Alle schauten erschrocken und fassungslos zu Carissima, die mit dieser Aussage selbst ihren Zwilling zum Stutzen brachte und aufhorchen ließ.

»Wie bitte? Was meinst du damit?«

»Wir werden diesem Mann beweisen, dass wir selbst entscheiden, ob wir dort Zeit verbringen möchten oder nicht.«

Carissima stand mit geschwellter Brust auf und stemmte ihre Hände in die Hüften. Ihr Blick wanderte zu Adelheid, die energisch ihren Kopf schüttelte.

»Carissima, ich verstehe, dass du es als Herausforderung siehst, aber in der Welt kann dir niemand helfen. Ihr seid dort auf euch allein gestellt; in einer Welt jenseits geschützter Mauern oder Soldaten und einer respektlosen, männerdominierten Schenke, in der Alkohol in Strömen fließt. Frauen werden dort herablassender behandelt, als wir es gewohnt sind«, tadelte Adelheid ihre Schwester.

»Bist du dir da so sicher?«, zischte diese sie ungewohnt an.

»Obwohl du in einem Punkt recht hast: Es macht einen Unterschied, ob wir hinter diesen Mauern oder in einer Schenke bevormundet werden. Dort erfahre ich wenigstens etwas Neues vom Leben; dort kann ich für mich, für meine Schwester und unsere Interessen einstehen. Denen werden wir zeigen, aus welchem Marmor wir gemeißelt sind.«

Begonia wusste hingegen nicht, wie ihr geschah, und bekam Angst. »Ich möchte nicht dorthin zurück.«

»Du hast recht, für heute ist es genug. Lass uns eine Nacht darüber schlafen und unsere kurze Reise erst einmal verarbeiten. Morgen werden wir zwei ein Gespräch führen.« Carissima ging in das Ankleidezimmer und forderte ihre Schwester auf, ihr zu folgen. Sie sprachen kein Wort mehr miteinander. Auch die anderen Mädchen machten sich für die Nacht fertig und legten sich schlafen.

Adelheid wusste, warum Carissima so reagierte. Sie war sich jedoch sicher, dass ihre Schwester die Gefahren nicht vollständig verstand. Es war durchaus möglich, dass sie nicht rechtzeitig durch das Portal entkommen konnten. Dann, wenn die Gedanken in der Hektik mit etwas anderem beschäftigt waren, als fest an das eigene Portal zu denken. Und was in dem Moment passierte, wollte sie lieber nicht herausfinden.

Ihre Mutter hatte den Töchtern dieses Geschenk gemacht, weil sie ihnen vertraute und es ihnen ein Stück weit Freiheit gewährte. Magdalena hoffte, dass es dazu beitragen würde, den adeligen Status der Mädchen zu festigen, ihre Fähigkeiten weiterzuentwickeln und ihre Stärken zu formen. Bei der Anwendung und dem Verständnis des Portals konnte die Königin allerdings nicht eingreifen. Es war an den Palast und die jeweilige Tochter gebunden – das Königspaar war davon ausgeschlossen.

Wenn die von Levenheims von dem Ort der Zwillinge, an den das Portal führte, erfuhren, würden sie es zerstören.

Die Mädchen waren gerade einmal vierzehn Jahre alt und weit vom Erwachsensein entfernt. Auch wenn der Ball sie offiziell in die Welt der mündigen Erwachsenen eingeführt hatte, waren sie noch Kinder.

Adelheid konnte nicht schlafen und wälzte sich unruhig hin und her. Sie versuchte, den Sinn des Geschenkes zu verstehen und zu begreifen, wie es den Zwillingen bei der persönlichen Entwicklung helfen sollte.

Der Aufenthalt der beiden in einer Schenke, egal unter welchen Umständen, war einfach zu gefährlich und keinesfalls zu empfehlen. Sie mussten jedoch der Wahl des Spiegelmeisters und der Königin vertrauen.

Während das ganze Schloss schlief, versanken die Schwestern alle in ihren eigenen Gedankenstrudeln und sorgten sich um den Wert und die Veränderungen, die dieser Abend mit sich gebracht hatte.

IX
Die Berufung des Spiegelmeisters

Der Spiegelmeister, mit dem Vornamen Echos Nero, dessen Nachname unbekannt war, wurde nicht in diesem Königreich geboren, genoss aber seit Jahrzehnten Schutz hinter den Toren. Er war als Kind mit einer Schmiedegruppe angereist und beherrschte lediglich die Sprache der Romanen. Latein wurde allerdings hier nicht für Unterhaltungen angewandt. Seine Familie reiste als Handwerker von Land zu Land, immer dorthin, wo ihre Arbeit gebraucht wurde.

Es fiel Echos Nero schwer, sich den unterschiedlichen Kulturen anzupassen und viel zu oft sein Umfeld und neugewonnene Bekannte zurückzulassen. Aber das war der Lebensstil seiner Gemeinschaft – an einem Ort zu verweilen, ohne einen Auftrag zu haben, galt als unvereinbar mit ihrer Bestimmung.

Echos Nero sah das anders als seine Verwandten. Mit sechzehn Jahren entschied er sich für diese Stadt in Dänemark und lernte fleißig die beheimatete Sprache. Er gliederte sich ein und arbeitete unentwegt, um sich seinen Unterhalt zu verdienen. Auf Grund des Wanderlebens hatte er nie eine Schule besucht. Aber an Tagen, an denen er keine Arbeit fand, schlich er zum Gemeindehaus und spähte durch das Fenster der Lehrer. Er war nicht allein mit diesem Schicksal. So fand er recht bald Anschluss bei den anderen Straßenjungen.

Sie vertrieben sich die Zeit mit heimlichen Treffen; ihm gefielen die Machenschaften und deren Gefahren aber nicht. Echos Nero wollte ehrliche Arbeit verrichten, so wie er es bei seinen Eltern und seiner Familie auf der Wanderschaft gelernt hatte.

Er zeigte eine außerordentliche Begabung bei Handarbeiten jeglicher Art und eignete sich schnell neue Fertigkeiten an, besonders im Umgang mit unterschiedlichen Materialien und Formen. Echos Nero ergriff die Chance, stellte sein Talent unter Beweis und bekam eine der begehrten Lehren bei einem ortsansässigen Glaser.

Der junge Lehrling hatte ein ruhiges Gemüt; soziale Aktivitäten hatten für ihn keinen hohen Stellenwert. Dafür war er umso zielstrebiger, freundlich und wissbegierig. Er unterstützte seinen Lehrmeister bei dessen wenigen Aufträgen und war dankbar, in seinem alten Schuppen wohnen zu dürfen. Er brauchte nicht viel zum Leben.

Die Zeiten waren hart. Geld verlor an Wert, und der Einkauf von Materialien war ein langwieriger Akt. Die Menschen schränkten sämtliche Ausgaben und Unternehmungen ein, und das Leben wurde beschwerlich.

Das Land wehrte sich gegen Intrigen, während die Soldaten an der Front kämpften.

Sein damaliger Meister hatte eine mehrköpfige Familie zu versorgen, und schon bald konnte der Glaser ihn nicht mehr entlohnen. Erst mit der Vermählung der von Levenheims erlebte das Land wieder einen wirtschaftlichen Aufschwung. König

Waldur führte schwerere Strafen für Plünderer, Diebe und Mörder ein und kümmerte sich um die Entwicklung seines Landes. Wer ihm, seinen Landsmännern oder dem Volk schaden wollte, wurde verbannt oder eingesperrt; wer seinem Land diente und es voranbrachte, wurde mit Lohn und Material unterstützt. Durch die Erweiterung der Handelswege kurbelte er den Vertrieb nationaler Güter und dadurch die Wirtschaft an.

Der Glasermeister hatte Mitleid mit seinem Schüler, und weil er frühzeitig sein Talent erkannt hatte, vermittelte er ihn an einen hiesigen Spiegelmeister.

Der alte Meister hatte keine Erben und keine Familie, deshalb betrachtete er den Jungen als Geschenk des Himmels. Und obgleich er kaum mehr etwas sah, das Haus nicht mehr verlassen konnte und den ganzen Tag schlief, schaffte er es, Echos Nero die Kunst seines Handwerks beizubringen.

Der junge Mann studierte eifrig die im Haus verstreuten Anleitungen und lernte alles über die anspruchsvollen Aufgaben eines Spiegelmeisters.

Die Handelswege für Materialien funktionierten seit dem adeligen Zusammenschluss wieder problemlos, und der Schüler hatte vor einiger Zeit begonnen, selbstständig die ersten Arbeiten zu übernehmen. Der alte Spiegelmeister wollte, dass Echos Nero seinen Platz einnahm und sein Geschäft samt Werkstatt weiterführte.

In den wenigen Jahren, die dem alten Meister noch blieben, gab er nicht nur sein Wissen, sondern auch eine spezielle Art der Spiegelherstellung preis. Eine Art, die nur dem Alten gelang und ein ganz besonderes Geheimnis barg.

Diese Kraft sollte sich erst mit dem Tod des Meisters entfalten.

Der junge Lehrling schob die seltsamen Rituale seines Meisters – unverständliche Sprüche, Kräuter und ja, auch Blut – zunächst auf sein hohes Alter. Mit der Zeit gewöhnte er sich jedoch daran.

Die potenziellen Käufer kamen oft, ohne zu wissen, was sie wollten und verließen das Haus dennoch mit einem Spiegel unterschiedlichster Art. Der Meister wusste aus unerklärlichen Gründen immer, was ihnen half und wer ihn bald aufsuchte, ohne dafür viel zu verlangen oder etwas zu erhalten.

»Das Bild im Spiegel zu erkennen, ist eine hohe Kunst«, pflegte der Meister zu sagen.

Echos Nero verstand die Bedeutung dieser Worte erst, nachdem sein Lehrmeister gestorben war. Mit dessen Tod ging die Gabe des Hauses auf den jungen Mann über, und er wurde im privaten Kreis zeremoniell zum neuen Spiegelmeister ernannt. Von diesem Moment an verlor er seine Vergangenheit, war untrennbar an diese Stadt gebunden und verschrieb sich der Spiegelherstellung – einschließlich der magischen Einflüsse.

All dies besiegelte ein mit Blut unterschriebener Vertrag zwischen Meister und Schüler.

Seine Aufgabe war fortan nicht mehr nur das Handwerk an sich, sondern auch, den Menschen zu helfen. Dies tat er stets mit Herz und Verstand und blühte vollkommen in seinem neuen Leben auf. Er hatte seine Berufung gefunden, und diese übte er bis heute aus.

Hinter vorgehaltener Hand war er für die Dorfbewohner jedoch ein Hexer. Ein zwischenzeitlich alter Mann, der Magie anwandte und deshalb gehängt werden sollte.

Vollstreckt wurde diese Grässlichkeit allerdings nicht.

Niemand wagte es, das Urteil des Königs infrage zu stellen, denn der Spiegelmeister hatte sich nie etwas zuschulden kommen lassen und nie einer Seele Leid zugefügt.

Er betrieb gelegentlich am Wochenende auf dem Stadtmarkt einen Stand und verkaufte dort Spiegel und Accessoires aller Art. Meistens erwarben Gaukler und Reisende etwas bei ihm und trugen seine Werke in ferne Länder.

Die Qualität seiner Produkte war außergewöhnlich gut und mit einem modernen Touch des Landes versehen. Wenn er Aufträge für Geschenke erhielt – ob Handspiegel, Spiegelrahmen oder Gemälde – verzierte er sie mit den örtlichen Kulissen oder ließ sich von der botanischen Vielfalt inspirieren.

Er malte, schmückte und verschönerte alles, was mit Glas und Spiegeln zu tun hatte. Ein wahrer Meister seiner Zeit und seines Handwerks.

Doch wenn die Stadt sich auflehnte, sich Missgunst breitmachte oder Gerüchte durch die Straßen zogen, blieb ihm nichts anderes übrig, als sich in seinem Haus zu verstecken. Sein Ruf bedeutete, das pure Böse zu sein. Schlimme Verheißungen sollten geschehen, sobald man ihn ansah. Flüche, Leid und Morde, sagte man dem Einzelgänger nach.

Er hatte nie um den magischen Einfluss gebeten und zweifelte häufig an seiner Wahl seiner Ausbildung. Aber wenn er an die vielen Menschen dachte, denen er helfen konnte, und wie viele noch kommen würden, wurde ihm wieder bewusst, warum er seine Berufung angenommen hatte.

Seine Gabe konnte er selbst nicht erklären. Sein Meister erkannte in ihm *die Fähigkeit des Sehens*, wie er es genannt hatte. Diese Fähigkeit verband sich mit den innigsten Wünschen der Menschen und wurde mit dem Blut des Auftraggebers aktiviert. Der Auftrag konnte nur bestehen, wenn der Kunde sich seines Bedürfnisses und dessen Dringlichkeit bewusst war.

Sobald Echos Nero spürte, dass das Verlangen seines Gastes in Richtung einer finanziellen Notlage ging, verschaffte er ihm nicht das Geld, sondern die Einsicht, wie er es verdienen konnte. Sie erwarben ein Accessoire bei ihm und erkannten es selbst in ihrem Spiegelbild. Ging es um Krankheiten und Gebrechen, konnte er sie nicht heilen, aber auf die jeweiligen Kräuter, die Nahrung und Lebensveränderungen verweisen. Auch dafür sorgte das magische Glas.

Menschen, die nach Rache, Mord und Wollust verlangten, schlug er die Haustür direkt vor der Nase zu, denn er hatte ein Gespür für Gefahren und schlechte Absichten.

Trotz aller Widrigkeiten ging es ihm gut. Er war gern in seiner Werkstatt allein und zog es ihn in die Gesellschaft anderer, konnte er auf dem Marktplatz verweilen oder die Schenke aufsuchen. Sein isoliertes Leben blieb den Bewohnern jedoch stets ein Rätsel und sorgte regelmäßig für Gesprächsstoff.

Die Lage spitzte sich zu, und er befürchtete, sein Haus verlassen zu müssen. Genau an diesem Abend besuchte ihn unerwartet die Königin, und er wappnete sich, verbannt zu werden. Entgegen seinen Befürchtungen kam sie mit einem tief sitzenden Wunsch, der all seine und ihre Probleme lösen konnte.

Ihr erster Besuch war nun fast fünfzehn Jahre her. Damals hatte er ihr geholfen, einen Giftanschlag durch eine Bedienstete zu erkennen und zu beenden. Auch wenn er ihren ursprünglichen Wunsch – schwanger zu werden und die Thronfolge zu sichern – nicht direkt erfüllen konnte, zeigte er ihr den Weg. Sie entgiftete sich, erwartete ein Kind und gebar sechs bezaubernde Töchter.

Im vergangenen Jahr kam sie erneut mit einem unerfüllten Wunsch, der allerdings nicht für sie selbst, sondern für ihre älteste Tochter bestimmt war. Das stellte beide auf die Probe.

Sie wünschte sich einen Kompromiss für Adelheid. Das Erfüllen ihres innigsten Wunsches, auf den sie keinen Einfluss nehmen konnte. Die Königin und der Spiegelmeister besiegelten dennoch das Bündnis. Und da der Besuch von Magdalena auch ihm womöglich das Leben rettete, erschuf er ein dauerhaftes Portal für die Prinzessin, das ausschließlich innerhalb der Palastmauern wirkte. *An dem Ort der Geburt, des ersten Herzschlages und des ersten Denkens.*

Magdalena von Levenheim stellte ihn zwar nicht in den Dienst des Königs, doch sie ließ keinen Zweifel daran, wie sehr sie ihn schätzte. Ein Jahr verging und sie schickte ihm abermals eine Nachricht: Den Zwillingen stand der vierzehnte Geburtstag bevor, und auch sie sollten ein Portal erhalten.

Magie konnte niemand entzweien, und so mussten sie es gemeinsam nutzen.

Gebunden an den Palast und die jeweilige Schwester.

Geformt aus einem Wort, erschaffen aus Sehnsucht, besiegelt mit Blut und Magie.

Es war eine Herausforderung, wie er sie zuvor nie bestritten hatte. Er war sich der Deutung des Wortes zu den Zwillingen nicht gewiss, denn selbst ein junger, harter Mann wäre der Ausgang ihres Portals kein Leichtes gewesen.

Er betrachtete das Blatt Papier, das ihm der Kutscher überreichte, erneut. Darauf stand das Wort: ehern.

Der Wunsch war unausweichlich.

Echos Nero wusste nur grob, welche Fäden sich in dem handgefertigten Spiegel verwoben, welche Macht sie hatten und was sie bedeuteten, wenn man sich ihrer nicht annahm. Er hatte jedoch keinen Einfluss auf unausgesprochene tiefe Wünsche und konnte die entweichende Magie nicht steuern. Sobald der Spiegel seinen Besitzer erreichte, konnte nur noch er ihn betreten und verlassen. Er konnte nichts entwenden oder verändern, aber auch kein dauerhaftes Leben darin meistern.

Es bleibt eine Sehnsucht; des Trägers größtes Verlangen.

Sie wussten es beide: Es würde ein weiteres Jahr vergehen, bis die nächste Tochter den Tag ihres vierzehnten Geburtstags erreichte. Dann würden sie sich wiedersehen.

X
Begonia und Carissima

Während der neue Tag für die Schwestern wie jeder andere begann, veränderte er das Leben der Zwillinge. Adelheid wusste, dass sich bis zum Sonnenuntergang nichts Neues ergeben würde und ärgerte sich jetzt, nicht in die Bibliothek gereist zu sein, um nach Informationen für ihre Schwester zu suchen. Sie kannte das Leben außerhalb des Palastes nicht und konnte daher den beiden Jüngeren keinen Rat geben.

Die Familie saß gemeinsam mit einigen Gästen des Balls am Frühstückstisch, und die Mädchen mussten sich gedulden. Der König würde bald mit den adeligen Herrschaften, Monarchen und Grafen zur Jagd aufbrechen. Währenddessen lud Magdalena von Levenheim die Damen zu einer Teestunde ein. Das verschaffte den Prinzessinnen ein wenig Freiraum, und sie gaben an, die nächsten Stunden in der Bibliothek zu verbringen.

Die Königin wurde stutzig und blickte in die Gesichter ihrer Töchter. Sie konnte deren Gemütszustand aber nicht deuten.

Magdalena musste an ihre Vernunft appellieren. Adelheid war immerhin dabei und wusste, welche Veränderung bevorstand; deshalb ließ es sich die Mutter nicht nehmen, den Hofstaat anzuweisen, die Töchter allein zu lassen.

Den Mädchen wurde Tee in die Bibliothek gebracht. Dort versammelten sie sich an einem großen massiven Holztisch und blickten sich einen Moment stumm an.

Carissima war die Erste, die das Wort ergriff:»Helft ihr uns, etwas über Schenken und ihren Stand herauszufinden?«

»Jeder weiß, was dort geschieht«, antwortete ihre Zwillingsschwester flüsternd.

»Begonia, ich fürchte, wir wissen wenig bis nichts, und es liegt an uns, diesen Ort zu erforschen und unsere Aufgabe dort zu finden.«

»Carissima hat recht«, mischte sich Adelheid ein.»Euer Portal scheint ganz anders als meines zu sein. Die Herausforderung zu erkennen, liegt in euren Händen. Denn dahinter steht ein tiefer Wunsch, der euch beide vereint.«

»Ich glaube, ich möchte kein eigenes Portal besitzen«, murmelte Dorethin, die im nächsten Jahr ihren vierzehnten Geburtstag feiern würde, und auch Elsbeth und Fronica nickten.

»Wir werden euch aber gewiss unterstützen. Ich bin gespannt, ob ihr euch heute Nacht Zutritt verschaffen könnt.« Diese Aussage von Elsbeth ließ alle aufhorchen.

Sie sprach aus, was alle Mädchen dachten.

Dann nahmen sie sich im Kreis an den Händen und besiegelten ihren schwesterlichen Pakt.

In den nächsten zwei Stunden durchforsteten die Prinzessinnen alle Bücherreihen und hielten Ausschau nach gezeichneten Bildern von Schenken, Erzählungen von Barden und geschichtlichen Ereignissen, in denen solche Lokalitäten erwähnt wurden. Sie legten alle Bücher aufgeklappt auf dem Tisch ab und betrachteten ihr Sammelsurium.

Während die zwei Jüngsten sich auf die Sitzgarnitur zurückzogen und sich gegenseitig Märchen vorlasen, gingen die Älteren ernsthaft ihren Forschungen nach.

»Über der Eingangstür der Schenke standen Wörter geschrieben«, berichtete Begonia, konnte sich jedoch nicht mehr an den genauen Wortlaut erinnern.

»Es klang wie Ender... Sender de, oder so ähnlich«, grübelte Carissima und widmete sich wieder einem der Bücher.

Begonia klatschte plötzlich in die Hände und erinnerte sich freudestrahlend: »Sendero de Caminata!«

»Das ist Spanisch und bedeutet *Wanderpfad*«, erklärte Adelheid den Zwillingen.

Ein Name, der gut zu dem Haus passte.

Sie erfuhren, dass eine Schenke eine Gaststätte mit Krugrecht war und deren Wirt auch Kretschmer genannt wurde. Gast- oder Brauschenken dienten der Versammlung, Diskussion und dem Vergnügen und trugen oft kreative Namen. Dort trafen sich Reisende und Händler aus aller Welt und genossen den Abend, ohne sich von Standesunterschieden abschrecken zu lassen. Nichtsdestotrotz gab es viele Auseinandersetzungen und Raufereien, wenn der Alkohol die Zungen und die Fäuste lockerte.

»Ich verstehe es nicht«, gab Carissima kopfschüttelnd zu.

Letzte Nacht spürte sie eine Herausforderung, jetzt übermannten sie jedoch die Zweifel.

»Was macht eine Frau in einer Schenke?«, grübelte Begonia.

»Es ist kein offizielles Haus der Lüste, und trinkfest sind wir auch nicht.«

»Begonia«, tadelte Adelheid ihre Schwester. »Es geht um eure Interessen, euer Seelentrost und eure freie Entfaltung, nicht um das Entblößen eurer Schenkel.«

»So hat Begonia das nicht gemeint«, verteidigte Carissima ihre Zwillingsschwester. »Aber genau damit werden wir konfrontiert, und vielleicht ist das, was der Herr an der Tür zu uns sagte, Teil der Herausforderung.«

»Damen wie wir«, wiederholte Begonia nachdenklich die Worte des Mannes und nickte.

Adelheid erinnerte ihre Schwestern daran, in welchem Haus sie lebten: »Er erkannte zurecht an eurem Verhalten und Wortschatz, dass ihr gebildet und von hohem Stand seid.« Das sollten die Mädchen lieber nicht vergessen, deshalb machte sie einen Vorschlag.

»Ihr müsst nicht dorthin zurück. Ihr könntet es ignorieren.«

Die Zwillinge schüttelten schüchtern, aber bestimmt ihren Kopf.

»Ich fühle mich dem gewachsen. Als die Zweitältesten ernten wir schon immer missbilligende Blicke und gewinnen ungewollt die Aufmerksamkeit der Adeligen, die für Adelheid nicht passen. Diese Herrschaften sind meistens alte, lüsterne Männer. Wir strafen sie stets mit Desinteresse, und sollte uns das in dem Schankhaus nicht gelingen, dann bekommen sie vier Fäuste zu spüren.«

Carissima verschränkte ihre Arme vor der Brust wie ein bockiges Kind und sah ihre Schwester an.

»Wir könnten die Geschehnisse zumindest mal von außen beobachten«, stimmte Begonia schließlich zu und schnappte sich eines der Bücher.

»Ihr seid doch nicht bei Trost! Aber das war schon immer so«, schnaubte Dorethin, die der Unterhaltung bisher nur schweigend gefolgt war.

»Wenn jemand von uns so eine Aufgabe meistert, dann die Zwillinge«, richtete sie das Wort an die Älteste und legte einen Arm tröstend um deren Hüfte.

»Womöglich hast du recht.«

Adelheid gefiel das Unterfangen nicht. Die einzige Unterstützung, die sie anbieten konnte, war in ihrem eigenen Portal nach Informationen zu suchen und die Mädchen gewähren zu lassen. Sie musste der Magie des Geschenkes vertrauen, so wie sie ihrem eigenen vertraut hatte.

Außerdem schien der Mann an der Tür der Schenke eine gute Menschenkenntnis zu besitzen und hatte die jungen Damen nicht hineingelassen.

Die Mädchen räumten die Bücher zurück an ihren Platz und sprachen den restlichen Tag nicht darüber.

Beim Nachmittagstee saßen die Töchter mit ihrer Mutter zusammen, als sei nichts gewesen.

Magdalena berichtete von den wichtigsten Ereignissen der anderen Häuser und teilte ein wenig vom Klatsch und Tratsch. Sie genoss das Beisammensein und die Ruhe, die endlich wieder im Hause eingekehrt war.

Der Palast erstrahlte in alter Pracht, und die Blumengestecke des Balls fanden nun ihre Aufmerksamkeit.

Nach dem Tee legte sich die Königin hin, und Adelheid besuchte gemeinsam mit Elsbeth die Pferde im Stall. Dorethin widmete sich dem Klavierspielen, und Fronica leistete ihr aus Langeweile Gesellschaft. Die Zwillinge hingegen eilten ins Schlafgemach, um das Porträt abermals zu begutachten.

Der König würde erst spät am Abend von der Jagd zurückkehren. Bis dahin vertrieben sich alle wie gewohnt ihre Zeit.

Die Zwillinge schlichen um ihr Porträt herum. Sie suchten es nach Hinweisen ab und blickten sogar hinter den Rahmen.

Es gab keine Lasche, keinen Farbkrümel, der etwas freilegen könnte, und keine Widmung. Das Bild zeigte sie selbst, Hand in Hand, stehend vor einem Wald, der dem des Palastes ähnelte und einer Schenke. Es war ihnen ein Rätsel.

»Wenn wir ein eigenes Etablissement leiten würden, hätte es mehr Farbe,« stellte Begonia beim Anblick des Bildes fest.

»Und einen Platz zum Unterstellen der Pferde und Transportwagen oder Kutschen«, ergänzte Carissima.

»Die Bediensteten hätten schöne, saubere Kleidung, und überhaupt würde jemand für Ordnung sorgen«, sagte Begonia und ließ sich rücklings auf ihr Bett fallen, um das Bild im Liegen zu erblicken.

Während ihre Schwester es ihr gleichtat, musste sie es sich eingestehen: »Du hattest recht. Vielleicht sollten wir heute nur beobachten und den Ort kennenlernen.«

Die beiden konnten den Abend kaum abwarten und schauten aus dem Fenster.

Sie sehnten sich dem Sonnenuntergang entgegen.

Adelheid zog sich um, da ihr Kleid beschmutzt war, während Elsbeth sich erschöpft vom Reiten ausruhte. Mit Einbruch der Nacht begaben sich alle zum Abendmahl. Die Königin kam mit Fronica und Dorethin aus dem Wintergarten, Begonia und Carissima rannten kichernd durch den erleuchteten Flur, und Adelheid schritt durch den dunklen Nordflügel.

Sie betrachtete die vielen Gemälde, deren Gesichter sich in der Nacht zu Fratzen verzogen und den Mädchen früher immer Angst einjagten. Sie mieden stets den Gardesaal und das erste Vorzimmer ab den Abendstunden.

Elsbeth bewunderte die entzündeten Kronleuchter im Spiegelsaal. Sie mochte es, wie der Kerzenschein in den Kristallen spiegelte und funkelnde Effekte erzeugte. Verträumt schritt sie durch die romantisch und stimmungsvoll erhellten Gänge.

Der König berichtete von seiner Jagd und geschäftlichen Erfolgen, während die Familie sich den köstlichen Speisen widmete. Magdalena genoss besonders die Ruhe, die nach der Abreise der

Gäste eintrat. Nachdem das Königspaar das Abendmahl beendet hatte, durften die Mädchen den Tisch verlassen und gönnten dem Ehepaar somit private Zweisamkeit bei Wein und verführerischen Süßigkeiten.

Die sechs Geschwister gingen nach oben in ihr Zimmer im Westflügel, ließen sich von den Bediensteten entkleiden und schlüpften in ihre Betten. Sie warteten geduldig eine volle Stunde, bis im Palast Ruhe eingekehrt war und sie sich ihres Alleinseins sicher sein konnten. Dann standen sie wieder auf und setzten sich auf die Betten der Zwillinge.

»Habt ihr euch gründlich überlegt, was ihr tun wollt?«, fragte Adelheid ihre beiden Schwestern, während die anderen versuchten, sich unter den Decken zu verstecken.

»Wir haben uns entschieden. Sobald eine von uns wegwill, gehen wir beide.«

Begonia und Carissima standen auf und stiegen auf ihre Betten. Gemeinsam hoben sie ihre Hände und führten sie an das Fenster des Schankhauses – und verschwanden.

Fronica bekam Angst und versteckte sich wie immer hinter Adelheid. Alle blickten gebannt zum Porträt und hofften, dass die Zwillinge direkt wieder zurückkehren würden.

Sie wussten: Zehn Minuten im Portal entsprachen einer ganzen Stunde in der realen Welt.

XI

Das Portal der Zwillinge

Begonia, komm schnell hinter den Baum.« Carissima handelte sofort und konnte ihre Schwester aus der Schockstarre holen. Gerade rechtzeitig, als vier Wanderer auf dem Weg dorthin auftauchten. Die beiden versteckten sich hinter einer großgewachsenen Eiche, die abseits der Schenke stand und einen guten Blick auf den Eingang bot.

Dann warteten sie ab.

Begonia begann, an der Kleidung ihrer Schwester herumzuziehen und musterte sie von oben bis unten.

»Wir haben nur unsere eigenen Schuhe an. Wir sollten aufpassen, dass wir sie nicht ruinieren«, stellte sie fest.

Carissima blickte an sich hinunter und hob den Rock ihres Kleides an, um ihre Schuhe zu betrachten, doch es war zu spät – sie standen im feuchten Moos, und die Erde des Waldbodens hinterließ die ersten Spuren. Begonia öffnete die Schleife der ungewohnten Schürze, welche sie über ihrem Kleid trug.

»Es ist schlicht, aber mir gefällt die Farbe des Kleides. Schade, dass die Schürze so viel verdeckt. Findest du nicht?«

Dann verknotete sie sie wieder hinter ihrem Rücken.

»Sie wird einen dienlichen Zweck erfüllen und diese Tasche daran ist bestimmt vonnöten.« Die Zwillinge hielten in ihrer Bewegung inne, als die Stimmen der Wanderer lauter wurden. In diesem Waldstück gab es außer dem Wirtshaus nichts, sodass jeder Reisende hier Halt machte.

Die Schenke war ein altes Holzhaus, aus robusten Brettern gebaut, mit einem hohen Spitzdach. Der Eingang bestand aus einer Holztür mit Blumenkranz daran und einem Brett darüber, auf dem die Bezeichnung *Sendero de Caminata* stand.

An den Seiten gab es jeweils zwei Fenster und auch in die Frontseite des Daches war eines eingelassen.

»Meinst du, der Besitzer wohnt ganz oben?«, rätselte Begonia und schlich weiter an das Haus heran.

Die Mädchen achteten auf jedes Detail und lauschten den Stimmen, die aus dem Schankhaus drangen. Es wurde geplaudert und gelacht – oft übertönt von rauen, männlichen Bässen. Die Männer führten Verhandlungen und besiegelten ihre Vereinbarung mit klirrenden Krügen.

Durch die Fenster erspähten sie Tische und Bänke, die in den Ecken angeordnet waren, und es spielte ein Barde ihnen unbekannte Lieder. Er musizierte auf einer Laute und sang in einer anders klingenden Sprache; womöglich war es nur ein Dialekt.

Die Schenke hatte einen Kamin, der nicht angefacht worden war. Es roch nach frisch gebackenem Brot und der Rauch aus dem Schornstein zeugte von einem entzündeten Ofen.

In den Fenstern hingen getrocknete Kräuter, Getreide oder Lauchzwiebeln. Hier schien es nicht nur Getränke zu geben, sondern auf Wunsch auch eine Mahlzeit.

Die Mädchen wurden neugieriger denn je. Sie umrundeten das Gebäude, fanden einen Hintereingang und einen Brunnen, der in unmittelbarer Nähe stand. An der Seite des Hauses waren zwei Ziegen angebunden und schienen friedlich zu schlummern. Überall befanden sich Materialien: Werkzeuge, Wannen, Krüge und auf einer an der Hauswand entlang gespannte Leine, trockneten Tücher in der Sonne.

Den Mädchen war bewusst, dass das wohl ein normales ländliches Leben widerspiegelte; trotzdem war es ihnen vollkommen fremd. Sie wurden abrupt aus ihren Gedanken gerissen, als eine Frau mit einer Schüssel voller schmutzigem Geschirr aus der Hintertür trat.

Verwundert blieb sie vor den Zwillingen stehen. »Seid ihr wegen der Arbeit hier? Dann muss ich euch enttäuschen. Wir haben gerade ein Mädchen aus dem Nachbardorf eingestellt«, erklärte die ältere Dame knapp und ging zum Brunnen. Sie zog gequält an dem Seil und versuchte, den Eimer voll Wasser hochzuhieven. Dabei eilte Carissima ihr zur Hilfe.

»Lassen Sie mich das machen«, sagte sie freundlich und griff beherzt zu. Tüchtige Arbeit mussten die Prinzessinnen nie verrichten, dafür gab es Bedienstete. Hier waren sie allerdings weit weg vom Palast; in ihrer eigenen Welt.

»Können wir Ihnen sonst irgendwie zur Hand gehen?«, fragte Begonia und schnappte sich, ohne eine Antwort abzuwarten, einen Lappen, um das Geschirr zu säubern.

»Ich sagte doch: Wir haben bereits jemanden eingestellt. Ich kann euch nicht weiterhelfen.«

»Und jetzt haben Sie zwei zum Preis von einer.«

Die Zwillinge lächelten die Dame an, die erbost die Hände in die Hüften stützte und ohne ein weiteres Wort zurück ins Haus stapfte. In der Zwischenzeit machten sie sich nützlich und wuschen unbeholfen die Teller und Schüsseln ab.

»So so«, sprach plötzlich ein älterer Mann mit dem Arm vor dem kugelrunden Bauch verschränkt.

»Zwei zum Preis von einer, ja?«

Er trug einen langen, krausen Bart. Seine großen Hände und breiten Schultern konnten bestimmt Bäume ausreißen. Er war so massig, dass er nur schräg durch den Türrahmen passte.

Deshalb sahen die Mädchen seine Frau, die hinter ihm stand, nicht, sondern hörten sie lediglich sagen: »Wir haben noch eine Menge mehr Geschirr. Wenn ihr das zu unserer Zufriedenheit spült, könnt ihr morgen wiederkommen.«

Der Mann brummelte etwas, das die Zwillinge nicht verstanden, in seinen Bart und machte kehrt, um die Gäste weiter zu bedienen.

Seine Frau und seine Tochter, welche ihm ähnlich sah, brachten unterdessen mehrere Schüsseln voller dreckiger Krüge und Teller mit Essensresten. Die Mädchen hatten sich verschätzt und nicht die leiseste Ahnung, auf was sie sich eingelassen hatten. Trotzdem wollten sie unter keinen Umständen ihren eigenen Vorschlag vermasseln.

»Ach komm, Begonia. So schwer ist das nicht. Das werden wir schon schaffen«, sprach Carissima zu ihrer Schwester. Sie war sich der absurden Situation durchaus bewusst. Und der Blick auf die dreckigen Teller verursachte ein unwohles Gefühl in ihrer Magengegend.

»Du hast recht, damit gewinnen wir ihr Vertrauen und können unseren Weg, den uns das Portal geebnet hat, erforschen.«

Carissima fragte sich, warum die beiden einen so schweren Start hatten und sich bewähren mussten, während ihre Schwester Adelheid direkt tun und lassen konnte, was sie wollte. Dabei kam ihr der Gedanke, dass die Älteste womöglich nicht die ganze Wahrheit erzählt hatte.

Die Mädchen spülten das restliche Geschirr mit unermüdlichem Eifer. Begonia konzentrierte sich darauf, die Ränder der Töpfe gründlich zu reinigen, während Carissima das Wasser aus den sauberen Gefäßen entfernte und sie sorgfältig auf einem Tuch trocknete.

»So, das war der letzte«, erklärte sie und legte den Krug auf den Stapel mit dem fertigen Geschirr ab. Begonia wischte sich die feuchten Hände an ihrer Schürze ab und warf ihrer Schwester ein erschöpftes, aber zufriedenes Lächeln zu.

Die beiden betrachteten ihr Werk: ein ordentlicher Turm aus glänzendem Geschirr, der im Sonnenlicht schimmerte.

Die Anstrengung der letzten Stunde steckte ihnen in den Gliedern, gleichzeitig machte sich aber auch ein Gefühl von Stolz in ihnen breit.

»Wir haben gute Arbeit geleistet,« sagte Begonia leise, mehr zu sich selbst. Carissima nickte.

»Ja, und jetzt sollten wir gehen, bevor uns noch jemand eine neue Aufgabe aufdrückt.«

Beide kicherten und traten anschließend durch den Bilderrahmen zurück in ihre Welt.

Die Zwillinge stolperten auf Grund des Höhenunterschiedes auf ihre Betten. Fronica schrie erschrocken auf, schlug sich aber sofort die Hand vor den Mund.

»Da seid ihr ja wieder. Wie ist es euch ergangen?« Die kleinste Schwester lief besorgt zu ihnen hinüber und umarmte die beiden. Die anderen richteten sich neugierig auf. Carissima strampelte sich die beschmutzten Schuhe von den Füßen.

»Meine schönen Nägel«, nörgelte Begonia, während sie ihre Hände betrachtete. Die Kleider, die sie nun trugen, waren wieder ihre eigenen Nachthemden.

»Was ist mit euren Händen? Hat dieser Mann von letzter Nacht euch wehgetan?«, fragte Adelheid besorgt und stürzte auf die Zwillinge zu.

»Zeigt her« befahl sie in liebevollem Ton und strich über Begonias Haut. »Seid ihr ins Wasser gefallen?« Adelheid ließ ihren Blick an den Zwillingen hinuntergleiten und bemerkte die dreckigen Schuhe, die sich deutlich vom sauberen Rest abhoben.

»Uns gehts gut. Wir haben Küchenarbeiten verrichtet«, erklärte Begonia, und Carissima fuhr fort:»Um die Besitzer zu unterstützen. Dadurch bekommen wir eine Anstellung und dürfen morgen sicherlich die Schenke von innen kennenlernen.«

»Ihr habt was?«, fragte Dorethin skeptisch.

»Das war gar nicht so schlimm«, log Begonia.»Die Köchin aus der Schenke hatte Probleme, und wir haben ihr geholfen.«

Sie versuchte, sich zu rechtfertigen, und verstand den Missmut der Schwestern nicht. Die beiden waren schließlich nicht zimperlich und scheuten sich nicht vor körperlicher Arbeit. Auf Grund ihres Standes mussten sie sie nur nie verrichten. In ihrem Portal hingegen konnten sie Neues erleben, erkannten die Herausforderung und dass sie über sich hinauswachsen würden. Dies offenbarte einen entscheidenden Unterschied zwischen ihnen und ihren Schwestern.

Die Aufregung des Abends legte sich, und alle gingen schließlich zu Bett. Adelheid schlüpfte durch ihr Portal in die Bibliothek, um dem Problem eines Pferdes auf den Grund zu gehen. Das Fell des alten »Kladruber« veränderte sich, und sie befürchtete eine Mangelerscheinung durch falsche Ernährung.

Kaum hatte sie die andere Seite des Portals betreten, musste sie sich sofort verstecken.

Eine Gruppe von Männern hielt sich in ihrer Nähe auf. Ihre Stimmen verhießen nichts Gutes. Adelheid hatte bereits unangenehme Erfahrungen mit diesen Männern gemacht, doch sie hatte niemandem davon erzählt. Sie kamen in unregelmäßigen Abständen, deshalb war es schwierig, ihnen aus dem Weg zu gehen. Tagsüber studierten sie an der Universität und abends trafen sie sich in der poetischen Abteilung.

Die Männer hatten ein Problem mit ihrer Anwesenheit. Sie nahmen ihr Bücher aus den Händen, machten abfällige Bemerkungen über Frauen in der Medizin und belästigten sie.

Als einer von ihnen sie gegen ein Regal drängte, blieb Adelheid höflich und forderte ihn auf, Abstand zu halten. Da er nicht reagierte, handelte sie instinktiv: Mit aller Kraft rammte sie ihr Knie in seine Weichteile.

Als er sich vor Schmerzen krümmte, schlug sie ihm das Buch, das sie in der Hand hielt, ins Gesicht. Die Kante traf seine Nase und brachte sie zum Bluten.

Die Männer waren so schockiert, dass Adelheid die Zeit nutzen konnte, um wegzulaufen. Sie landete überhastet und mit rasendem Herzen wieder im Prinzessinnenzimmer. Die Mädchen schliefen und bekamen von alledem nichts mit.

Adelheid besuchte die Bibliothek mehrere Tage lang nicht, wollte sich ein derartiges Benehmen aber auch nicht gefallen lassen. Deshalb kehrte sie irgendwann zurück.

Ihre gewonnene Freiheit, die Möglichkeit, dort Medizin zu studieren und sie selbst zu sein, ließ sie sich nicht von ein paar Tölpeln nehmen.

Den Vorfall behielt sie vorerst für sich.

Adelheid wusste, dass Begonia und Carissima es locker mit so einer Gruppe aufnehmen konnten, denn die beiden Prinzessinnen waren ihnen intellektuell und körperlich überlegen.

Die drei fühlten sich für den Tag gewappnet. Während die jüngeren Schwestern von einer Gouvernante zum Frühstück begleitet wurden, führten Adelheid, Begonia und Carissima ein Gespräch unter sechs Augen.

Adelheid erhob eine dramatische und ernsthafte Ansprache, die den Zwillingen verdeutlichen sollte, dass das kein Spiel war:

»Ich bin besorgt und möchte nur, dass ihr wisst, dass ihr in eurem Portal nicht alles beeinflussen könnt. Jeder Tag ist anders. Menschen können sich verstellen oder treiben ein falsches Spiel.

Ihr müsst vorsichtig sein – so laut das Abenteuer auch ruft und ihr euch behaupten wollt, es ist dennoch eine uns völlig fremde Welt. Sie dürfen niemals erfahren, wer ihr seid. Niemals, hört ihr? Sonst seid ihr dem Tode geweiht.«

Die Zwillinge hörten ihr aufmerksam zu und nickten.

»Was ist das Schlimmste, das passieren kann?«, fragte Begonia.

»Ich möchte es nur ungern herausfinden. Auf der anderen Seite können uns Menschen ebenso verletzen wie hier. Und ich bin mir nicht sicher, ob diese Wunden an uns haften oder im Portal bleiben.« Die Worte ihrer Schwester ließen Carissima aufhorchen. Sie ahnte, dass Adelheid eine negative Erfahrung gemacht haben musste, vor der sie die Jüngeren bewahren wollte. Deshalb nahm sie sie in die Arme und drückte sie fest.

»Du hast recht. Wir müssen wachsam sein und dürfen nicht vergessen, wer wir sind.« Sie schob ihre Schwester einen Schritt weit von sich weg und schaute ihr direkt in die Augen. »Von nun an erzählen wir uns alles. Es darf nichts im Portal bleiben, nur weil wir denken, wir müssten die anderen schützen.«

Jetzt war Adelheid diejenige, die nickte.

Ein energisches Klopfen der Kammerzofe unterbrach den Moment. Die drei Mädchen eilten schließlich schnellen Schrittes ins Speisezimmer, wo sie vorgaben, über Mode gesprochen zu haben, um die Geheimnisse des Portals zu wahren.

XII
Ein königlicher Tag

Die Familie von Levenheim begann den Tag mit einem gemeinsamen Treffen, bei dem Fruchtsaft serviert und der Tagesablauf besprochen wurde.

Die Mädchen hatten wenig Freiraum und mussten sich Lernstunden in Moral, Religion und Wissenschaft widmen, während die Jüngsten Lesen, Rechnen und Schreiben übten. Anschließend perfektionierten sie ihre Fähigkeiten in Handarbeit, wobei sie kunstvolle Motive auf Baumwolltaschentücher stickten, die oft als Geschenke an das Königspaar dienten.

Die Prinzessinnen erhielten Unterricht in Gesang und im Spielen von Instrumenten, wobei einzig Dorethin besonderes Talent zeigte und so die volle Aufmerksamkeit der Musiklehrer und Komponisten genoss.

Im Zeichenunterricht konnten sie sich kreativ entfalten, solange sie die Ernsthaftigkeit der Kunst bewahrten. Ebenso wurden sie in Hofetiketten, die die Abläufe von Zeremonien, Audienzen und Veranstaltungen regelten, unterrichtet. Körperliche Tätigkeiten, wie Reitsport oder Bogenschießen blieben den Männern vorenthalten, da Sport für Frauen als unpassend galt und Reiten ihre Gebärfähigkeit beeinträchtigen sollte.

Lediglich Elsbeth durfte spazieren reiten, sie stand jedoch in der Thronfolge weit hinten.

Adelheid half dem Arzt beim Zubereiten von Tinkturen, während Elsbeth sich Dorethin und Fronica anschloss, die mit ihrer Gouvernante im Garten bei den Palastkaninchen verweilten.

Die Gouvernanten, angesehene Begleiterinnen am Hof, organisierten die Termine und Verpflichtungen der Prinzessinnen, kümmerten sich um das Auftreten der Mädchen und leiteten die Kammerzofen an. Für die jüngeren Kinder stand oft ein Kindermädchen bereit, doch die elfjährige Fronica musste lernen, sich eigenständig zu beschäftigen.

Der Hofmeister kümmerte sich um alle Belange des Königspaares, während die Hauswirtschafterin für einen reibungslosen Ablauf sorgte. Sie leitete Stubenmädchen, Küche und Vorratshaltung, zahlte die Löhne und verwaltete das Budget. Der Butler, als oberster Beamter des Hofes, koordinierte Knechte, Stallpersonal, den Kutscher und den Palastmediziner. Er überwachte Reparaturen in Zusammenarbeit mit Handwerkern und betreute die Schlosswächter, die im Wald stationiert waren. Seine organisatorischen und repräsentativen Pflichten machten ihn unverzichtbar.

Die Königin war in zahlreichen Aufgaben eingebunden: Sie schrieb Briefe, verschickte Einladungen, lud zu Teestunden und beriet ihren Ehemann.

Sie nahm an Sitzungen teil, kümmerte sich um Verträge und leitete den Gärtner an. Auch die Entwicklung und Gesundheit ihrer Kinder lag in ihrer Verantwortung.

An diesem Tag erfüllte sie ihren Zwillingen den Wunsch nach einem Gespräch und erzählte ihnen von der Schlossverwaltung.

Ohne zu wissen, dass die Mädchen ein eigenes Ziel verfolgten, um sich auf zukünftige Herausforderungen in ihrem magischen Portal vorzubereiten.

Der König klagte oft über Zeitmangel und verbrachte lange Phasen ohne seine Familie. Während seine Frau sich zurückzog, übernahm er öffentlich die Repräsentation des Hauses von Levenheim. Er führte Gespräche mit Adeligen, regelte politische und militärische Angelegenheiten bis hin zur Industrialisierung. Häufig schlief er im Kriegssaal, obwohl sein Zimmer direkt daneben lag. Er kümmerte sich um Landwirtschaft und förderte den Freihandel. Um seine Hegemonialmacht zu sichern, umgab er sich mit Rittern, Ministern und Diplomaten.

Bei einer Orgeleinweihung, die er mitfinanzierte, wurde ihm eine goldene Krone als Symbol seiner Familie auf der ersten Bankreihe gewidmet. Zudem nahm er an einem Staatsbankett teil, bei dem er einem engen Vertrauten den Adelstitel Graf verlieh. Am Volkstrauertag fuhr er mit seiner Frau in einer blumengeschmückten Kutsche durch die Hauptstadt und ehrte die Gefallenen des letzten Krieges.

Die Königin mied öffentliche Verpflichtungen und zog sich lieber zurück. Sie wusste, dass ihre älteste Tochter Adelheid bald in ihre königlichen Pflichten eingeführt wird und an ihrer Stelle bei Veranstaltungen wie Krankenhaus- und Schuleröffnungen teilnehmen würde, sofern sie es wünschte. Bis dahin wollte sie Adelheid jedoch auf das Leben in der Öffentlichkeit vorbereiten – sie konnte ihre Tochter nicht ewig verstecken.

So vergingen die Wochen wie im Flug. Die Damen des Hauses verbrachten das morgendliche Mahl sowie das Abendessen gemeinsam und trafen sich hin und wieder im Wintergarten, um zu lesen. Das Wetter war ihnen wohlgesonnen und lud zum Verweilen im Schlosspark ein. Dorethin gab gelegentlich ein Privatkonzert im Lesezimmer, und Adelheid steckte zunehmend die Köpfe mit den Zwillingen zusammen. Sie schmiedeten heimlich Pläne, aber die Königin wollte ihnen nicht zu nahe treten.

Sie wusste, dass das Personal die fast täglich beschmutzten Schuhe missbilligte und war froh, wenn es mal weniger waren. Dennoch verpflichtete sie alle Beteiligten des Stillschweigens. Der König durfte nichts erfahren.

»Meine Damen, das sind nur Schuhe. Sie bleiben so lange beschmutzt, bis wir einen Schuster finden, der leichter zu reinigenden Stoff anbieten kann. Bis dahin ist es allein meine Sorge«, wies sie alle an.

Weder die Kammerzofen noch die Gouvernanten würden je ein Wort darüber verlieren und ließen die Schuhe einmal die Woche unentdeckt verschwinden.

Auch die drei Ältesten versuchten, ihre Fußbekleidung vor dem Verdrecken zu bewahren, doch es blieb ein Rätsel. Sie zogen teils beschmutzte Schuhe wieder an, um keine weiteren zu beklagen; das half jedoch nur kurz. Solange ihre Mutter ihren unfreiwilligen Drang, das Schuhwerk zu zerstören, nicht verhinderte, konnten sie weiterhin ihrem Alltag durch das Portal entkommen.

Eine weitere Woche verstrich, und die Geschwister kamen ihren Antworten näher.

Während Adelheid die Bibliothek von England nach Erzählungen über Schenken durchforstete, sprachen die Zwillinge mit ihren Eltern – die Mutter über die Führung eines Hofes und der Vater, wenn auch nur kurz, über die Leitung eines Staates.

Das Königspaar betrachtete das plötzliche Interesse als gutes Zeichen der Erziehung. Die Zwillinge waren nun vierzehn Jahre alt, und die ersten Bekanntmachungen ihrer Beachtung waren nach dem Einführungsball bereits erfolgt. Die Vereinbarung der Eltern sah eine Verheiratung ab der Volljährigkeit vor, es sei denn, sie bekundeten ernsthaftes Interesse an einem Prinzen. Deshalb war es sinnvoll, ihnen mehr Aufgaben zu übertragen. Doch das war noch lange nicht der Fall.

In den letzten Wochen waren Carissima und Begonia nicht sie selbst. Sie wirkten in sich gekehrt, ruhig und beschäftigt. Die Schwestern ließen ihnen den nötigen Freiraum, jedoch wussten alle, um was es ging.

Jeden Abend, wenn die Zwillinge durch ihr Portal schritten, warteten sie gespannt auf ihren Betten und schauten auf das Porträt an der Wand.

Nach dem ersten Gespräch mit dem Schankwirt erhielten die Zwillinge Einblick in die Küche und deren Abläufe. Die Schenke selbst durften sie allerdings nicht betreten.

Ihnen wurden Schüsseln in die Hand gedrückt, die sie draußen hinter dem Gasthaus spülen und anschließend mit einem Baumwolltuch trocknen mussten. Erst am vierten Tag war die Köchin zufrieden mit ihrer Arbeit und überließ ihnen die Aufgabe, die Ziegen zu melken. Die Zwillinge, mit den Tieren unvertraut, zögerten. Alles an den Ziegen war ihnen fremd – ihr Aussehen, die Geräusche und der Gestank.

Die Tiere waren an einem Pfahl neben dem Haus festgebunden und weideten gelangweilt auf einer kleinen Fläche mit saftigem Gras. Die Hausherrin holte einen Eimer und einen Schemel und reichte sie den Zwillingen, aber sie taten keinen Schritt.

»Wir müssen uns entschuldigen, werte Dame, aber wir wissen nicht, wie das geht«, sagte Begonia. »Könnten Sie es uns zeigen? Dann würden wir es selbst versuchen.«

Carissima versuchte, so freundlich wie möglich zu erscheinen, aber Begonia schüttelte kaum merklich ihren Kopf.

»Müssen wir?«, fragte sie empört ihre Schwester.

Die Wirtin holte ihre Tochter zur Hilfe, die die Ziegen molk und ließ die Mädchen zuschauen. Es sah leicht aus, erforderte aber ein gewisses handwerkliches Geschick. Eine präzise Abfolge von Wiederholungen, fast wie in einem Vierviertaltakt. Die Zwillinge wussten, an wen sie sich bei Hofe wenden mussten, und planten, Adelheid heimlich um Hilfe zu bitten. Sie bedankten sich bei der Wirtin für ihre Geduld und verließen den Ort der Schenke unentdeckt durch ihr Portal.

Sie landeten unsanft auf ihren Betten, zogen die dreckigen Schuhe aus, ließen die Schwestern schlafen und gingen selbst zu Bett.

Am nächsten Morgen blickten die Zwillinge Adelheid erwartungsvoll an und erzählten ihr von der neuen Herausforderung. Sie wussten, dass die Älteste gute Verbindungen zu den Stallbediensteten hatte und baten um Unterstützung. Die anderen Schwestern mussten nach dem Frühstück schweigend ihren Tag allein gestalten.

Obwohl es am Hof keine Ziegen gab, hatten sie Schafe, und das Melken war bei beiden Tieren gleich. Eine Angestellte zeigte es ihnen, und die Zwillinge beugten sich neugierig nach unten.

»Möchten die Damen es mal versuchen?«, fragte die Bedienstete plötzlich, woraufhin Carissima ihre Schwester schubste, um den Anfang zu machen. Doch Begonia versteckte sich hinter Adelheid.

»So schwer kann das nicht sein«, sagte die Älteste, setzte sich auf den Schemel und tastete das Euter des Schafes ab. »Die sind ja weich ... und warm.«

Die Zwillinge hockten sich vorsichtig mit ihren schicken Kleidern auf das Stroh, darauf bedacht, es nicht zu beschmutzen, und versuchten es ebenfalls.

Carissima und Adelheid tauschten die Plätze und fragten die Hausangestellte: »Und jetzt?«

Unsicher erklärte diese den Griff und die nötige Intensität. Sie beobachtete die Prinzessinnen, die zaghaft eine Arbeit lernten, die sie zuvor als niedere abgetan hatten. Doch sie blieb geduldig und ließ die Mädchen das Melken üben, bis es ihnen an beiden Schafen gelang.

»Gut gemacht«, lobte die Bedienstete die Schwestern und lächelte sie freundlich an.

Erleichtert und motiviert verließen die drei den Stall.

Adelheid nutzte die Zeit und untersuchte das Auge eines Schafes, das tränte und eine Infektion zu haben schien.

Sie beschloss, in der Portalbibliothek nach Rezepten für Tinkturen zu suchen, um dem Problem auf den Grund zu gehen.

Während der Hofmeister den König bei dessen Abwesenheit unterstützte, genossen die Frauen des Hauses ein wenig mehr Freiheit. Magdalena von Levenheim hatte heute zwei bekannte Gräfinnen zum Tee geladen, und die drei verbrachten gesellige Stunden miteinander.

Die vornehmen Damen plauderten über die Farben ihrer neuen Kleider und die Tanzveranstaltungen, die sie besucht hatten. Sie strahlten mit der Leuchtkraft von Rosen um die Wette und berichteten von einem italienischen Farbtrend.

Die Besucherinnen genossen die Schönheit des Parks und sammelten Eindrücke für ihre eigenen Gärten.

Die Königin ließ sich gerne über die Pflanzenzucht und den Ausbau der Wasserläufe aus, denn diese Grünanlage war ihr Lebenswerk, auf das sie stolz sein konnte. Auch die exklusiven Bälle, die sie veranstalteten, zogen die Gäste auf die Balkone des Kristallsaals, von wo aus sie den Schlosspark in voller Pracht bewundern konnten. Der Park der von Levenheims galt als nahezu perfektes Bauziel.

Die Runde war entspannt und ohne tiefgreifende Gespräche. Es wurde gelästert, getratscht und viel gelacht. Die Jüngsten der

Damen, begleitet von ihren Gouvernanten, spielten Karten, was sich zu einem echten Turnier unter den adeligen Töchtern entwickelte. Der Schlosspark erlebte einen Ausbruch von Kinderlachen und Fröhlichkeit, die die Mädchen bei ihrer Mutter oft vermissten und an diesem Tag besonders schätzten.

XIII
Sehnsüchte
und Erwartungen

Wochen und Monate vergingen, doch der Ablauf im Schloss blieb unverändert. Fronica und Adelheid verbrachten ihre Freizeit hauptsächlich bei den Tieren und kümmerten sich hingebungsvoll um die neuen Kaninchen.

Mit Hilfe der Bediensteten errichteten sie einen großen Stall und kreierten Hindernisparcours aus verschiedenen Materialien. Der Stall wurde weiträumig abgezäunt und sollte ein Freibuddeln der Schlappohren verhindern. Selbst der König begutachtete das architektonische Werk seiner Jüngsten und war stolz auf ihre liebevolle und kreative Ader.

Adelheid machte wie gewohnt Rundgänge bei allen Tieren und versorgte sie mit Vitaminen aus dem Garten. Die Beete der Mutter blühten prächtig, und Magdalena schmiedete mit dem Gärtner bereits weitere Pläne für den Anbau und ertragreiche Gestaltungsmöglichkeiten. Die Orangen- und Apfelbäume trugen in diesem Jahr so viele Früchte, dass die Familie sie ernten ließ und unter den Stadtbewohnern kistenweise aufteilte. Auch der Hofstaat kam dabei nicht zu kurz.

Die Zwillinge hatten ihre Bewährungsprobe in der Schenke bestanden und durften nun in der Küche aushelfen. Dort mussten sie Suppe in einem riesigen Topf zubereiten, der so schwer war, dass sie ihn nur zu zweit anheben konnten.

Sie wussten, dass ihre Aufgabe nicht darin bestand, kochen zu lernen, Schafe zu melken und Geschirr zu spülen, sondern sich das ganze Handwerk anzueignen und Führungsqualitäten zu entwickeln.

Sie brauchten Einblick in die Tagesabläufe, mussten die Wünsche der Gäste kennen und vor allem den Zwiespalt zwischen einzelnen Ländereien und Herrschaften kennenlernen. Die unterschiedlichen Herkunftsregionen, Bevölkerungsgruppen, Kulturen und Sprachen sowie der vielfältige Umgang miteinander waren die wahre Herausforderung.

Eines Abends sollten die großgewachsenen Mädchen unerwartet helfen, die Tische abzuräumen, da eine große Gruppe Soldaten erwartet wurde. Der Schankwirt wirkte unruhig, räumte geschäftig im Haus herum und versteckte seine wertvollsten Habseligkeiten. Seine jüngste Tochter wurde auf den Dachboden gesperrt und die Ältere und seine Frau verschanzten sich in der Küche.

»Ihr zwei. Ihr helft mir heute beim Ausschenken«, rief der Wirt in die Küche, ohne die Zwillinge anzuschauen. Die Besitzerin und ihre Tochter schauten die Mädchen mitleidig an.

»So schlimm kann es nicht werden«, meinte Carissima und freute sich über ein wenig Abwechslung, ehe sie die verdreckte Schürze abnahm.

»Da bin ich mir nicht so sicher«, flüsterte Begonia besorgt. »Irgendetwas stimmt hier nicht.«

In der Küche herrschte hektisches Treiben.

Die Frauen beeilten sich, Suppe zu kochen und mehr Brot zu backen. Dann wandte sich die Jüngste unauffällig an Begonia, bevor diese in den Schankraum ging: »Lächeln, nicht schreien. Einfach nur lächeln«, flüsterte sie ihr entgegen. Begonia verstand nicht, warum sie hätte schreien sollen. Doch als die Männer eintraten, bekam sie es mit der Angst zu tun.

»Ich will hier weg«, flüsterte sie Carissima zu, die die ersten Humpen mit Bier befüllte. Gemeinsam lächelten sie den Soldaten freundlich entgegen.

Die Plätze reichten kaum aus, also stellte der Wirt alles zusammen, was als Sitzgelegenheit diente – leere Fässer als Tische und Holzkästen als Stühle.

Die Zwillinge füllten mit seiner Hilfe die Gläser und stellten sie wortlos ab. Sie mussten ihre Arme kräftig anstrengen, um mehrere Henkel gleichzeitig zu halten. Es war kräftezehrend, und sie kamen ins Schwitzen.

Der Wirt der *Sendero de Caminata* wirkte nervös, antwortete auf jede Bestellung und Frage mit *Jawohl, mein Herr* und erfüllte Extrawünsche, sobald sie sie forderten.

Die Männer waren hungrig, und aus der Küche wurden Teller wie am Fließband serviert. Sobald ein Teller oder Humpen abgestellt wurde, konnte ein anderer sofort wieder abgeräumt werden.

Es dauerte nicht lange, bis den Mädchen der Kopf schwirrte.

»Ihr müsst Wasser trinken und den Überblick behalten. Sprecht euch ab und teilt die Bereiche auf«, maulte der Schankwirt genervt, aber hilfreich.

»Er hat recht«, sagte Carissima erschöpft und griff sich eine gefüllte Kelle aus einem Wassereimer. »Wir eilen beide gefühlt seit Stunden von links nach rechts und wieder zurück.«

»Dann nehme ich die linke Seite, du die rechte. Im Notfall helfen wir uns«, übernahm Begonia die Führung, ehe sie selbst einen kräftigen Schluck trank.

Der Wirt holte ein neues Fass und hämmerte den Zapfhahn hinein. In der Küche war weiterhin viel zu tun, aber alles verlief routiniert und zügig.

Die Soldaten hatten einen Barden dabei, der mit seiner Laute Loblieder anstimmte. Die Männer sangen fröhlich und animiert und stießen auf jedes Lied an.

Carissima kam mit einem großen Brett voller abgewaschener Gläser aus der Küche und stellte sie beim Wirt ab. Es war laut, und sie hatten Probleme, sich zu verständigen.

»Es tut mir leid, aber da ist noch Wasser drin«, machte sie den Wirt auf die kleine Neige im Glas aufmerksam. Dieser schob sie lediglich wortlos weg und zapfte das Bier einfach darüber. Carissima verstand den Sinn dahinter nicht und wandte sich ihrer Schwester zu.

»Warum macht er das?«, fragte sie skeptisch.

»Um es zu verdünnen, nehme ich an. Für Wirkung und Menge.« Begonias Erklärung schien Carissima zu genügen, und von nun an achtete sie darauf, dass keiner der Gäste den Inhalt zu sehen bekam.

Die Stimmung wurde ausgelassener. Es war mittlerweile dunkel draußen, und der Wirt entzündete Kerzen.

Einer der Männer erkundigte sich beim Besitzer nach Schlafmöglichkeiten; dieser schüttelte allerdings entschuldigend den Kopf und wies in die andere Richtung, nicht die, aus der sie gekommen waren. Sie mussten wohl oder übel weiterreiten.

»Soll sich doch die Nachbarschenke mit denen herumschlagen. Das würde die ganze Nacht so gehen«, erklärte er den Schwestern. Beide hofften, dass die Gruppe bald weiterziehen würde, denn sie verstanden nun, was die Aussage »nicht schreien, nur lächeln« bedeutete.

Den ganzen Abend hatten sie mehrfach Hände von ihren Armen oder Hüften weggeschlagen und sich auf die Zunge gebissen. Statt einen Streit anzuzetteln, legten sie stets ein freundliches Lächeln auf, auch wenn ihre Köpfe fast vor Wut platzten. Sie verstanden ebenfalls, weshalb die Jüngste weggesperrt wurde – bei diesem Alkoholpegel wusste man nie, wie weit solche Männer gingen.

Obwohl Carissima und Begonia ungewollt die Aufmerksamkeit der Herren auf sich zogen, machten sie durch ihr ungeschicktes Verhalten und die sichtbare Abscheu, die sie empfanden, deutlich, was sie von den Soldaten hielten.

Der Abend war ein voller Erfolg. Die Schenke vibrierte vor Leben, und die Münzen klimperten unablässig in der schweren Kasse aus Holz. Als der letzte Gast gegangen war und die Stühle umgedreht auf den Tischen standen, wischte der Schankwirt sich den Schweiß von der Stirn. Er konnte endlich durchatmen.

»Ihr zwei habt ganze Arbeit geleistet,« sagte er und holte aus einer Schublade zwei kleine Säckchen hervor. »Hier, das habt ihr euch verdient.«

Carissima und Begonia sahen überrascht auf die Bündel in seiner Hand. »Ist das unser Lohn?«, fragte Carissima ungläubig.

Er nickte.

»Und wenn ihr wollt, gibts ab jetzt regelmäßig was zu verdienen,« fügte der Wirt hinzu und übergab eines der Beutelchen an Begonia und das andere an Carissima. »Ihr habt euch bewiesen.«

»Vielen Dank!« Die Mädchen verabschiedeten sich müde, aber glücklich, die Münzen fest in ihren Händen, und liefen zu ihrer großen Eiche, zu der sie ihr Portal stets brachte.

»Und was jetzt?«, fragte Begonia, ihr Säckchen vorsichtig hin und her wiegend.

»Wir vergraben sie«, entschied Carissima, ihre Augen funkelten vor Tatendrang. »Falls wir es später mal dringend brauchen.«

Mit einem kleinen Ast gruben sie mühselig ein Loch in die weiche Erde. Begonia warf einen letzten, zögerlichen Blick auf die unbekannten, glänzenden Taler, bevor sie ihren Beutel schloss und ihren Anteil mit einem leisen Seufzen in das Versteck zu Carissimas legte.

»Das ist unser Geheimnis,« sagte Carissima und boxte ihrer Schwester spielerisch gegen die Schulter.

In den nächsten Monaten begann die Anzahl ihrer Münzen langsam, aber stetig zu wachsen. Sie hatten sich entschieden, gemeinsam eine Position zu übernehmen, teilten sich aber den Lohn – und die Arbeit.

»Seid ihr bereit für eine weitere Schicht?«, fragte der Wirt eines Morgens und grinste die Mädchen unverhohlen an, während er ein Fass für den Abend vorbereitete.

»Selbstverständlich!«, rief Begonia, krempelte die Ärmel hoch und griff nach einem Lappen, um die Tische zu wischen.

Die Schenke entwickelte sich prächtig unter den fleißigen Händen der Zwillinge. Der Umsatz stieg, und der Wirt konnte sich endlich Dinge leisten, die er lange aufgeschoben hatte.

»Seht euch das an!«, sagte er eines Tages stolz und hielt ein neues Paar Schuhe für seine jüngste Tochter hoch. »Die Kleine kann wieder zur Schule gehen, und ich habe sogar genug für neue Fensterläden.«

Die Mädchen lachten, während sie Krüge polierten.

Für die Familie waren Carissima und Begonia mehr als nur Angestellte – sie waren ein Glücksfall, den der Wirt mit einem einzigen Satz zusammenfasste: »Ihr seid nicht nur meine Helferinnen, ihr seid meine Engel.«

Carissima und Begonia erfuhren, was es bedeutete, ein Unternehmen zu führen, und lernten über Monate hinweg, die ortsansässigen Händler und Handwerker kennen. Im Saufgelage der

Männer konnten sie so manchen guten Deal für den Wirt aushandeln, ohne jemanden über den Tisch ziehen zu müssen.

Mit nicht einmal fünfzehn Jahren hatten sie sich in der Schenke einen Ruf aufgebaut, der dem Wirt ebenbürtig war.

Er sah sie mittlerweile als Teilhaberinnen und vertraute ihnen so sehr, dass er sich gelegentlich einen Tag frei nahm.

Den Einfluss, den sie einbrachten, verschaffte ihnen zuletzt ihr großes Mundwerk, denn sie konnten lesen, schreiben und rechnen.

So verwiesen sie manchen Notar, der alte Verträge brachte, in die Schranken.

Auch als Frauen machten sie sich einen Namen. Kein Mann konnte ihnen Schaden zufügen, noch den Hof machen.

Sie etablierten sich als selbstständige Persönlichkeiten.

Adelheid war stolz auf die Entwicklung ihrer Schwestern und dass sie ihre Herausforderung annahmen.

Die Älteste hatte es gleichermaßen verstanden. Bei ihr ging es nicht darum, Zugang zu weiteren Büchern zu erhalten, sondern ihr eigenes Werk zu verfassen – über ihre eigene Forschung und mit Hilfe des Schlossmediziners.

Dieser nahm sich ihrer Leidenschaft an, begegnete der Einbringung pflanzlicher Medizin allerdings zunächst skeptisch.

Es dauerte Monate, bis er sie zurate zog und nicht nur überrascht, sondern auch beeindruckt von ihrem vorhandenen Wissen war.

Gemeinsam richteten sie einen weiteren Raum im Schloss ein, der als Behandlungsraum für Tiere diente. Ihnen stand alles zur Verfügung, was ein Operationssaal eines Veterinärs benötigte, und sie waren bereit, im Notfall direkt Hand anlegen zu können. Dem König erzählten sie davon kein Wort, und auch ihre Mutter wollte lieber nichts davon wissen. Diese stille Übereinkunft war für alle eine gute Lösung.

Während Elsbeth jederzeit zu den Pferdeställen laufen konnte, wusste die bald zwölfjährige Fronica nichts mit sich anzufangen. Geburtstage wurden kaum gefeiert, deshalb drehte sich alles nur um den alljährlichen Ball.

Dieser stand ein weiteres Mal vor der Tür, bei dem Dorethin offiziell in die Reihen der Erwachsenen aufgenommen werden würde. Dann blieben nur sie übrig – zwei ohne Portal, aber lediglich eine ohne Leidenschaft. Fronica.

Die Jüngste fühlte sich nutzlos, unkreativ und überflüssig. Sie war sauer auf die Portale der anderen. Ebenso auf ihre Mutter, weil diese sie ins Haus gebracht hatte. Früher waren alle gleichgestellt. Die Schwestern mussten sich gemeinsam langweilen oder fanden eine Beschäftigung, an der alle teilnehmen konnten. Aber jetzt war sie die Einzige, die sich für nichts begeisterte, und alle behandelten sie wie ein kleines Kind.

Sie versuchte, neue Dinge auszuprobieren. Nichts schien ihr zu liegen – weder das Musizieren und Singen noch das Sticken oder Tanzen. Sie las und schrieb auch nicht gern. Mathematik beherrschte sie jedoch perfekt und verstand Geometrie und Physik mit Leichtigkeit. Ohne eine Möglichkeit, ihr Wissen anzuwenden, blieb ihr trotzdem nichts anderes übrig, als sich ihrem Schicksal zu fügen.

Das Jahr war für die Familie gut gelaufen, und es hatte keine Intrigen gegeben, die Auswirkungen auf ihre Macht oder den Ruf gehabt hätten. So wollten sie dieses Jahr abermals an ihrem Erfolg des letzten Jahres anknüpfen.

Es sollte ein Maskenball mit einem festgelegten Farbmotto werden. Die Einladungen waren bereits vor Wochen versendet worden, damit die adeligen Damen und Herren genug Zeit hatten, sich stilgerecht einzukleiden und ihre Schneider zu beauftragen. Viele der Gäste nahmen weite Reisen auf sich, obwohl sie oft nur einen einzigen Abend im Schloss verweilen konnten.

Die Bediensteten arrangierten die ersten Gestecke aus Trockenblumen, die die Königin großzügig aus ihrem Garten bereitgestellt hatte, und die wichtigsten Accessoires des Abends lagerten in den Abstellräumen: Federn, Tücher, Teppiche und Stoffbahnen, die das Farbmotto perfekt widerspiegelten.

Magdalena von Levenheim hatte sich etwas ganz Besonderes einfallen lassen. Ein Thema, das bei ihrem Mann sofort Anklang fand und die Töchter hellauf begeisterte.

Es lädt das Königshaus,
zum Ball – im Kleid des Pfaus:
Grün das Gewand,
schwarz schmückt die Hand,
und blau für den Applaus.

Die Familie verglich zuvor verschiedene Stoffe aus ausgewählten Fabriken und Manufakturen, bis sich alle einig waren und die Maße genommen wurden.

Die Geschmäcker waren zwar unterschiedlich, aber die Garderobe der von Levenheims passte perfekt zusammen.

Abgerundet mit einer schwarzen Augenmaske aus Federn würden sie als stolzes Haus den Abend antreten.

Dorethin übte ein Klavierstück, zu dem die Eltern, König Waldur und Königin Magdalena, tanzen wollten. Danach würden sie die Tanzfläche für die Gäste eröffnen und Dorethin einen Walzer spielen lassen.

Der Königin missfiel dies zunächst. Dorethin sollte, wie die älteren Schwestern davor, in die Gesellschaft eingeführt werden und wurde so auch den heiratsfähigen Prinzen, Baronen und Grafen vorgestellt. Mit ihrer Leidenschaft für das Klavierspielen, zeigte sie gleich eine Besonderheit, die der Zukünftige lieben, respektieren und fördern sollte.

Das hoffte Magdalena von Levenheim im Übrigen ebenfalls für das dritte Portal. Es war das größte Geschenk, an dem die Mädchen festhielten.

Tagsüber schlichen sie gelangweilt, traurig oder gar streitlustig durch die Gänge und konnten die Nacht kaum erwarten. Sie hegten kein Interesse an anderen Königshäusern und sehnten sich nicht nach Ruhe oder Zweisamkeit.

Das Portal schien der einzige Ort zu sein, an dem sie glücklich und erfüllt waren.

Auch wenn Magdalena sich genau so eine Möglichkeit für die Kinder wünschte, erhoffte sie sich manchmal mehr Beistand im Schloss.

Die Jüngeren konnten diesen Unterschied nicht greifen, aber sie versprach sich, ihnen eine Wahl zu lassen. Magdalena hatte lieber wissbegierige, fröhliche Kinder am Tisch sitzen als Geister, gefangen hinter goldenen Mauern im Schloss.

Vor Wochen hatte sie ihren Kutscher, der Einkäufe für den Ball in der Stadt erledigte, beim Spiegelmeister vorbeigeschickt. Der alte Echos Nero rechnete längst mit ihrem Erscheinen, wusste er doch von den Geburtstagen der Prinzessinnen.

Auch diesmal teilte sie ihm über ein Stück Papier die Botschaft ihres Wunsches mit. In folgendem, mit dem königlichen Wappen verzierten und mit Wachs versiegelten Brief stand nur ein einziges Wort: »*Freiheit*.«

Einmal mehr wählte sie für ihre Tochter die Freiheit, wie auch für die anderen zuvor; ein Entkommen aus dem Palast und dem goldenen Käfig; das Erkennen und Nutzen der Gabe; verborgene Magie im Schatten der Macht.

Eine Verwirklichung, gehalten von den Mauern des Schlosses, erschaffen für die Nacht.

Der Kutscher sollte einen Tag vor der Festlichkeit mit der Königin wiederkommen, dann war das Geschenk bereit.

Wie immer ließ sich die Königin nichts anmerken, schmiedete mit Gottlieb Herbst einen Plan, entlohnte ihn reichlich und dankbar für seinen Dienst, mehr noch für sein Schweigen und fuhr mit ihm in die Stadt. Sie scherte sich nicht mehr darum, gesehen zu werden, und war auch nicht verwundert, an diesem Tag keinen Menschen auf der Straße anzutreffen.

Sie trat an die Haustür und klopfte zweimal.

»Welch Freude, Sie zu sehen, Spiegelmeister«, begrüßte Magdalena ihn mit einem zaghaften Lächeln, als er die Tür öffnete.

»Die Freude ist ganz meinerseits. So kommen Sie herein.«

Die Königin kam seiner Bitte nach und blickte sich um: Es hatte sich wie erwartet nichts verändert.

Wie gewohnt nahm sie auf dem Stuhl vor dem Regal Platz und wartete auf seine Anweisungen.

»Ich hoffe, Sie hatten nicht allzu viel Arbeit mit meinem Auftrag.«

»Gewiss mag ich Herausforderungen, doch einen Hinweis benötige ich noch.«

»Sehr gern. Ich unterstütze Sie mit bestem Wissen und Gewissen.«

»Gold oder Silber, was soll es zieren?« Diese Frage brachte die Königin ins Stocken, denn sie wusste nicht, ob es zum Portal gehörte oder nicht.

Echos Nero bemerkte ihre Unsicherheit und eilte in den Nebenraum. Als er zurückkam, zeigte er ihr den Gegenstand. Es handelte sich um ein oval geschliffenes Glas, das ein graviertes Bild enthielt.

»Ich meine die Fassung. Gold oder Silber?«, fragte er erneut.

Der Königin fiel ein Stein vom Herzen. Die Wahl war schnell getroffen: »Gold, vielen Dank.«

»Dann werde ich es direkt in den Rahmen einlassen. Ich benötige nur wenige Minuten«, erklärte er und verschwand aus ihrem Blickfeld.

»Habt Dank.«

In der Zwischenzeit schaute sich die Königin im Raum um und betrachtete die vielen Spiegel an der Wand. Wehmütig dachte sie an den ersten Tag zurück, an dem sie hier war und voller Verzweiflung an des Spiegelmeisters Tür klopfte.

Damals hatte er ihr nicht nur einen Wunsch erfüllt, sondern auch ihr Leben gerettet. Nun half er ihren Töchtern, sich zu verwirklichen – all das nur mittels eines Gegenstandes.

Sie fragte sich, warum er nichts für seine eigene Lage tat und überlegte, ob er womöglich selbst ein Portal besaß, in das er flüchtete. Er schien bei jedem Besuch unbefangen und fröhlich zu sein. Zumindest so fröhlich, wie man es mit einer Königin im Raum sein konnte.

Sie versank in ihren Gedanken und bemerkte das Eintreten des alten Echos Nero nicht.

Er zog die Schublade des kleinen Schrankes auf, in dem er seit jeher die Nähnadeln aufbewahrte, holte eine heraus und reichte sie ihr. Sie stach mit der Nadel in ihren Finger und ließ einen Tropfen Blut auf das Amulett träufeln – ihr Bündnis war ein weiteres Mal besiegelt. Magdalena hielt das Schmuckstück an der goldenen Kette und drehte es zwischen ihren Fingern hin und her, da erkannte sie die Besonderheit: ein eingraviertes Porträt.

»Das ist Dorethin, meine kleine Prinzessin«, stellte sie fest und lachte. »Auf beiden Seiten sind unterschiedliche Gesichter, und dennoch sind beide gleich.«

»Genau das war die Herausforderung. Sie muss beide Seiten meistern.«

Die Königin blickte nachdenklich auf das Amulett und wickelte es schützend in ein Baumwolltaschentuch, das sie bei sich trug, ein.

»Wird es gerecht sein?«, fragte sie zaghaft.

»Lehrreich«, erwiderte er.

Sie verabschiedeten sich mit wenigen Worten – sie würden sich in einem Jahr wiedersehen.

XIV
Der Ball
der Gerechten

Das Schloss erwachte zum Leben, und die ersten Gäste waren für den Ball angereist. Auch diesmal gab es spezielle, limitierte Einladungen, geschrieben auf goldenem Pergament. Wer einen dieser Briefe erhielt, ließ es schnell seine adeligen Freundschaften wissen – schließlich waren alle gespannt, was sich die Familie hatte einfallen lassen.

Magdalena hatte im vergangenen Jahr eine Idee, die sie monatelang gemeinsam mit ihrem Gärtner austüftelte und umsetzen ließ. So entstand ein Labyrinth im Garten.

Ein kunstvoll gestutzter Irrgarten, dessen Muster nur von weit oben erkennbar war, erhob sich inmitten des riesigen Schlossgartens. Die Prinzessinnen durften es alle einmal vorab versuchen, doch selbst am Tage und ohne Ablenkung hatte es einen erhöhen Schwierigkeitsgrad, der nicht leicht zu bewältigen war. Der Königin und dem Gärtnermeister war ein pflanzliches und architektonisches Meisterwerk gelungen.

Dem König, Waldur von Levenheim, war das für den Abend jedoch nicht genug. Er ließ eine Schaustellertruppe anreisen, die den Gästen auf dem Weg durch das Labyrinth eine gruselige Show bot. Schauspieler in schwarzen Kostümen würden für Verwirrung, Schrecken und spielerische Angst sorgen – ein Erlebnis, das niemand so schnell vergessen würde.

Der Abend brach an, die Gäste wurden in den Garten geführt, ihre Kleidung erstrahlte in der vorgegebenen Farbenvielfalt. Familie von Levenheim beobachtete vom Balkon aus das Treiben.

Sie hörten gelegentliche Schreie des Erstaunens, fröhliches Lachen und die ausgelassene Stimmung, konnten jedoch nur die Spitzen kunstvoller Perücken, das Funkeln edler Schmuckstücke oder extravaganter Kopfbedeckungen ausmachen.

Mit Einbruch der Dunkelheit wurde schließlich der Tanzball eröffnet, und die ganze Familie begrüßte die adeligen Besucher.

Der Schlosseingang, samt Treppen zum Kristallsaal, war mit Blumenarrangements und Pfauenfedern dekoriert.

Selbst die Bediensteten trugen mystische Augenmasken, die die Atmosphäre des Abends unterstrichen.

Alles war perfekt aufeinander eingestimmt: Weingläser, Becher und Karaffen aus grünem Kristallglas und künstlerische Pfauenstatuen, so groß wie Menschen. An den Kerzenleuchtern und Ständern hingen Accessoires in Form von Pfauenaugen, und auf den Tischen lagen Kränze aus Federn.

Trotz der eingeschränkten Farbwahl konnten die Kleider der Ballbesucher nicht verschiedener und pompöser sein. Die Gäste spielten mit Materialien und Stoffen, um sich von der Masse abzuheben. Selbst die Männer passten ihre Garderobe an und zeigten Kreativität.

Die Kleider der Königin und der Prinzessinnen hatten alle den gleichen Schnitt, unterschieden sich aber in den Textilien und Farben. Jede Kombination war sorgfältig abgestimmt, um den jeweiligen Teint hervorzuheben, die figürlichen Vorzüge zu betonen und gleichzeitig den wertvollen Schmuck in seiner Pracht zur Geltung zu bringen.

Der große Kristallsaal wurde von Kerzenschein erhellt und brachte eine düstere und mystische Atmosphäre. In der hintersten Ecke spielte ein Streichquartett klassisch romantische Werke, während Dorethin nervös auf ihren Einsatz wartete. Zunächst richteten sich allerdings alle Blicke auf die gesamte Familie.

Der Raum füllte sich rasch, während die Gäste einander musterten und die prachtvollen Gewänder bewunderten. Stimmen erfüllten den Saal, begleitet von herzhaftem Lachen und angeregten Gesprächen.

»Meine verehrten Damen und Herren, Vertreter der Nationen,« begann der König mit fester, wohlklingender Stimme und erhob sein Glas, »es erfüllt mich und meine Familie mit großer Freude, Sie heute Abend in den historischen Hallen des Palastes willkommen zu heißen. Dieser Ball ist nicht nur eine Feier des Lebens, sondern auch eine Hommage an die Harmonie und Zusammenarbeit, die unsere beidern Länder vereint. Mögen Sie diesen Abend genießen, sei es beim Tanz, in Gesprächen oder bei den Überraschungen, die wir für Sie vorbereitet haben. Lassen Sie sich von dem Zauber der Nacht und der Farbenpracht des Pfaues inspirieren. Und nun, meine lieben Gäste, lassen Sie uns die Feierlichkeiten beginnen!«

Ein donnernder Applaus erfüllte den Raum, begleitet von zustimmendem Lachen und vereinzelten Jubelrufen. Der König verließ das Podium mit einem warmen Lächeln, und mit einer eleganten Handbewegung gab er dem Orchester das Signal, die ersten Klänge des Tanzes anzustimmen. Seine Frau, Königin Magdalena, betrat daraufhin selbstbewusst die Hallenmitte, gefolgt von ihrer Tochter Dorethin, die sich an das Klavier unweit des Quartetts setzte.

Die Blicke aller folgten der Vierzehnjährigen, während hinter ihrem Rücken leises Flüstern zu hören war. Dorethin ließ sich jedoch nicht beirren.

Mit einer anmutigen Bewegung ließ sie ihre Finger über die Tasten gleiten und eröffnete den ersten Walzer mit einer melodiösen Eleganz, die den gesamten Saal in ihren Bann zog.

Das Königspaar führte den Eröffnungstanz mit einer souveränen Anmut aus, die die Gäste in ehrfürchtiges Staunen versetzte. Nachdem der Tanz beendet war, lud das Paar die Anwesenden ein, sich ihnen auf der Tanzfläche anzuschließen.

Mit einem warmen Lächeln kehrten König Waldur und Königin Magdalena zu ihren Töchtern zurück, um den Moment gemeinsam zu genießen. Dabei lauschten sie Dorethin, die als die wichtigste Person des Abends ihre Kunst auf eindrucksvolle Weise darbot.

Die Debütantin spielte mit einer Leidenschaft, die man einer so jungen Frau nicht zutrauen würde. Genau das brachte jedoch die Ballbesucher und Anwärter zum Schweigen und Lauschen.

Nach ihrer Darbietung klatschten sie begeistert und bekundeten ihre Bewunderung. Danach verfiel der Saal direkt in lautes Geschwätz, und das Quartett stieg ein, um die Tanzfläche mit seinen Klängen zu beleben.

Die glücklichen Empfänger der goldenen Tickets berichteten fasziniert von ihrem Ausflug und genossen vom Balkon aus den Blick auf das Labyrinth.

Die exotischen Speisen waren ausgefallen und reichlich fließender Alkohol trug zur ausgelassenen Stimmung bei.

Die Damen schwenkten aufreizend ihre Fächer, flüsterten unverheirateten Männern zu und suchten die Gunst der Königin, während die Herren Obliegenheiten besprachen und Verhandlungen führten.

Der König war in zahlreichen Gesprächen eingebunden und der Abend war geschäftig. Hochzeitsfähige Bewerber stellten sich den Monarchen vor und wollten mit Dorethin tanzen. Sie winkte jedoch verlegen ab und beobachtete lieber die anderen. Adelheid überraschte ihre Eltern, indem sie zwei Einladungen annahm, und Begonia ließ sich zu einem Walzer überreden. Die Mädchen reiften sichtbar, sie interagierten souverän mit den Gästen und unterstützten ihre Eltern bei der Repräsentation des Königshauses.

Fronica und Elsbeth, die Jüngsten, hielten sich zwar nahe ihrer Mutter, beobachteten aber neugierig die Älteren, die ihnen als Vorbilder dienten.

Die Prinzessinnen lernten, sich klug in Gesprächen zu bewegen, Intrigen zu vermeiden und Geheimnisse zu bewahren.

Erstmals erkannten die Ältesten den gesellschaftlichen Nutzen des Balls und lobten die Farbthemenidee ihrer Mutter, die Unterhaltungen erleichterte.

Adelheid, Begonia und Carissima tuschelten oft beisammen, ihre Neugier auf Dorethins Portal übertrumpfte die Ballaufregung – was man auch der Debütantin deutlich ansah. Eine innere Unruhe, die ebenso die Königin teilte.

Sie war geplagt von Zweifeln. Wie jedes Jahr hinterfragte sie ihre Wahl und die Sinnhaftigkeit des Portals.

Trotzdem hatte sie geschworen, sich nicht einzumischen, und musste ihre Töchter und den Spiegelmeister gewähren lassen. Selbst wenn das bedeutete, ein lang gehütetes Geheimnis, ein weiteres Jahr vor ihrem Ehemann zu bewahren.

Auf Dorethins Bett wartete eine rote Samtschatulle. Der Inhalt würde womöglich das Leben der Vierzehnjährigen verändern, doch was aus dem Herzen der Mutter gewünscht, mit Blut besiegelt und mit wohlwollender Magie erschaffen wurde, durfte nichts Böses verrichten.

Das wünschte sich die Königin so sehr, dass es für sie nichts anderes als die gewisse Realität bedeutete.

Der Ball war in vollem Gange, und die Jüngsten wurden in die Bibliothek gebracht.

Adelheid war in ein Gespräch mit ihrem Vater und Grafen aus den angrenzenden Städten vertieft, während Begonia und Carissima unbeobachtet das Büfett plünderten.

Magdalena von Levenheim und Dorethin verabredeten sich mit einer Baronin und deren Tochter zu einer Teestunde, wohingegen der Hofmeister die ersten Abreisenden begleitete.

Danach entband sie die Prinzessinnen von ihren Verpflichtungen, ließ die Jüngsten abholen und auf ihr Zimmer bringen.

Das ließen sie sich nicht zweimal sagen und eilten in ihren prachtvollen, enggeschnürten Kleidern, so schnell es ihnen möglich war, den langen Flur entlang.

Dorethin lief voraus und konnte ihre Neugier und Aufregung nicht mehr verbergen.

Sie öffnete die Tür und stürzte ins Schlafzimmer. Dort suchte sie mit ihrem Blick die Räumlichkeit ab, bis sie die Schatulle auf ihrem Bett entdeckte.

Vorsichtig und misstrauisch trat sie an die Bettkante heran und ergriff die kleine Schachtel.

Ihre Schwestern trafen nach ihr im Zimmer ein und beobachteten sie aufmerksam.

Dann erkannten sie, was sie in ihren Händen hielt.

Dorethin drehte sich langsam zu den anderen um und öffnete die samtene Verpackung.

Sie lugte hinein und zog eine feingliedrige Kette heraus. Sie betrachtete den Anhänger daran und starrte gespannt auf das abgebildete Motiv.

Ihre Schwestern konnten noch nichts erkennen und kamen einen Schritt auf sie zu, ohne Dorethin unter Druck zu setzen.

Carissima, die hinten in der Gruppe stand, drängelte sich durch und schaute auf das Geschenk.

»Es ist ein Amulett aus Glas«, stellte sie überrascht fest.

»Du hast recht«, bestätigte jetzt auch Dorethin, hielt es sich näher vor die Augen und kniff ihre Lider zusammen, um das Abbild besser zu erkennen. Anschließend sprach sie aufgeregt: »Seht nur, das bin ich.«

Die Mädchen wollten alle einen Blick darauf werfen und gaben es vorsichtig untereinander weiter.

Adelheid hielt die goldene Kette zwischen ihren Fingern und drehte das Amulett.

»Halt, Moment«, flötete Elsbeth, nahm es Adelheid ab und hielt es gegen den Lichtschein einer Kerze.

»Darauf sind zwei unterschiedliche Bilder eingraviert. Aber beide sehen aus wie du.«

Die Älteste beugte sich näher heran und staunte.

»Du hast recht. Das sind zwei verschiedene Bilder, aber beide ähneln Dorethin. Und obwohl sie eingraviert sind, kann man sie auf der anderen Seite nicht durchsehen.«

»Wie ist das möglich?«, fragte die Vierzehnjährige ihre älteste Schwester, nahm das Geschenk wieder an sich und prüfte es selbst. »Zwei Gesichter, aber nur ein Portal, vermute ich«, überlegte sie und ließ es wie eine Frage klingen.

»Und wie soll ich da hindurch gelangen?«

Die Mädchen zuckten ratlos mit den Schultern und setzten sich auf ihre Betten, denn jetzt lag es an Dorethin.

»Probiere es aus.«

»Ja, du musst es schlichtweg versuchen.«

»Es wird sich dir zeigen, und dann gehst du einfach hindurch«, erklärten die Zwillinge, um ihr die Angst zu nehmen.

Sie hatten alle noch ihre wunderschönen Kleider an.

Die Jüngsten gähnten müde, wollten Dorethins erste Reise in ihr Portal, aber auf keinen Fall verpassen. Im nächsten Jahr war Elsbeth dran, und dann folgte nur noch Fronica – bis alle eines besaßen.

Dorethin betrachtete ehrfürchtig das Amulett und strich zaghaft über das ovale Glas, das in einer Fassung aus Gold steckte. Sie legte sich die Kette um den Hals, hob das Schmuckstück an, um es noch einmal auf Augenhöhe anzusehen – dann war sie weg.

Fronica erschrak, und die anderen blickten auf den leeren Fleck, an dem ihre Schwester eben gestanden hatte.

»Sie wird sicher gleich zurück sein«, beruhigte Adelheid die Jüngste und begab sich in das Ankleidezimmer.

Es dauerte jedoch länger als erwartet.

Die Älteren hatten vereinbart, an diesem Abend nicht in ihrem Portal zu verschwinden, sondern die ganze Nacht auf Dorethin zu warten.

Während Adelheid in der Bibliothek von niemandem erwartet wurde, mussten sich die Zwillinge für ihre Abwesenheit entschuldigen. Sie nahmen sich offiziell auf Grund von familiären Angelegenheiten einen Tag frei. Aber da die zwei nun Mitspracherecht in der Schenke hatten, entstanden daraus keine Unannehmlichkeiten.

So entkleideten sich die Mädchen und machten sich bettfertig. Jedoch nicht ohne ihre Blicke, stetig auf Dorethins Bett zu richten.

»Ich mache mir Sorgen«, flüsterte Elsbeth den Zwillingen zu.

»Das können wir verstehen. Sie kann jederzeit zurückkommen und deshalb sehen wir es als ein gutes Zeichen, dass sie noch nicht da ist.«

Elsbeth versuchte, das ungute Gefühl herunterzuschlucken und vertraute auf die Worte der Zwillinge.

Es blieb ihnen im Grunde auch nichts anderes übrig, als abzuwarten. Und die Erfahrung hatte gezeigt, dass sie irgendwann wieder auftauchten.

Müdigkeit machte sich breit. Fronica war bereits in ihrem Land der Träume. Die anderen ruhten unter ihren Bettdecken und konnten die Augen kaum mehr offen halten.

Der Tag hatte seine Spuren hinterlassen – er war anstrengend und lang gewesen, obwohl er Freude bereitet hatte. Die Mädchen waren erschöpft und die Körper trotz deftiger Mahlzeiten entkräftet. Sie mussten sich erholen, und Adelheid hoffte, dass Dorethin schnell wieder durch ihr Portal zurückgelangen würde und es keine Schwierigkeiten in ihrer Welt gab. Denn das doppelte Abbild auf dem Amulett hatte auch bei Adelheid Fragen aufgeworfen.

»Geht schlafen! Ich werde in meinem Buch lesen und euch bei ihrer Rückkehr wecken. Versprochen«, sagte die Älteste zu ihren Schwestern und nahm das Buch zur Hand.

Dorethin sah den einen Moment in ihrem Zimmer auf das Amulett, und in der anderen Sekunde stand sie an einem Bühneneingang. Sie erschrak und versteckte sich hinter einem roten bodenlangen Vorhang, der den Blick des Publikums auf die gelagerten Bilder und Leinwände verschiedener Aufführungen verdeckte.

Sie blickte sich um und schlüpfte schutzsuchend in den dunklen Schatten. Die Räumlichkeit wirkte wie ein kleines Theater, mit einer Tanzfläche und Sitzmöglichkeiten.

Dorethin war vorher nie in einer derartigen Lokalität und konnte deshalb ihre Gefühle darüber nicht einordnen. Einerseits war die Prinzessin neugierig, welche Welt ihr das Portal öffnen würde, andererseits skeptisch, ob es sich nicht vielleicht um ein Missverständnis handelte. Dann entdeckte sie das Klavier an der Bühnenseite gegenüber, und ihre Augen erstrahlten.

Als Dorethin das allererste Mal an einem Klavier saß, wusste sie nicht wohin mit ihren kleinen Fingern. Sie war noch ein Kind und konnte gerade so allein auf den Hocker krabbeln. Ihre Beine baumelten spielerisch in der Luft, während sie entdeckte, dass das Drücken einer Taste einen Ton ergab – zudem jede Taste einen anderen. Ihr Gesicht nahm einen erstaunten Ausdruck an. Sie hielt ihr Ohr näher an das Holz und lauschte dem Klang. Aber ihr Verstand konnte es nicht verbinden. Sie lief so oft um das Instrument herum, beäugte es kritisch, ließ es sich von ihrem Vater erklären und wünschte sich schließlich einen eigenen Musiklehrer.

Zuvor hatte sie ihre Mutter häufiger dabei beobachtet, wie sie am Klavier saß und die Unterhaltung genoss. Wie ihre Schwestern war sie sich der Magie des Instrumentes allerdings nicht bewusst. Mit der ersten Berührung der Taste begann eine Leidenschaft, die ihr weiteres Leben bestimmte.

Sie wollte mehr.

Sie wollte jede Taste verstehen, jeden Ton erkennen und lernen, die unterschiedlichen Taktarten zu spielen. Sie verband Wissen mit Fertigkeit, Gefühl mit Gespür sowie Individualität mit Präzision.

Die von Levenheims erkannten ihr Talent, und über die Jahre wurde es schwierig, geeignete Lehrer zu finden.

Mittlerweile bekam sie die Möglichkeit, Stücke von Komponisten probezuspielen und begleitete ein kleines Orchester auf dem hauseigenen Ball. Das machte sie nur bedingt glücklich.

Sie schrieb eigene Stücke, verbannte ihre Emotionen zwischen die Noten und spielte ihr Herz frei. Die Vielfalt der Musik, die Entwicklung der Stile und Kompositionen ermöglichten es ihr, sich zumindest hinter den Schlossmauern zu verwirklichen.

Dorethin konnte es kaum erwarten, den Palast zu verlassen. Sie wollte Theateraufführungen besuchen, Klavierkonzerten beiwohnen und in ihren innigsten Träumen stand sie selbst im Rampenlicht. Nicht als Prinzessin, sondern als die Musik hinter ihrer Persönlichkeit.

Zu musizieren war eine Offenbarung für sie, und diese wollte sie mit mehr als nur ihren Liebsten im Wohnzimmer teilen. Ihre Mutter, Königin Magdalena von Levenheim, konnte das allerdings nicht verstehen.

Sie sah in der Welt da draußen überall Gefahren. Jede kulturelle Veranstaltung hinterließ bei ihr einen faden Beigeschmack, den sie auf ihre Töchter projizierte. Große Bühnen, auf denen das Leben und die Weltanschauung Ausdruck fanden, waren Dorethin deshalb fremd. Sie konnte nur mit ihren Schwestern darüber sprechen, da es ihnen ebenso erging.

Auch sie mussten sich ihrem Schicksal fügen. Sie waren privilegiert, reich und hatten alles, was sie brauchten. Sie durften sich nicht beschweren.

Wer entschied, dass Prinzessinnen keine Träume und Wünsche haben dürfen? Wer bestimmte, dass sie dem Palast und ihrem Titel gehören? Wer nahm sich das Recht heraus, ihnen eine Persönlichkeit zu untersagen, und warum mussten sie ihr wahres Ich vor der Außenwelt verbergen? Wer sollten sie dann sein?

Solche Fragen beschäftigten Dorethin nachts, wenn die anderen schliefen. Sie zog sich zurück und wollte mit den Jahren immer häufiger allein sein, denn nur durch die Musik konnte sie sich ausdrücken, sich Gehör verschaffen und ein klein wenig von sich selbst einbringen. Die Melodie ihres Spiels sprach aus, was sie nicht sagen durfte.

Ihre Mutter konnte sie mit diesen Gedanken nicht belasten, da die Ältesten vor ihr bereits dasselbe getan hatten. Das ließ Magdalena zunehmend verzweifeln, was sie dazu brachte, sich in ihren geliebten Garten zurückzuziehen.

Dorethin erkannte, dass ihre Geschwister und ihre Mutter etwas gemeinsam hatten. Adelheid verbannte ihre Emotionen in ihre Bücher, und nun hatte sie die Bibliothek. Carissima und Begonia wurden lauter, wurden von anderen Ohren ferngehalten und nun hatten sie ihre Schenke und konnten sich dort entfalten. Und auch sie sollte ein Portal erhalten, das ihrer Gabe und Persönlichkeit Freiheit bot.

Aber was war mit Magdalena von Levenheim? Sie hatte nie eines erhalten.

Dorethin fürchtete, dass sich ihre Mutter für immer zwischen ihren Pflanzen und den Hecken verstecken würde, der stillen Hoffnung erlegen, dass ihren Töchtern ein ähnliches Schicksal erspart bliebe.

XV
Die Last der Freiheit

Adelheid erschrak, als Dorethin plötzlich an ihrem Arm rüttelte. Sie war mit ihrem Buch in den Händen eingeschlafen und schaute kurz zu den anderen.

Dorethin war geräuschlos durch ihr Portal zurückgekehrt.

Draußen dämmerte es bereits, was bedeutete, dass sie einige Stunden in ihrer Welt verbracht hatte.

»Ich wollte dich nicht erschrecken«, entschuldigte sie sich flüsternd.

»Das macht nichts. Geht es dir gut?«, fragte Adelheid rasch, während sie ihre Schwester von Kopf bis Fuß musterte. Sie trug dieselbe Kleidung, mit der sie das Portal betreten hatte; ihre Schuhe waren hingegen völlig verstaubt. Ihre Mutter würde nun wissen, dass sie ihr magisches Geschenk genutzt hatte.

Sie wirkte müde – höchste Zeit, dass sie zu Bett ging.

»Komm, ich helfe dir beim Entkleiden«, bot Adelheid ihr an und stand auf. Die beiden schlichen in den Ankleideraum und flüsterten hinter vorgehaltener Hand über ihren Ausflug.

»Was hast du gesehen?«, wollte die Älteste neugierig wissen.

»Ich war in einem Theater, vermutlich in Frankreich«, erzählte Dorethin, während sie sich aus dem bodenlangen Oberkleid schälte.

»Hast du Klavier gespielt?« Adelheids Augen leuchteten, doch Dorethin schüttelte verlegen den Kopf.

»Ich habe mich hinter einem Vorhang versteckt und die Gäste und Künstler beobachtet.«

»Und wie waren sie? Wie fühlte es sich an?«

»Faszinierend und so anders als hier. Die Musik kam aus aller Herren Länder, und es spielten alle Geschlechter, egal wie alt oder jung.« Die Debütantin erzählte leise und aufgeregt von ihrer ersten Reise und wusste, dass Adelheid sie am besten verstand. Sie kannte das Gefühl, wenn sich plötzlich eine fremde Welt vor einem auftat.

Dieses Kribbeln, eine Mischung aus Neugier und Angst. Die Gewissheit, dass man sich nicht verstecken muss, und das Erröten der Scham, weil alles so neu und überwältigend ist.

In dieser Welt verband die Musik die Menschen. Dort fühlte sie sich wie eine von vielen. An diesem geheimen Ort durfte sie ihrer Leidenschaft Ausdruck verleihen und diese mit anderen teilen – eine Erfahrung, die sie tief bewegte.

Warum Dorethin ausgerechnet in Frankreich gelandet war, verstand sie nicht, doch sie nahm die Herausforderung liebend gerne an. Aus Adelheids Geschichten, die sie auf den Bällen aufgeschnappt hatte, erfuhren die Mädchen von prunkvollen Theatern mit goldverzierten Rängen, samtroten Vorhängen und Bühnen, deren Kulissen sich meterhoch erstreckten. Gemalte Stadtansichten, schwebende Engel und eine Farbenpracht, die jede Gesichtsröte erblassen ließ.

Die Gäste lauschten ehrerbietig den Aufführungen und trafen sich in den Pausen auf formelle Begrüßungen. Die Stücke waren meist dramatisch, ernsthaft und erzählten einen Teil der Landesgeschichte. Die Kleidung, die die Gäste trugen, war nicht so pompös wie auf Bällen, an die sie gewöhnt waren, zeugten aber dennoch von Stand und Titel.

Adelheid brachte ihre erschöpfte Schwester ins Bett und entschied, die anderen Mädchen nicht wie versprochen zu wecken. Viel Schlaf blieb ihnen ohnehin nicht mehr – die Nacht war fast vorbei.

»Dorethin?«

»Dorethin, wach auf. Du musst aufstehen.«

»Geliebte Schwester, es ist Mittag«, flüsterten ihr die Mädchen zu.

Verschlafen öffnete Dorethin die Augen und blickte in fünf neugierige Gesichter, die alle gespannt auf sie herabschauten.

»Guten Morgen, du Schlafmütze. Es wird Zeit, aufzustehen.«

Die Schwestern zogen ihr erst die Bettdecke weg und dann sie von der Matratze.

»Madame, Sie müssen sich anziehen. Der Tag steht schon in voller Blüte«, ermahnte sie jetzt die Gouvernante, die eilig ins Zimmer trat und keine Widerrede duldete.

Die Mädchen kicherten und hasteten davon.

Dorethin war noch müde. Es gelang ihr in der letzten Stunde nicht, den fehlenden Schlaf der Nacht nachzuholen. Sie war ihrer Mutter dankbar, dass sie als Einzige das gemeinsame Frühstück ausfallen lassen durfte.

Der König war seit dem Morgengrauen mit den verbleibenden Gästen auf der alljährlichen Jagd, und die Bediensteten entfernten die restlichen Balldekorationen.

So konnte jeder etwas durchatmen.

Am Nachmittag versammelte die Königin ihre Töchter im Garten, auf einer großen Decke, die im Schatten eines alten Baums ausgebreitet war. Dort standen Tee, Obst und feines Gebäck bereit. Die Luft war mild, und der Wind trug den Duft der Blumen über die Wiese zu ihnen herüber.

»Wer will mir Gesellschaft leisten?«, fragte die Königin mit einem warmen Lächeln und klopfte einladend auf die Decke.

Die Töchter eilten fröhlich herbei.

Die älteren Mädchen ließen sich nieder und begannen sofort, über den vergangenen Ball zu plaudern.

»Er hat mich gleich zwei Mal auf die falsche Seite gedreht«, sagte Begonia und verdrehte gespielt genervt die Augen.

»Und dabei hast du ihm sicher noch die Zehen malträtiert«, neckte Carissima sie. Die Schwestern brachen in herzhaftes Gelächter aus, und selbst Begonia konnte sich das Lachen nicht verkneifen. Die beiden Jüngsten hatten andere Pläne.

»Wir wollen ins Labyrinth!«, riefen sie fast gleichzeitig und sprangen auf. Kaum hatten sie die Decke verlassen, hörte man sie schon durch die Hecken rufen und lachen. Die Gouvernanten folgten ihnen, bemüht, für Ordnung zu sorgen.

Die Königin blickte den Kindern hinterher und nahm genüsslich einen Schluck Tee. Vor wenigen Jahren hatten sie hier noch mit Puppen gespielt, Schmetterlinge gefangen und Blumen in ihr langes Haar geflochten. Jetzt waren sie zu jungen Frauen herangewachsen, mit eigenen Träumen und Gedanken.

»Wie die Zeit vergeht«, sagte sie schließlich, fast mehr zu sich selbst.

Adelheid, die ihre Worte hörte, legte eine Hand auf den Arm ihrer Mutter. »Ein wundervoller Tag, nicht wahr?«

Die Königin nickte.

»Das ist er. Und ich bin froh, euch bei mir zu haben.«

Bis zum Abend blieben sie im Garten, scherzten und plauderten. Erst als die Sonne tiefer stand, kehrten sie in den Palast zurück, um sich für das gemeinsame Essen mit dem König frisch zu machen.

Im Ankleidezimmer schnatterten die Schwestern noch immer über den Nachmittag, während sie sich umzogen und Dorethin versprach, bald mehr von ihren Abenteuern durch das Portal zu berichten.

Beim Abendessen erfreute sich der Vater an dem gelungenen Ball und bedankte sich bei seinen Töchtern mit einem Toast. Er berichtete von erfolgreichen Positionswechseln und der Aufstockung seiner Armee. Die Ländereien hatten einen wirtschaftlichen Aufschwung erlebt, und die Goldwährung erreichte den Höchststand.

Die Einzigen, die etwas zu seinen Neuigkeiten beitragen und sich angeregt mit ihrem Vater unterhalten konnten, waren die Zwillinge.

Der König war sichtlich erschöpft von der Jagd und erleichtert, den Ball hinter sich gebracht zu haben; deshalb beendete er den Abend zeitig.

Die älteren Mädchen zogen sich in den Lesesaal zurück, und Magdalena von Levenheim kümmerte sich um den Wintergarten und nahm sich weiterer Verpflichtungen an.

Die Jüngsten begleiteten Dorethin ins Musikzimmer, wo sie zu dem von ihr gespielten Walzer tanzten, bis ihre Füße nicht mehr konnten. Danach gingen die Kleinen erschöpft zu Bett.

Dorethin leistete den Älteren später Gesellschaft und besuchte sie in der Bibliothek. Dort sprachen sie über das Anpflanzen bestimmter Kräuter und wie sie damit eine erkrankte Ziege behandeln konnten. Adelheid war sofort in ihrem Element.

Dorethin schaute nach Büchern, die ihr einen Einblick in die französische Theaterwelt verschaffen konnten.

Sie fühlte sich unvorbereitet und hatte ein ungutes Gefühl, wenn sie daran dachte, erneut durch ihr Portal zu treten.

Ihr Portal. Ihre Welt. Ihre Herausforderung.

Sie hatte Angst zu versagen.

In den folgenden Tagen beruhigte sich die Lage und die Aufregung im Schloss. Die Familie und die Bediensteten kehrten zu ihren normalen Tagesabläufen und Aufgaben zurück.

Wie immer war der Vater, König Waldur von Levenheim, derjenige, der die Termine außerhalb des Palastes wahrnahm. Er war froh darüber, dass seine Damen ihm den Rücken im Schloss freihielten und seine geliebte Frau um die postalischen Angelegenheiten, den Hof und die Erziehung der Töchter kümmerte. Sie konnten sich aufeinander verlassen. So vergingen Wochen und Monate, und alles nahm seinen gewohnten, tristen Lauf.

Nur Dorethin wusste nicht so recht, wohin mit sich. Tagsüber schlich sie nachdenklich durch die Gänge, schlief morgens lang und ging erst spät zu Bett.

Während die anderen ihr Portal stets nur im Schlafgemach verwenden konnten, trug Dorethin es Tag ein Tag aus um den Hals. Immer wieder hielt sie es gegen die Sonne und versuchte, einen Hinweis in den beiden eingravierten Bildern zu entdecken. Sie verstand es jedoch nicht.

Die anderen ahnten längst, dass ihr zurückgezogenes Verhalten mit dem Portal zu tun hatte – sie selbst hatten in den ersten Wochen Ähnliches erlebt.

Nichtsdestotrotz stimmte irgendetwas nicht.

Sogar die Königin machte sich Sorgen und erkundigte sich bei Adelheid über die Mittlere.

»Meine liebe Tochter, sollte ich Bedenken wegen des Geschenks haben?«, fragte Magdalena. »War es nicht das Richtige?«

»Doch, dessen bin ich mir sicher«, antwortete Adelheid. »Ich vermute jedoch, die Trägerin hat ein Verlangen, dem sie noch nicht gewachsen ist.« Die Mutter verstand, dass sie hier nicht einlenken konnte.

Dorethin musste ihre Erfahrungen machen und vor allem über ihren Schatten springen. In dem Alter bleibt einem Menschen so viel Spielraum für die eigene Entwicklung, dass die Wahl der Entscheidung oft nicht selbst getroffen werden kann.

Magdalena war sich im Klaren darüber, dass das zweite Abbild auf dem Glasamulett genau diese Wahl beeinflussen würde – und dass es sich Dorethin bald offenbaren musste.

Bis dahin behielt sie jedoch stets ein wachsames Auge auf ihre Tochter.

An den ersten Abenden in Dorethins Portal traute sie sich nur zaghaft an das Instrument und auch nur, wenn wenige Gäste anwesend waren, und bot ihnen ein kurzes, unsicheres Lied dar. Anfangs war sie sehr angestrengt damit beschäftigt, Klavier zu spielen, und hatte Not, sich zu konzentrieren.

Nach und nach verstand sie allmählich, dass sie sich an diesem Ort nicht verbiegen musste.

Es war ihr erlaubt, zu spielen, was sie für gut hielt, ihren eigenen Stil einzubringen und das Tempo nach Belieben anzupassen. Da die Gäste unterschiedlich zu sein schienen, konnte sie es nicht allen recht machen. Und sie waren nicht hier, um ein reines Klavierkonzert zu hören, sondern die Gesamtheit des bunten Abends zu genießen.

In dem kleinen Theater erstreckte sich ein Rang, der über die gesamte hintere und seitliche Räumlichkeit thronte. Selbst von ihrem Platz aus konnte Dorethin sehen, wie sich die Menschen dort oben bewegten.

Der Rang besaß Fenster. Davor waren Vorhänge angebracht, die das Sonnenlicht abhielten und der Prinzessin einen kurzen Blick über die Stadt ermöglichten.

Bisher hatte sie es vermieden, Französisch zu sprechen, da sie die Sprache nicht allzu gut beherrschte und sich nicht blamieren wollte. Neugierig schlich sie nach ihrem Klavierstück durch die Reihen, ging hinauf und beobachtete von dort die verschiedenen Künstler.

Das Klavier, das sie spielte, stand auf einer halbrunden Bühne und konnte durch angebrachte Räder nach Belieben zur Seite geschoben werden.

So konnten Sänger und Musiker aller Art ihre Berufung darbieten. Es kam vor, dass sich eine Sängerin zu ihr gesellte, die das Stück kannte und sie mit ihrer lieblichen Stimme begleitete. Auch sie wollte danach einen kleinen Plausch mit Dorethin halten, doch diese winkte schüchtern ab, verbeugte sich entschuldigend und stieg die Treppe hinauf.

Dort oben, im Schatten dunkler Ecken, fühlte sie sich sicher und konnte alles beobachten.

Die Vierzehnjährige durfte sich ihre Spielzeiten aussuchen und wählte in der ersten Woche stets den Beginn des Abends, weil noch nicht so viele Gäste im Haus waren.

So konnte sie anschließend, von oben, den Sonnenuntergang ansehen und ungestört den folgenden Künstlern und Theaterstücken zuschauen.

Anfangs blieb sie lediglich eine halbe Stunde und erschien nach fünf Minuten schon wieder bei ihren Schwestern. Diese freuten sich, sie wiederzusehen, auch wenn sie in Dorethins Mimik stets wenig ablesen konnten und sich deshalb sorgten.

Sie erfuhren nur, dass sie in einem kleinen Theater ein Klavierstück vortragen durfte und danach andere Künstler beobachtete. Es sollte auf die Geschwister so wirken, als wäre sie in ihrem Element gewesen und hätte das Zusammensein mit ihresgleichen genossen. Dem war jedoch nicht so.

Carissima und Begonia redeten in der ersten Woche jeden Abend auf sie ein, dass das Portal mehr zu bieten hatte, und forderten sie auf, sich mehr zuzutrauen. Sie konnte in der anderen Welt so vieles ausprobieren, sich verwirklichen und über sich hinauswachsen. Sie konnte dort sie selbst sein.

Doch wer war sie? Und wer wollte sie sein?

Dorethin wandte sich nach einigen Wochen schließlich mit ihrer Unsicherheit an ihre älteste Schwester und fragte sie um Rat:»Adelheid, ich weiß nicht so recht, wie oft ich mein Portal noch besuchen werde.«

Ihre Schwester verstand direkt.»Du brauchst keine Angst zu haben. Es gibt einiges zu entdecken, allerdings müssen wir uns der Aufgabe in den Portalen erst bewusst werden. Du bist nicht dort, um Klavier zu spielen, denn das kannst du bereits. Du bist an diesem Ort, um eine Herausforderung anzunehmen, und womöglich wird diese unbequem sein.«

Dorethin schmiegte sich in die innige Umarmung ihrer Schwester und schaute diese dann eindringlich an.

»Hast du deine Aufgabe gemeistert?«

»Ich habe zumindest *eine* gemeistert. Und Weiterentwicklung hat kein Ende, aber wählbare Richtungen.« Adelheid schob ihre Schwester sanft einen Schritt von sich weg, schaute sie dabei direkt an und legte ihre Hände auf Dorethins Schultern.»Wovor hast du Angst? Was beschäftigt dich wirklich?«

Dorethin stiegen Tränen in die Augen.

Beschämt blickte sie auf den Boden und blinzelte mehrmals, um sie zu verbergen – es gelang ihr nicht.

»Ihr sagt immer, ich kann mich dort verwirklichen. Aber will ich das überhaupt?«

Adelheid war sich nicht sicher, was ihre Schwester damit ausdrücken wollte.

»Aber warum solltest du das nicht wollen? Bevorzugst du es, weiterhin fremdbestimmt zu leben?«

»Zumindest wäre das pflichtbewusst und geordnet«, ließ Dorethin es mehr wie eine Frage als eine Erklärung klingen.

Die Vierzehnjährige war sichtlich überfordert und traute sich nicht, ihr Glück zu genießen. Jahrelang hatten die Prioritäten der Familie an erster Stelle gestanden, und nun sollte sie diese einfach ignorieren? Es fiel ihr schwer, eine Verbindung zwischen den beiden Welten herzustellen – und noch schwerer, diese zu trennen. Adelheid nahm ihre Schwester schützend in den Arm und drückte sie fest an sich.

»Meine liebste Dorethin, es ist nicht nur Mutter, die dir zutraut, dass du der Aufgabe gewachsen bist, sondern auch ich. Es geht nicht darum, den Menschen dort zu gefallen, sondern sich weiterzuentwickeln. Es geht darum, sich Wünsche zu erfüllen, die Möglichkeit zu ergreifen, deiner Leidenschaft Ausdruck zu verleihen. Es geht darum, deiner Stimme oder deiner Musik Gehör zu verschaffen. Mit deiner Musik zu kommunizieren. Schwingungen und Wellen breiten sich durch deinen Klang aus und beflügeln die Seelen. Auch Musik hat Nuancen und Akzente. Lass ihnen freien Lauf.«

Dorethin nickte eifrig und hielt ihre Schwester einen Moment lang fest. Sie wollte eine Nacht darüber schlafen und es dann erneut versuchen.

XVI
Das Portal von Dorethin

Am nächsten Tag nutzte sie eine Lerneinheit und übte die französische Sprache. Sie überlegte sich, welche Fragen auf sie zukommen könnten und was genau sie so unruhig werden ließ. Dann erkannte sie es selbst:

Es ging um die Bedeutung der Musik für sie.

Sie konnte es nicht erklären und hatte Angst davor, dass sie jemand darauf ansprach. Wer sie inspirierte, welche Epochen sie in ihre Werke einfließen ließ, welche Gefühle sie vermitteln wollte – all das musste sie sich erst selbst beantworten. Da kam ihr eine Idee.

Sie ließ ihre Schwestern rufen und spielte ihnen ihr liebstes, selbstgeschriebenes Stück vor. Die fünf saßen auf der Couch und auf dem Fußboden davor.

»Ich möchte, dass ihr darüber nachdenkt, was mein Stück in euch auslöst. An was ihr denkt und was genau euch nicht gefällt. Ganz ehrlich und spontan.«

Die Mädchen waren überrascht von so viel Freimütigkeit und wollten ihre Schwester nicht mit ihren Worten verletzen; sie erfüllten jedoch ihre Bitte.

So schlossen sie die Augen und lauschten der Melodie aufmerksam mit offenen Herzen.

Danach machte Fronica den Anfang:

»Ich habe an Mutter gedacht und an ihr Lachen. Ich habe sie in der Sonne stehen sehen und beobachtet, wie sich eine Haarsträhne im Wind bewegt.«

Die detaillierte Beschreibung der Jüngsten ließ die Schwestern aufhorchen, ehe sie sich überrascht ansahen.

Dorethin machte sich eilig Notizen und fragte dann die anderen. Elsbeth stand auf und lief an das Fenster:

»An Wind habe ich auch gedacht. Und Leichtigkeit. Der Wind hat etwas mit Leichtigkeit getragen oder weggeweht. Ich kann es leider nicht in Worte fassen.« Auch das schrieb Dorethin mit.

»Wind nicht, eher eine Brise, eine warme Sommerbrise«, pflichtete Adelheid den beiden anderen bei und nickte eifrig.

Begonia und Carissima überlegten angestrengt.

Gefühle und Empfindungen zu äußern, war eine ihrer Schwächen, und sie wollten nichts Unangebrachtes sagen. Deshalb ließen sie sich Zeit.

»Also, ich bin mir nicht sicher und suche nach dem richtigen Wort. Was denkst du, Begonia?«, lenkte Carissima die Aufmerksamkeit auf ihre Zwillingsschwester.

Diese war alles andere als dankbar für die Überleitung und biss nachdenklich auf die Seite ihrer Lippe.

»Ich habs«, stieß Carissima plötzlich hervor. »Ich denke an Vögel und Wolken. So helle, graue.«

»Hellgraue Vögel?«, fragte Begonia verwirrt und schaute in die Runde.

»Nein, du Dummerchen. Hellgraue Wolken und davor schwebende Vögel. Wenn du jetzt aus dem Fenster blickst, kannst du vielleicht welche sehen.« Die Schwestern drehten alle gleichzeitig ihre Köpfe und linsten hinaus.

»Du meinst das Gefühl, das ein Vogel verspürt, wenn er frei über den Himmel gleitet, hoch oben in den Wolken?«, half Begonia ihrer Schwester weiter.

»Ja, genau das. Freiheit, Fliegen und Wind.«

Nachdem alle ihren Eindruck geschildert hatten, schenkte jede der anderen ein aufrichtiges Lächeln.

Die Mädchen verließen das Musikzimmer und gingen wieder ihrer gewählten Tätigkeit nach.

Die Zwillinge behelligten die Köche und wollten etwas über Suppen lernen, während Fronica und Elsbeth mit ihrer Mutter Zeit im Wintergarten verbrachten.

Adelheid verschwand in die Bibliothek und vervollständigte mit einem Hauslehrer ihre medizinischen Aufzeichnungen. Und der König führte ein wichtiges Gespräch mit einigen Soldaten im Beratungssaal.

Der Hofmeister und die Bediensteten huschten durch die Gänge und befolgten ihren geschäftigen Rhythmus. Alles schien wie immer.

Dorethin saß im Musikzimmer und schrieb neben den Notizen zu ihrer Schwester ihre eigenen Empfindungen auf.

Sie war stolz, denn die Begriffe *Leichtigkeit* und *Strom* standen bereits auf ihrer Seite des Blattes. Etwas, das Wind widerspiegelte und das Fliegen ermöglichte.

Es gab keinen Grund, sich missverstanden zu fühlen, denn sie ließ ihre Musik bereits für sich sprechen. Und wenn ihre Schwestern, die alle unterschiedlicher nicht sein konnten, es verstanden, dann würden das auch andere Menschen tun:

Liebhaber, die die Musik und das Klavier mochten. Reisende, die sich von Melodien leiten und beeinflussen ließen, und Sonderlinge, wie sie.

Sie fürchtete sich nicht vor dem heutigen Besuch in ihrem Portal, sondern lauschte ihren Gefühlen.

Sie wollte diese am Abend mit einem eigenen Stück widerspiegeln und damit deutlich machen, dass sie bereit war, ihre Herausforderung anzunehmen.

Erstmals wählte Dorethin, spät spielen zu dürfen, und musterte die erscheinenden Gäste. Vor Ort warteten in der Regel jeden Tag neue Besucher, manchmal erkannte sie den einen oder anderen aber auch wieder.

Heute trieb es sie hinaus vor die Tür, sie erkundete die Stadt, zu der das Theater gehörte. Selbstredend behielt sie die Zeit im Auge – sie wollte unter keinen Umständen ihren Auftritt verpassen. Aus dem Fenster des Theaters erhaschte sie einen weiten Blick über die Stadt. Das Gebäude stand auf einem Berg und bot einen guten Rundumblick.

Am Fuße des Hügels erspähte sie eine Stadtmauer, bei der sie sich nicht sicher war, ob sie den Teil, in dem Dorethin sich befand, einschloss oder ausgrenzte. Der Zutritt schien für jedermann zugänglich. Sie wusste, dass normalerweise hohe Zölle bezahlt wurden, wenn man hinter die schützenden Mauern gelangen wollte, und die Befähigung, diese zu zahlen, traute sie hier nicht jedem zu.

Die Prinzessin ging nach draußen, lief die Straße auf und ab und lugte in die kleinen Gassen. Dabei lauschte sie den Erzählungen und Unterhaltungen der Bewohner und Gäste auf den Terrassen.

Einer stellte seinem Freund den Stadtteil als *das Viertel der Boheme* vor und berichtete von Künstlern, Wanderarbeitern und Studenten. Sie folgte den Männern unauffällig, um mehr zu erfahren, und klebte förmlich mit ihren Ohren an deren Lippen.

»Wie ich hörte, hat das Viertel einen zweifelhaften Ruf«, widersprach der Gast seinem Freund.

»Du findest hier Kabaretts und Amüsierstuben unterschiedlichen Standards. Sehen diese Menschen für dich unglücklich oder arm aus? Nein. Denn sie können sich hier frei entfalten«, schnauzte der Mann und erzählte weiter.

»Das hier ist ein Künstlerviertel. Hier leben Komponisten, Tänzerinnen, Nacktmodelle, Näherinnen, ja, sogar ganze Künstlergenerationen.«

Das brachte den Besucher kurzerhand zum Schweigen, und er blickte sich neugierig um.

Dorethin tat es ihm gleich. Sie sah kleine Holzhütten und Häuser mit verwilderten Gärten. Die Menschen schienen weder arm noch reich zu sein, und sie lachten. Sie wirkten unbeschwert und aufgeschlossen.

Die Straßen waren sauber, die Fenster der Unterkünfte bunt und der Umgang miteinander weltoffen. Gerne hätte sie den Unbekannten mehr Informationen entlockt und länger den verschiedensten Sprachen gelauscht; letztendlich entschied sie sich dazu, zu ihrem Portal zurückzukehren, aus Angst, etwas zu verpassen.

Das Theater war inzwischen gut gefüllt. Auf der Bühne stand ein Mann mit Laute und sang ein Lied. Er erzählte von der falschen Mauerseite, seinem erträumten Alltag und seiner eigentlichen Realität. Er sang von Freigebigkeit, Konsum und Einsamkeit. Die Zuschauer klatschten begeistert Beifall.

Danach wurde ein Gedicht vorgetragen.

Der junge Mann setzte sich auf die Bühnenkante und wartete, bis man ihm aufmerksam zuhörte. Für Dorethin geziemte sich das nicht. Er machte freiwillig sein Beinkleid dreckig, doch hier schien das niemanden zu stören. Sie schüttelte ihre unsinnigen Gedanken ab und widmete sich wieder dem Poeten.

Er sinnierte über einen lebhaften Tag, über in der Nacht erloschene Heiterkeit sowie den Klang seines Lachens. Er sprach über einen verwunschenen Ort, wo der Sonnenuntergang seine Pracht mit dem lautschlagenden Herzen der Nacht tauscht und über Wollust und Wonne.

Dorethin wurde rot im Gesicht und schämte sich für seine ausgesprochen frivolen Gedanken.

Sie eilte hinter die schützende Bühne und machte sich für ihren Auftritt bereit.

Drei Männer halfen ihr, das Klavier an den gewünschten Ort zu schieben; schließlich nahm sie auf dem Hocker Platz und konzentrierte sich. Sie benötigte keine Notenblätter oder Notizen; sie hatte alles im Kopf. Ihre Finger berührten die ersten Tasten, und sie wartete ab, bis Ruhe eingekehrt war, so wie der Mann es vor ihr getan hatte.

Sie schlug die Tasten sanft an, spielte das Lied von gestern, das ihre Schwestern so treffend beschrieben hatten, und passte es nur leicht den Umständen an. Sie ließ es fröhlicher und schneller klingen; schloss die Augen und entsandte die Melodie. Sie strömte durch den ganzen Raum, das Geflüster erstarb, und alle blickten zu ihr auf.

Heute Abend spielte sie nicht einfach Klavier, sondern sprach melodisch zu den Gästen.

Sie unterstrich ihre Worte durch eine romantische Tonfolge und nahm die Hörer mit in eine andere Welt. Sie traf den Nerv der Zeit. Und als sie fertig war, öffneten sich langsam ihre Augen und sie schaute in die strahlenden Gesichter, der nun laut jubelnden Gäste.

Dorethin hatte sich wahrhaft mitgeteilt und die erste Herausforderung gemeistert.

Sie blieb drei Stunden in ihrer Portalwelt, bevor sie durch das Amulett zurückkreiste und zu Bett ging, um in ihren Träumen erneut den wundervollsten Abend ihres Lebens zu genießen.

Die Älteste wagte sich in der Nacht ebenfalls zum ersten Mal nach draußen vor die Bibliothek, denn das Gespräch mit Dorethin hatte ihr gezeigt, dass auch sie sich vor ihrer Aufgabe drückte.

Die nun Sechzehnjährige hatte in den letzten Wochen zwei Männer belauscht, die häufig ihre Zeit am frühen Abend dort verbrachten, ehe sie gemeinsam den Vorträgen beiwohnten, die in einem benachbarten Hörsaal vorgetragen wurden. Die Thematik war wie für sie gemacht, sie traute sich aus unerklärlichen Gründen jedoch nicht, die Bibliothek zu verlassen.

Eines Abends sprachen die beiden Herren sie auf Englisch an, und Adelheid erstarrte in ihrer Bewegung.

»Guten Abend, die Dame. Sie scheinen eifrig Lernstoff nachzuholen. Wie wäre es, wenn Sie stattdessen an den Vorträgen von Dr. Daremberg an der Akademie teilnehmen?«

Adelheid machte aus lauter Verwirrung einen zaghaften Knicks und blickte die beiden jungen Studenten erschrocken an.

Sie hatte keine Probleme mit der englischen Sprache oder mit der Nationalität an sich.

»Guten Tag, es tut mir leid. Die Zeit ist leider unpässlich.«

»Vielleicht nächste Woche um dieselbe Zeit?«, fragte der Größere der beiden höflich. Dann sprach der andere sie an: »Oder haben sie Angst vor einem Franzosen? Keine Sorge, Dr. Darembergs Englisch ist besser als meins.«

Er lächelte, und Adelheid erkannte einen leichten Akzent. Sie schüttelte verlegen den Kopf und blickte zur Tür. Aber es fühlte sich an, als könnte sie nicht durch den Eingang gehen. Dabei wartete dort nur ihr eigener Schatten auf sie. Die Gestalt, die in den finsteren Räumen und durch das Kerzenlicht entstand. Der Umriss, mit dem sie sich in den dunklen Ecken vor fremden Personen versteckte. Der Schatten, der sie war.

Heute wurde ihr klar, dass das ihre Hürde darstellte. Das, was sie sich beibrachte, das, was sie las und das, was sie von ihrem Arzt lernte und sich aufschrieb – das war alles schon da. Sie wollte forschen, wollte das Handwerk eines Veterinärs und Mediziners erlernen und Wissen erlangen, das neu und zeitgemäß war. Sie wollte jetzt und hier zu den Frauen gehören, die studierten und bahnbrechende Fortschritte in der Emanzipation erreichten. Sie sprang letztendlich über ihren Schatten. »Dürfte ich Sie doch begleiten?«, fragte sie an die beiden Herren gewandt. Das war das, was sie wollte: dazulernen, Neues entdecken, mit Gleichgesinnten in ihrem Alter und demselben Interesse kommunizieren. Dazugehören und sich nicht mehr hinter hohen Mauern verstecken.

Sie folgte den netten Herren, trat vor die Bibliothek – ihrem Portalgebäude, in einen Sonnenuntergang, der ein atemberaubendes Bild bot.

Dann erkannte sie, wo sie war: mitten auf dem Campus der hiesigen Universität, umgeben von Verwaltungseinrichtungen und Gebäuden mit Hörsälen, Laboren und Seminarräumen.

Sie mischte sich unter tüchtige und strebsame Menschen.

Adelheid hatte sich bisher stets in der Bibliothek versteckt. Das Portal war darin gut aufgehoben, weil nicht jeder diese Einrichtung betreten durfte – im Gegensatz zur Fakultät. Adelheid war froh, in Begleitung der jungen Herren zu sein, sonst hätte sie womöglich nie Zutritt zu einem Hörsaal erhalten. Sie hatte weder einen Studiennachweis, noch war ihr Name auf einer der Teilnehmerlisten eingetragen. Aber heute begleitete sie die Studierenden als Gast und wurde herzlich in Empfang genommen.

Die Prinzessin spürte die Magie des Portals in vollem Umfang und hatte es gänzlich verstanden.

Die Zwillinge begriffen es ebenfalls nicht auf Anhieb. Sie benötigten Monate, ja fast ein Jahr, um ihren eigenen Weg zu finden.

Das Portal schickte sie in eine abgelegene Schenke, zu einer Familie, die ihre Hilfe gar nicht brauchte und Begonia und Carissima anfangs eher skeptisch betrachtete. Sie trafen auf zwei junge Damen mit Anstand und Bildung, ohne Vertrauensperson oder Vormund, weit weg von der nächstgelegenen Stadt oder Landesgrenze.

Die fünfzehnjährigen Mädchen waren nicht auf den Mund gefallen, fast schon uneigennützig, aber ebenso unbeholfen. Ihre Denkweise war anders, ähnelte allerdings der Grundeinstellung des Besitzers. Sie konnten den Schenktöchtern ein gutes Vorbild sein.

Auch wenn sie sich neuen Aufgaben gegenüber zunächst stets verwehrten, lernten sie in einem rasanten Tempo. Obwohl sie in einen hohen Stand geboren wurden, blieben sie in der anderen Welt bodenständig und strebsam.

Sie brachten neue Denkansätze sowie logistische Prozesse ein und verhandelten mit erwachsenen, gestandenen Männern, als seien sie gleichgestellt. Selbst an Tagen, an denen sie eine besonders dicke Lippe riskierten, überzeugten sie mit Wissen und strebten nach Größerem.

Die Zwillinge packten an, egal wie sehr es die Muskeln beanspruchte und sorgten zugleich stets für Verbesserungen, um die Belastung zu verringern. Dabei entwarfen sie ein durchdachtes System, das den gesamten Stellenwert der Schenke aufwertete und nachhaltig stärkte.

Die Schwestern mit einem Portal hatten etwas gemeinsam: Sie fanden für die beschmutzten Schuhe keine Lösung. Selbst wenn sie keine trugen, kamen sie dennoch mit ihren Schuhen aus dem Portal heraus. Als wäre die Fußbekleidung die untrennbare Verbindung zur realen Welt.

Egal, wie sorgfältig sie darauf Acht gaben, die Verschmutzung ließ sich nicht vermeiden. Und das mehrfache Anziehen des staubigen Schuhwerks half nur für eine Weile. Sie konnten sie vor den Bediensteten oder der Gouvernante nicht verstecken und auch nicht ausreichend reinigen.

Das war der finanzielle Preis, den die Königin neben dem Erwerb des Geschenkes tragen musste – und weiterhin tragen würde.

In wenigen Monaten würde Elsbeth ihr Portal erhalten, vorausgesetzt, die Königin schenkte ihr eines zu ihrem vierzehnten Geburtstag und der Einführung beim Debütantinnenball. Ein weiteres Paar Schuhe würde hinzukommen, das es zu verstecken galt.

XVII
Verlangen und Realität

Weitere Wochen vergingen. Das Königspaar hatte wichtige Verpflichtungen, die eine mehrtägige Reise erforderlich machten. Begleitet wurden sie von einigen Gouvernanten, während Kammerzofen die Aufsicht über die Prinzessinnen übernahmen. Jede von ihnen war mit ihren eigenen Aufgaben beschäftigt. Die Königin übertrug die Verantwortung der Ältesten und vertraute ihrer Loyalität und Ernsthaftigkeit.

Die sechs Schwestern machten es sich im Lesesaal gemütlich und legten die wertvollen Kissen, die die Couch zierten, auf dem weichen Teppichboden aus, tranken Kakao, aßen Törtchen und erzählten sich Geschichten.

»Adelheid, was gibt es Neues in der Bibliothek? Sind schon ein paar Monster aus den Büchern gekrochen?«, scherzte Begonia und forderte sie auf, etwas über ihr Portal zu erzählen.

»Es haben sich nur wenige Studenten als Monster entpuppt, und bisher sind sie immer durch die Tür gekommen«, konterte die Älteste belustigt und streckte Begonia die Zunge heraus.

»Müsstest du nicht bald alle Bücher dort gelesen haben?«,

fragte Fronica neugierig, was die anderen Mädchen zum Lachen brachte.

»Wenn sie sich nicht von den jungen Männern ablenken lässt, kommt sie bestimmt hin und wieder zum Lesen«, scherzte Carissima.

»Welche jungen Männer?«, wollte die Jüngste wissen und starrte Adelheid erbost an.

»Wir machen nur Scherze, Fronica. Mach dir keine Sorgen.« Adelheid versuchte, sie zu beruhigen und die Situation zu entschärfen. »Ich habe vor einer Weile die Bibliothek verlassen und begonnen, mir den Campus anzuschauen. Dort erwartete mich mehr, als ich zunächst dachte.«

Fronica machte große Augen, verstand erst nicht, worum es ging, und setzte sich schließlich neben Adelheid auf den Boden, um mehr zu erfahren. Die beiden flüsterten, aber den anderen entging nichts.

»Sei so lieb und weihe uns auch in deine Abenteuer ein«, bat Elsbeth, die in dem Moment allen Kakao nachschenkte.

»Nun gut, aber ihr wisst: Was in eure Ohren dringt, kommt niemals durch den Mund wieder heraus«, erinnerte Adelheid ihre Schwestern an ihren gemeinsamen Schwur.

»Ich habe Studenten und Besucherinnen kennengelernt«, begann sie und hatte jetzt die volle Aufmerksamkeit der Mädchen. »Ich habe die Bibliothek verlassen, weil ich zu einem Vortrag eingeladen wurde. Da ich den Campus nicht kannte, wusste ich nicht, dass es einige Räumlichkeiten gibt, die man nur betreten darf, wenn der eigene Name auf der Besucherliste steht. Ich wurde von zwei jungen Studenten angesprochen, die häufig die gleichen Bücher studierten wie ich, und sie fragten mich, ob ich sie zu einem Vortrag von Dr. Daremberg, einem renommierten Veterinär und Mediziner, begleiten möchte. Und ich sagte zu. Zu diesem Vortrag kamen andere Frauen, die dasselbe Interesse hegen und nur durch einen bekannten oder verwandten

Studenten die Möglichkeit bekamen, die Universität zu betreten. Ich hatte Glück. Der Vortrag war unglaublich, und ich nehme hoffentlich weiterhin an Lesungen teil. Erst dadurch wurde mir bewusst, wo mein Portal mich tatsächlich hinbrachte.« Adelheid trank einen großen Schluck von ihrem mittlerweile kalten Kakao und nahm eine bequemere Haltung ein.

»Du sagtest, du seist in der Nationalbibliothek von England«, erinnerte Carissima sie an ihre Worte.

»Gewiss, das ist mein Portal. Aber es ist nicht nur eine große Bibliothek. Sie beherbergt eine der weltweit größten und umfassendsten Sammlungen von Büchern, Manuskripten, Zeitungen, Landkarten und Musiknoten.«

Die Schwestern schauten Adelheid gespannt an – offenbar warteten sie auf Beispiele.

»Eines der vier erhaltenen Exemplare der *Magna Carta* aus dem Jahr 1215, wird dort aufbewahrt.«

Doch die Mädchen hoben unwissend die Schultern.

»Eine der wertvollsten Ausgaben der Werke von William Shakespeare, die 1623 veröffentlicht wurden«, fuhr die Älteste fort und erntete erstaunte Blicke.

»Die British Library ist nicht nur ein Archiv, sondern ein Zentrum für Forschung und Bildung. Sie hat weltweite intellektuelle Bedeutung, fördert den Wissensaustausch und archiviert internationale Forschungsergebnisse. Außerdem schützt sie unser kulturelles Erbe.«

»Hört, hört«, flötete Begonia spöttisch, und auch die anderen mussten lachen. Adelheid hatte sich vollkommen in Euphorie geredet und bemerkte, wie hochtrabend das für die anderen klingen musste.

»Das stand bestimmt genauso in irgendeinem Buch«, stichelte Carissima und imitierte ihre Gesten.

Augenblicklich landete ein Kissen mitten in ihrem Gesicht und brachte sie zum Schweigen.

»Das wagst du kein zweites Mal«, drohte Carissima und nahm zur Verteidigung selbst eines in die Hand. Bevor sie reagieren konnte, schlug ein goldverziertes Kissen von links zu. Das Geschoss kam von Fronica, die sich feixend hinter der Couch versteckte.

Jetzt schnappten sich auch die anderen Mädchen jeweils ein Kissen, und schon bald flogen diese wild durch das Zimmer. Lautes Gekicher erfüllte den Raum.

Zwei Minuten später betrat eine Kammerzofe mit einer Karaffe das Zimmer und erblickte das heitere Chaos: Verschütteter Kakao, umherfliegende Federn und sechs lachende, hochrote Gesichter. Das fröhliche Schauspiel brachte selbst sie zum Schmunzeln.

»Na los, die Damen, genug für heute«, sagte sie gutmütig und begann, Ordnung zu schaffen. Sie war den Prinzessinnen nicht böse – zu sehr erfreute sie der sichtbare Zusammenhalt der Mädchen.

Die jungen Damen eilten in ihr Ankleidezimmer und erfrischten sich, bevor sie zum Abendessen nach unten gingen.

In der Zwischenzeit scherzten sie weiter, veranstalteten ein Wettrennen auf den Gängen und landeten verschwitzt und außer Atem auf ihren Plätzen.

Der Nachtisch krönte den heiteren Tag, und keine der sechs Mädchen schaffte es, den Wackelpudding zu verspeisen, ohne dabei herumzualbern. Zum Abschluss gab es eine Limonade im Wintergarten, und die erhitzten Gemüter der Prinzessinnen beruhigten sich allmählich.

»Jetzt erzähl uns etwas von deinem Portal, Dorethin«, forderte Begonia ihre jüngere Schwester auf. Die Mädchen begehrten eine weitere Anekdote und nickten eifrig.

»Ich kann eine Geschichte erzählen, von der ich selbst erst erfahren habe.« Sie holte tief Luft.

»Letzte Woche sprach mich eine mir unbekannte, ältere Dame nach meinem neuen Klavierstück an. Ich war verwundert, weil sie mit mir redete, als ob sie mich kennen würde. Sie wartete am Rand der Bühne und winkte mich zu sich. Dann lobte sie mich und erzählte von einer Bekannten.

›Ihre Melodie ähnelt der von Fanny Hensel‹, sagte sie und ich stutzte, denn mir war der Name kein Begriff. Ich blickte kurz Richtung Konzertsaal, ob ich jemanden erkannte, dann wandte ich mich wieder zu ihr. ›Sie sind so bescheiden. Sie zwei hätten sich gut verstanden. Leider weilt sie nicht mehr unter uns‹, flüsterte sie und klang traurig.

›Ihr Verlust tut mir sehr leid‹, sprach ich ihr mein Beileid aus und wusste nicht so recht, wie ich mich verhalten sollte.

›Haben Sie denn einen Bruder, der für Sie spielen kann?‹

Sie brachte mich mit dieser Frage gänzlich durcheinander. Ich verstand nicht, was sie damit meinte.

›Fanny hatte das Glück auf ihrer Seite, wenn auch nur bedingt. Ihr Bruder, wie Sie sicher wissen, war ein begnadeter Pianist und so konnte er ihre Kompositionen in die Welt tragen, während es ihr als Frau untersagt wurde. Er vermisste sie so schrecklich.‹

Ich fand die Dame nett, sie schien sich mit dem Klavier und der Musik auszukennen, und vielleicht hatte ich sie zuvor an einem Abend bereits gesehen – unterhalten hatten wir uns allerdings vorher nicht. Irgendetwas machte mich neugierig. Deshalb fragte ich: ›Entschuldigen Sie vielmals, aber wer ist denn der Bruder von Fanny Hensel?‹

Der Dame huschte ein kurzes Lächeln über die Lippen.

›Ach herrje, ich spreche von Fanny Mendelssohn.‹

Doch auch jetzt wusste ich nicht um ihre Bedeutung.

›Ihr Bruder war Felix Mendelssohn, Felix Mendelssohn Bartholdy‹, sagte sie eindringlich, und ich erkannte die Tragweite ihrer Worte. Die Vorstellung, dass einige Werke dieses berühmten Komponisten möglicherweise von seiner Schwester stammten, überraschte mich zutiefst und ließ mich innehalten. ›Sie scherzen?‹, fragte ich dann.

›Gewiss nicht. Aber es überrascht mich nicht, dass sie es nicht wussten. Musikalische Aktivitäten oder gar Publikationen außerhalb des eigenen Hauses werden Frauen meist untersagt. Von der Gesellschaft, der Familie und von ihren Ehemännern.‹ Sie trank einen Schluck aus ihrem Weinglas und fuhr fort.

›Fanny komponierte eine beachtliche Anzahl an Klavierstücken, Liedern, Kammermusik und Orgelwerken. Ihre Eltern erkannten bereits in ihrer Kindheit, dass sie ein Talent für das Piano besaß, und ermöglichten ihr eine musikalische Ausbildung unter renommierten Lehrern. Sie stand dennoch im Schatten ihres begabten Bruders. Ihr blieb nur der eigene Salon und ihr Ehegatte, ein Künstler, unterstützte ihre Leidenschaft. Fanny gab regelmäßig private Konzerte, die oft als gesellschaftliche Ereignisse angesehen wurden. Ihr Bruder half ihr, wo er konnte; deshalb trug er ihre Lieder und Kompositionen hinaus in die Welt. Das war seine Art, ihrem Talent Gehör zu verschaffen. Das Traurige daran war, dass ihr geliebter Bruder ein Jahr später nach ihrem Tod ebenso verstarb.‹

Beeindruckt von den Erzählungen über Fannys Leben, fühlte ich mich gleichermaßen empört und motiviert. Die Frau meinte, dass meine Musik die gleiche Tiefe und Leidenschaft erkennen ließe wie die von Fanny. Deshalb wollte ich eines von ihr wissen: ›Madame, was genau ähnelt an meiner Musik der von Frau Hensel?‹

Sie antwortete direkt. ›Sie lassen ihr Herz sprechen, und man kann erkennen, dass jenes viel zu sagen hat. Bringen Sie es zu Papier und es hält für die Ewigkeit. Eine Note und ein Takt sind nur der erste Schritt – sie sind der Beginn eines Weges, der über den Berg hinausführt. Zeigen Sie den Menschen, was Sie von dort oben sehen. Lernen Sie Ihr Talent nutzen.‹«

Die Mädchen hörten Dorethins Geschichte mit voller Aufmerksamkeit zu, ohne sie zu unterbrechen.

»Das wusste ich nicht«, sprach Fronica aus, was alle dachten.

»Eine unglaubliche Erkenntnis«, murmelte Adelheid, die gedankenversunken hinaus in den Garten blickte.

»Unsere Portale haben alle einen tieferen Sinn, den wir nicht nur verstehen, sondern verwirklichen müssen. Nicht nur wir – bereits viele vor uns. Andere Frauen, die uns den Weg ebneten. Gedankengut, das realistisch wachsen muss, um es besser zu machen«, fasste Dorethin die Aussagen der anderen zusammen.

»Wie wichtig der Fortschritt und die Gleichheit doch sind«, ergänzte Begonia.

Auch wenn Dorethins Erzählung einen bitteren Beigeschmack hinterließ, fühlten sich die Mädchen gewappnet, und sie wuchsen dadurch nur noch enger zusammen.

Die Jahre im Schloss veränderten sich, und selbst die Gouvernanten erfreuten sich an den freundschaftlichen Beziehungen, die die Königin und die Prinzessinnen nun allmählich zu pflegen begannen.

Es wurden häufiger Teestunden veranstaltet, bei denen sich die Töchter der Baroninnen und Gräfinnen immer besser mit den Mädchen verstanden. Besonders die Jüngeren konnten mit ihren neuen Bekanntschaften im Garten toben und sich fantasievolle Geschichten und Spiele einfallen lassen.

Elsbeth und Fronica gefielen die Veränderungen sehr.

Ihnen wurde kaum noch langweilig, und selbst wenn sie Sehnsucht hatten, konnten sie ihren Freundinnen Briefe schreiben oder den vielfältigen Geschichten ihrer Schwestern lauschen.

Elsbeth kümmerte sich besonders liebevoll um die Jüngste und unterstützte sie, wo sie konnte.

Magdalena von Levenheim hielt sich weiterhin lieber zu Hause auf und begrüßte daher alle Aktivitäten, die auf ihrem Anwesen stattfanden. Ob Tontaubenschießen, Polo oder das neuartige Federballspiel – für all diese Vergnügungen schuf sie gerne Platz in ihrem weitläufigen Garten.

Das Labyrinth blieb bestehen, wurde aber etwas umstrukturiert, um weiterhin neue Herausforderungen und Spaß zu bieten. Der Palastgarten wuchs, bekam zusätzliche Wasserzuläufe und Brunnen sowie Bänke unter schattigen Bäumen und Pavillons, an denen wilder Efeu emporrankte. Obst und Gemüse gediehen prächtig und sorgten für eine gesunde Ernährung.

Der König erfreute sich an den zahlreichen Gästen und vor allem an der Jagd.

Häufig besuchte er die neue, im eigenen Land gelegene Rennstrecke, wo er mit seinen Zuchtpferden antrat und luxuriöse Geldeinsätze platzierte. Er besaß dort eine eigene Loge und war ein gerngesehener Gast.

Das Land erlebte weiterhin einen leichten wirtschaftlichen Aufschwung, was das Ansehen der Familie stabil hielt.

Die Monarchen engagierten sich außerdem für wohltätige Zwecke. Sie unterstützten Krankenhäuser, Schulen, Vereine und Kinderheime und wurden als soziale Vorbilder geschätzt.

Adelheid, Begonia, Carissima und Dorethin durften das erste Mal an einem Konzertabend in einem Theater teilnehmen. Sie waren hin und weg – weniger von dem stundenlangen Aufhübschen und den überteuerten Kleidungsstücken, dafür umso mehr von der musikalischen Vielfalt der Instrumente und der Komponisten.

Die adeligen und hochwohlgeborenen Gäste auf den anderen Rängen tuschelten hinter vorgehaltenen Händen und warfen ihnen neugierige Blicke zu. Die meisten wussten von Dorethins Begabung am Klavier und verbanden mit ihr den Besuch des Abends.

Mittlerweile erkannten sie Barone, Grafen und Anwärter eines Thrones wieder – sei es von eigenen Bällen, Aufwartungen oder gar Bekundungen ehelicher Absichten ihrer Söhne oder Verwandten.

Die Prinzessinnen genossen die Veranstaltungen und sozialen Interaktionen außerhalb ihres Portals, besonders weil sie sie gemeinsam mit ihren Schwestern erleben konnten.

Der erhoffte Besuch in der ersten Weltausstellung in Frankreich blieb ihnen leider verwehrt. Dorethins Portal lag zu weit entfernt, um es heimlich zu erreichen, und die anderen darüber in Kenntnis zu setzen. Allerdings waren sie es gewohnt, Abstriche machen zu müssen.

Adelheid hütete ihren Handspiegel wie einen Schatz, verborgen in der Kommode. Die Zwillinge zogen wieder und wieder die großen, schweren Vorhänge im Schlafgemach zu – sie befürchteten, dass die Sonnenstrahlen die Farbe des Bildes und somit ihre Welt verblassen lassen könnten. Dorethin trug ihre Kette stets bei sich, versteckte den Anhänger jedoch für gewöhnlich unter dem Stoff des Kleides im Dekolletee.

Sie gaben sich mit kleinen Schritten in der realen Welt zufrieden, während sie in der Portalwelt erreichten, wofür sie so hart arbeiteten. Wie gerne würden sie so am Schloss in ihrem wahren Leben sein, wie sie wirklich waren – die goldenen Ketten ein für alle Mal gesprengt.

Doch wie Echos Nero einst sagte: »Es bleibt eine Sehnsucht, des Trägers größtes Verlangen.«

Elsbeth hatte wenig Interesse an einem eigenen Portal, obwohl sie hin und wieder einen flüchtigen Gedanken daran verschwendete. Sie schätzte den geregelten Tagesablauf, die vertraute Umgebung, ihre Familie und die Vorzüge des adeligen

Lebens und wollte sich nicht verstecken oder verstellen müssen. Erst recht wollte sie nicht mit einer ihr völlig fremden Welt konfrontiert werden. Alles sollte so bleiben, wie es war. Außerdem hatte sie hier zu Hause eine Aufgabe – das Versprechen, das sie dem Stallburschen gegeben hatte.

Am Morgen sprach Fronica sie auf dem Weg zum Frühstück an und fragte nach ihren Interessen.

»Was kannst du besonders gut, Elsbeth?«

»Ich kann reiten, bin geduldig und eine gute Gesprächspartnerin. Und Stimmen imitieren kann ich auch.«

»Ja das stimmt! Manchmal klingst du wie Mutter«, kicherte die fast Dreizehnjährige. »Besonders, wenn du dich ärgerst und die Hände in deine Hüften stemmst – dann siehst du auch genau wie sie aus.«

Jetzt verfielen beide in herzhaftes Lachen.

Elsbeth begann, Fronica spielerisch zu schubsen und forderte sie zu einem Wettlauf durch die Gänge heraus. Doch Fronica überholte ihre Schwester noch vor den Treppen und betrat als Erste den Speiseraum.

»Seit wann bist du denn so schnell?«, fragte Elsbeth atemlos.

»Seitdem sie dich in der Größe überholt hat«, mischte Magdalena sich schmunzelnd ein.

»Vielleicht liegt es an den übergroßen modernen Röcken, die ihr unbedingt wolltet«, fügte der Vater tadelnd hinzu.

»Gegen lange Beine kann man nur verlieren«, pflichtete ihr die Königin bei.

»Ich hoffe, dass ich noch weiterwachse – dann kann ich die anderen Schwestern ebenfalls überholen.«

»Das wird niemals passieren«, widersprach Adelheid lachend, die mit den anderen Prinzessinnen um die Ecke bog.

»Und ja, es liegt an den halben Bettdecken, die wir um unsere Beine tragen«, klinkten sich Begonia und Carissima ein, die viel lieber Hosen als Beinkleid tragen würden, aber in der westlichen Welt – und in ihrem Portal – blieb es verpönt.

Ein unbeschwerter Morgen. Die Familie scherzte und stichelte, informierte und lauschte. Alle sprachen wild durcheinander – fröhlich, vertraut, freundschaftlich und auf Augenhöhe, so wie es sein sollte.

Elsbeths Gedanken schweiften ab. Was würde sie nur ohne ihre Geschwister tun?

Dass sie alle so vereint waren, würde nicht ewig währen. Als sie sich umblickte, wurde ihr das immer bewusster.

Sie wollte nicht allein hier sein – ohne ihre Schwestern, ohne Beschäftigung und ohne Abwechslung. Vielleicht würde ihr eine Herausforderung doch guttun. Vielleicht konnte sie dann ihre Stärke und Eigenschaften unter Beweis stellen.

XVIII
Eine familiäre Herausforderung

All die Jahre derselbe Rhythmus. Es waren nur noch zwei Monate bis zum nächsten Debütantinnenball, und das Schloss wartete auf Ideen und Anweisungen. Die Königin tat sich diesmal allerdings schwer damit.

Sie wollte nicht zu denjenigen gehören, die ständig übertrieben und sich selbst und andere immer übertrumpfen mussten – die mit aller Macht in den Gesprächen geschwätziger Baroninnen und Gräfinnen erwähnt werden wollten.

Ihr Wunsch war es, Elsbeth eine fröhliche gesellschaftliche Einführung zu ermöglichen. Eine Gelegenheit, sie den weit entfernten Familienmitgliedern und hochwohlgeborenen zu präsentieren, sie ihresgleichen vorstellen und ihr den Raum zu bieten, Allianzen zu schmieden.

Elsbeth war nicht die Tochter, die große Ansprüche stellte – eher im Gegenteil. Sie war bodenständig, ruhig und auf eine sanfte Weise kommunikativ. Sie liebte es, ihre Familie um sich zu haben und gemeinsame Unternehmungen mit ihren Eltern und Geschwistern zu gestalten – sei es ein Picknick im Garten oder ein Leseabend mit Tee und Gebäck. Sie erfreute sich an schönen Erlebnissen anderer und gönnte jedem davon ein Stück. Menschen und Tieren gegenüber war sie wohlgesinnt, immer ein freundlicher Gast und eine angenehme Begleiterin.

Die Königin wusste, dass die bald Vierzehnjährige keinen großen Aufwand erwartete. Doch der Druck des Adels und der Königshäuser lastete schwer auf ihr. Schließlich war ein Ball im Palast ein prachtvolles und hochgradig ritualisiertes Ereignis – ein Mittel der Zurschaustellung von Macht und Eleganz.

Die Einführung einer Tochter zu ihrem vierzehnten Geburtstag war nicht nur eine Geburtstagsfeier, sondern ein strategischer Prozess, eine politisch motivierte Veranstaltung, um Allianzen einzugehen und zu stärken. Es wurden wichtige Persönlichkeiten zusammengebracht, während der Wohlstand und die Kultur des Hauses demonstriert wurden.

Magdalena von Levenheim schlich nachdenklich durch die Gänge. Der Kristallsaal ihres Schlosses bot sich als perfekte Kulisse an. Mit seinen Kronleuchtern, Spiegeln, vergoldeten Verzierungen und prächtigen Wandgemälden war er weithin bekannt.

Die großen, bodenlangen Fenster gewährten einen atemberaubenden Blick auf den Schlossgarten und der hochglanzpolierte Boden lud zum Tanzen ein.

Die Gästeliste wurde stets sorgfältig kuratiert, um den bedeutendsten Adeligen, hochrangigen Militärs, Diplomaten und Persönlichkeiten der Gesellschaft Zutritt zu gewähren und sie mit einzubeziehen. Es war ein Ereignis, auf das sich alle freuten und Monate im Voraus planten.

Die Damen ließen luxuriöse Ballkleider aus Seide und Spitze, oft mit breiten Reifröcken und aufwendigen Stickereien anfertigen, während sich die Herren mit ihren maßgeschneiderten

Fräcken und weißen Hemden bereithielten. Sogar die jüngeren Prinzessinnen erhielten Briefe von Freundinnen, die neugierig nach Überraschungen für den kommenden Ball fragten – doch die Mutter blieb verschwiegen.

Eines Morgens, beim Frühstück, geschah etwas Ungewöhnliches. Magdalena hielt mitten im Essen inne. Langsam ließ sie ihre Gabel sinken, ohne ein Wort oder ein Geräusch von sich zu geben. Die Familie beobachteten sie besorgt. Der König ergriff zögerlich ihre Hand.

»Meine Teuerste, geht es dir nicht gut?«, fragte er sanft. Adelheid, die ihrer Mutter gegenüber saß, blickte ihr aufmerksam in die Augen.

»Mutter? Soll ich nach dem Palastarzt schicken lassen?«

Magdalena stand ruckartig auf.

Die Mädchen bekamen Angst und befürchteten einen medizinischen Notfall. Es wirkte, als hätte sie einen Anfall oder als wäre sie in ihrem eigenen Körper gefangen.

Dann nickte sie kurz und sprach, als sei nichts geschehen: »Lasst uns den Garten ins Schloss holen.«

Die Familie blickte sie skeptisch und erschrocken an.

Sie wussten nicht, ob das, was sie sagte, Sinn ergab oder sie ärztliche Hilfe benötigte. Adelheid trat neben ihre Mutter, legte die Hände auf ihre Schultern und fragte:

»Mutter, was meinst du damit? Magst du mir mehr darüber erzählen oder möchtest du nach oben in dein Bett?«

Der König streichelte zaghaft die Hand seiner Frau und beugte sich näher zu ihr.

»Meine Liebe. Soll ich dich nach oben begleiten?«

Er winkte mit der freien Hand die Dienerschaft heran. Sie nahm Magdalenas Teller, trat an Adelheids Seite und öffnete die Türen des Raumes, um ihr den Weg nach oben freizuhalten.

»Was habt ihr denn? Mir geht es gut!«

Alle Beteiligten stockten in ihren Bewegungen und starrten sie abwartend an. Nach einem Moment des Schweigens erklärte sie: »Ich war gedankenversunken und habe an den Ball gedacht. Da kam mir eine Idee: Ich habe überlegt, von was wir am meisten besitzen und gern mit anderen teilen. Da fiel mir der Garten ein. Lasst uns für den Ball den Kristallsaal in einen blühenden Garten verwandeln«, erklärte sie und schaute in die Runde.

Die Familie tauschte skeptische Blicke aus, doch der König ergriff die Gelegenheit: »Also dann, Mädchen. Wir müssen Einladungen schreiben. Eure Mutter kann sich im Wintergarten weitere Gedanken machen, dort mit dem Gärtner über alles Sprechen und ihre Pläne konkretisieren. Adelheid, du stattest dem Palastarzt einen Besuch ab und fragst – nur zur Sicherheit – nach gesundheitlichen Bedenken.«

Bei den Worten, welche er an seine Älteste wandte, blickte er zu seiner Gattin und verdeutlichte Adelheid, dass sie den Mediziner über den verwirrten Moment von Magdalena in Kenntnis setzen sollte.

Die anderen Mädchen beendeten schnell ihr Frühstück und liefen ins Lesezimmer, um außergewöhnliche Formulierungen für die Einladung zu finden. Der Ball versprach erneut, ein unvergessliches Ereignis zu werden.

Der Trubel begann von vorn. In regelmäßigen Abständen wurden Pflanzen in das Schloss gebracht, damit sie Zeit hatten, sich an den Standortwechsel und die veränderten Lichtverhältnisse zu gewöhnen.

Dunkelgrüne Stoffbahnen und Teppiche wurden organisiert, um die Wände und Ecken in ein sattes Grün zu tauchen.

Davor befestigte man hängenden Efeu und Weinranken, die bis zur Decke verliefen, und Büsche samt Wurzel und prachtvollen Blüten.

Der Raum wirkte düster und verzaubert zugleich, fast wie in einem Märchen. Die Pflanzen verströmten einen Duft aus blumigem Nektar und waldähnlichen Nuancen, der die Gäste in eine andere Welt entführen sollte. Die Königin und der Gärtner arbeiteten Hand in Hand und übertrafen sich gegenseitig – auch wenn sie es gar nicht darauf anlegten. In Sachen Botanik konnte ihnen keiner etwas vormachen und genau das wollte sie am Abend des Balls allen beweisen.

Das Geschirr, die Sitzmöglichkeiten und Tische blieben unverändert, nur die Wandbilder und Gemälde versteckten sie hinter blätterreichen Blumenarrangements. Sie ließen sie über die Tische verteilen und drapierten sie an Türen und Treppen.

Sobald der Gast den Balkon betrat, wirkte es wie ein nahtloser Übergang zum Garten. Egal, wohin man sah, die Menschen waren der Natur verbunden.

Die Familie wusste, dass der geschmückte Tanzsaal die Handschrift ihrer Mutter trug, und erfreute sich an ihrem Engagement, dem Ball eine eigene Note zu verleihen und die Räume mit viel Liebe zum Detail zu gestalten.

Währenddessen übte Dorethin eifrig an einem neuen Stück, das sie selbst geschrieben hatte und das sie Elsbeth zum Geburtstag widmen wollte. Tagelang verschanzte sie sich im Musikzimmer und versperrte den Geschwistern den Zutritt. Ihre Nervosität war kaum zu verbergen.

Die anderen Schwestern hatten bereits im Wintergarten mit ihrer Mutter über die ersten Reaktionen auf die Einladungen gesprochen. Die jüngste, Fronica, hatte vor einigen Wochen eine bezaubernde Idee, die die ganze Familie in den Garten lockte und sie daran teilhaben ließ.

»Mutter, wie viele Pflanzen hat der Garten?«, wollte sie wissen und begann, jede Sorte zu zählen.

»Das sind zu viele, um eine Zahl zu nennen«, antwortete Magdalena lächelnd. »Warum fragst du?«

»Wir könnten doch jeder Einladung eine getrocknete Blüte bei-
legen. Ich bin mir sicher, dass viele unserer Gäste die Sorten gar
nicht kennen.«

»Das ist eine wundervolle Idee«, stimmte die Königin begeistert zu. »Wir sollten direkt anfangen zu sammeln. Hol doch bitte deine Schwestern. Wir können helfende Hände gebrauchen.«

Fronica lief voller Eifer ins oberste Geschoss und trommelte
alle mit ihrer ansteckenden Euphorie zusammen – sogar ihren
Vater, den sie aus dem Beratungssaal holte.

Gemeinsam mit dem Gärtner streiften sie durch die Büsche,
Hecken und angelegten Baumreihen und sammelten Blüten ver-
schiedenster Arten. Diese wurden in einem windgeschützten
Raum zwischengelagert.

Sorgfältig begutachteten sie die gesammelten Pflanzen, hol-
ten Bücher und Leinentücher und legten die Blüten zwischen
die Seiten, um sie zu pressen. Es dauerte ein paar Tage, dann
konnten sie sie entnehmen und in den Briefen, versteckt zwischen den Blättern, verschicken.

Begonia und Carissima widmeten sich der Aufgabe, ein Gedicht für die Einladung zu verfassen. Inspiriert von den Geschichten und Liedern, die sie oft in der Schenke hörten – wo
Barden und Wanderer aus allen Ecken zusammenkamen – wollten sie etwas Besonderes erschaffen.

Es durfte dem Gedicht des letzten Jahres nicht ähneln, sollte
aber genauso viel versprechen. Nach Tagen des Grübelns und
verzweifelten Fluchens übergaben sie der Königin stolz ihren
Entwurf.

Magdalena von Levenheim las gespannt die Worte der Zwillinge und lächelte anerkennend.

»Was für ein Meisterwerk.«

Die Königin schrieb eigenhändig die Einladungen, legte sorgfältig die getrockneten Blumen hinein und versiegelte sie mit
Wachs und dem königlichen Wappen.

Draussen ihr müsst bleiben,
doch ohne es zu sein.
Denn die Natur wird zeigen,
von der Blüte bis zum Keim.

Was aus Licht und Luft entstände,
auf Wasser hab' gut Acht.
Dein Haus braucht keine Wände,
nur wichtig ist das Dach.

Der Zutritt wird gewährt,
blühendem Gemüt und Transparenz.
Die Botanik stets verehrt,
das Ziel die Quintessenz.

So tretet bei uns ein,
in farbenfroher Pracht.
Lasst eure Ranken wurzeln,
bis in die späte Nacht.

Die Worte der Mädchen ließen genug Spielraum für Interpretation, und doch konnte das Motto deutlicher nicht sein.

Ihre Mutter war stolz auf die Prinzessinnen und dass sie das Vorhaben der Familie mit so viel Engagement unterstützten. Neben all den organisatorischen Gegebenheiten durften sie jedoch ihre eigenen Vorbereitungen nicht vergessen.

Die Familie ließ den Schneider kommen und wählte bunte Kleider aus festem Stoff und darüber transparenten Organzastoff aus wertvoller Seide. Dieser war mit Goldfäden bestickt, dessen Muster an blätterreiche Ranken erinnerte. Zusätzlich trug jede von ihnen einen Haarschmuck aus hauseigenen Pflanzen, der ihre individuelle Farbwahl unterstrich.

Magdalena und Adelheid wählten Kleider in Blautönen und trugen Kornblumen und Malven im Haar. Dorethin entschied sich für ein violettes Kleid mit rosa Verzierungen, und ihre gewellten, halb offenen Haare zierten pastellfarbene Rosen.

Elsbeth strahlte blass wie eine Porzellanpuppe in einem hellen Grün und drapierte einen getrockneten Eukalyptuszweig in ihrer Steckfrisur. Und Fronica präsentierte stolz ein dezentes gelbes Tanzkleid und hielt einen Strauch Kapuzinerkresse mit leuchtenden Blüten in ihrer Hand.

Die Zwillinge wählten Kleider in Orange und Rot und wirkten dadurch wie standhafte Damen. In ihren Haaren trugen sie roten Salbei und orange Ringelblumen, die gleichen Blüten, die die Gäste später auf den Speisen finden würden.

Adelheid und der Palastmediziner luden die Gäste ein, die Vielfalt essbarer Blüten zu entdecken, und sie verbrachte unermüdlich ihre Freizeit in der Bibliothek.

Ihr Portal brachte ihr die Idee, und mit Hilfe eines botanischen Nachschlagewerkes stellte sie kunstvolle Farbkombinationen und Blütenarten zusammen, die unterschiedlichste Geschmacksrichtungen und Wirkungsweisen präsentierten. Am Büfett fanden sich dadurch nicht nur farbenprächtige, sondern auch geschmacklich vielseitige Dekorationen, die für eine tropische und bunte Abwechslung sorgten.

So trat die Familie von Levenheim auch bei diesem Ball wieder als beeindruckende Einheit vor ihre Gäste.

Der Ball begann formell mit einem Empfang, bei dem das Königspaar seine Gäste einzeln begrüßte. Auch die Prinzessinnen folgten dem Ritual.

Ein kleines Ensemble spielte einen Walzer, und das königliche Paar absolvierte den Eröffnungstanz. Magdalena und Waldur von Levenheim wirkten glücklicher denn je.

Anschließend gesellten sich weitere Gäste zu ihnen oder bestaunten den atemberaubend gestalteten Raum. Sie schritten an den Wänden entlang, betrachteten die vielen exotischen Pflanzen und fühlten sich wie in einem Traum.

Die Einladungen fanden großen Anklang und inspirierten die Gäste zu prachtvollen Kleidern und Accessoires, geschmückt mit Verzierungen, Stickereien und echten Pflanzen.

Am Büfett staunten viele über die kunstvoll zubereiteten Speisen und essbaren Blüten, wagten jedoch zunächst nur zögerlich, davon zu kosten.

Ein Raunen der Begeisterung erfüllte den Saal, und das Königspaar wurde mit Lob, Dank und Bewunderung überschüttet.

Die Mädchen zogen die Aufmerksamkeit anderer Damen in ihrem Alter und interessierter Jungen auf sich und konnten sich vor Gesprächen kaum retten.

Die drei Ältesten nahmen Tanzeinladungen an und führten souverän Unterhaltungen mit hochrangigen Persönlichkeiten und Politikern. Wie gewohnt ließen sie sich nicht in die Karten schauen und zeigten an Verschwörungen und Intrigen keine Beachtung. Sie blieben neutral und repräsentierten das Königshaus in vollem Maße.

Zu fortgeschrittener Stunde unterbrach der Vater die Veranstaltung für eine kurze Rede an seine Tochter. Anschließend übergab er an Dorethin, die sich nicht lange mit unnützem Gerede aufhielt, sondern sich an das Klavier setzte.

»Meine liebe Elsbeth, das Stück ist für dich. Es heißt: *Wenn Fürsorge spricht*.«

Die Gäste lenkten ihren Blick auf die Ecke des Saals, wo Dorethin sich geduldig vorbereitete. Sie wartete, bis die letzten Stimmen verklangen, dann begann sie mit ihrer Komposition.

Selbst der Familie war das Stück unbekannt, und sie hätten stolzer nicht sein können. Eine atemberaubende Melodie erfüllte den Raum – mit gefühlvollen Pausen und einem gewagten Spiel mit dem Takt.

Unglaublich, was sie in so kurzer Zeit erschaffen hatte.

Die Mädchen beobachteten die Gäste, während Dorethin spielte, und erfreuten sich an deren überraschten Gesichtern.

Sie sahen offenstehende Münder und Augen, gefüllt mit Tränen, die eifrig weggeblinzelt wurden. Die Damen ergriffen den Arm ihrer Begleiter; es löste etwas in ihnen aus, das vertraut und beruhigend auf sie wirkte. Dorethin traf mit dem Stück den Nerv ihrer Zeit.

Die Komposition endete mit romantischen, leisen Tönen; das Publikum dankte ihr jedoch mit tosendem Applaus. Elsbeth lief Dorethin entgegen und fiel ihr vor Freude um den Hals.

»Denen hast du es gezeigt«, flüsterte sie und bedankte sich überschwänglich, bevor sie die Aufmerksamkeit wieder auf ihre Schwester lenkte. Diese verbeugte sich vor den Gästen, währenddessen eilte Elsbeth zu ihrer Familie zurück und wurde von den anderen liebevoll in Beschlag genommen.

Der Abend nahm seinen Lauf: Der König wurde direkt wieder in Verhandlungen und Korrespondenzen eingebunden. Die Königin stand bei einem Pärchen und tauschte sich mit ihnen angeregt über die Pflanzenvielfalt aus.

Hinter den Kulissen schlich die Dienerschaft durch die Gänge und sorgte diskret für einen reibungslosen Ablauf. Der Hofmeister kümmerte sich um die Gäste und die dienstälteste Kammerzofe um deren Bediensteten und angestellten Helfer. Alles war koordiniert, durchgetaktet und professionell.

Die drei ältesten Prinzessinnen kapselten sich ab und bewegten sich selbstständig durch den Abend, während die drei Jüngeren lieber in der Nähe der Eltern verweilten.

Heute wurde keine von ihnen frühzeitig auf ihr Zimmer oder in den Lesesaal geschickt. Die Mädchen waren inzwischen alt genug, um unabhängig zu handeln. Obgleich Magdalena von Levenheim niemals ihre Kinder aus den Augen ließ, gab sie ihnen Freiraum und die Möglichkeit, Allianzen und Freundschaften zu schmieden. Die Prinzessinnen verkörperten Wohlstand, Etikette und repräsentierten ihre Kultur und den familiären Status wie niemand sonst. Sie hatte keinen Grund, sich zu sorgen.

Dennoch wartet die Mutter darauf, dass die Mädchen bald baten, sie vom Ball zu entlassen – denn die Neugier auf Elsbeths Geschenk überwog alles.

XIX
Elsbeths Portal und seine Tücken

Elsbeth lief voraus und hätte ihr Geschenk fast vergessen. Sie empfand den Ball als sehr wohltuend und genoss die anregenden Unterhaltungen mit den Gästen. Sie konnte sich nicht daran erinnern, jemals an einem einzigen Abend so viele Neuigkeiten erfahren zu haben, und wollte ihn erst gar nicht enden lassen. Ihre Schwestern warteten jedoch gespannt.

Sie wusste, dass die Ältesten auf ihr eigenes Portal verzichteten, um für sie da zu sein. Diese Ballnacht hatte sich als ein gemeinsames Ritual etabliert, das alle sechs Geschwister verband und zusammenhielt.

Der Kutscher war vor einer Woche, bei einem Ausflug in den schlosseigenen Wald, hinter vorgehaltener Hand auf die Königin zu gegangen und hatte gefragt, wann sie ihn benötigte. Sie wusste sofort, worum es ging, und vereinbarte ein Treffen im Morgengrauen, zwei Tage später. Von ihrer Unterhaltung hatte niemand etwas mit bekommen, wie es stets der Fall war – diskret, geheim und verschwiegen.

Wie besprochen, fuhren die Königin und ihr treuer Begleiter in die Stadt zum Spiegelmeister, so wie all die Jahre zuvor. Sie hatte in den letzten zwölf Monaten nichts von oder über Echos Nero gehört und hoffte, den Mann bei bester Gesundheit anzutreffen.

Es war ein verregneter Morgen, und Herr Herbst hielt mit der Kutsche eine Straße entfernt. Die Königin, in einem langen Mantel mit Kapuze gehüllt, rannte zu seiner Haustür. Diese stand einen Spalt weit offen und ermöglichte ihr einen Blick in das verspiegelte Innere. Von der Türschwelle aus sah sie Echos Nero am Boden liegen. Ohne zu zögern, schob sie die Tür auf.

»Spiegelmeister? Geht es Ihnen nicht gut?«, erkundigte sich Magdalena und stürzte hastig in den Raum hinein.

Der Oberkörper des Mannes verschwand halb im Nebenraum und deshalb sah sie im ersten Moment nur die Füße. Er lag unter einer *Poudreuse* und brachte die Königin zum Stutzen.

»Du lieber Himmel. Was machen Sie denn da?«, fragte sie ihn erbost und setzte sich auf einen Stuhl.

»Ah, da sind Sie ja!«, strahlte er fröhlich und stand auf. Die Königin war blass und spähte ungläubig durch den Raum.

»Scheußliches Wetter heute. Es scheint Ihnen auf Ihr Gemüt zu schlagen?« Echos Nero beobachtete neugierig ihr Gesicht.

»Die Tür stand offen und ich sah Sie am Boden liegen«, erklärte sie aufgebracht und holte tief Luft.

»Ach herrje, welch unglückliches Bild das abgegeben haben muss.« Endlich erkannte er ihre Besorgnis.

»Ich musste das Bein Ihres Geschenkes verleimen. Das ging nur von dort unten.«

Er bat die Königin, ihm zu folgen, und präsentierte ihr das Möbelstück, das sich im Nebenraum befand. Sie stand vorsichtig auf und bemerkte erst jetzt, dass sie weiterhin die Kapuze auf ihrem Kopf trug. In ihrer Eile war ihr das nicht aufgefallen.

»Das ist ein hübscher Frisiertisch«, stellte sie fest.

»Ist das das Geschenk für meine Tochter Elsbeth? Es wirkt ein wenig ... verkannt.«

»Weil Sie kaum Zeit davor verbringt?«, entgegnete er genügsam. Natürlich wusste er mehr über die Prinzessin, als ihr lieb war, doch sie fragte nicht nach. Sie traute dem Spiegelmeister zu, dass er seine Quellen hatte, und wusste, wie er an Informationen gelangte.

»Es ist ein elegantes Möbelstück. Ich bin mir sicher, Elsbeth wird es verstehen, und zu schätzen wissen«, sagte sie mit einem Hauch von Zweifel in der Stimme und wartete auf seine lehrreiche Antwort.

»Wählen Sie Wunsch oder Freiheit?«, unterbrach er die Königin.

»Für meine Töchter wähle ich die Freiheit, solange es mit dem Schloss vereinbar bleibt.«

»So soll es geschehen.«

Echos Nero ging zur Kommode, zog abermals eine spitze Nähnadel heraus und reichte sie Magdalena. Sie stach sich in die Kuppe ihres Daumens und presste ihn gegen den großen ovalen Spiegel des Frisiertisches. Einen Augenblick lang überlegte sie, wohin er wohl führen mochte, doch der Spiegelmeister lenkte sie mit seinen Worten ab: »Das Bündnis besiegelt, der Tochter ein Portal. Betreten hinter Mauern, entfacht das Medial.«

Die unausgesprochene Frage nach dem *wohin* blieb offen. Der alte Herr begleitete die Königin zur Tür und verabschiedete sich mit einem Nicken. Sie lief eiligen Schrittes zur Kutsche, und da sie nichts in den Händen hielt, wusste der Fahrer, was zu tun war. Er ging zum Spiegelmeister, um den Gegenstand abzuholen, und war erleichtert, dass es diesmal nicht die Größe eines Porträts hatte. Mühelos hob er den Tisch an und stellte das in Leinen gehüllte Möbelstück sacht auf der Ablage der Kutsche ab. Gottlieb Herbst war bereits mit dem Verfahren vertraut und würde sich um alles Weitere kümmern.

Elsbeth öffnete zaghaft die Tür und lugte in ihr gemeinsames Schlafgemach. Ihr Blick fiel aufs Bett, darauf konnte sie allerdings nichts liegen sehen. Kein Bild in einem goldenen Rahmen, das darüber hing. Stattdessen zog die neue *Poudreuse* ihre Aufmerksamkeit auf sich. Sie war so präsent und prunkvoll, dass sie den Tisch beinahe nicht wahrnahm.

»Moment ... Was ist das? Ist das mein Geschenk?«, fragte sie die anderen, die es ebenfalls nur erahnen konnten.

Elsbeth trat näher heran und musterte ihn skeptisch.

Es war ein kleiner eleganter Tisch mit mehreren Schubladen und Fächern zur Aufbewahrung von Schminkutensilien. Davor stand ein Hocker mit rotem Samtbezug. Der Spiegel war festmontiert und zeigte fast ihren ganzen Oberkörper. Er besaß eine aufklappbare Tischplatte, die weiteren Stauraum bot. Er war aufwendig verziert und ein wahres Symbol für Noblesse und Weiblichkeit.

Elsbeth setzte sich davor und zögerte. Sie wusste nicht, welche Utensilien sie in den Fächern verstauen sollte – sie besaß kaum Schminke und trug auch keine Perücken.

Schließlich stand sie auf, lief zu ihrem Nachttisch und holte alles heraus, was von nun an seinen Platz in der *Poudreuse* finden würde: ihr Kamm, eine Brosche mit passender Kette sowie ein dezenter Haarschmuck. Dann nahm sie vor dem Spiegel auf dem Hocker Platz, traute sich aber nicht hineinzublicken.

»Was ist denn los?«, fragte Adelheid, die näher kam und sich aufs Bett neben ihrer Schwester setzte.

»Ich habe Angst«, gab Elsbeth ehrlich zu.

Die anderen Schwestern gesellten sich zu ihr und verteilten sich auf die umliegenden Betten.

»Das brauchst du nicht. Wir sind hier«, versicherten ihr die Zwillinge.

»Du kannst jederzeit zurückkommen«, erklärte Dorethin fürsorglich. »Du entscheidest selbst, wie viel du dir heute anschauen möchtest.«

Fronica schenkte ihrer Schwester ein aufmunterndes Lächeln.

Elsbeth nestelte nervös an ihren Fingern und überlegte, wie sie ihre Reise in die Anderswelt bewerkstelligen sollte. Dann, als hätte sie die Lösung für sich gefunden, richtete sie ihren Oberkörper auf, blickte direkt in den Spiegel, beugte sich näher an ihr Spiegelbild heran und versuchte, einen Hinweis zu erkennen. Die anderen starrten sie gespannt an – plötzlich war sie verschwunden.

»Schade, ich hätte sie gerne über den Tisch krabbeln sehen«, scherzte Begonia und brachte die Schwestern zum Lachen.

»Ruft mich, wenn sie wieder da ist. Ich gehe mich in der Zwischenzeit entkleiden. Carissima, hilfst du mir?«

An normalen Tagen schafften sie es allein, aber für die komplizierten Ballkleider benötigten sie fast schon eine Anleitung.

Mehrere Schichten, unzählige Schleifen und Knöpfe, die am Ende ein einziges Kleid ergaben. Und jetzt mussten sie die ganze Prozedur rückwärts bewältigen.

Carissima schnaufte, doch sie wusste, dass sie selbst Hilfe beim Ausziehen ihres eigenen Kleides brauchen würde.

Dorethin nutzte unterdessen die *Poudreuse* und setzte sich davor, um die getrockneten Blumen aus dem Haar zu entfernen.

»Bist du dir sicher, dass Elsbeth nicht gleich auf deinem Schoß landen wird?«, fragte Fronica unvermittelt und brachte Dorethin ins Stocken. Sie stand eilig auf und setzte sich wieder auf das Bett daneben. Ihr erschrockenes Gesicht brachte Adelheid zum Schmunzeln.

Die Älteste schnappte sich ein Buch von ihrer Kommode und begann, der Jüngsten eine Geschichte vorzulesen. Aus einem unerklärlichen Grund ahnte sie, dass Elsbeths Rückkehr länger dauern würde.

Elsbeth blickte in ihren Frisierspiegel – und von einer Sekunde auf die nächste fand sie sich in einer anderen Welt wieder. Während des Übergangs sah sie nichts: kein Flimmern, keine unendliche Dunkelheit, keine mysteriösen Stimmen. Es schien, als hätte sich einfach wie von Zauberhand das räumliche Bild verändert.

Sie schaute sich erschrocken um, ertastete ihr Umfeld mit den Händen und blieb still. Sie war in einer Mädchentoilette gelandet. Elsbeth stand wie erstarrt vor Angst da und lauschte auf die Geräusche um sie herum. Erst dann öffnete sie vorsichtig die Tür der Kabine und lugte um die Ecke.

Langsam trat sie an das Waschbecken, über dem ein kleiner Spiegel hing, und erhaschte einen Blick auf ihre Kleidung.

Sie blinzelte verwirrt an sich herunter und wunderte sich über den schwarzen Stoff ihres Kleides. Es war langärmelig, hatte einen hohen Kragen, gepuffte Schultern und zwei Knopfleisten über der Brust. Ihr Haar war mit einer schwarzen Schleife im Nacken zusammengebunden.

Elsbeth wandte sich ängstlich zur Tür, aber traute sich nicht, die Toilette zu verlassen. Aber wenn sie herausfinden wollte, wo sie war, musste sie den ersten Schritt wagen.

Zaghaft griff sie nach dem Knauf und öffnete die Tür.

Sie befand sich auf einem langen Flur, von dem einzelne Räume abgingen. Sie näherte sich einer der Türen und lauschte den fremden Stimmen einer anderen Sprache, die sie dennoch verstand. Allmählich erkannte sie, wo sie war.

Adelheid hatte ihr von dem Campus erzählt und dass er verschiedene Lehrräume für unterschiedliche Studiengänge beherbergte. Das hier musste eine ähnliche Einrichtung sein.

»Da sind Sie, wertes Fräulein«, erklang eine ausdrucksstarke männliche Stimme auf Deutsch hinter ihr, und Elsbeth drehte sich erschrocken um.

»Entschuldigen Sie, der Herr, ich wollte nicht unhöflich sein«, sagte sie zunächst auf Englisch und wiederholte es dann auf Deutsch.

»Keine Sorge, wertes Fräulein. Ich befürchte, man hat Ihnen die falsche Etage genannt. Ihre Klasse befindet sich im Untergeschoss«, erklärte er ihr den Grund für sein Erscheinen. »Darf ich Sie nach unten begleiten?«

»Gewiss, und vielen Dank«, antwortete Elsbeth und bemühte sich, nicht hysterisch zu klingen, während sie innerlich die Übersetzung seiner Worte sortierte.

Sie war in einer deutschen Stadt gelandet, an einer höheren Töchterschule, und sollte dort unterrichten.

Auf dem Weg in die unterste Etage begann der Mann, der sich als Neugründer Dr. Schöpfer entpuppte, ihr etwas von seiner Geburtsstadt zu berichten.

»Es freut mich, Sie in Quedlinburg willkommen zu heißen. Sie haben einen langen Weg auf sich genommen, aber ich bin sicher, Sie werden sich hier wie zu Hause fühlen.«

»Ich freue mich sehr, vielen Dank«, war das Einzige, was Elsbeth über ihre Lippen brachte, und folgte dem Herrn mit etwas Abstand.

»Sie werden Quedlinburg lieben. Es ist ein malerischer Ort, der für seine gut erhaltene mittelalterliche Architektur und seinen historischen Charme bekannt ist. Die Stadt hat eine Geschichte, die bis ins zehnte Jahrhundert zurückreicht. Aber ich schätze, das wissen sie bereits.« Er lächelte sie höflich an, neigte den Kopf und blickte über seinen Brillenrand.

»Sie hätten der Gründerin, Frau Wippermann, sehr zugesagt. Sie mochte Fremdsprachen und lernte sie eifrig. Allerdings konnte sie sie selten anwenden, was sie immer bedauerte.«

Dr. Schöpfer trug einen schwarzen Anzug, schicke, wenn auch einfache Lederschuhe und einen spitzen, langen Bart. Elsbeth hörte ihm aufmerksam zu, deshalb fuhr er fort.

»Einer der bemerkenswertesten Aspekte von Quedlinburg sind die Fachwerkhäuser, die das Stadtbild prägen. Diese Häuser, von denen viele aus dem vierzehnten Jahrhundert stammen, sind wahre Meisterwerke traditioneller Baukunst.«

Elsbeth nickte, verschränkte ihre Arme hinter dem Rücken und lief neben ihm her, um ihn besser ansehen zu können.

»Da wären wir.« Der Direktor blieb neben einer offenen Zimmertür stehen und spähte hinein. Die flüsternden Stimmen verstummten und Stühle wurden eilig und quietschend hin und her geschoben.

»Ich werde Sie Ihrer Klasse kurz vorstellen«, flüsterte er. »Sie betreuen die Mädchen immer in den letzten Unterrichtsstunden. Das erfordert ein wenig Geschick, da die Konzentration zu dieser Zeit meist nachlässt. Danach besuchen Sie mich in meinem Büro, und wir besprechen alles Weitere, wie Honorar und Arbeitszeiten. Für die nächsten zwei Stunden wünsche ich Ihnen viel Erfolg und lassen Sie sich nicht auf der Nase herumtanzen.« Über sein Gesicht huschte ein kurzes Lächeln, dann drehte er sich um und ging davon.

Elsbeth sah Dr. Schöpfer ungläubig hinterher und strich sich rasch das Kleid glatt, bevor sie den Raum betrat und sich neugierig umschaute.

»Guten Tag. Good afternoon. Bonjour«, begrüßte sie die jungen Mädchen in mehreren Sprachen und verschaffte sich dadurch Respekt. Die Schülerinnen – alle wohlhabend und ordentlich gekleidet – blickten sie abwartend an, ohne sich zu rühren. Ihre Haltung und ihr Benehmen zeugten von Etikette und einem gehobenen gesellschaftlichen Stand.

Hier musste sich Elsbeth beweisen. Die Kinder wirkten nicht viel jünger, und doch hatten sie noch etwas Verspieltes und Unschuldiges in ihrem Blick. Sie wusste nicht so recht, was sie mit den Mädchen anstellen sollte. Sie hatte kein Problem damit, Jüngeren etwas beizubringen, schließlich hatte der Stalljunge das

Schreiben und Lesen mit ihrer Hilfe erlernt – zumindest waren sie auf einem guten Weg.

Sie nahm all ihren Mut zusammen und füllte die zwei Stunden mit Fragen, um den Wissensstand der Schülerinnen zu ermitteln, und lockerte die Atmosphäre mit spielerischen Anekdoten auf.

Nachdem sie den Unterricht für ihre Begriffe recht zufriedenstellend gemeistert hatte, begab sie sich auf die Suche nach dem Büro des Direktors, bis sich schließlich eine Schülerin erbarmte und ihr den Weg wies.

Die Tür seines Arbeitszimmers stand offen, doch er war nicht zu sehen. Elsbeth trat zögernd ein und blickte sich in dem mager ausgestatteten Raum um.

Am Fenster blieb sie stehen und spähte hinaus.

Ihr fielen als erstes die vielen Fachwerkhäuser mit den sichtbaren Holzträgern auf. Solche Gebäude kannte sie nur aus Büchern. Die Fassaden unterteilten sich in ein kunstvolles, geometrisches Muster aus Balken und Feldern. Diese waren zum Teil mit mehrfarbigen Darstellungen oder Ornamenten bemalt, andere in gediegenen Farbtönen gehalten, die der Stadt eine warme, leuchtende Atmosphäre verliehen. Von ihrer Position aus hatten sie einen atemberaubenden Blick über die kleine Stadt.

Auf einem entfernten Hügel entdeckte sie ein Schloss und befürchtete fast, dass jemand von ihrem wahren Stand erfahren könnte.

Dann erinnerte sie sich aber an ihre eigene Unterrichtszeit: Diese fand stets im Schloss statt, die Lehrer kamen in den Palast und sie blieben unter sich. Die Einzigen, mit denen sie das Gelernte teilen konnte, waren ihre Schwestern.

Ihr Blick schweifte durch das Fensterglas, da erkannte sie Kirchen und Dachspitzen, soweit das Auge reichte.

Dr. Schöpfer hatte nicht zu viel versprochen. Elsbeth konnte es kaum erwarten, die Stadt zu erkunden.

»Junges Fräulein. Wie ich sehe, haben Sie die ersten Stunden unbeschadet überstanden«, scherzte er mit einem freundlichen Lächeln. Der Direktor setzte sich an seinen Schreibtisch und zog ein beschriebenes Blatt Papier hervor.

»Wollen wir nun das Vertragliche regeln?«

»Wie Sie wünschen«, entgegnete Elsbeth und setzte sich auf den Stuhl auf der anderen Seite des Tisches. Sie straffte ihren Rücken, schlug die vom Kleid bedeckten Beine übereinander und nahm eine offene, interessierte Haltung ein.

»Zunächst noch ein paar Informationen«, begann Dr. Schöpfer und räusperte sich.

Er ergriff eine nahegelegene Schreibfeder und klopfte gedankenversunken auf seinen Tisch.

Die Vierzehnjährige saß ihm geduldig und schweigsam gegenüber und schaute ihn abwartend an. Nach einem kurzen Moment nickte er kaum merklich, schob sich die Brille zurecht, als müsse er Zeit schinden, und sprach weiter:

»Im Vergleich zu den Bildungseinrichtungen für Jungen sind die Lehrpläne an Mädchenschulen oft auf häusliche Pflichten und die weiblichen Tugenden ausgerichtet. So gehören Fähigkeiten wie Handarbeit, Hauswirtschaft, Etikette, Zeichnen und Tanz sowie die Grundkenntnisse in Religion, Lesen, Schreiben und Rechnen zu unserem Lehrplan. Naturwissenschaftliche und technische Fächer werden kaum unterrichtet.«

Er machte eine kurze Pause, sah Elsbeth prüfend über seinen Brillenrand an und fuhr fort:»Die Aufgabe dieser Schulen ist es, Mädchen auf Berufe wie Lehrerin, Gouvernante oder Erzieherin vorzubereiten – eine der wenigen höheren Tätigkeiten, die Frauen offenstehen. Die Rolle des weiblichen Geschlechts ist in vielen Gesellschaften auf Hausfrau und Muttersein festgelegt. Eine umfassendere Bildung wird oft als unnötig oder sogar schädlich angesehen. Das große Ziel unserer Gründerin, Frau Wippermann, war es, in ein paar Jahrzehnten eine Basis für den Zugang zu weiterführenden Universitäten zu schaffen und Mädchen ebenso einen höheren Schulabschluss zu ermöglichen. Bildung sollte unabhängig von Geschlecht und gesellschaftlicher Klasse zugänglich sein.«

Elsbeth hörte aufmerksam zu.

»Sie müssen wissen:«, erläuterte er weiter, »dass Töchterschulen spezialisierte Bildungseinrichtungen sind, die sich auf die Erziehung und Ausbildung von Mädchen aus gehobenen Gesellschaftsschichten konzentrieren. Frau Wippermann, Gott hab sie selig, war jedoch der festen Überzeugung, dass Bildung ein Recht für alle sei. Schließlich kann sich niemand aussuchen, in welchen Verhältnissen er hineingeboren wird.«

Er richtet sich auf und rückt seine Jacke zurecht, als wollte er damit die Bedeutung seiner Worte unterstreichen.

Elsbeth lauschte erstaunt seinen Ausführungen und vergewisserte sich seiner Position. »Und Sie teilen ihre Meinung?«

»Unbedingt«, antwortete er, ohne zu zögern.

»Deshalb habe ich nach ihrem Ableben nach Unterstützern und privaten Stiftern gesucht und die Töchterschule vor sechzehn Jahren neugegründet. Es wäre eine Schande gewesen, ihr Lebenswerk verfallen zu sehen. Wir haben immer noch finanzielle Probleme und können daher die Schulgebühren nicht senken, aber wir sind auf einem guten Weg.«

Sein Engagement für Frauenbildung überraschte Elsbeth und stimmte sie gleichzeitig glücklich. Sie wusste, dass es viel zu tun gab und sie eine Menge Geduld aufbringen musste.

Trotzdem war sie festentschlossen, ein Teil des Beweises zu sein, dass Frau Wippermann und Herr Dr. Schöpfer recht hatten und sich die Investition lohnte.

»Der Vertrag beinhaltet die Bezahlung für geleistete Arbeitsstunden und die Richtlinien zur Notwendigkeit und Einhaltung ihrer Pflichten. Wir erwarten die Erfüllung eines Bildungsauftrages und eine wohlwollende Einstellung zu unserer Bildungseinrichtung. Straftaten, auch außerhalb der Schule, werden geahndet. Sie repräsentieren unsere Einrichtung und tragen zum Ansehen der Stadt Quedlinburg bei. Brauchen Sie Bedenkzeit oder möchten Sie unsere Vereinbarung direkt unterschreiben?« Elsbeth war sich sicher, dass hier eine Verwechslung vorlag. Auch wenn sie die Unterrichtseinheit meisterte und verstand, was man von ihr verlangte, konnte sie doch nicht einfach hier auftauchen und einen Arbeitsplatz einstreichen. Wo war die Dame, die sie tatsächlich erwarteten?

»Ich werde unterzeichnen«, sagte sie mit fester Stimme und wollte sich diese Möglichkeit nicht entgehen lassen – ein Leben, in dem sie Mädchen mehr Freiheit und Bildung ermöglichen und selbst einen Beitrag zur Veränderung leisten konnte.

Ein Weg der Freiheit, Gleichheit und Selbstbestimmung von Frauen und ihr selbst.

XX

Der größte Verlust des Landes

Königin Magdalena von Levenheim kämpfte seit einigen Wochen mit einem zunehmend schlimmer werdenden Husten, der sich durch Medizin erträglich machen ließ, jedoch nicht verschwand. Anfangs kratzte es nur im Hals, und es half, etwas zu trinken. Nach wenigen Tagen schmerzte der Husten, und die Familie begann, sich ernsthaft Sorgen zu machen.

Adelheid sammelte Kräuter im Garten und stellte einen wohltuenden Sud her; gegen das Leiden ihrer Mutter vermochte sie aber nichts auszurichten.

Der König ließ den Palastarzt rufen, der Adelheid zur Seite stehen sollte und stärkere Mittel bereithielt.

Die Königin schlief viel und ruhte sich aus. Wenn sie wach war, zog sie sich in den Wintergarten zurück und hatte nur Kraft zum Lesen; andere Aktivitäten blieben ihr verwehrt.

Der königliche Arzt konsultierte zusätzlich das hiesige Krankenhaus, die Königin weigerte sich jedoch vehement, den Palast zu verlassen. Nicht einmal das Zureden ihres geliebten Mannes konnte sie umstimmen.

»Sollte mich der Himmel holen, so muss er hierherkommen und mich aus meinem Garten verbannen«, scherzte sie mit einem schwachen, mühsam erzwungenen Lächeln.

Adelheid beunruhigte der Verlauf der Krankheit. Sie verbrachte unzählige Nächte in der Nationalbibliothek und zog sogar ihre neuen Bekanntschaften zu Rate. Aber auch sie konnten die Erkrankung nicht identifizieren. In der Umgebung und im gesamten Land waren derzeit keine Seuchen bekannt, die ihren Weg in den Palast hätten finden können.

Typhus schlossen die hinzugezogenen Ärzte aus, da bei der Königin kein Fieber auftrat. Ihr Husten legte sich auf die Lunge, sie war abgeschlagen und ihre Kräfte schwanden rapide. Ihr Körper war ausgemergelt, obwohl sie Nahrung zu sich nahm.

Nach einigen Wochen konnte sie sich kaum noch bewegen. Der Krankheit zum Trotz bewahrte sie ihren Humor und scherzte auf gewohnte Weise:

»Ihr erdrückt mich mit eurer Fürsorge und Liebe, deshalb bekomme ich kaum Luft. Ich brauche nur ein wenig Zeit, um zu genesen. Schließlich bin ich nicht mehr die Jüngste.«

Während die Prinzessinnen den Ernst der Lage nicht vollends begriffen, begannen die Bediensteten vor Magdalenas Schlafgemach zu beten.

Familienangehörige reisten an, um der Königin beizustehen. König Waldur und seine Angehörigen suchten jeden Tag die Schlosskapelle auf und sprachen zu den Allerheiligen.

Ein Pastor hielt die Predigt ab und sorgte für geistliche und emotionale Unterstützung.

Die Ältesten durchsuchten jedes Archiv, jede Aufzeichnung und jede Quelle, sogar in ihren Portalwelten, so gefährlich der Weg dorthin auch sein mochte. Doch mehr als Hinweise zu

Kräutertees, Alkohole oder leichten Opiumpräparaten konnten sie nicht finden.

Der Palastarzt suchte andere Mediziner auf, um die Notwendigkeit eines chirurgischen Eingriffs zu besprechen, sowie Apotheken und Heiler, welche chemische Präparate und pflanzliche Arzneien verkauften.

Seine Helfer fuhren zur medizinischen Fakultät der Kopenhagener Universität, um deren Meinung zu möglichen Infektionen abzuwägen. Aber keiner war im Stande, trotz der fortschrittlichen Behandlungsmethoden, rechtzeitig Abhilfe zu schaffen.

Selbst bei Badern, Frauenhäusern oder in der Volksmedizin fanden sie keine Mittel, die die Krankheit ihrer Mutter heilen konnte. Der Schlossarzt und seine Gehilfen waren ratlos und versuchten, der Königin die verbleibende Zeit so angenehm wie möglich zu machen.

Waldur musste der Wahrheit ins Auge sehen und seine Kinder auf das Schlimmste vorbereiten. Eines Morgens saßen sie, wie in den letzten Wochen, nur zu siebt am Frühstückstisch und die Sorge raubte ihnen den Appetit.

»Meine geliebten Mädchen, die Lage ist ernst. Ich bin verzweifelt und weiß nicht, was ich tun soll.« Ihr Vater schluckte schwer und kämpfte mit den Tränen.

Adelheid, die neben ihm saß, ergriff seine Hand und reichte der Schwester zur Linken die andere. Sie alle fassten sich an den Händen und beteten.

»Lieber Herr im Himmel, großes Elend ist über uns gekommen. Gib unserer Mutter die Kraft, ihr Kreuz zu tragen. Lass Engel ihre Flügel über sie ausbreiten, damit sie dem Tod entkommt. Ihre Treue wehrt ewig und für immer.«

Mit einem schmerzlichen *Amen* beendeten sie ihr Gebet.

»Wir werden ihr nicht von der Seite weichen, bis der Herr seine Entscheidung getroffen hat.«

Der König stand auf und machte sich auf den Weg zu Magdalenas Zimmer. Die Stille am Esstisch war erdrückend, während die Schwestern stumm vor sich hinstarrten. Nur das gelegentliche Klirren von Besteck, wenn es auf den Tellern abgesetzt wurde, unterbrach die angespannte Atmosphäre.

»Wir können doch nicht einfach hier sitzen«, murmelte Fronica und schob ihren Teller von sich weg. Ihre Finger zitterten, als sie sich über die Augen fuhr, um aufkommende Tränen zu verbergen.

»Was sollen wir denn tun?«, fragte Carissima leise, ihre Stimme kaum mehr als ein Flüstern.

Adelheid stützte verzweifelt ihren Kopf in den Händen ab und teilte ihre Hoffnungslosigkeit: »Wir haben alles versucht. Mutter wird trotzdem immer schwächer.«

»Wir dürfen die Hoffnung nicht aufgeben«, warf Dorethin ein und sah dabei abwechselnd jede ihrer Schwestern an. »Mutter ist stark. Vielleicht … vielleicht braucht sie nur noch ein wenig Zeit.«

»Zeit?« Begonia, die bisher geschwiegen hatte, hob den Kopf. Ihre Augen funkelten vor unterdrückten Tränen, und ihre Stimme war lauter, als sie beabsichtigt hatte. Ihre Finger umschlossen gereizt das Besteck. »Wir haben keine Zeit mehr! Sie wird sterben, und wir tun nichts, außer hier zu sitzen!«

Adelheid erhob sich plötzlich und sah in die Runde. Ihre Augen waren voller Mitgefühl. »Begonia hat recht«, sagte sie ruhig, ihre Stimme schnitt durch die drückende Stille.

»Wir können nichts mehr tun, um sie zu retten. Aber wir sollten bei ihr sein. Ihr zeigen, dass sie nicht alleine ist.«

»Ja«, flüsterte Elsbeth. Ihre schlanken Hände legten sich tröstend auf Begonias Fäuste.

»Das Mindeste, was wir tun können, ist, für sie da zu sein. Sie hat uns immer gelehrt, dass unsere Familie zusammenhält. Jetzt ist es an uns, das zu zeigen.«

Die Schwestern schwiegen einen Moment, Begonia lockerte ihren Griff und atmete tief ein und aus.

Dann standen sie eine nach der anderen auf.

Fronica wischte sich über die Augen, während Carissima Dorethins Hand ergriff. Adelheid ging beherzt voran und die Schwestern folgten ihr Hand in Hand.

Sie liefen gemeinsam durch die weiten Gänge des Palastes, ihre Schritte leise, aber bestimmt. Keine von ihnen sprach, doch in ihren Blicken lag Entschlossenheit.

Als sie das Zimmer ihrer Mutter erreichten, hielten sie einen Moment inne. Adelheid legte die Hand auf die schwere Tür, sah sich noch einmal um und flüsterte:

»Lasst uns stark sein – für sie.«

Zwei Tage, die in einer Mischung aus Tränen, Gebete und stiller Verzweiflung vergingen. Jede Stunde schien endlos, bis Magdalena ihre Augen zum letzten Mal schloss.

Ein sanftes Lächeln lag auf ihren Lippen, als sie friedlich in den Garten Eden hinübertrat, umgeben von der Liebe ihrer Familie.

Der Tod einer Monarchin war ein komplexes und traditionsreiches Ereignis. Die Bestattung folgte einem tief in den historischen, religiösen und kulturellen Bräuchen verankerten Ablauf.

Es dauerte nur eine Stunde, bis die Glocken der Stadt, bis zu den Kirchenglocken des ganzen Landes drangen und eine volle Stunde läuteten.

Es wurden Boten entsandt, die die Nachricht in Form einer Todesanzeige an die Familienmitglieder weiterleiteten.

Die Städte selbst erhielten eine formelle Erklärung des Hauses, den der jeweilige Bürgermeister und die Parteimitglieder verbreiteten.

Die Tränen der Mädchen,
aus Trauer ein Fluss.
Was bleibt, ist Liebe,
zum Abschied ein Kuss.

Ihr letzter Weg, das Portal,
wird ihn ebnen,
zum Garten der Hoffnung,
wo sich alle begegnen.

Aus Erinnerung wächst
und gedeiht die Pracht,
so die Herzen der Schwestern
erneut entfacht.

Das innige Bündnis,
solang das Reich lebt.
Durch Krone und Adel,
die Familie besteht.

Der größte Verlust des Landes erschütterte alle. Vom Kinde bis zum Greis, vom Sünder bis zum Heiligen, vom Jünger bis zum Adelsstand. Die Glocken des Landes hatten den Tod verkündet, doch es war, als hätte das ganze Volk es in seinen Herzen gespürt. Die Straßen füllten sich mit Menschen, die mit gesenkten Köpfen und geröteten Augen den Verlust betrauerten. Unschlüssig, ob sie den Gerüchten Glauben schenken konnten, und sprachlos darüber, dass es stimmte. Frauen zogen ihre Kinder an die Brust, und Männer hielten die Hüte in den Händen. Sie weinten, empfanden Angst vor der Zukunft und suchten Beistand in ihren Gemeinden. Selbst die Natur schien zu trauern – der Wind legte sich, und der Himmel war schwer und grau, als ob der Atem aller für einen Moment stockte.

Es hieß, die Engel hätten ihre Flügel weit ausgebreitet, um Magdalena von Levenheim sanft und liebevoll in das Reich der ewigen Sonne zu tragen. Man stellte sich vor, wie sie, mit einem Lächeln auf den Lippen, das Reich betrat, in dem ihr Garten für immer blüht – ein Garten, der ihre Liebe zu ihrem Land und ihrer Familie widerspiegelte. Nun wartete sie dort, hieß es, geduldig und voller Hoffnung auf den Tag, an dem sie ihre Liebsten wieder in die Arme schließen würde.

Die Familie kniete eng beieinander neben dem Bett der Mutter, ihre Hände suchten verzweifelt Halt, als könnten sie Magdalena mit ihrer Berührung noch einmal ins Leben zurückholen. Tränen strömten unaufhörlich über ihre Gesichter, bis ihre Kehlen wund vom Schluchzen waren und ihre Herzen schier vor Schmerz zu zerspringen drohten. Adelheid hielt die Hand ihrer Mutter umklammert, flüsterte leise ein Gebet, während ihre Finger immer wieder über die erkaltende Haut strichen.

Die jüngeren Geschwister drückten sich aneinander, den Blick starr auf das blasse Gesicht der Mutter gerichtet, unfähig zu begreifen, dass ihre Anwesenheit hier nichts mehr ändern konnte. Vor dem Schlafgemach hockten die Bediensteten in tiefster Verzweiflung. Manche schlugen sich vor Entsetzen die Hände vors Gesicht, andere flüsterten stammelnd Gebete. Einige schrien laut auf, ihre Rufe hallten durch die stillen, endlosen Flure des Schlosses, als könnten sie den Verlust durch den Klang ihrer Stimmen ungeschehen machen.

Jede Arbeit kam zum Stillstand, jedes Gespräch verstummte. In einem Akt kollektiver Trauer legten selbst die einfachsten Angestellten Besen, Federkiele und Werkzeuge beiseite und versammelten sich in kleinen Gruppen. Sie neigten ihre Köpfe und murmelten Trostworte für die Königin, die sie über viele Jahre gutmütig umsorgt hatte. Das gesamte Schloss hüllte sich in ein bedrückendes Schweigen.

Unzählige Kerzen wurden entzündet – flackernde Lichter, die Magdalena den Weg weisen sollten, wenn sie sich von ihren geliebten Kindern und ihrem treuen Ehemann verabschiedete. Der Anblick des flimmernden Kerzenscheins und der aufsteigenden Rauchfäden verstärkte nur die lähmende Ohnmacht, die alle ergriffen hatte.

Es war, als sei die Zeit stehengeblieben, als wage niemand, den ersten Schritt aus dieser quälenden Stille zu machen.

Die Körper der Trauernden waren wie betäubt, die Gliedmaßen schwer wie Blei und die Augen trocken vor Erschöpfung. Worte versagten ihnen. Alles schien bedeutungslos angesichts des unausweichlichen Verlustes.

Und doch musste das Leben irgendwie weitergehen.

Der Hofmeister war derjenige, der in diesen dunklen Stunden das Schloss zusammenhielt. Unermüdlich ging er seinen Aufgaben nach, bemühte sich um eine trügerische Ordnung inmitten des Chaos und schuf Raum für die Familie, um in ihrer Trauer zusammenzubleiben. Er versorgte die angereisten Verwandten, kümmerte sich um die Unterkunft für die Würdenträger und sprach mit den Bediensteten, um sie in ihren Aufgaben zu unterstützen. Gemeinsam mit den Gouvernanten und Kammerzofen organisierten sie alles, was zur Wahrung der Traditionen nötig war – immer darauf bedacht, den Schmerz der königlichen Familie so gut wie möglich zu lindern.

Eine offizielle Trauerzeit wurde ausgerufen, die Feierlichkeiten und öffentlichen Veranstaltungen im gesamten Land wurden abgesagt. Die Bewohner des Schlosses von Levenheim, die Anteil am Verlust nahmen, trugen nun schwarze Kleidung, um ihre Trauer und ihre Verbundenheit mit der verstorbenen Monarchin auszudrücken. Die Straßen und Plätze waren erfüllt von Menschen, deren betrübte Gesichter und gesenkte Blicke von ihrer tief empfundenen Ehrerbietung zeugten.

Jede Stimme, die erhoben wurde, war gedämpft, und jedes Lächeln wurde erstickt – es war, als trauerte nicht nur die königliche Familie, sondern ebenso die vereinten Länder.

Der bekannteste Maler des Landes wurde ins Schloss gerufen, um ein letztes Porträt der verstorbenen Königin anzufertigen.

Ein Abbild eines Engels, geformt aus feinen Pinselstrichen, welche behutsam den fröhlichen Ausdruck von Magdalena einfingen. Ihr strahlendes Lächeln schien zu sagen, dass sie keine Angst vor ihrer Reise hatte, sondern sie mit einer ruhigen, pflichtbewussten Zuversicht antrat, als erwarte sie eine neue, höhere Bestimmung.

Der Maler arbeitete in voller Hingabe, seine Aufmerksamkeit ganz auf das Bild gerichtet, der Moment geprägt von Verantwortung. Hervorhebungen von Licht und Schatten, Texturen in der Darstellung von Schmuck und Kleidung sowie edle Töne in Gold und Purpur verliehen dem Kunstwerk eine emotionale

Tiefe. Das Gemälde verkörperte Anmut, Eleganz und Würde, die für immer im Gedächtnis des Volkes weiterleben sollten – obgleich es von einem großen Verlust zeugte.

Währenddessen suchten die Kinder Trost in den Weiten des Schlossgartens. Sie wanderten zwischen den Blumenbeeten und den verflochtenen Bäumen umher, als könnten sie ihre Mutter bei ihren Lieblingspflanzen wiederfinden.

Adelheid verweilte lange vor den Rosenbüschen, ließ ihre Finger sanft über die zarten Blütenblätter gleiten und roch daran, um sich an den Duft der Mutter zu erinnern.

Carissima und Begonia hielten sich aneinander fest, während sie schweigend die Alleen durchstreiften und sich der Natur verbunden fühlten.

Der Garten wurde für die Geschwister zu einem Zufluchtsort, an dem sie einander Trost spenden konnten. Hier, zwischen den blühenden Pflanzen und dem Summen der Insekten, fanden sie einen Hauch von Frieden – einen Ort, an dem Magdalenas Leidenschaft lebendig zu sein schien und an dem sie das Gefühl hatten, ihr Lächeln noch immer sehen zu können.

Die anschließende Aufbahrung ihres Leichnams erfolgte in der ehrwürdigen Schlosskapelle. Hinter hohen Buntglasfenstern, eingehüllt in die Herrlichkeit des Glaubens.

Magdalena von Levenheim wurde in einem feingeschliffenen Sarg gebettet, der mit goldenen Verzierungen und frischen Blumen geschmückt war. In ihrem reinweißen, mit Perlen besetzten Gewand wirkte sie wie ein Abbild einer Gottesbotin, als sei sie nicht nur die Königin der Menschen, sondern auch eine Botschafterin des Himmels.

Die Trauerzeremonie fand wenige Tage später in der hiesigen Stadtkirche statt. Bewohner des Landes, Würdenträger und die Familie samt Gefolgschaft des Palastes kamen, um sich von der

Königin zu verabschieden. Auch hochrangige Politiker, Vertreter angesehener Gesellschaften und Mitglieder befreundeter Adelshäuser hatten ihre Reise angetreten, um ihr Beileid zu bekunden. Das ganze Land trauerte.

Straßen und Plätze waren gefüllt mit Menschen, die sich versammelten, um der Familie ihr Mitgefühl auszusprechen und ihrer Königin die letzte Ehre zu erweisen.

Blumen wurden niedergelegt, Gebete gesprochen und überall herrschte eine stille, ehrfürchtige Atmosphäre.

Soldaten bewachten die Kirche und regelten den Besucherstrom. Vorrang hatten die hochrangigen Gäste.

Einfache Bürger und Besucher waren von weit her angereist, harrten oft tagelang vor den Toren aus, in der Hoffnung, einen kurzen Blick in die Kirche werfen zu können.

Die königliche Familie selbst wurde von der Garde streng abgeschirmt, um sie vor den Blicken der Öffentlichkeit zu schützen. Nur wenige Eingeweihte durften sie begleiten, und so wurde das Band zwischen den Geschwistern und ihrem Vater enger denn je.

Nach einer Woche der Verabschiedung trat der Leichnam von Magdalena von Levenheim seinen letzten Weg an und wurde in der Familiengruft beigesetzt. Ihr Sarg wurde in einer festlich geschmückten Kutsche, welche Blumen aus dem schlosseigenen Garten zierten, zur Ruhestätte gebracht. Die Straßen waren gesäumt von Trauernden und Schaulustigen, die rote Rosen zum Abschied und als Ausdruck von Respekt und Ehrerbietung gegenüber der verstorbenen Königin auf den Weg warfen.

Auf dem Friedhof, der lediglich Adeligen vorbehalten war, wurde nur der Familie und den engsten Verwandten der Zugang gewährt. Der Einlass erfolgte unter Berücksichtigung strenger Riten und Sitten. Der Ort war weiträumig abgesperrt, bewacht von der Garde und Reitern.

Ein letzter, tief zeremonieller und tränenreicher Abschiedsgruß der Familie wurde vollzogen, doch in den Wochen danach fanden weitere Veranstaltungen und Messen zu Ehren der Königin und ihrem Andenken statt.

Der König und die Kinder hatten kaum Zeit zu trauern. Zahlreiche Verpflichtungen und dringende Entscheidungen warteten auf sie. Es ging um Erbstreitigkeiten, die Weitergabe von Titeln, Danksagungen, die Verwaltung der Ländereien und des Vermögens.

Der Bestand jedes Einzelnen wurde neu geprüft und schriftlich festgehalten, wie es die alten Traditionen und gesetzlichen Vorgaben verlangten.

Die Mädchen schlichen wie Geister durch die leeren Korridore und reagierten bei jedem Windhauch, der durch die offenen Fenster hinein wehte und über ihre Körper strich. Es fühlte sich an, als wäre Magdalena noch immer bei ihnen, als würde sie ihnen flüstern, dass sie sie nicht verlassen hatte, sondern weiterhin an ihrer Seite weilte.

Adelheid stand häufig, nur mit einem Nachthemd bekleidet, verwirrt vor einem weit geöffneten Fenster und schloss die Augen. Sie wirkte verloren, ihre Gedanken voller Fragen, die unbeantwortet blieben, während die kühle Brise ihre Haut streichelte und ihr Trost versprach.

Begonia und Carissima verbrachten die ersten Tage fast ausschließlich in der Kapelle. Sie beteten für eine gute Reise der Königin, für die Stärke des Königs und die Kraft, die sie und ihre Schwestern benötigen würden, um weiterzumachen.

Dorethin verschanzte sich im Musikzimmer, duldete keine Besucher. Wie in Trance verwüstete sie den Boden mit Notenblättern und Notizen.

Sie verbannte ihre Trauer und all ihre Empfindungen in eine Komposition, die sich mit jedem Ton zu einer emotionalen Symphonie entfaltete. Überwältigt von ihren Gefühlen, fand sie Zuflucht in der Musik, die für sie sprach, als Worte versagten. Elsbeth und Fronica suchten Trost im Wintergarten, wo sie gemeinsam trauerten. Die jüngste Schwester, Fronica, war bisher von den Verpflichtungen und strengen Regeln entbunden worden. Doch nun begann Elsbeth damit, sie darin einzuweisen. Die Frage der Thronfolge, die nun an Adelheid, als unverheiratete Frau überging sorgte bereits für Gerüchte und Diskussionen. Fronica sollte Bescheid wissen und verstehen, welche Rolle sie in diesem Gefüge einnehmen würde.

Elsbeth hielt jedoch nicht nur ihr Versprechen gegenüber ihrer kleinen Schwester, sondern auch gegenüber dem Stalljungen. Er hatte mittlerweile das Alphabet erlernt und konnte eine Feder über das Papier führen, auch wenn es noch nicht für einen vollständigen Brief reichte.

Ihre heimliche Vereinbarung war vor zwei Jahren getroffen worden. Der Junge hatte Elsbeth seit Jahren Zutritt zu den Pferden ermöglicht und damit seine Anstellung riskiert. Dafür hatte er sich von ihr eine Gegenleistung gewünscht: das Lesen und Schreiben zu lernen. Seine Familie lebte in einer weit entfernten Stadt, und sein Ziel war es, durch Briefe wieder mit ihnen verbunden zu sein.

Elsbeth empfand seine Bitte als bescheiden und traurig zugleich. Sie verstand allerdings, wie sehr ihn die Distanz zu seinen Eltern schmerzen musste und jetzt, nach dem Tod ihrer eigenen Mutter, erst recht. Ihre heimlichen Lehrunterweisungen setzte sie fort, angewandt mit Methoden, die sie auch im Unterricht mit jungen Schülerinnen erprobt hatte.

Die Mädchen dort hatten zwar alle eine gute Bildung erhalten und genossen ihren Stand, doch das bedeutete nicht, dass sie sich von einer fremden Frau etwas sagen ließen. Es war eine große Herausforderung, in einer ganzen Schulklasse voller junger Damen das Schreiben und Lesen zu lehren, wenn sie es selbst nicht als wichtig ansahen. Elsbeth hatte größere Pläne als das Verfassen von Briefen. Spielerisch integrierte sie Mathematik und Geometrie in den Unterricht, etwa zur Berechnung von Papier und Tinte, und sah Bildung als Schlüssel zur Entwicklung des Landes. Dennoch empfand sie es als ungerecht, das Schulgeld nur hochrangigen Familien zur Verfügung stand.

Sie appellierte an den Fortschritt, wusste aber, dass Veränderungen Zeit brauchen und von der Zustimmung der Männer abhingen. Geduldig nutzte sie die begrenzten Möglichkeiten, die ihr blieben, um langfristig mehr Einfluss zu gewinnen.

Nach Stunden der Zerstreuung im Wintergarten waren es die jüngsten Geschwister, die die Familie zu gemeinsamen Mahlzeiten zusammenbrachten. In ihrer Trauer und Verzweiflung verloren sich alle in ihren eigenen Welten, doch die Familie als Einheit war ihr größter Halt. Nur durch diese Geschlossenheit konnten sie diesen Verlust bewältigen.

Sie saßen gemeinsam am großen Tisch, und die Stille war erdrückend. Ihre Blicke fielen immer wieder auf den leeren Platz der Königin. Der Vater legte seine Hand sanft auf die der Ältesten und sah sie an.

»Liebste Adelheid«, begann Waldur mit gedämpfter Stimme. »Ich werde nie die Lücke füllen können, die eure Mutter hinterlassen hat. Aber ich brauche dich an meiner Seite. Du wirst nun eine Rolle übernehmen, die Verantwortung und Stärke verlangt. Bist du dir deiner Stellung bewusst und was dieser Wandel für das Land bedeutet?«

Adelheid bekam ein beklemmendes Gefühl in der Brust, dennoch reckte sie das Kinn, als wollte sie Stärke beweisen.

»Ich ... ich habe Angst, Vater«, gab sie ehrlich zu. »Aber ich weiß, was Mutter von mir erwartet hätte. Ich werde mein Bestes tun – für sie, für dich und für unsere Familie.«

Waldur lächelte schwach und drückte ihre Hand fester.

»Deiner Treue bin ich mir gewiss, und du wirst nicht alleine sein – wir alle werden dich unterstützen.«

Sein Blick wanderte zu den anderen Töchtern, die schweigend, aber aufmerksam lauschten. Er richtete sich etwas auf.

»Meine lieben Mädchen, hört mir zu. Nichts ist wichtiger als unsere Familie. Wir stehen füreinander ein. Das hat sich nie geändert und wird sich auch jetzt nicht ändern. Adelheid wird von nun an gemeinsam mit mir Termine wahrnehmen und unser Haus repräsentieren. Trotzdem bleibt sie eure Schwester. Wenn wir zusammenhalten, können wir alles bewältigen.«

Begonia, die neben dem Platz der Königin saß, schob ihren Stuhl zurück und beugte sich zu ihrem Vater.

»Es wird nichts mehr so sein wie früher«, sagte sie leise mit bebender Stimme. »Aber wir schaffen das. Mutter hätte gewollt, dass wir zusammenbleiben und weitermachen. Für sie.«

Carissima griff nach Begonias Hand und nickte energisch.

»Für Mutter. Und füreinander.«

Die anderen Töchter folgten. Sie nahmen einander an den Händen, als wollten sie ein unsichtbares Band knüpfen.

Waldur sah sie alle an, sein Blick war schwer vor Emotionen, doch er fand Worte, die zugleich tröstend und bekräftigend waren. »Für Magdalena, für ihre Stärke, für ihre Liebe – sie wird uns immer leiten.«

Dieser Moment, in dem sie solidarisch um den Tisch saßen, war mehr als ein Zeichen der Trauer. Er symbolisierte einen Neuanfang. Die geballte Kraft der von Levenheims, als familiäres Bündnis und als königliche Macht, die ihre Länder vereint.

XXI

Des Königs Unwissen

Zwei Monate waren seit dem Tod ihrer Mutter vergangen. Die Familie folgte ihrem neuen Alltag und unterstützte Adelheid bei dem unerwarteten, historischen Wandel – trotz Trauer und der Herausforderungen, die damit einhergingen.

Die Mädchen mussten Termine bei Notaren wahrnehmen, Führungsriegen und Gotteshäuser besuchen und einer Erwachsenenwelt gegenübertreten, für die sie noch nicht bereit waren.

Das Königshaus verlangte ihnen alles ab. Selbst die erst dreizehnjährige Fronica musste Pflichten erfüllen und strengeren Regeln folgen. Sie genoss den Rückhalt ihrer Geschwister und des Vaters und besonders die intensive Zeit mit ihnen.

Doch allmählich gingen alle wieder ihren privaten Aktivitäten nach. In den ersten Wochen vermieden die Ältesten ihre magischen Portale, um den König mit den beschmutzten Schuhen nicht noch mehr zu verärgern. Damit war das Problem allerdings nicht behoben, wie sie schon bald merken würden.

Zuflucht suchend verschwanden sie abends darin, um sich neuen Aufgaben zu widmen oder Informationen einzuholen.

Am Unterricht mussten nur Fronica, Elsbeth und Dorethin teilnehmen. Die anderen hatten ihre Ausbildung bereits mit Bravour abgeschlossen. Elsbeth war mit ihrem Wissen längst an den beiden vorbeigezogen und durfte sich schwierigeren Themen zuwenden. So kam es nicht selten vor, dass Fronica allein oder gemeinsam mit Dorethin unterrichtet wurde.

Die Tage wurden wieder einsam und still – bedrückend schweigsam und von einer kräftezehrenden Trostlosigkeit geprägt. Fronica wurde schmerzlich bewusst, dass sie keine Möglichkeit erhielt, dem goldenen Palast zu entkommen.

Adelheid bemühte sich zwar, viel Zeit mit ihr zu verbringen, ihre Verpflichtungen nahmen sie jedoch vollends in Beschlag. Die anderen Geschwister hielten sich an die auferlegte Ernsthaftigkeit. Es war ihnen ohnehin nicht zum Lachen zu Mute und sie lehnten jegliches kindliche Spielen ab.

Fronica wollte sich damit nicht arrangieren. Sie empfand es als ungerecht, fühlte sich unsichtbar und grübelte oft über den Sinn ihrer Existenz. Immer häufiger zog sie sich zurück, weil sie glaubte, zu stören.

In der Schlosskapelle fand sie Halt und Trost und verbrachte Stunden in Gesprächen mit dem Geistlichen. Sie hinterfragte die Tradition, den Glauben und verlor sich in Details, die ihr zuvor nicht einmal aufgefallen waren: Spiegelungen der bunten Kapellenfenster, das Zusammenspiel von Tag und Nacht oder die Gründe, warum ihr Leben genauso verlief, wie es nun einmal verlief.

Abends beobachtete sie die Sterne und fragte ihrem Vater Löcher in den Bauch, aber auch er konnte ihre tiefgründigen Rätsel nicht lösen. Die Jüngste blieb hilflos und einsam zurück.

Sie ging früh zu Bett, stand spät auf und nahm das Frühstück lieber allein ein. Schließlich begann Fronica, sich in die Bibliothek zurückzuziehen, wo sie stundenlang in Büchern versank.

Ohne ein Portal hatte sie keine Aufgabe, konnte nicht über sich hinauswachsen und wusste nicht, wohin mit sich. Sie besaß kein musikalisches Talent, konnte nicht besonders gut singen oder tanzen und hatte keine Leidenschaft, der sie Aufmerksamkeit schenken wollte. Sie fühlte sich wie *die unbegabte kleine Schwester*, die im Schatten der Älteren stand – übersehen, unwichtig, ein Anhängsel, das niemand brauchte.

Sie zweifelte an ihrem Wert, wurde verbittert und sah in ihrem Stand als Tochter des Königs mehr Fluch als Segen.

Eine vergessene Prinzessin mit fehlender Freiheit.

Ein Leben geprägt von strengen Etiketten und hohem Druck aus allen Ecken.

Dazu die öffentliche Kritik und der Verlust ihrer Anonymität.

Egal, was sie tat, sie wurde beobachtet und zurechtgewiesen, ihr Handeln verurteilt und man verglich sie bei jeder Gelegenheit mit ihren vorbildlichen Schwestern.

Selbst wenn die Jüngste sich interessanten Themen zuwandte, wurde es als Zeitvertreib abgetan und belächelt.

Was Fronica dabei nicht erkannte, war, dass es ihren Schwestern einst genauso ergangen war. Sie machten in diesem Alter alle das Gleiche durch, bis ihre Mutter diesen Kreislauf unterbrochen und für Abwechslung durch die magischen Portale gesorgt hatte. Ihre Portale bedeuteten für die anderen Mädchen ein neues Leben, Freiheit, Entfaltung und Selbstbestimmung; etwas, das die Jüngste wohl nie erleben würde.

Adelheid fühlte sich von den neuen Aufgaben überwältigt. Sie schlich um ihre Verpflichtungen herum, zu unsicher, um in die Fußstapfen der Mutter zu treten.

Die Angst, zu versagen und den Erwartungen der zwei Königreiche nicht gerecht zu werden, nagte an ihr. Oft suchte sie Zuflucht im Garten, wo sie fernab der Anforderungen des Palastes ihre wirren Gedanken zu ordnen versuchte.

Auch der Zustand von Fronica war ihr aufgefallen. Besorgt suchte sie nach Hinweisen und erkundigte sich bei den engsten Vertrauten und Bediensteten, was sie über die Geschenke wussten, die sie zum Debütantinnenball erhielten.

Antworten bekam sie keine.

Gottlieb Herbst war bewusst, was im Schloss vonstattenging, und er hatte seine Augen und Ohren überall.

Obwohl er sein Schweigen gegenüber der Königin einst geschworen hatte, litt er mit, als er sah, wie die jüngste Prinzessin sich quälte.

Er überlegte fieberhaft, wie er helfen konnte, ohne das fragile Gleichgewicht des Geheimnisses zu gefährden.

Hätte der König von alledem gewusst, er hätte ihnen Vorträge gehalten – lautstark und wild gestikulierend – über die Gefahren, denen sie sich aussetzten.

»Was, wenn jemand erfährt, wer ihr seid? Was, wenn sie euch entführen und Lösegeld fordern? Oder Schlimmeres?«

Seine Stimme hätte die Hallen des Schlosses erbeben lassen. In seiner Angst hätte der König drastische Maßnahmen ergriffen: Hausarrest, Gouvernanten, die jeden Schritt überwachten, und das Verbot jeglicher Freizeitbeschäftigungen. Die Portale wären für immer geschlossen worden, und mit ihnen die Freiheit der Prinzessinnen.

Magdalena wusste, was auf ihre Töchter zukommen würde, wenn ihr Gatte davon erfuhr. Also hatte sie geschwiegen, den Spiegelmeister geschützt und die Portale bewahrt.

»Das Geschenk offenbart euch, wer ihr wirklich seid«, sagte sie zu ihren Töchtern, als diese sich nach Erhalt des Präsentes bei ihr bedankten, und betonte: »Doch hütet es, als hätte es den Wert eures Lebens.«

Eine ähnliche Ansprache, ohne genaue Details, erhielt auch der Kutscher. Gottlieb bewies seine Loyalität.

Die Zwillinge suchten nach ihrer älteren Schwester. Die beiden eilten ins obere Stockwerk, weil sie sie im Untergeschoss nicht finden konnten. Bei Dorethin im Musikzimmer war sie ebenfalls nicht. Sie liefen die Gänge oben ab und bemerkten, dass die Tür zum Gemach ihrer Mutter offen stand.

Deshalb wagten sie einen Blick hinein.

»Liebste Adelheid, da bist du ja«, sagte Begonia leise und trat näher. Die Älteste saß am Schreibtisch, umgeben von Briefen und Dokumenten, die einst ihrer Mutter gehört hatten.

»Jetzt liegt es an mir, diese zu beantworten«, stellte sie traurig fest und blickte ihre Schwestern mit Tränen in den Augen an.

»Ach Adelheid, dabei unterstützen wir dich selbstverständlich.«

Der hohe politische Druck zwang sie in die Erschöpfung. Sie konnte sich nicht konzentrieren und fühlte sich bedrängt. Die beiden Mädchen nahmen ihre Schwester tröstend in den Arm.

Sie konnten sich nicht in die Lage der Thronfolgerin hineinversetzen, würden sie allerdings niemals im Stich lassen.

Auch König Waldur verschanzte sich immer öfter und vernachlässigte seine Pflichten. Er war unruhig, wütete im Thronsaal und blickte auf den leeren Stuhl neben sich; auf seinen Thron, der einst Autorität, Macht und Souveränität bedeutete.

Ein Symbol für gemeinsame Entscheidungen und Verbundenheit. Jetzt war dieser Platz leer, und der Anblick erfüllte ihn mit Schmerz.

Es gab nur eine Person, die ihm genau in solchen Momenten zur Seite stehen konnte, und die war nicht mehr am Leben.

Es war, als würden die Mauern des Palastes an Stabilität verlieren und bröckeln; als fehlte ihm sein eigener Schatten; als hätte sich seine Krone in Luft aufgelöst.

Und dann dieses Geheimnis mit den dreckigen Schuhen – seine Töchter waren ihm plötzlich fremd. Kraftlos sank er auf die Knie und verbarg das Gesicht in den Händen.

»Wie konntest du mich verlassen? Wie soll ich all das ohne dich meistern?« Er schluchzte in seine Handflächen und kauerte am Boden. Er konnte noch immer Magdalenas Stimme hören, sich an ihr Lächeln und ihren Duft erinnern, als stünde sie vor ihm. Er hatte Angst, die vielen wertvollen Erinnerungen zu vergessen und klammerte sich daran fest.

Der Verlust lastete schwer auf seinen Schultern und drohte, ihn zu erdrücken.

Begonia und Carissima waren besorgt und sprachen mit dem Hofmeister über bedeutende Termine. Sie wollten dem Vater genug Zeit zum Trauern lassen, ihm und Adelheid Aufgaben abnehmen, sie verschieben oder, wenn möglich, von ihnen fernhalten.

Die Zwillinge waren die Einzigen, die der Hofmeister in die wichtigsten Gespräche einweihte, da sie in den vergangenen Jahren Interesse an der Führung eines Hofstaates gezeigt hatten. Der König hatte sie bereits zu Diskussionsrunden im Beratungssaal mitgenommen und hin und wieder ihre Meinung zu aktuellen Themen eingeholt. Deshalb konnte sich der treue Hofmeister auf sie verlassen und getrost ihre Hilfe annehmen.

Den Platz neben dem König würde Adelheid erhalten, ob sie wollte oder nicht. Der in seinem Herzen hingegen würde für immer Magdalena gehören.

Adelheid konnte die Angst vor dem, was vor ihr lag, nicht verbergen, obwohl sie ihr ganzes Leben darauf vorbereitet wurde. Dennoch war sich der König sicher, dass sie diese Hürde mit

Bravour meisterte. Sie war zuverlässig und klug. Selbst wenn die Wahl ihres zukünftigen Ehegatten nicht hundertprozentig ihren Geschmack traf, würde sie einen Weg finden, eine Allianz zu schmieden, glücklich zu werden und ihrer Leidenschaft, die sie sich so mühevoll erarbeitet hatte, nachgehen zu können.

Der Wechsel ihrer Position würde in die Geschichte eingehen. Es war untypisch, dass eine weibliche Thronfolgerin ihren Platz als Königin neben ihrem Vater einnahm, aber so wollte es das neu bestimmte Gesetz. Dieses hatte seit Jahrzehnten Bestand, aber bisher gab es immer einen männlichen Thronfolger, der das Erbe seines königlichen Vaters antrat. Adelheid war die Erste, die unverheiratet einen Königstitel tragen würde.

Dessen Ausmaß waren sich alle Könige, Barone und Verfassungsmitglieder der angrenzenden Länder bewusst und hatten die Regelung einstimmig beschlossen.

In den nächsten Tagen sollten Maler kommen, um die zukünftige Königin mit der Krone zu porträtieren.

Sie würde einen neuen Titel erhalten und sich eine eigene Gefolgschaft aufbauen. Und in ein paar Jahren sollte sie den Palast verlassen und einen Hofstaat führen.

Der König hätte sich darauf fokussieren sollen, aber ihm ließen die Schuhe und das Geheimnis darum keine Ruhe.

Warum hatte seine Frau geglaubt, es ihm nicht anvertrauen zu können? Und wie hatte sie es geschafft, das Gerede im eigenen Staat zu unterbinden? Was war es, das die Mädchen damals zu ihrem Wandel bewog und sie glücklich gemacht hatte?

Er wollte es herausfinden – das schwor er sich.

Zunächst musste er allerdings seine Verpflichtungen erfüllen und den Mädchen ein guter Vater sein. Sie hielten ihm seit Tagen den Rücken frei, nun wurde es Zeit, etwas zurückzugeben.

Er versprach sich, seine Töchter in Ruhe zu lassen und würde die Aufgabe, das Rätsel zu lösen, einem fähigeren Mann überlassen. Einem, der seine Werte teilte, der treu und zuverlässig war und der dennoch keinen allzu engen Bezug zur Königin hatte. Einer, dem er einen Gefallen tat, seine Töchter gut behandelte und nicht mit dieser Angelegenheit hausieren ging.

Dieser Mann sollte der Familie wohlwollend gegenüberstehen und sich der Bedeutung der Aufgabe im Klaren sein, beziehungsweise die Bitte des Königs respektieren und seiner würdig sein. Es musste jemand von Stand und Adel sein, ein Mann, der selbstlos die Ansichten des Monarchen teilte und einer, der dafür nichts verlangte und trotzdem viel erhielt.

Am nächsten Tag weihte König Waldur den Hofmeister ein und arbeitete mit ihm einen geeigneten Plan aus. Zur Not würde er eine Ausschreibung verschicken, die alle Kriterien enthielt und so wenig wie möglich verriet. Ein kleines Rätsel, das nur scharfsinnige Herren verstanden.

Am Abend saß die Familie von Levenheim gemeinsam im Speiseraum, der Platz der Königin nach wie vor leer. Ein Anblick, der allen Familienmitgliedern nach Wochen der Trauer noch immer schwer auf der Seele lag.

»Meine lieben Töchter. Schön, dass ihr alle hier seid. Ab morgen werden wir uns neu formieren«, begann der König und schob nervös das Gemüse auf seinem Teller hin und her.

Die Mädchen wechselten verstohlene Blicke und überlegten, was dieser Wandel zu bedeuten haben könnte.

»Es wäre mir wichtig, wenn jede von euch mir ein wenig ihrer Zeit schenkt, damit wir ein Gespräch führen können.«

Seine Stimme war brüchig, und Adelheid, die neben ihm saß, ergriff tröstend und stärkend seine Hand, um ihre Unterstützung zu bekunden. »Gewiss, Vater. Für dich nehmen wir uns liebend gern Zeit.«

Nach dem Essen wurden sie zu ihren Verpflichtungen entlassen und warteten auf den Hofmeister, der sie zu den Gesprächen mit ihrem Vater rufen sollte.

Adelheid suchte in der Zwischenzeit Fronica auf, die die ganze Zeit stumm am Tisch gesessen und den Blick zu Boden gerichtet hatte. Sie fand sie schließlich im Wintergarten, wo sie auf einer Bank lag und schweigend hinaus in den Garten schaute.

»Meine liebe Schwester«, begann Adelheid sanft, »ich sehe, dass es dir nicht gut geht. Du sollst wissen, dass ich bereits auf der Suche nach einem Geschenk für dich bin. Eines von mir, anstelle von Mutter. Etwas, das die gleiche Macht besitzt, die uns allen zuteilgeworden ist.«

Die Worte ihrer ältesten Schwester ließen Fronica aufhorchen. Ein kleiner Hoffnungsschimmer flammte in ihr auf – eine kleine Geste, die Halt und Zuversicht bedeutete.

XXII
Des Königs Plan

A m nächsten Morgen erbat der König vor dem Frühstück ein Gespräch mit seiner ältesten Tochter und ließ sie vor den anderen wecken.

»Guten Morgen, mein Kind. Hast du gut geschlafen?«, eröffnete er sein heimliches Kreuzverhör und nippte an seiner Tasse Tee.

»Guten Morgen, Vater. Ja, das habe ich. Wie ich sehe, bist du bereits seit den frühen Morgenstunden wach.«

»Das bin ich und ich hatte dabei viel Zeit, nachzudenken.«

Der König schob den Unterteller samt Tasse darauf zur Seite und beugte sich näher zu Adelheid.

»Die Führung eines Landes und die Pflichten der Krone verlangen Ehrlichkeit, Loyalität, Respekt und Kommunikation. Zwischen uns dürfen keine Boten stehen, keine Briefe untereinander kursieren und nichts, das jemand gegen die Krone richten könnte. Unser Austausch ist stets das gesprochene Wort – so besiegeln wir Vereinbarungen, Geschäfte und Allianzen.«

König Waldur von Levenheim fixierte seine Tochter mit einem durchdringenden Blick und wartete auf ihre Reaktion.

»Gewiss, mein König. Ich diene dem Land und der Krone. Ich bin dein Ohr, dein Auge und die Hand, die dich stützt.« Adelheid sprach mit starker Stimme und ließ keine Schwäche erkennen.

In wenigen Wochen würde ihr die Krone in einer zeremoniellen Feierlichkeit übergeben werden. Der heutige Morgen war ein Teil ihrer Prüfung.

Im Stillen wusste sie, dass der Vater auf die Schuhe anspielte. Sie würde ihn nie anlügen, aber die Mädchen hatten gemeinsam beschlossen, ihm nicht die Wahrheit zu sagen.

Der König gab sich zunächst mit dem Ergebnis des Gespräches zufrieden und vertraute darauf, dass die Thronfolgerin von allein mit der Wirklichkeit herausrückte, sobald sie davon Kenntnis erlangte.

Den gesamten Tag über führte er Gespräche mit seinen Töchtern und verdeutlichte durch unterschwellige Drohungen, dass er eine derartige Geheimnistuerei nicht duldete.

Das Wort *Schuhe* mied er, nutzte jedoch zahlreiche Synonyme, die den Mädchen klar machen sollten, was er verlangte und zu unterbinden versuchte. Er erklärte jeder Einzelnen ausführlich die Situation, in der sie sich befanden. Er wiederholte, wie kostspielig die Herstellung der Schuhe war und was die Stadt am Fuße des Berges über sie redete; dass sie sich mit ihrem illoyalen Benehmen zum Gespött des Hofes machten und sie ihre Authentizität verloren. Eindringlich bat er sie, darüber nachzudenken und ihm keine weiteren Sorgen zu bereiten.

Die Tage vergingen, und jeden Morgen standen erneut verdreckte Schuhe vor den Betten. Weder das Abschließen der Zimmer, noch das Versperren des Ankleidezimmers brachte Abhilfe.

Auch die Soldaten vor den Türen und die Wachen am Fenster konnten das Rätsel nicht lösen.

Gemeinsames Zu-Bett-Gehen sowie gemeinschaftliches Aufstehen sorgten für denselben morgendlichen Ablauf. Selbst die Gouvernanten und Kammerzofen versuchten die Schuhe zu reinigen, um des Königs Gemüt zu besänftigen; es gelang ihnen jedoch nicht.

Irgendwann frühstückte der König allein und ließ den Kindern anschließend ihre eigenen schmutzigen Schuhe als Mahlzeit servieren, ehe ihm endgültig der Kragen platzte.

Alle Schwestern fühlten sich schuldig, dem Vater solchen Ärger zu bereiten. Dennoch wollten sie ihre gewonnene Freiheit und die Abenteuer der Portalwelten nicht aufgeben.

Die Königin konnte mit einem Kompromiss leben – aber wie sollten sie den König darum bitten, ohne ihn einzuweihen?

Während die Töchter sich von ihm fernhielten und die Portale nur noch gelegentlich benutzten, schmiedete er einen eigenen Plan. Er holte sich Hilfe, ohne das eigentliche Problem zu benennen. Er veranstaltete ein kleines Spiel und ließ eine Handvoll Anzeigen verfassen, auf denen ein schwerfälliger Reim stand und die das Wappen des Königshauses trugen.

Die Pergamente wurden nicht wahllos verteilt, sondern ausschließlich hochrangigen Bediensteten übergeben – dem Hofmeister, dem Schmied, dem Kutscher des Palastes, einem Berater und dem Stadtmeister von Dänemark.

Jeder von ihnen sollte die Anzeige nur einer treuen und loyalen Person übergeben. Einem Mann, in dessen Hände sie ihr Leben legen würden.

Es war kein Befehl, es war eine Bitte; ebenso an die Bediensteten, die den versiegelten Brief weitergeben sollten.

Sie bekamen keine weiteren Instruktionen, und ob sein Plan aufging, würde sich bald zeigen.

Gottlieb Herbst fiel direkt jemand ein: ein ferner Verwandter mit adeligem Stand, dem er selbst jedoch skeptisch gegenüberstand. Seine Familie hatte sich durch Intrigen und Lügen in den Adel eingeheiratet. Die Nachkommen konnten hingegen nichts dafür. Der junge Mann war einer von vier Söhnen eines bekannten Markgrafen in Dänemark und in Adelheids Alter.

Er wählte ihn, weil dieser lediglich einen Ball der von Levenheims besuchte, und weder Interesse an derartigen Festlichkeiten noch jemals ein einziges Wort an die Königsfamilie persönlich gerichtet hatte. Er fühlte sich dem hochrangigen Adel nie zugehörig, obwohl sein Titel dem eines Grafen würdig war und er eine wohlerzogene Ausbildung genossen hatte.

Herr Herbst war fest entschlossen, diesem Herrn den Brief zu überbringen und würde dem Hause von Levenheims auch hier loyal dienen.

Am nächsten Tag fuhr er auf direktem Wege zum Familienanwesen, begleitet von vier bewaffneten Soldaten – die Wälder und Wiesen bargen eine Menge Gefahren.

Nach einer zweistündigen Reise erreichte er das Ziel, ohne sicher zu sein, ob der junge Mann sich tatsächlich dort aufhielt. Zur Not müsste er die Reise erneut und mit vorheriger Ankündigung auf sich nehmen.

Die Familie war geschäftig, und der Butler des Hauses wirkte überrascht, als nach dem Verbleib des Grafen gefragt wurde. Er bat Herrn Herbst, ihm in den Garten zu folgen.

Dort saß der junge Mann unter einer Markise und las gelangweilt ein Buch.

»Der Kutscher der Königsfamilie höchstpersönlich«, bemerkte der Thronerbe des Herzogs verwundert, als er den Besucher erblickte, und stand auf.

»Wie kann ich dem König dienen? Aber zunächst möchte ich dem ganzen Hofstaat und der Familie mein tiefstes Beileid aussprechen. Der Verlust der Königin muss für den König und für die Prinzessinnen unermesslich schmerzhaft sein.«

»Graf Arthur von Rosenborg«, begrüßte Gottlieb Herbst den stattlichen Mann und neigte sich leicht zur Verbeugung.

»Ich habe eine Botschaft des Königs. Wer sie erhält, liegt in meinem eigenen Ermessen.«

Der Kutscher blickte unauffällig in Richtung des Butlers und gab dem Grafen zu verstehen, dass es besser wäre, ein Gespräch unter vier Augen zu führen.

»Ich hoffe, Sie werden Ihre Wahl nicht bereuen. Wären Sie bereit, mich bei einem Spaziergang zu begleiten?«, fragte Arthur laut, ohne den Butler weiter zu beachten. Sie gingen ein paar Schritte auf dem schmal angelegten Park der Stadtresidenz der von Rosenborgs zu und setzten sich schließlich auf eine Holzbank – weit genug entfernt von neugierigen Augen und Ohren.

»Welche Verzweiflung hat Sie ausgerechnet zu mir geführt?«, wollte der junge Mann mit einem freundlichen Lächeln auf den Lippen wissen. Herr Herbst reichte ihm lediglich wortlos den Brief und sah zu, wie der Graf ihn zögerlich öffnete.

Ein Bursche mit Herz und Verstand.
Egal, ob im Kleid oder Gewand.
Kein Haus aus Gold, doch wertvoll.

Du sprichst die Sprachen der Stadt,
und hinter vorgehaltener Hand
bedeutet dein Versagen Blutzoll.

Du bekommst von mir nichts,
doch erhältst sehr viel.
Das Geheimnis wirst bewahren.

Machtlos des Angesichts,
wirkt der Bund zu stabil,
musst du die Mauern spalten.

Ein unglückliches Los.
Du suchst die Lösung hier,
in der Welt des Ominösen.

Der Wert unzahlbar gross –
für ein unerwünschtes Spiel.
Wirst du das Rätsel lösen?

»Das ist ein wahrhaft eigenartiges Rätsel«, murmelte er, während er den Text abermals überflog.

»Wenn ich es annehme und ihn enttäusche, haben Sie mein Leben auf dem Gewissen«, ließ der Graf den Kutscher wissen, denn der König verdeutlichte die Konsequenzen in einem Satz: *Und hinter vorgehaltener Hand, bedeutet dein Versagen Blutzoll.*

»Ich bin mir der Gefahren, des Drucks und der Herausforderung bewusst. Hätte ich nicht Sie gewählt, fiel die Wahl auf keinen.«

Gottlieb zögerte. Hatte er die richtige Entscheidung getroffen? Entgegen seinen Erwartungen nahm der Graf die Aufforderung an. Warum er das tat, war ihm ein Rätsel. Aus Langeweile, aus Loyalität des Königshauses gegenüber oder als Chance, der eigenen Familie eine Zeit lang zu entfliehen? Der Kutscher konnte seinen Beweggrund nur erahnen.

»Werter Herr, bitte lassen Sie sich von unserem Butler ein Getränk bringen. Ich komme dann, sobald ich kann, zu Ihnen.«

Herr Herbst folgte dem Adeligen in die Eingangshalle und wagte kaum, nach einem Schluck Wasser zu fragen.

Der Butler, der unvoreingenommen den Anweisungen seines Herren folgte, reichte ihm wortlos ein Glas. Die Soldaten warteten währenddessen im Foyer, und die Pferde wurden mit Wasser und Stroh versorgt.

Eine halbe Stunde später erschien Arthur von Rosenborg mit gepackten Koffern und verabschiedete sich vom Personal.

Die Bediensteten sollten der Familie nur berichten, dass er einen Freundschaftsbesuch absolvierte und benötigte er bei irgendeiner Angelegenheit Hilfe, so würde er sich mit einem Brief an den Butler wenden.

Die beiden schienen einen vertrauten Umgang zu pflegen, was den Kutscher traurig stimmte, denn auch er hatte einst Geheimnisse mit der Königin des Landes geteilt.

Er erinnerte sich an sie als liebevolle Mutter ihrer Kinder und als leidenschaftliche Pflanzennärrin – im Gegensatz zu anderen, die von ihr sprachen, als würde sie beim Frühstück über Leben und Tod entscheiden.

Es war immer gut, einen Vertrauten im eigenen Haus zu haben, denn die Familie konnte man sich nicht aussuchen.

»Wollen wir?«, fragte der junge Graf Herrn Herbst und brachte ihn dazu, sich eilig zur Tür des Gefährtes zu bewegen. Die Soldaten nahmen ihre Positionen ein oder schwangen sich auf ihre Pferde. Der Kutscher hielt dem Grafen persönlich die Tür auf, ließ ihn einsteigen und verstaute anschließend mit Hilfe des Butlers die Koffer auf dem Dach.

Fast zwei Stunden waren vergangen, als die Kutsche plötzlich anhielt. Der Graf spähte hinter dem Vorhang des Fensters hervor – es konnte nicht mehr weit sein.

Da klopfte Gottlieb Herbst zaghaft an die Tür und öffnete diese, ohne auch nur ein Wort zu sagen.

Arthur von Rosenborg stutzte und stieg aus. Vielleicht konnte er ihm bei etwas behilflich sein.

Doch just in diesem Moment flog die Tür des Hauses auf, vor dem sie stehen geblieben waren.

Ominöse Dinge, die hier passieren.

Irgendetwas an diesem Gebäude löste ein mulmiges Gefühl in ihm aus. Der Kutscher fuhr ohne ihn los. Der Graf registrierte es kaum. Es wirkte, als wollte der Fahrer Abstand wahren, oder die Pferde scheuten vor der Atmosphäre. Ein kalter Schauer lief Arthur über den Rücken.

»So kommen Sie doch endlich herein!«, rief ein älterer Herr; zu sehen war jedoch niemand.

Wie von unsichtbarer Hand geleitet, folgte der junge Graf der Stimme in das Innere des Gebäudes. Er fand sich in einem spiegelverhangenen Raum wieder. Das Glas vervielfältigte sein Gesicht tausendfach und schuf eine mystische Umgebung.

»Was kann ich für Sie tun?«, fragte Echos Nero, der im Türrahmen stand, als würde er auf einen Auftrag warten.

»Ich bin mir nicht sicher«, antwortete Arthur von Rosenborg wahrheitsgemäß und blickte sich forschend um.

»Sie spielen ein Spiel«, begann der Spiegelmeister zu erklären.

»Oh nein, es tut mir leid. Sie müssen mich für einen Narren halten«, entschuldigte sich Arthur demütig und wandte sich zur Tür.

»Herr Graf, ein Narr sind Sie gewiss nicht.«

Die Worte des Meisters und die Tatsache, dass dieser wusste, welchen Titel er trug, ließen ihn in seiner Bewegung innehalten.

»Dieses Spiel – deshalb sind Sie hier«, fuhr Echos Nero fort und wies ihn an, auf dem leeren Stuhl in der Ecke Platz zu nehmen.

»Ich erhielt einen Vers, der einer unerfüllbaren Aufgabe gleicht. Trotzdem habe ich sie angenommen«, sprach Arthur und hoffte auf ein wenig Hilfe.

»Der Kutscher hat hier gehalten, da dachte ich ... «

»Der Kutscher der Königin, Gott hab sie selig, ist ein schlauer Mann, aber weder er noch ich können Ihnen helfen.«

Echos Nero war zunächst nicht gewillt, seine Kräfte zu offenbaren – dem jungen Mann fehlte das gewisse Etwas. Etwas Lohnenswertes, ein Hauch mehr Forderung.

Der Meister versuchte, dessen Aura zu spüren und wartete.

Der Graf, der auf dem Stuhl saß, war vollkommen im Reinen mit sich und seiner Welt. Er war wortgewandt, freundlich, hatte Geld und pflegte Bekanntschaften. Er war hilfsbereit und zuvorkommend und machte keinen Gebrauch von seinem Titel.

Er nutzte ihn nicht, um sich Vorteile zu verschaffen. Er nannte ihn nur, wenn man ihn sonst nicht für würdig hielt. Er nahm von den Reichsten und gab den Armen, ohne zu schenken oder zu stehlen. Sein Herz war rein, seine Loyalität unerschütterlich, und dennoch scheute er nicht, jene zu hinterfragen.

Das letzte Mal, dass Echos Nero einem Menschen mit solchen Eigenschaften begegnet war, hatte die Königin an seine Tür geklopft.

Der Spiegelmeister betrachtete nachdenklich den jungen Grafen und konnte seine plötzliche Zuneigung selbst nicht begreifen. Arthur war durchaus etwas Besonderes und Gottlieb Herbst verstand, welche Gabe Echos Nero besaß.

»Wenn Sie das Rätsel aufklären und das Geheimnis lüften, wird es womöglich Folgen für andere haben. Was würden Sie wählen? Ruhm oder Beständigkeit?«

»Ich wähle Beständigkeit, denn wie Honoré de Balzac einst sagte: *Ruhm ist ein Gift, das der Mensch nur in kleinen Dosen verträgt.*«

Der Spiegelmeister lächelte. Möglicherweise konnte er ja doch etwas für den jungen Adeligen und zeitgleich für die Thronfolgerin tun.

»Den Brief, den Sie so malträtieren – wird der benötigt?«, fragte er dann.

Arthur schaute auf seine Hände und erkannte das zerknüllte Pergament darin. Er stutzte, begann, es sorgfältig zu entfalten, und reichte es ihm anschließend. Echos Nero nahm es entgegen, verschwand in einen anderen Raum und kam mit einer Glasscherbe und einem Streichholz wieder heraus.

Der alte Meister legte das Scherbenstück auf der Kommode ab und bettete den Brief darauf. Folgend zündete er ihn an und ließ ihn vollständig abbrennen, ohne eine Regung bei dem jungen Mann zu bemerken.

Der junge Graf beobachtete das Ganze schweigend. Er hatte sich den Vers gut gemerkt und keine Angst davor, ihn in Flammen aufgehen zu sehen. Trotzdem schlug sein Herz augenblicklich schneller. Und obwohl er die Emanation des Meisters als unheimlich empfand, war er neugierig darauf, was ihn erwartete. Diese Begegnung, die Art, wie er mit ihm sprach, und die innere Ruhe, die der alte Mann ausstrahlte, lösten Entschlossenheit in ihm aus.

Es war kein Zauber, der ihn fernhielt, sondern ihn in etwas Magisches involvierte – er konnte es selbst nicht beschreiben. Arthur glaubte nicht an Magie oder Hexerei, aber das Schicksal hatte ihm schon manchen Weg gewiesen. Deshalb sah er dieses Treffen als eine Art höhere Macht – fast schon als eine Fügung.

Der Spiegelmeister holte einen kleinen Gegenstand aus dem Beistelltisch und legte ihn direkt in die Hand des Grafen. Arthur blickte auf eine Nadel und suchte nach einem Zusammenhang. Verwirrt und abschätzend schaute er den Meister an. Dieser nahm die Scherbe mit der darauf liegenden Asche und hielt sie dem Grafen vorsichtig hin.

»Es reicht ein kleiner Tropfen für das Bündnis.«

Auch wenn sich dem jungen Adeligen alle Nackenhaare aufstellten und es unüberlegt und töricht erscheinen mochte, einem fremden Mann ein wenig Blut für einen Zauber zu überlassen, nahm er diese Aufforderung ebenfalls an. Er stach sich entschlossen in den Zeigefinger, ließ zwei dicke Tropfen Blut in die Asche hinabrinnen und wartete ab. Die Asche und die rote Flüssigkeit verbanden sich mit dem Glas des Splitters und verschwanden, als würde jemand die Zeit zurückspulen.

»Ein Geheimnis wirst wahren, das Bündnis samt Macht. Stabilität bringt Gefahren, gib acht in der Nacht.«

Mit diesen Worten besiegelte der Spiegelmeister den Bund zwischen ihnen und übergab den Gegenstand an Arthur von Rosenborg.

Das Glasstück funkelte im Licht. Es war kein Spiegel, und er konnte auch nicht hindurchsehen. Es wirkte seltsam; eine solche Art von Kristallglas hatte er zuvor noch nie gesehen.

»Vielen Dank für das Geschenk«, sagte der Graf freundlich, wickelte es schützend in ein Tuch und steckte es in seine Jackentasche. »Wie kann ich meine Schuld begleichen?«

Doch hinter ihm öffnete sich, ohne das Zutun des alten Mannes, die Tür und wies ihm unaufgefordert den Weg.

Graf Arthur von Rosenborg schmunzelte über die seltsame Begegnung und warf einen letzten Blick auf das Gebäude des Spiegelmeisters, bevor er sich nach der Kutsche umblickte und dort wieder einstieg.

Während der Fahrt zog er das baumwollene Taschentuch aus seiner Jacke und betrachtete den ungewöhnlichen Gegenstand. Er versuchte, eine Schnittverletzung zu vermeiden; dabei bemerkte er den Schliff des Randes. Das Stück Glas, eine Art Kristall, wirkte, als sei es eben erst aus einem Fenster herausgebrochen – trotz auffälliger Ecken und Kanten war es glatt.

Die Oberfläche war milchig, fühlte sich kalt an, aber von dem verbrannten Papier war keine Spur zu sehen – kein Kratzer, kein farblicher Unterschied und keine spürbaren Unebenheiten.

Ein Unikat, geschaffen durch des Meisters Hände. So sehr er auch grübelte, dessen Gabe sollte sich erst noch zeigen.

Er wickelte das Geschenk erneut ein und ließ es in seiner Jackentasche verschwinden, geschützt vor Diebstahl und neugierigen Blicken.

XXIII
Des Rätsels Löser

H err Herbst fuhr in die Einfahrt, durch das für ihn geöff-
nete Tor und umrundete einen Kreis aus Hecken und Bü-
schen. Graf Arthur von Rosenborg wurde vom Personal freundlich in Empfang genommen und nach einer kurzen Wartezeit
auf ein Zimmer im ersten Stock gebracht.

Der Hofmeister entschuldigte sich und teilte ihm mit, dass der
König gerade in ein Gespräch vertieft sei. In der Zwischenzeit
sollte der junge Mann sich von der Reise erholen und sich bei
Tee und Gebäck eine Pause gönnen.

Der Graf war erstaunt über den erfreuten Empfang der Bediensteten und hörte sie hinter den verschlossenen Türen aufgeregt kichern. Er nutzte die Ruhe und sah sich in seinem prunkvollen Gästezimmer um.

Mit einer derartigen Aufwartung hatte er nicht gerechnet.

Das Fenster gab hinter den blickdichten, bodenlangen Vorhängen einen märchenhaften und üppig bepflanzten Garten preis.
Symmetrisch und dennoch verspielt, farbenfroh und zugleich
naturverbunden – ein wahres Meisterwerk.

Im Schlosspark erblickte er nur den Gärtner und seine Gehilfen. Von den Prinzessinnen war keine zu sehen. Die jungen Damen waren sicherlich anderweitig beschäftigt oder hielten sich in ihren Privatgemächern auf.

Graf Arthur ließ seine Gedanken schweifen und stellte sich vor, dass die Geschwister durchaus viel Zeit draußen verbrachten und sich im weitläufigen Schlosspark eine Auszeit von den anderen Schwestern gönnten. Auch er machte häufiger auf dem Anwesen seiner Familie einen Spaziergang, um in der Stille seine Gedanken ordnen zu können.

Ein Klopfen an der Tür unterbrach ihn. Zwei Bedienstete traten ein und brachten erwärmtes Wasser, damit er sich erfrischen konnte.

»Werter Herr, Sie werden in einer Stunde im Teesalon erwartet«, informierte ihn die oberste Gouvernante freundlich und fügte hinzu: »Der Salon befindet sich am Ende des Flures«.

Dann ließen sie den Grafen allein.

Während des Wartens verräumte er den Inhalt seines Koffers, verstaute die mysteriöse Glasscherbe unter einem Kissen und wartete geduldig darauf, dass die Zeit verging. Arthur von Rosenborg wurde allerdings neugierig und wollte das Schloss erkunden.

Er schritt auf dem Flur entlang, betrachtete die Familienporträts und vernahm plötzlich Stimmen. Da spähte er in den Teesalon, aber der Raum war leer.

Das Gespräch wurde lauter – die Personen schienen näher zu kommen, deshalb versteckte er sich hastig hinter einer Tür. Mit schnell klopfendem Herzen machte er sich so schmal, wie er nur konnte. Er kam sich töricht vor, weil er sich so vor einer Begegnung drückte.

Als die Schritte vorübergezogen waren, wagte er einen Blick auf den Flur und sah zwei junge Frauen in Richtung Eingangshalle schlendern.

Am maßgeschneiderten Gewand, das eine der Damen trug, erkannte er ihren hohen Rang – sie musste eine der Prinzessinnen sein, in Begleitung ihrer Kammerzofe.

Er wusste nicht, um welche der sechs Königstöchter es sich handelte, wollte aber keinesfalls unangekündigt und ohne Erlaubnis vor ihnen erscheinen.

Ihm blieb noch ein wenig Zeit, in der er die Gemälde studierte und interessiert über die dargestellten Gesichter und Geschichten nachdachte. Mit hinter dem Rücken verschränkten Armen, blickte er konzentriert auf die Bilder, als ihn ein Räuspern aus seinen Gedanken riss. In Windeseile drehte er sich um.

Der Butler stand in der Tür – kerzengerade in seinem schwarzen Anzug, mit einem hochnäsigen Blick. Beide Männer verharrten kurz in steifer Haltung, bis sie leise Schritte hörten.

Schließlich kündigte der Hofmeister den Herren des Hauses an:»König Waldur von Levenheim wird Sie nun empfangen.«

Ganz der Etikette verpflichtet, trat der junge Graf an den Eingang heran und verbeugte sich tief.

»Graf Arthur von Rosenborg. Schön, Sie erneut in unserem Hause begrüßen zu dürfen.«

Der König lächelte freundlich und begab sich an seinen Platz am Kopf des Tisches. Der junge Mann folgte ihm und wartete, bis der Bedienstete dem König den Stuhl zurechtgerückt hatte, bevor er sich selbst setzte.

»Ihr Gesuch hat mich erreicht und es ist mir eine Ehre, diese Herausforderung anzunehmen«, sprach Arthur formell und ehrlich.

»Ich halte sehr große Stücke auf unseren Kutscher. Herr Herbst ist mindestens so lange im Palast, wie mein treuer Freund, der Hofmeister.« Waldur nickte dem Bediensteten, der sich am Eingang des Zimmers positionierte, kaum merklich zu.

»Dennoch werde ich Ihnen zunächst die Situation erläutern und Ihnen die Entscheidung überlassen.«

Der junge Adelige hörte aufmerksam zu und erklärte *sein* Verständnis des Rätsels. Unterm Strich waren der König und Arthur von Rosenborg sich über die Dringlichkeit, die notwendige Verschwiegenheit und die Risiken der Offenbarung einig. Sie klärten die Vereinbarungen: warum das Rätsel gelöst werden musste, was der Monarch und das Haus bisher unternommen hatten und dass die Königin Magdalena von Levenheim es zu ihren Lebzeiten verschuldet und geduldet hatte.

Arthur würde als neuer Berater im Schloss verbleiben, den Prinzessinnen weitestgehend aus dem Weg gehen und dennoch ihre Aktivitäten beobachten. Die Wachen würden weiterhin vor den Fenstern und der Tür positioniert und die Gouvernanten regelmäßig ausgefragt werden.

Die Einsparung neuer Schuhe – eine Maßnahme, um mögliche Hinweise zu gewinnen – hatte keinen Erfolg gebracht und widersprach zudem dem angemessenen Erscheinungsbild einer Prinzessin.

Der König legte alles offen und setzte dem Grafen eine Frist von zwei Wochen. Sollte der junge Graf in der Zeit bereits etwas erfahren, so würde er dem Monarchen Bericht erstatten.

Sein Stand untersagte Waldur von Levenheim Bündnisse auf Basis von persönlichem Belang, da dies mit einer Intrige gleichzusetzen gewesen wäre. Deshalb vergab er die Position des zweiten Beraters nur vorübergehend, ein Schritt, der auf Grund des adeligen Stammbaumes des jungen Mannes, nicht hinterfragt werden würde. So informierte der Monarch die Familie des Herzogs von Rosenborg über einen Spezialauftrag und den Verbleib ihres jüngsten Sohnes.

Graf Arthur ließ die angespannte Vertragsverhandlung mit Bravour über sich ergehen und stand dem Unterfangen positiv gegenüber. Auch wenn der König ihn mit strengen Blicken musterte, bewahrte er sein Gesicht und ließ sich nicht aus der Ruhe bringen. Immerhin durfte er sich im Schloss frei bewegen und musste nur den gemeinsamen familiären Aktivitäten fernbleiben. Ebenso war es ihm untersagt, allein mit einer der Prinzessinnen zu sein – der Anstand verlangte stets die Anwesenheit einer Gouvernante oder Kammerzofe, da andernfalls der Ruf einer Frau binnen Sekunden beschädigt werden konnte.

Unternehmungen außerhalb des Palastes wurden gestattet – stets in Begleitung des Kutschers und eines Soldaten, versteht sich. Er versprach sich selbst und dem Herrscher, die privaten Rückzugsorte der Familie zu meiden, die Mädchen zu nichts zu animieren und sich stets an der Seite einer Bediensteten aufzuhalten.

Das Vorhaben wurde in einem schriftlichen Vertrag besiegelt, von dem nur der Hofmeister und die beiden Unterzeichner wussten. Der Vertrag wurde in zweifacher Ausführung mit Wachs und königlichem Siegel versehen, und beide Parteien erhielten ein Exemplar.

Die Abendstunden gehörten der Familie, deshalb galt es, rechtzeitig das Feld zu räumen.

Arthur zog sich wie gewünscht in sein Gästezimmer zurück, wo ihm eine deftige Mahlzeit und Wein serviert wurde. Währenddessen kreisten seine Gedanken in tiefem Nachsinnen.

In den folgenden Tagen bemühte sich der Graf, ohne Aufsehen dem Blickfeld der Prinzessinnen zu entgehen. Das Personal verhielt sich ihm gegenüber zurückhaltend, und er musste sich an den neuen Tagesablauf gewöhnen. Die Mädchen kündigten ihre Anwesenheit oft durch ihr Kichern und ihre Lautstärke an.

Arthur machte sich mit den Schlossgängen vertraut, erspähte Säulen, hinter denen er sich verbergen konnte, und lernte die

Soldaten im Hof kennen. Sie bekamen die Anweisung, sein Umherstreifen zu dulden, und ließen ihn gewähren.

Er wanderte durch den Palast wie ein Geist, auf der Suche nach einem verlorenen Schatz. Die Prinzessinnen beobachtete er geschickt aus den Fenstern, durch die Augen anderer oder indem er ihnen unter einem Vorwand folgte.

Er schlüpfte in verschiedene Rollen: mal als Botschafter, mal als vornehmer Graf, der er tatsächlich war, und gelegentlich half er dem Gärtner als Gehilfe.

Mit Scharfsinn und einem Auge für Details fand er stets Gelegenheit, den Damen näherzukommen.

Der Graf wusste irgendwann darüber Bescheid, was den König verärgerte und warum es einen Keil zwischen den König und seinen Kindern trieb. Arthur erkundigte sich sogar bei den ortsansässigen Schustern, ohne selbst das Thema mit dem Schloss in Verbindung zu bringen.

Durch Freundlichkeit, zuvorkommendes Benehmen und geschickte Fragen entlockte er seinem Gegenüber ein nützliches Detail.

Es dauerte ganze drei Tage, bis er den Nutzen der Scherbe erkannte. Dabei hatte der Spiegelmeister ihm bereits einen konkreten Hinweis gegeben: *Gib acht in der Nacht.*

Jeden Morgen und auch am Tage warf er einen prüfenden Blick durch das Glas, doch es blieb trüb.

Erst im Schutz der Dunkelheit, wenn das ganze Schloss die Lichter löschte und die Ruhe der Nacht einsetzte, entfaltete die Scherbe ihre wahre Fähigkeit.

Die Glasscherbe schien aus dem Fenster des Mädchenzimmers zu stammen. Diese ermöglichte ihm, hineinzublicken, als stünde er direkt davor. Beim ersten Versuch, sie nachts zu nutzen, führte er sie vorsichtig an sein Auge. Plötzlich bemerkte er eine Bewegung, erschrak und legte die Scherbe hastig beiseite. Er hatte bis dahin kein Wort mit den Damen gewechselt, doch er konnte die Silhouetten mit den Mädchen in Verbindung bringen. Der junge Graf ergriff erneut das Spiegelstück und spähte neugierig hindurch. Er musste es so nah an sein Auge halten, dass seine Wimpern das Material berührten.

Da wurde das Bild klar und deutlich.

»Das ist unmöglich!«, sprach er seine Gedanken laut aus und versteckte das Glas unter dem Kopfkissen. Er starrte auf seine Handflächen und prüfte, ob auf seinen Fingern Spuren von Magie zu sehen waren; diese zitterten jedoch nur.

Der junge Graf war verwirrt, und seine Haut kribbelte vor Anspannung. Er eilte zur Tür und spähte auf den Flur, um sich zu vergewissern, dass er allein war. Anschließend blickte er sich im Zimmer um und ging zum Fenster.

Er schob zaghaft die Gardinen zur Seite, doch auch draußen war niemand zu sehen. Arthur war hellwach – das konnte kein Traum sein und dennoch wirkte es surreal. Der junge Graf hatte schon viele Mythen und angstschürende Geschichten über Magie und Hexerei gehört, doch Teil dessen wollte er nie werden.

Er machte nachts kein Auge zu und erschrak bei jedem Geräusch, bis ihn die Müdigkeit letztendlich übermannte.

Gestern Nacht zeigte ihm sein magisches Spiegelglas, wie zwei der Damen friedlich schliefen, während die Zwillinge Hand in Hand auf der Matratze standen, bevor er beobachten konnte, wie sie einen Schritt auf das Wandgemälde zu machten.

Und plötzlich waren sie verschwunden.

Vorsichtig wagte er erneut einen Blick durch das Glas und suchte die anderen Mädchen. Die älteste Schwester, Adelheid, saß am Bett der Jüngsten, Fronica, und las ihr eine Geschichte vor. Dorethin und Elsbeth schliefen. Die Zwillinge Begonia und Carissima waren verschwunden und steckten womöglich in einem geheimen Gang hinter ihrem Porträt.

Geschockt ließ Arthur das Scherbenstück sinken und betrachtete es nachdenklich.

Auch am Morgen zog er es vorsichtig unter dem Kopfkissen hervor, schüttelte seinen Kopf und wunderte sich über die kräftigen Mächte, die offenbar in diesem Schloss am Werk waren. Er selbst hielt einen verzauberten Gegenstand in der Hand und wusste, wie absurd das klang.

Es gab keine Magier oder Hexen in diesem Königreich. Das würde der König nicht dulden. Und dennoch wandten er und die Zwillinge letzte Nacht wahre Magie an.

Obwohl das alles nicht sein konnte und er keine logische Erklärung fand, geriet er nicht in Panik und suchte auch keine Wache auf, um den Hof von den Geschehnissen zu unterrichten. Sein Interesse und seine Faszination waren geweckt.

Das war des Rätsels Lösung, dachte er.

Arthur von Rosenborg wollte dem König von seiner Entdeckung berichten und fing den Hofmeister auf dem Flur ab, um einen Termin zu erhalten. Dieser bat ihn höflich, sich bis nach dem familiären Mittagessen zu gedulden, und ließ ihn stehen.

Am frühen Nachmittag empfing der Monarch Arthur in seinem Beratungssaal. »Wie ich hörte, haben Sie etwas zu berichten?«, fragte Waldur von Levenheim gespannt.

»Ich schätze, heute waren es lediglich zwei Paar Schuhe, die Ärger bereitet haben?«, stellte er provokant seine Gegenfrage.

»Durchaus. Wer hat es Ihnen verraten?«

Der Graf verschränkte die Arme hinter dem Rücken und schmunzelte. »Sagen wir, ich habe etwas entdeckt. Jetzt bräuchte ich Ihre Hilfe.«

»Würde es ausreichen, meinen Hofmeister zur Verfügung zu stellen?«, entgegnete Waldur geschickt, ohne seine Arbeit zu unterbrechen.

»Gewiss, mein König.« Damit war das Gespräch beendet.

Der junge Graf informierte sich über den Verbleib der Mädchen und war erleichtert, zu erfahren, dass diese sich im Wintergarten aufhielten. Er nutzte die Abwesenheit der Damen, um sein Vorhaben in die Tat umzusetzen, und betrat mit dem Hofmeister im Schlepptau den Westflügel.

Im Schlafzimmer der Prinzessinnen wies er den Palastmeister an, ihm behilflich zu sein, das Gemälde abzunehmen.

Arthur wollte kontrollieren, was sich dahinter verbarg.

»Herr Graf von Rosenborg, das können Sie sich sparen. Bevor das Bild vor drei Jahren als Geschenk der Königin für ihre Zwillinge an der Wand angebracht wurde, befand sich dort nichts als eine kahle, weiße Fläche.«

»Es ist ein Geschenk der Königin?«, fragte Arthur überrascht.

»Ja, sie erhielten es zu ihrem Einführungsball. Wenn ich mich recht erinnere, waren Sie an jenem Abend ebenfalls Gast unseres Hauses.«

»Sie haben ein gutes Gedächtnis. An diesem Ball gewährte das Königspaar Zutritt zu ausgewählten Bereichen des Palastes. Ich selbst verbrachte die meiste Zeit in der Bibliothek und bewunderte die prachtvollen Manuskripte und Bücher. Ebenso stellte mich meine Familie der ältesten Tochter des Königs vor.«

Der Hofmeister nickte und deutete auf die Tür. Er wollte einen längeren Aufenthalt vermeiden.

»Die von Rosenborgs hatten schon immer einen ausgeprägten Drang, sich zu verbinden und Allianzen zu schmieden«, bemerkte er unverhohlen. Obwohl diese Bemerkung gewagt war, hatte er nicht ganz unrecht. Die Familie von Rosenborg strebte stets danach, durch vorteilhafte Heiratsverträge Ruhm und Einfluss zu gewinnen.

Der junge Mann wollte die Gelegenheit nutzen und sich umsehen, also verwickelte er den Hofmeister in eine Unterhaltung. »Sie sagten, die Zwillinge erhielten dieses Gemälde zu ihrem Einführungsball. Haben alle Prinzessinnen solche Geschenke bekommen?«

»Ist das für Ihre Recherche von Belang?« Misstrauisch beäugte der Hofmeister den Grafen.

»Durchaus. Ich befürchte, dass diese Geschenke gewisse Veränderungen mit sich brachten. Können Sie mir mehr darüber erzählen?«, bat Arthur freundlich.

»Prinzessin Adelheid, die Älteste, erhielt einen verzierten Handspiegel. Die Prinzessinnen Begonia und Carissima bekamen dieses Porträt. Prinzessin Dorethin trägt ein Amulett, das sie nie ablegt, und Prinzessin Elsbeth wurde diese *Poudreuse* geschenkt, die dort in der Ecke steht.«

»Und Prinzessin Fronica?«, fragte der Graf zögernd.

»Die junge Prinzessin wird auf Grund des tragischen Verlustes ihrer Mutter keines erhalten. Doch das lassen Sie die Sorge des Palastes sein. Die Thronerbin wird sich anstelle ihrer Mutter darum kümmern.«

»Vielen Dank für Ihre Offenheit und Unterstützung. Ich habe einen neuen Ansatz, der uns gewiss weiterbringen wird«, sagte Arthur abschließend mit einem höflichen Nicken.

Der Hofmeister schien jedoch wenig Interesse an weiteren Erklärungen zu haben, lief eilig zur Tür und verschloss diese hinter dem Grafen, bevor er schnellen Schrittes davonging.

Arthur blieb nachdenklich zurück.

Nachdem sich die Wege der beiden Herren getrennt hatten, war Arthur gerade auf dem Weg durch den Nordflügel, als er oben an der Treppe stehen blieb.

Aus dem Musikzimmer hörte er Dorethin Klavier spielen und lauschte ihrer Melodie. Sie klang traurig und kämpferisch zugleich, wie der Ausdruck eines inneren Zwiespalts. Der Verlust der Mutter tat ihr immer noch weh.

»Was machen Sie da?«, fragte plötzlich eine sanfte Stimme hinter ihm.

Erschrocken drehte er sich um und blickte in die lieblichen Augen der zukünftigen Kronenträgerin. Wie es die Etikette verlangte, verbeugte er sich knapp und richtete den Blick respektvoll zu Boden.

»Ich erkenne Sie. Sie sind der Sohn des Herzogs von Rosenborg. Wir wurden uns vorgestellt.«

»Prinzessin Adelheid von Levenheim, es ist mir eine Freude. Mein Name ist Graf Arthur von Rosenborg.«

»Ebenso erfreut. Welch sonderbarer Zufall, Sie hier anzutreffen«, sagte Adelheid, die nervös ihr Buch, das sie in ihrem Arm hielt, fester an sich drückte.

»Ich wollte nicht unhöflich erscheinen, weder lauschen noch Sie in eine unangenehme Situation bringen. Ich könnte an die Tür klopfen und die Gouvernante hinausbitten«, bot er ihr zuvorkommend an. Ihm war bewusst, dass er gerade eine Regel des Hauses brach, aber das Antlitz der schönen Prinzessin ließ ihn kurzzeitig seinen Anstand vergessen.

»Das ist nicht nötig. Ich werde einfach eintreten und meiner Schwester Gesellschaft leisten.«

Arthur trat einen Schritt zur Seite, machte ihr die Tür zum Musikzimmer frei, fiel in eine Verbeugung und lief davon.

Adelheid unterbrach ungewollt das Spiel ihrer Schwester, indem sie mit geröteten Wangen in den Raum stürzte und hastig die Tür hinter sich zuzog. Mit dem Rücken an die geschlossene

Tür gelehnt, schloss sie kurz die Augen, nur um sich dann abrupt wieder zu fassen, die Tür erneut zu öffnen und wortlos den Raum zu verlassen.

Dorethin und ihre Gouvernante schüttelten verwundert die Köpfe, bis die Prinzessin ihren Fokus wiederfand und weiterspielte.

Der Graf ging nach der Begegnung auf direktem Weg in sein Gästezimmer und wirkte ebenso verwirrt. Er hatte viele junge Damen adeligen Standes kennengelernt, aber bei keiner fühlte er sich so belebt.

Als er von Adelheid angesprochen wurde, stand die Zeit für einen Moment still. Alles trat in den Hintergrund, und er spürte eine gewisse Aufregung in ihm aufflammen. Er empfand tiefe Bewunderung für die junge Dame – ihr Lächeln, ihre Augen, ihre Ausstrahlung. Dieser Moment wurde von seinem Herzen gesteuert, nicht von seinem Verstand. Er musste sich selbst ermahnen, sich zusammenzureißen. Er hatte einen Auftrag zu erfüllen und appellierte an seine Vernunft.

Ihre Kenntnis von seiner Anwesenheit erschwerte allerdings das Versteckspiel. Er musste sich einen neuen Plan erarbeiten – und dabei vermeiden, sich bei der Erinnerung an die bezaubernde Prinzessin aus der Fassung bringen zu lassen.

XXIV
Der Graf, kein Retter

Der Palast der von Levenheims war in unruhiger Stimmung. Der achtzehnte Geburtstag von Adelheid stand bevor und markierte zugleich den Weg zu ihrer Krönung.

Für diesen geschichtsträchtigen Anlass wurde der Kronsaal im Südwesten des Schlosses hergerichtet. Die Krönungszeremonie erfolgte streng nach Protokoll. Erwartet wurden hochrangige Mitglieder des Königshauses, Würdenträger, Könige und deren Nachkommen aus anderen Ländern, genau wie Adelige und Botschafter aus den eigenen Reihen.

Die Mädchen waren beschäftigt und kamen ihren Verpflichtungen nach, ohne Ärger zu bereiten. Der Graf war erstaunt über den disziplinierten Ablauf und beobachtete interessiert die Geschäftigkeit im Schloss.

Arthur war nun seit einer Woche im Palast und wusste im Prinzip bereits, was den König verärgerte. Er wusste von weiterer

Magie und dass die Schwestern alle abends heimlich Fluchtversuche unternahmen. Trotzdem war er sich nicht sicher, ob er den Herrscher vollständig einweihen sollte.

Die Königstöchter zeigten sich fleißig, wohlerzogen und strebsam. Sie repräsentierten ihr Königshaus und das Land, wie es von ihnen verlangt wurde. Arthur von Rosenborg befürchtete, dass der Unmut des Königs einen tieferliegenden Gedanken herrührte, dem wollte er auf den Grund gehen.

Die Portale boten den Mädchen einen Ausweg aus dem strengen Alltag. Zwar wusste er nicht genau, was sie darin taten, doch sie kehrten stets vor Freude strahlend zurück. Er erfuhr, dass die Mädchen alle nach ihrem vierzehnten Geburtstag einen bemerkenswerten Wandel vollzogen.

Sie übertrafen sich selbst – sei es in Sprachen, im Lehren oder im Umgang mit kniffligen Herausforderungen. Plötzlich waren sie ihren Pflichten vollkommen gewachsen.

Die Schwestern lebten in einem riesigen Palast mit Garten und angrenzendem Wald. Sie hatten nur einander, aber Streit gab es kaum und wenn, dann wurde dieser sachlich ausdiskutiert und mit weiteren Vereinbarungen beigelegt. Sie gingen sich aus dem Weg und sahen sich trotzdem täglich. Sie ähnelten sich in vielem, und dennoch hätten sie unterschiedlicher nicht sein können. Jede besaß eine einzigartige Persönlichkeit – bemerkenswert, angesichts der eingeschränkten Möglichkeiten zur freien Entfaltung. Der Graf kannte aus seinem Hause nur kratzbürstige und schreiende Damen, die, wenn ihnen niemand half, in Tränen ausbrachen, bis sich jemand ihnen zuwandte oder ihrer Forderung nachkam.

Ein kräftezehrender Ort; ein ohrenbetäubend lautes Haus, in dem gezetert, geflucht und gelästert wurde. Umso mehr genoss er den Aufenthalt bei den von Levenheims und fühlte sich, aus einem ihm unerklärlichen Grund, bei ihnen geborgen.

Die Prinzessinnen wurden ihm von Adelheid vorgestellt, weil sie nicht wollte, dass er sich weiterhin hinter Türen und Vorhängen versteckte.

Sie hatte von Anfang an gewusst, warum er im Schloss war, und vermutete, dass er für Unruhe sorgen könnte. Auch ihrem Vater hatte sie eine Standpauke gehalten, die ihn sprachlos zurückließ. Er versuchte, ihr zu erklären, dass sie den jungen Grafen als Unterstützung betrachten und ihn als Berater der Familie akzeptieren sollte.

Adelheid, die Erstgeborene seiner geliebten Frau, ähnelte ihrer Mutter nicht nur äußerlich. Sie besaß ebenfalls ein reines Gemüt, das man nicht auf die Probe stellen sollte. Sie war einfühlsam, ließ sich allerdings nichts befehlen und folgte fundierten Anweisungen ohne Nachfrage oder Widerspruch. Ungerechtigkeiten unterband sie, egal, ob unter ihren Schwestern oder bei Hofe.

Sie betrachtete sich nicht als Prinzessin oder gar Königin und würde in einer anderen Welt ein ganz normales Leben führen. Eines, in dem sie frei entscheiden konnte. Eines, das nicht hinter Mauern stattfand und ohne die Ketten ihrer königlichen Verpflichtungen.

Die Bürden von Frauen waren seit jeher oft fragwürdig, und Arthur war erstaunt über die Hingabe und Selbstverständlichkeit, mit denen die Schwestern ihren Ruf in Ehren hielten und die Ansichten des Königs teilten.

Ihm gefiel die offene Zuneigung, die die baldige Königin ihrer Familie entgegenbrachte. Er mochte ihr Lächeln und die kleinen Grübchen auf ihren Wangen, wenn sie herzhaft lachte. Arthur bewunderte, dass sie sich stets Zeit für die Belange anderer nahm und sich mit derselben Hingabe den Nöten der Tiere zuwandte und diese pflegte.

Eine weitere Woche verging, und zwischenzeitlich wurde der junge Mann von der Dienerschaft nicht mehr als Fremder angesehen. Dennoch aß er morgens und abends allein, verbrachte ohne Begleitung Zeit im Garten und nahm dankbar ein paar Aufgaben an, bei denen er sich handwerklich nützlich machen konnte.

Er hatte eine Vorliebe für die großen Hasen entwickelt und sammelte bei seinem Spaziergang im Garten täglich ein paar Gräser für sie.

Oft traf er bei den Stallungen auf die zweitjüngste Schwester Elsbeth und erwischte sie gelegentlich mit dem Stalljungen.

Allerdings gab es nichts zu beanstanden. Der Graf beobachtete sie, während sie sorgfältig Notizen schrieb und dem Jungen mit Geduld und Wiederholungen das Lesen und Schreiben beibrachte – sogar in Latein. Er bewahrte ihre Ausflüge für sich und bewunderte ihr Engagement, ihm zu helfen.

Das schien ihre besondere Gabe zu sein, das Geheimnis ihres Portals blieb ihm hingegen ein Rätsel.

Begonia und Carissima traf er so gut wie nie im Garten, höchstens im Wintergarten, wenn sie dort eine ihrer Schwestern vermuteten. Ihre starren, eiskalten Blicke reichten, um ihm klarzumachen, was sie von ihm hielten.

Die Zwillinge schienen eher das Gegenteil ihrer Schwestern zu sein. Sie waren massig, schroff und laut, und dennoch hatten sie ein liebliches Gemüt.

Sie kamen nach ihrem Vater und teilten sein Interesse an Mathematik und Verwaltung. Deshalb leisteten sie ihm oft Gesellschaft im Beratungssaal, wenn es um Verhandlungen mit den Pächtern und um die Organisation der Hauswirtschaft ging.

Ein solches Arrangement zwischen Vater und Töchtern in diesem Alter war dem Grafen fremd, zeugte jedoch von Loyalität und Wissen.

Die prächtigen, verzierten Kleider wirkten an den Zwillingen oft fehl am Platz, unterstrichen aber ihren Ehrgeiz und ihren adeligen Stand.

Ihre zukünftigen Ehemänner würden zwei starke Frauen an ihre Seite bekommen, denn Begonia und Carissima zu trennen, würde gewiss niemand wagen.

Arthur bemühte sich, den beiden aus dem Weg zu gehen und ihre Tätigkeit in ihrem magischen Porträt nicht zu hinterfragen.

Dorethin schlenderte oft verträumt durchs Schloss, plauderte mit ihren jüngeren Geschwistern oder empfing mit Adelheid Bekanntschaften zur Teestunde.

Den Großteil ihrer Freizeit widmete sie allerdings ihrer Leidenschaft, dem Klavierspielen.

Sie erhielt Unterricht von renommierten Musiklehrern und weltbekannten Komponisten und arbeitete eifrig an einem eigenen Stück. Abends lud sie die Familie zu kleinen privaten Konzerten ein, an denen auch er bereits teilnehmen durfte.

Sie war wahrlich begabt, und der junge Graf verstand nicht, warum man ein solches Talent versteckte. Innerhalb der Familie wurde sie gefördert und unterstützt. Die Etikette verlangte jedoch, dass die Leidenschaft einer Prinzessin vor der Außenwelt verborgen blieb – während ein männliches Mitglied des Adels seiner Berufung offen nachgehen durfte.

Arthur machte im Übrigen nicht nur bei Dorethin eine derartige Entdeckung.

Adelheid lief erhobenen Hauptes durch die Gänge, als würde der Geist ihrer Mutter hinter ihr gehen und sie stützen.

Sie war in das Zimmer der Königin gezogen, ließ sich aber nicht davon abhalten, weiterhin bei ihren Schwestern zu nächtigen. Ihr Unterricht war beendet, und sie widmete sich bedeutsameren Verpflichtungen. Dass sie eigenen Forschungen nachging und eng mit den Medizinern des Hauses zusammenarbeitete, entging dem Grafen nicht.

Wenn sie nachts aus ihrem Handspiegel zurückkehrte – was in der realen Welt den frühen Morgenstunden entsprach – ging sie nicht zu Bett. Stattdessen schlich sie in ihr eigenes Zimmer und machte sich eifrig Notizen. In ihrer neuen Position konnte sie ein paar wenige Zugeständnisse erringen: Sie ließ ihre private Bibliothek wachsen und vervollständigen.

Der Graf selbst wurde einmal beauftragt, einen Botengang mit dem Kutscher für sie zu erledigen und musste darüber Stillschweigen bewahren.

An diesem Tag nutzte der Wagenführer die Gelegenheit und sprach den jungen Grafen an: »Wie ich sehe, ist der Herr Graf bisher weder gescheitert noch an sein Ziel gelangt?«

»Diese Aussage trifft den Kern«, entgegnete Arthur diskret. »Und derzeit glaube ich, dem Sinn dieses Schreibens eine neue Interpretation geben zu können.«

Arthur sprach vorsichtig, denn Herr Herbst war derjenige, der ihm diese Aufgabe übergeben und in ihm des Rätsels Löser gesehen hatte.

»Und die wäre?«, fragte der gesprächige Sitznachbar nach.

»Ein Satz lautete: *Musst du die Mauern spalten.*« Der Graf schaute den Kutscher eindringlich an und fuhr fort. »Doch wessen Mauern, das wurde nicht präzisiert.«

Gottlieb nickte und schmunzelte über die Erkenntnis des Grafen. Er hatte ihn ausgewählt, weil er spürte, dass Arthur den goldenen Käfig der Prinzessinnen verstand – und hoffte, dass er sich an einen ganz bestimmten Satz hielt, bei dem der König einen kleinen, voreiligen Fehler machte.

»Und nun?«, fragte der Kutscher deshalb.

»Ich werde das Geheimnis bewahren, wie es in der Aufgabe steht.«

Gottlieb Herbst atmete erleichtert aus und schenkte dem jungen Mann ein Lächeln.

Arthur hatte es verstanden. Der König wollte zwar das Rätsel lüften, schrieb die Aufgabe trotzdem so offen, dass er den Rätsellöser nicht dazu zwang, es zu offenbaren oder gar zu unterbinden. Derjenige sollte ehrwürdig genug sein, es zu verwalten.

»Dennoch sind die ersten zwei Wochen vergangen, und ich muss mich einem Gespräch mit dem König stellen.«

»Sie sollten es halten wie Königin Magdalena, Gott habe sie selig, und die Prinzessinnen selbst«, riet ihm Herr Herbst gutmütig. Denn sein Versagen würde auch auf ihn zurückfallen und die sechs Mädchen ins Unglück stürzen.

»Darf ich Sie um ein weiteres Anliegen bitten?«, fragte der junge Graf und blickte sich prüfend um.

»Gewiss, ich helfe Ihnen, wo ich kann.«

»Bringen Sie mich erneut zum Spiegelmeister.«

Der Kutscher schüttelte den Kopf. Er wollte die Soldaten nicht auf die Spur der Königin lenken. Da kam ihm ein Gedanke:

»Vielleicht halten wir auf dem Weg dorthin an einer Bibliothek, aus der Sie ein Buch beschaffen sollen.«

Der Graf verstand, dass ein erneuter Halt in der Nähe des Meisters zu gefährlich war und er selbst den Weg zu seinem Wohnhaus finden musste. Ohne ein weiteres Wort fuhren sie stattdessen zur Stadtbibliothek in der Nähe des Palastes. Dort machten sie Halt, und die Soldaten stiegen ab.

»Werte Herren, ich muss Sie bitten, den Bibliotheksmitarbeitern beim Verladen der unzähligen Bücher zu helfen. Die Werke müssen in Baumwolltücher eingewickelt und in die Ladetruhe der Kutsche verräumt werden. Sie finden alles Nötige dort verstaut«, erklärte der Graf und deutete auf den hinteren Teil der Kutsche. »Ich eile zur Poststelle und erwarte dort ein kostbares Werk. Wir sehen uns vor Ort«, sprach er, als hätte er genau diesen Auftrag erhalten. Dann wandte er sich um und ging.

Die Soldaten hinterfragten den Ablauf nicht, da sie bereits beim Betreten der Bibliothek den Stapel von Büchern entdeckten, der vom Königshaus bestellt worden war.

Während die Soldaten mit Hilfe von Gottlieb Herbst die Werke verpackten und verräumten, bahnte sich der Graf unerkannt einen Weg durch die Straßen. Er musste sich nur einmal bei einer Bewohnerin nach der Richtung informieren, dann stand er vor seinem Haus.

»Herr Spiegelmeister, so machen Sie doch bitte auf«, rief Arthur von Rosenborg, gleichzeitig klopfte er mehrmals an die Tür. Es dauerte ein paar Minuten, bis der alte Meister erschien und ihn hereinbat.

»Ich erwartete Sie nicht so bald zurück.«

»Aber Sie haben mich erwartet«, stellte der Adelige fest.

»Wie kann ich Ihnen helfen?«, wollte der ältere Herr wissen und setzte sich auf einen Sessel in der Ecke.

»Ich bin mir nicht sicher«, antwortete Arthur und nahm auf dem Stuhl ihm gegenüber Platz.

»Das sagten Sie auch bei ihrem ersten Besuch.« Beide schmunzelten. Der Graf blickte sich um. Der Raum schien sich in den letzten zwei Wochen nicht verändert zu haben. Dennoch war die Atmosphäre eine andere.

»Wollen Sie einen Spiegel kaufen?«, holte Echos Nero ihn aus seinen Gedanken.

»Ich wollte mich bedanken. Für Ihre Hilfe und das Accessoire«, erklärte der junge Mann aufrichtig.

»Hier lag es nur herum. Es war für Sie bestimmt. Für mich hatte es keinen Nutzen.«

»Genützt hat es mir gewiss.«

»Sie konnten ihre Aufgabe lösen?«, wollte Echos Nero interessiert wissen. »Wieso sind Sie dann hier? Und sagen Sie nicht, Sie wissen es nicht, denn das wäre nun eine Lüge.«

Arthur von Rosenborg holte tief Luft. »Es geht nicht um mich. Doch das wissen Sie sicher bereits.«

Der Spiegelmeister lehnte sich zurück und nickte.

»Ich habe ein Geheimnis zu verwalten, und anstatt es zu verraten, will ich es vervollständigen.« Der Graf stockte und sammelte seine Gedanken, ehe er fortfuhr. »Die Prinzessinnen – ich weiß von ihrem Dilemma. Es sind sechs an der Zahl, doch nur fünf sind glücklich.«

Die Männer starrten sich einen Moment wortlos an.

Schließlich sagte Echos Nero: »Wird die Sechste ihr Glück finden, so werden es wieder fünf sein.«

Diese Aussage brachte den Grafen zum Stutzen. Es gab also einen Haken, und erst, wenn dieser beseitigt war, konnte er seinen Auftrag erfüllen.

Der Spiegelmeister stand auf und führte seine unterbrochene Tätigkeit fort. Arthur blieb sitzen, blickte grübelnd zu Boden und verlor sich in seinen Gedanken.

Wird die Sechste glücklich, so werden es wieder fünf sein. Sobald die jüngste Prinzessin ein Portal erhält, wird eine von den fünf Schwestern ihres verlieren. Doch welche?

»Darf ich Ihnen eine weitere Frage stellen?«

»Bisher haben Sie noch gar keine gestellt.«

Die kühlen, aber aufrichtigen Worte des Meisters gefielen dem jungen Grafen, und er sah sie als mentale Herausforderung.

»Ist es möglich, die Portale zu vervollständigen, ohne eines wegzunehmen?«

Der alte Herr unterbrach erneut seine Arbeit und rieb sich die Hände an einem Baumwolltuch ab.

»Aber wer sagte denn etwas von Wegnehmen?«

»Aha! Was kann ich tun, um sie zu vervollständigen?«

Der Hinweis, dass sechs Portale gleichzeitig bestehen können, brachte ihn auf eine Idee.

»Sie haben weder königliches Blut, noch können sie in deren

Namen einen Bund versprechen«, fuhr Echos Nero inzwischen fort, und Arthur hörte aufmerksam zu.

»Ich verstehe. Aber ich weiß, wer es kann. Was müsste sie dafür tun?«

»Nun, ich bin kein Zauberer, ich bin ein Handwerker, wie Sie sehen.« Echos Nero zeigte auf die von ihm gefertigten Gegenstände und blickte den Grafen auffordernd an.

»Dann würde ich gern etwas von Ihnen erwerben.«

»Sie brauchen ein Geschenk? Dabei kann ich Ihnen gewiss helfen. Schauen Sie sich in aller Ruhe um«, forderte ihn der Spiegelmeister lächelnd auf und widmete sich wieder seiner Arbeit.

Aus unerklärlichen Gründen hatte Arthur von Rosenborg bereits ein seltsames Stück ins Auge gefasst: einen kristallbesetzten Schlüssel, der von einer Schicht aus Glas ummantelt zu sein schien.

Ein einfaches Dekorationsstück – vielleicht war es ja sogar ein Magieträger. Der Schlüssel war schön anzusehen und symbolträchtig – Liebe und Macht in einem.

»Wählen Sie Wunsch oder Freiheit?«, fragte plötzlich der Spiegelmeister, der im Türrahmen stand und ihn beobachtete.

»Ich wähle einen Wunsch: Er soll seiner Trägerin Freiheit gewähren können.« Arthur antwortete entschlossen und ohne sich einen Moment Zeit zu nehmen.

Die Wahl war getroffen.

»So soll es geschehen. Allerdings gibt es eine Voraussetzung.« Er erklärte dem jungen Grafen ausführlich, was zu beachten galt. »Das Geschenk ist ausschließlich für eine Trägerin bestimmt und wirkt nur solang, wie ein Bündnis zwischen Ihnen besteht.« Dann stand der alte Mann auf, holte die Nadel aus dem Schubkästchen und reichte sie ihm.

Arthur verstand die Erläuterung noch nicht, dennoch nahm er die Nadel entgegen und stach sich durch einen kurzen Ruck in die Fingerkuppe, bis sie blutete. Er verteilte einen Tropfen auf der Seite des Schlüssels und Echos Nero sprach: »Geformt aus einem Wort, zwei Leben für eines, besiegelt mit Blut und Magie.«

Der junge Graf verließ sein Geschäft, mit dem Schlüssel in der Tasche. Nachdenklich dreht Arthur sich noch einmal um und blickte auf des Meisters Werkstatt, seine Hand griff dabei an die Jackentasche, um den Inhalt darin zu erfühlen. Er war skeptisch und grübelte darüber, was ihn dazu trieb, diesen verrufenen alten Herren so naiv zu vertrauen. Doch er konnte es sich nicht erklären.

Dann eilte er zur Poststelle, holte dort die imaginäre Lieferung ab, während er selbst eine Bestellung tätigte, als sei nichts gewesen.

Die Kutsche näherte sich bereits und Arthur stieg anschließend ein. Dem Grafen wurde soeben bewusst, wieso er sich das wünschte und an wen dieses Geschenk gehen sollte. Und vor allem, wie er ihr, bei ihren Wunsch nach einem Portal für ihre jüngste Schwester behilflich sein konnte.

Die Kutsche fuhr voll beladen zurück ins Schloss, und die Bediensteten verteilten die Bestellungen in Adelheids Arbeitszimmer. Der junge Graf übernahm die Überwachung des Transportes höchstpersönlich und ließ nach der zukünftigen Königin rufen. Sie erschien mit einer Kammerzofe und war beglückt über die erhaltenen Werke.

Sie warf dem Grafen einen verlegenen Blick zu und bat ihn um Unterstützung bei der fachlichen Sortierung.

Er wusste, dass sie dafür keine Hilfe benötigte, freute sich jedoch darüber, unter einem Vorwand Zeit mit ihr verbringen zu können. Zudem war ihm klar, dass er dadurch einen Einblick in ihre Interessen erhalten würde.

Seine Handinnenflächen begannen zu schwitzen.

Nervös schaute er sich um und griff zu einem Stapel. Die Fachthemen der Werke überraschten ihn: Adelheid hegte großes Interesse für die ganzheitliche Medizin und deren Forschung. Das waren Themen, deren Studium einer Frau – besonders einer adeligen Persönlichkeit – untersagt war. Während er die Titel der Bücher überflog, entdeckte er eine Abschrift von Elizabeth Blackwell, der ersten Frau in England, die einen medizinischen Abschluss erlangt hatte.

Adelheid bemerkte, was er in der Hand hielt, und bat ihn, ihr das Buch zu übergeben. Sie war offensichtlich geschockt und blickte prüfend zu ihrer Kammerzofe, die davon anscheinend nichts erfahren sollte. Er sah sich die ersten Seiten an und stieß auf eine Widmung:

Liebe Adelheid. Es freut mich, dass meine Abhandlung den Weg zu dir gefunden hat. Ich hoffe sehr, dich erneut bei einem meiner Vorträge an der Universität wiederzusehen. Deine Elizabeth.

Da machte es bei ihm Klick. Er schlug das Buch zu und legte es schützend unter ein anderes. Dann sortierte er es eilig hinter einem Stapel ins Regal, damit niemand es finden konnte. Nur er und Adelheid wussten davon.

»Vielen Dank für Ihre Hilfe. Ich vermute, den Rest schaffen wir allein«, wandte sich die zukünftige Königin an den Grafen. Er sah ihr deutlich an, dass sie sich sorgte und ihm nicht vertraute.

»Gewiss.« Arthur deutete eine Verbeugung an. »Ich lasse die Damen nun allein.«

Er kehrte in sein Gästezimmer zurück und rügte sich für seine Neugier. Die Erkenntnis schien ihm am Ende halb so schlimm, ja beinahe erleichternd. Adelheids Portal hatte etwas mit der Universität zu tun, und sie kannte die berühmte Miss Blackwell. Er würde gerne mehr erfahren.

Gleichzeitig überkam ihn die Sorge um das Geschenk, das er für sie hatte. Er wusste nicht, wo ihm der Kopf stand.

Einerseits hatte er einen Auftrag, den er erfüllte, und war bereit, dem König seine Antworten zu liefern. Andererseits wollte er Adelheid seine Gefühle offenbaren.

Doch die Krönung der Königin stand bevor – und es war denkbar ungeeignet, solch persönliche Dinge zu diesem Zeitpunkt zur Sprache zu bringen.

XXV
Die Krönung

Adelheid stand in der Nacht vor ihrer Krönung auf und kontrollierte in ihrem privaten Gemach den Verbleib der Abhandlung von ihrer Bekannten Elizabeth.

Vorsichtig zog sie die Bücher, die davor im Regal standen, heraus und erspähte das Manuskript dahinter.

Sie öffnete das Buch und stieß auf den Eintrag, den Elizabeth ihr widmete. Adelheid erschrak. Ihr war nicht bewusst gewesen, dass der Graf diese Zeilen gelesen hatte, und rechnete mit Konsequenzen. Seit ihrer letzten Begegnung vor drei Tagen hatte sie ihn nicht mehr zu Gesicht bekommen, da sie vollends in die Proben der Zeremonie eingespannt war.

Arthur versuchte, die Familie bei den organisatorischen Vorbereitungen loyal zu unterstützen. Sie verbrachte viel Zeit mit ihren Schwestern, auch der Vater gesellte sich nach dem Abendessen im Lesesaal zu ihnen. Die Familie rückte näher zusammen und schickte Gebete an ihre Königin Magdalena von Levenheim.

Eine große Veränderung stand bevor, und auch die Schwestern standen Adelheid zur Seite.

Die Mädchen wurden erwachsen. Fronica würde in einer Woche vierzehn werden und als letzte Debütantin am Einführungsball bei Hofe sein.

Elsbeth wurde fünfzehn, Dorethin schon sechzehn und die Zwillinge siebzehn. Adelige Männer aus den angrenzenden Ländern bekundeten bereits Interesse an den Ältesten. Auch über solche Dinge musste sich Adelheid nun Gedanken machen.

Sie wollte den Mädchen Möglichkeiten eröffnen, junge fähige Prinzen kennenzulernen, um überhaupt Entscheidungen über eine Heirat in Erwägung ziehen zu können.

Sie hatte sich vorgenommen, Bälle im Schloss auszurichten und Gleichaltrige zu Spaziergängen einzuladen. Selbst wenn sie von diesen Zusammenkünften nicht direkt profitierte, so wollte sie doch, dass wenigstens ihre Schwestern davon einen Vorteil hatten. Ihr Leben würde von nun an öffentlich und in gewisser Weise zerrissen sein.

Adelheid klappte das Buch zu und wollte es wieder verstecken, als plötzlich ein kleiner Zettel herausrutschte. Vorsichtig nahm sie ihn in die Hand und hielt ihn näher an das flackernde Licht der Kerze.

Liebste Adelheid.

Mein Herz geriet bei unserer ersten Begegnung aus dem Takt, nun muss es regelmässig stolpern.
Dein Geheimnis werde ich wahren, und du weisst jetzt auch von meinem.

Diese Aufwartung konnte nur von Arthur von Rosenborg stammen. Langsam und darauf bedacht, kein Geräusch zu verursachen, ging Adelheid zur Tür und spähte in den Flur, doch alle angrenzenden Flügeltüren waren verschlossen. Um diese Uhrzeit standen mindestens zwei Wachposten davor, er hatte ihn also sehr wahrscheinlich tagsüber hier hinterlassen.

Sie hielt den Zettel in der Hand, drückte ihn fest an ihre Brust und schloss die Augen. Es musste reichen, dass er von diesem Geheimnis wusste – mehr konnte und durfte er gewiss nicht tragen. Sie versteckte den Zettel in der Abschrift und schob diese wieder zurück in ihr Versteck. Anschließend schlich sie leise in das Zimmer der Mädchen und legte sich schlafen.

Am Tag der großen Zeremonie erwachte Adelheid mit Kopfschmerzen. Sie griff zum Wasserglas und wollte einen Schluck trinken, als sie bemerkte, dass die jüngste Schwester nicht in ihrem Bett lag. Beunruhigt stand sie auf und durchsuchte die oberste Etage des Schlosses.

Fronica war weder in der Bibliothek noch im Lesesaal oder im Kristallsaal zu finden. Sie konnte überall sein, deshalb schlich Adelheid die Treppen hinunter.

Es war erst früh am Morgen, aber die Bediensteten hatten bereits begonnen, die Kerzenleuchter zu entzünden.

Fronica war nicht im Gäste- oder Speisesaal, und auch im Wintergarten war keine Spur von ihr. Es gab nur einen weiteren Ort, an dem sie sich gerne zurückzog: In der Schlosskapelle entdeckte Adelheid schließlich ihre Schwester.

Die Jüngste saß auf der vordersten Bank, in eine Decke gehüllt, ein Buch in der einen und eine brennende Kerze in der anderen Hand. Das warme Licht ließ ihren konzentrierten Gesichtsausdruck noch intensiver wirken.

»Was machst du denn hier? Du solltest schlafen«, wies die Älteste sie tadelnd an.

Die junge Prinzessin blickte nur kurz auf, um sich der Anwesenheit ihrer Schwester zu vergewissern, dann widmete sie sich wieder dem Manuskript. »Danke«, murmelte sie und blätterte umständlich eine Seite weiter.

»Wofür bedankst du dich?«, fragte Adelheid überrascht.

Fronica hob den Buchdeckel, so dass Adelheid den Titel erkennen konnte. Die kleine Schwester hielt ein ihr bekanntes Werk in den Händen, dessen Bestellung Adelheid nicht erlaubt war. Dieses Werk stammte von dem Philosophen Immanuel Kant und trug den Namen *Kritik der reinen Vernunft*.

»Woher hast du das?«

»Der nette Graf hat es mir gegeben. Er sagte, dass du ihn damit beauftragt hast.«

»Aber das habe ich nicht.« Adelheid spürte einen Stich des Verrats und runzelte die Stirn.

»Hast du nicht?« Fronica sah schuldbewusst auf.

»Sollte es etwa ein Geburtstagsgeschenk für mich sein? Er war sich nicht sicher und wollte es mir eigentlich wieder wegnehmen. Aber er meinte, dass er dich nicht stören wollte, weil du so beschäftigt warst. Und ich ... ich habe mich so darüber gefreut, dass er es mir schließlich überließ.«

»Fronica, dieses Buch ... «, begann Adelheid und wollte ihre Besorgnis erklären, die Jüngste unterbrach sie jedoch: »Darf nicht von Vater oder anderen gefunden werden – ich weiß. Der Graf hat mich darauf hingewiesen und mir das Versprechen abgenommen, es gut zu verstecken. Ich bin nicht dumm.«

Adelheid sah ihre kleine Schwester an.

Vor ihr saß nicht mehr das Kind, das mit der Sonne um die Wette strahlte, wenn sie beim Kartenspielen gewann oder dessen Wangen gerötet vom Fangenspielen waren. Auch nicht das Kind, das seine Locken kaum zu bändigen wusste.

Jetzt saß eine junge Frau vor ihr, die nicht bemuttert werden wollte. Eine, die für sich einstand und eigene Interessen entwickelte. Eine, die fast die Größe der anderen erreichte und sich zwischenzeitlich wortgewandt zu verteidigen wusste.

Adelheid lief eine Träne über die Wange. Fronica legte ihr Buch schnell zur Seite und fiel ihrer Schwester in die Arme. »Ich habe solche Angst«, gab Adelheid zu und begann zu schniefen.

»Das brauchst du nicht«, flüsterte Fronica beruhigend. »Du hast fünf Schwestern, an denen erst einmal jemand vorbeikommen muss.« Darüber mussten sie beide lachen.

Fronica wickelte die Decke um sie beide und zeigte ihr spannende Fakten im Buch, die sie entdeckt hatte.

Die Ablenkung verschaffte der zukünftigen Königin eine kurze Verschnaufpause, bevor der wichtigste Tag des Landes und ihres Lebens begann.

Die Krönung wurde durch eine feierliche Prozession eingeleitet, bei der die Familie und der engste Kreis von einer königlichen Eskorte, bestehend aus Soldaten und Kriegsherren, begleitet wurden. Der Weg führte vom Palast zur Kirche, in der die Königin verabschiedet worden war.

Ein Ort des Abschieds und des Neuanfangs.

Adelheid von Levenheim betrat die Kirche in einem prunkvollen Zeremoniengewand, während traditionelle Hymnen erklangen. Ihre Knie wirkten wackelig, und sie sorgte sich, ihrer Vorgängerin und Mutter nicht gerecht werden zu können.

Auf den Straßen vor der Kirche drängten sich ebenso viele Menschen wie bei der Beerdigung von Magdalena vor fast drei Monaten. Die Erinnerungen an diesen traurigen und endgültigen Tag lasteten noch immer schwer auf den Herzen der Familie, und dem König traten Tränen in die Augen.

Es war ein beschwerlicher Akt. Die Familie wirkte in sich gekehrt und schweigsam. Wie in Trance brachten sie die Zeremonie hinter sich und versuchten, der Thronerbin den Rücken zu stärken. Auf Adelheid ruhte die gesamte Last.

Der Erzbischof, unterstützt von einem Kleriker beider Nationen, leitete zur Einführung einen Gottesdienst, segnete die Kronenträgerin und betete für das Land und die zukünftige Herrschaft.

Die Krönung selbst war der Höhepunkt der Zeremonie. Die Krone, ein kunstvoll gestalteter Kopfschmuck aus Gold und Diamanten, wurde von einem religiösen Führer feierlich entgegengenommen und auf das Haupt der Thronerbin gesetzt.

Diese Handlung symbolisierte die Übertragung der Macht und die Anerkennung Adelheids als rechtmäßige Nachfolgerin ihrer Mutter. Zusätzlich erhielt sie weitere prunkvolle Insignien, die die königliche Autorität unterstrichen.

Dann legte Adelheid einen Eid ab, in dem sie versprach, die Gesetze und Traditionen der vereinten Länder zu wahren und das Volk auf beiden Seiten des Bündnisses zu schützen.

Ihre Stimme klang zunächst zaghaft und zitterte, bis sie letztendlich ihren Mut fand und laut und bestimmt sprach.

Aus Prinzessin Adelheid von Levenheim wurde Königin von Levenheim von Dänemark und Norwegen.

Nach der Krönung wurde die junge Monarchin dem Volk präsentiert. Sie lächelte ihnen entgegen und winkte ihnen zurück. Gemeinsam mit ihrem Vater bestieg sie die Kutsche, um mit Gottlieb Herbst als treuem Fahrer zum Palast zurückzukehren.

Die Allianz aus Vater und Tochter wurde von der Menge mit tosendem Jubel begrüßt. Die Bürger und Anwohner der Stadt begleiteten die Kutsche, ebenso wie die Soldaten und die anderen Schwestern, die in ihren eigenen Kutschen folgten.

Die Prozession zog durch die Stadt und endete schließlich am Berg, auf dem der Palast thronte. Im Kronsaal nahmen die Monarchen auf ihren Thronen Platz und läuteten einen Wandel ein. Die Dienerschaft, der Hofstaat, die Soldaten und andere hochrangige Würdenträger zollten ihnen Anerkennung.

Die Krönung wurde von einem nationalen Fest begleitet, bei dem sowohl der Palast als auch das Land feierten. Die von Levenheims sorgten für die Bereitstellung von Lebensmitteln und Speisen aus beiden Ländern und spendeten das Gemüse aus ihrem Garten sowie Obst und Kräuter für medizinische Tränke.

Die Stadtwache verteilte die Mengen gerecht in den Straßen und fuhr die Gaben per Wagen in die angrenzenden Dörfer und über die Ländergrenze hinaus, bis alle erreichbaren Bewohner etwas erhielten.

Im Palast fand ein Bankett statt, an dem doppelt so viele Gäste bewirtet wurden, als bei einem Einführungsball.

Adelheid selbst übernahm den Großteil der Verantwortung für die Dekorationen, Sitzordnungen und Einladungen, wobei sie auf die Aufzeichnungen ihrer Mutter zurückgriff. Das Ankleidezimmer und Schlafgemach der Königin gehörten ihr allein, doch bisher konnte sie sich nur tagsüber an deren Nutzen gewöhnen.

Nachts zog sie es vor, in der Nähe ihrer Schwestern zu bleiben, insbesondere bei Fronica. Die Jüngste der sechs Prinzessinnen hatte am meisten mit den Veränderungen zu kämpfen, und Adelheid bemühte sich, als große Schwester beizustehen. Ihre Verpflichtungen füllten den Tagesablauf gänzlich aus, sodass den beiden am Ende eines langen Tages nur die gemeinsame Zeit im schwesterlichen Schlafgemach blieb.

Fronica hatte sich längst vom Geschichtenlesen verabschiedet, doch das war das Einzige, was sie und Adelheid noch verband.

Die anderen nutzten ihre Portale, um dem Druck der Schloss-mauern zu entkommen, und grenzten Fronica zunehmend aus.

Die neue Königin wollte Abhilfe schaffen und durchsuchte das gesamte Zimmer der Mutter sowie den Ankleideraum. Dabei stieß sie auf eine kleine Notiz, die in einem Geheimfach des Arbeitstisches verborgen lag:

Wehrte Königin. Die Wahl der Freiheit bleibt. Doch wie würden sie ihre beiden Töchter mit nur einem Wort beschreiben?

Adelheid begutachtete das zerknitterte Pergament in ihren Händen und grübelte über dessen Bedeutung nach. Plötzlich wurde ihr es klar – der Spiegelmeister.

Sie wurde von den vielen Festlichkeiten und Terminen so in Beschlag genommen, dass sie das Offensichtliche übersehen hatte. Sie hatte ihre Mutter nie direkt auf ihn angesprochen, obwohl sie wusste, dass diese einst bei ihm gewesen war. Mag-dalena hielt viel von ihm, ohne ihn näher zu kennen. Warum, blieb Adelheid ein Rätsel.

Nur stand sie vor einem Problem: Ihr Status als Königin mach-te sie vom Schutz der Soldaten abhängig und sie wurde auf Schritt und Tritt beobachtet.

Wie sollte sie nur den Spiegelmeister erreichen? Niemand konnte hier einfach hineinkommen oder den Palast verlassen. Niemand außer ... Graf Arthur von Rosenborg.

Aber wie sollte sie mit ihm reden?

Obwohl sie keine Gouvernante mehr benötigte, würde ein privates Treffen zwischen ihnen wie ein Verrat am König wir-ken, und die Gerüchteküche des Palastes würde schneller bro-deln, als sie eingreifen könnte. Trotzdem musste sie bei ihm um einen Gefallen bitten – und sich gleichzeitig für das Buch be-danken. Sie brauchte ihn, um zum Spiegelmeister zu gelangen; sogar wenn es bedeutete, ihr eigenes Portal zu opfern, um im Gegenzug eines für ihre Schwester zu erhalten.

Sie würde es tun. Sie würde alles tun, um die Mädchen glücklich zu machen, so wie ihre Mutter es einst versucht hatte.

Die letzten Tage waren streng und voller Etikette. Graf Arthur von Rosenborg stand der Familie von Levenheim in vollem Umfang zur Seite. Er beteiligte sich am Ablauf der Zeremonien und unterstützte den König bei den adeligen Gepflogenheiten. Er erfüllte seine Rolle so überzeugend, als sei er dafür geboren.

Seit drei Tagen drehte sich alles um die Krönung der Königin, den Schutz der Familie, das Staatsbankett im Palast und die landesübergreifenden Feierlichkeiten.

Arthur hatte Adelheid in dieser Zeit nicht ein einziges Mal sprechen können und wagte es nicht, seine Gefühle für sie vor dem König zu offenbaren. Er fürchtete, dass er nach einem Geständnis entweder bei Hofe bleiben oder verbannt würde. Deshalb schlich er sich während eines Moments, in dem alle mit ihren Terminen beschäftigt waren, in Adelheids privates Gemach.

Arthur war ihr adeliger Stand egal, auch wenn dieser eine Verbindung zwischen ihnen unmöglich machte. Er wollte lediglich, dass sie von seinem Interesse wusste.

Sie sollte erkennen, dass ihre Geheimnisse bei ihm sicher waren. Dass er hinter ihr und ihren Forschungen stand. Dass er sich ihrer Familie gegenüber zu Loyalität verpflichtet hatte. Aus diesem Grund hatte er auch das Buch für Fronica beschafft.

Er hatte erfahren, dass die Universität sich weigerte, dieses Manuskript an eine weibliche Person auszuhändigen – selbst wenn sie die Königin war.

Der König sah darin keinen Nutzen, deshalb wurde es von der Liste gestrichen. Also bestellte der Graf es selbst unter einem Vorwand und mit ein paar Tagen Wartezeit. Schließlich übergab er es der jüngsten Prinzessin im Namen ihrer Schwester.

Fronica war so glücklich darüber und verzog sich mit dem Buch direkt in einen sicheren Raum. Zuvor mahnte er sie jedoch eindringlich zur Verschwiegenheit.

Es war ungewöhnlich für Arthur, ein so junges Mädchen mit solch schweren Themen beschäftigt zu sehen. Wiederum hatte die ganze Familie von Levenheim einen bemerkenswerten Wissensstand, und die verstorbene Königin hatte stets eine umfassende Ausbildung und freie Entfaltung befürwortet – solange dies mit den königlichen Pflichten vereinbar war.

Im Schloss gingen Gelehrte, Promovierte, Wissenschaftler, Amtsträger und Komponisten ein und aus. Die Mädchen erhielten nicht nur eine ausgezeichnete Bildung, sondern auch Raum für ihre eigenen Interessen.

Dennoch hielt der König die Wissbegierde seiner Töchter an persönlichen Ambitionen bewusst klein, um sie nicht zu enttäuschen. So spielte Dorethin, die mittlere Prinzessin, gestern auf dem Bankett ein selbstkomponiertes Klavierstück – anstatt in ausverkauften Konzertsälen, die sie ohne Zweifel hätte füllen können.

Arthur war überzeugt, dass die Portale den Schwestern helfen könnten, ihre Träume zu verwirklichen. Selbst wenn er Adelheid bisher nur kopfüber in ihrem Schminkspiegel verschwinden sah.

Elsbeth und Fronica taten sich seit ein paar Tagen zusammen und halfen einander bei den Herausforderungen ihrer Studien.

Was Elsbeth in ihrem Portal tat, war Arthur gänzlich ein Rätsel. Wenn sie in den Abendstunden vor ihrem Frisierspiegel saß und hineinblickte, verschwand sie komplett. Sie schien einer Tätigkeit nachzugehen, die viel Geduld erforderte – vielleicht sogar eine Leidenschaft – denn sie blieb stets ruhig, ausgeglichen und freundlich, aber in gewisser Weise auch unnahbar.

Trotzdem half sie Fronica, die schwer nachvollziehbaren wissenschaftlichen Texte in Kants Manuskript zu entziffern, obwohl sie selbst viele der Inhalte nicht in Gänze verstand. Doch die Erklärung einzelner Wörter genügte bereits, um die Jüngste voranzubringen und ihr zu ermöglichen, eigene Nachforschungen anzustellen.

Den Zwillingen ging er aus dem Weg, bis eine Begegnung vor der Zeremonie unvermeidlich wurde. Sie beauftragten ihn mit ein paar Erledigungen, die er zu seinem Glück zu ihrer Zufriedenheit erledigte.

Er durfte einer Besprechung im Beratungssaal beiwohnen und brachte bei einer Diskussion nützliche Vorschläge ein. Danach machte er sich rar, um der Familie im eigenen Haus nicht auf die Nerven zu gehen. Begonia und Carissima gestanden dem König gegenüber, dass er sich im Moment als hilfreich und anständig erwies, und ließen ihn vorerst gewähren.

Wüssten sie, dass er einen Teil ihres größten Geheimnisses kannte, hätten die sechs Schwestern ihn – zumindest in seinen Vorstellungen – in der Nacht heimlich erstickt, in den Wald geschafft und dort den Wildschweinen überlassen.

Eines Abends hielt Adelheid ihn heimlich im Flur der unteren Etage an.

»Ich brauche deine Hilfe«, gestand sie.

»Ich weiß, um was es geht, und ich habe bereits Nachforschungen angestellt.«

Adelheid sprach von dem Geschenk, das sie Fronica zu ihrem vierzehnten Geburtstag überreichen wollte.

Die Zeit drängte, und sie hatte nur noch wenige Tage. Ihr war es sichtlich unangenehm, dass er bereits so viel wusste, war jedoch auf seine Hilfe angewiesen und nahm sie dankend, wenn auch zögerlich, an.

»Was muss ich tun?«, fragte sie leise.

»Du musst persönlich beim Spiegelmeister erscheinen. Hab keine Angst. Verschaffe dir die Gunst deines Vaters und wähle einen Gegenstand, der das königliche Bündnis zwischen ihm und Fronica symbolisiert.«

Ohne einen zusätzlichen Hinweis eilte der junge Graf in sein Zimmer. Er konnte in dieser Angelegenheit nichts weiter für sie tun, als das weiterzugeben, was der Spiegelmeister ihm zwischen den Zeilen geraten hatte. Nun lag es an ihr.

Zwei Tage später fuhr Adelheid im Morgengrauen heimlich mit dem Kutscher in die Stadt.

Gottlieb Herbst hielt es wie immer und nickte der jungen Königin aufmunternd lächelnd zu, als sie vor der Tür des Spiegelmeisters stand. Sie zögerte, doch dann öffnete sich die Tür wie von Geisterhand und zog ihre Neugier auf sich – wie bei so vielen Menschen vor ihr.

»Werte Königin, es ist mir eine Ehre«, sprach der alte Mann, der sich mühsam aus seinem Stuhl erhob, um sich verbeugen zu können.

Mit einer Geste wies er sie an, auf einem zweiten Stuhl in der Ecke Platz zu nehmen.

»Was haben Sie mir mitgebracht?«, fragte er dann. Adelheid war aufgeregt, durchwühlte hastig ihre Kleidertasche, zog den Gegenstand heraus und hielt ihn dem Spiegelmeister entgegen.

»Aus dem privaten Besitz des Königs?«, erkundigte er sich.

»Ja, der Herr. Er hat ihn mir selbst übergeben.«

»Der Gegenstand wird der Träger eures Verlangens sein«, erklärte er der jungen Thronfolgerin freundlich.

»So sagt mir: Wählen Sie Wunsch oder Freiheit?«, stellte er die wichtigste aller Fragen.

»Es ist ein Geschenk für meine Schwester Fronica, wie die Königin vor mir es einst für uns ersehnte. So wähle auch ich für sie.«

Echos Nero nickte langsam. Er wusste genau, welche Wahl sie getroffen hatte.

Die junge Königin war ihrer Mutter wie aus dem Gesicht geschnitten, und für einen kurzen Moment dachte er an die erste Begegnung mit Magdalena.

Die neue Königin von Levenheim hatte die Art des Gegenstandes mit Bedacht gewählt und durch die freiwillige Übergabe seitens des Königs das Bündnis für ein Portal geebnet. Nun musste dieser Bund vereint und besiegelt werden.

»Reichen Sie mir bitte Ihre Hand.«

Hätte der junge Graf sie nicht ermutigt, wäre sie jetzt stutzig geworden, doch sie tat, was der alte Meister von ihr verlangte. Er holte eine Nadel aus einem kleinen Nachtschrank und stach ihr in eine ihrer Fingerkuppen.

Zwei Blutstropfen fielen auf das kaputte Glas des königlichen Monokels, während er sprach: »Geformt aus Liebe und Hoffnung, besiegelt mit Blut und Magie.«

Wortlos stand der Spiegelmeister auf und öffnete die Haustür für sie. Adelheid erhob sich und flüsterte: »Ich stehe in Ihrer Schuld.«

Sie eilte hinaus, stieg in die Kutsche und verbarg sich hinter dem Vorhang des Fensters. Herr Herbst fuhr die junge Königin ohne Umwege direkt zurück zum Schloss.

Die Anspannung fiel von ihr ab, und sie konnte durchatmen. Sie wagte, erst kurz vor dem Erreichen des Palastes einen Blick auf den Gegenstand zu werfen, und war erstaunt.

Das Glas wies keine Bruchstelle mehr auf, doch sobald man hindurchblickte, wurde es milchig.

Sie musste der Gabe des Meisters vertrauen – und die Nacht des Einführungsballs abwarten.

XXVI
Der Offenbarungsball

Weitere Tage vergingen, und die Aufmerksamkeit aller war auf den Debütantinnenball gerichtet. Die Woche verflog; jeder war in seine Aufgaben vertieft, und die Bewohner des Palastes hasteten von Termin zu Termin. Der Abend würde den Monarchen alles abverlangen, und die Festlichkeiten schienen kein Ende zu nehmen. Die letzte der sechs Prinzessinnen hatte jedoch einen prunkvollen Einführungsball verdient.

Adelheid wollte als neue Königin ihrer Mutter in nichts nachstehen, doch den Mädchen war nicht nach einem Wettbewerb zumute. Die Bälle und Themen ihrer Mutter sollten als etwas Besonderes in Erinnerung bleiben, so außergewöhnlich sie waren. Deshalb entschied Adelheid sich gegen ein festes Motto, setzte jedoch auf eine spürbare Veränderung. Der Raum sollte sich wandeln.

Adelheid hatte zwar die Einladungsliste ihrer Mutter gefunden, hielt sich aber der Schwestern zuliebe nicht so streng an ihre Auswahl. Sie wollte jüngeres Blut in den Palast bringen und den Schwestern ermöglichen, leichter Allianzen zu schmieden –

wenn auch erst in naher Zukunft. In Absprache mit dem König wurde der Krönungssaal gewählt, und den Gästen wurde der Zutritt zum Garten gewährt.

Der Saal, mit seinen prächtigen Deckengemälden und Wandverzierungen, brachte von sich aus eine beeindruckende Atmosphäre mit sich, sodass Adelheid sich um die Dekoration dort keine Gedanken machen musste. Stattdessen nutzte man, was das Personal aus den Abstellkammern holte, und ließ nur für den Garten etwas Neues anfertigen.

Auch die Kleider der Prinzessinnen waren schlicht, aber edel schimmernd und folgten der Mode der Zeit. Sie alle waren froh, dass die riesigen Reifröcke mittlerweile abgelöst worden waren und die Hüften durch das leichtere Gewicht von blauen Flecken weitestgehend verschont blieben.

Die Hälse der Gäste und ihre kunstvollen Frisuren hingegen strahlten im Glanz von Kristallschmuck, Opalen, Perlen und vergoldeten Accessoires.

Weiße Handschuhe, die den Armschmuck präsentierten wie in einem Schaufenster, und Ohrringe, die durch Kopfbewegungen sinnlich hin und her schwangen.

Es versprach, eine Nacht voller Glanz und Prunk zu werden – ein Abend, der die Männer verzauberte oder an Verträge band. Einer, der Gespräche befeuerte und Gerüchte streute, die Allianzen oder Intrigen zur Folge hatte.

Doch es war auch ein Abend, der im Herzen schmerzte.

Die ganze Familie der von Levenheims eröffnete den Ball, und Adelheid richtete zum ersten Mal als Königin Worte an ihre Gäste. »Sehr geehrte Damen und Herren«, begann sie mit fester Stimme. »Lassen Sie uns diesen Abend nicht nur als Feier betrachten, sondern auch als Gelegenheit, Königin Magdalena von Levenheims Erbe zu ehren, indem wir uns den Werten widmen, die sie stets hochgehalten hat. Mögen wir uns alle daran erinnern, dass wir auf den Schultern jener stehen, die vor uns gekommen sind.« Die Kellner verteilten während ihrer Ansprache Weingläser, und Adelheid forderte die Gäste auf, gemeinsam ihre Gläser zu erheben.

»Ich bitte Sie, mit uns auf das Vermächtnis einer außergewöhnlichen Königin anzustoßen. Wir danken für Ihre Anwesenheit und heißen Sie herzlich willkommen in dieser glanzvollen Nacht.«

König Waldur und Graf Arthur waren erstaunt über Adelheids emotionale Worte und wie sie diese standhaft sprach.

Adelheid saß den restlichen Abend auf ihrem Thron, an der Seite des Königs, umgeben von Soldaten und Menschen, die ihre Loyalität versicherten, Einladungen überreichten oder ihre Aufwartungen machten. Abseits dieser förmlichen Interventionen sprachen die beiden kein Wort.

Der König sah den Abend als Neuanfang. Er musste seiner Tochter freie Hand lassen, doch das Gespräch von heute Morgen lag ihm schwer im Magen. Er hoffte, dass sie ihr Urteil bereuen und sich noch umentscheiden würde.

Am nächsten Tag, nach der Jagd, wollte er erneut um ein Gespräch bitten und versuchen, das Problem väterlich anzugehen, anstatt aus Sicht eines Königs.

Der Graf beobachtete besorgt die junge Königin, doch das Einzige, bei dem er sie gerade unterstützen konnte, war, ihr beim Ablauf des Balls den Rücken freizuhalten und ein Auge auf die Prinzessinnen zu haben.

Die Zwillinge weigerten sich entschieden, an diesem Abend nur einen Schritt zu viel in den hochhackigen Schuhen zu laufen und genossen Unterhaltungen, die sich in ihrer unmittelbaren Umgebung abspielten. Sie verwickelten den Bürgermeister der Stadt in eine hitzige Diskussion über die Errichtung von

Trinkwasserbrunnen für die Gemeinschaft, bis Graf Arthur von Rosenborg ihm schließlich zur Hilfe eilte.

Es war dem Grafen ein Vergnügen, ihn schwitzen zu sehen und die Zwillinge bei dieser Unterhaltung zu begleiten. Dennoch gelang es ihm, die Forderung der Schwestern auf einen späteren Termin zu vertagen.

Es war für alle ungewohnt, den Ball im Thronsaal abzuhalten, auch wenn ihnen aus Platzgründen nichts anderes übrigblieb. Die Gäste wirkten verloren zwischen den riesigen Steinsäulen, und der Raum erhitzte sich ungewöhnlich langsam. Zudem boten die offen stehenden Fenster nicht den gleichen Komfort wie der Balkon des Kristallsaals. Wer rauchen oder ungestört reden wollte, musste in den Garten hinaus und dort unter den wachsamen Augen der Staatsgarde verweilen.

Angesichts der hohen Anzahl an Gästen ließ es der König sich nicht nehmen, seine Macht zu demonstrieren.

Keiner sollte denken, das Königshaus sei geschwächt, nur weil diesmal alles anders verlief.

Der Garten hatte seine eigenen Vorzüge. Unzählige Fackeln und Kerzen erhellten ihn und schufen eine verträumte, orientalische Stimmung. Der Schlossgarten war nach wie vor üppig bepflanzt, lediglich das Labyrinth blieb den Zuschauern an diesem Abend verwehrt.

Adelheid hatte Bänke und Tische auf die Wiese bringen und darüber ein Holzgestell errichten lassen, das einem Rahmen ähnelte. Dünne Stoffbahnen wurden über die oberen Balken drapiert und verliehen dem Ganzen die Anmut eines Himmelbetts. Dieses Arrangement schuf eine intime Atmosphäre und erlaubte ein leichtes Versteckspiel – der Wind enthüllte gelegentlich, was sich dahinter verbarg.

Im Saal strahlten Raum und Kleider farbenfroher als in den letzten Jahren.

Dennoch war es für die Gäste, die gern mit ihrer Macht und ihrem Aussehen prahlten, eine Herausforderung, in dem riesigen Saal nicht unterzugehen und für eigenen Gesprächsstoff zu sorgen.

Viele reisten mit mehreren Kutschen an, um der Königin durch Geschenke ihr Wohlwollen auszudrücken. Sie nahmen Tagesreisen auf sich, nur um nach wenigen Stunden der Unterhaltung wieder den Heimweg anzutreten.

Die Prinzessinnen waren interessanter denn je und wurden von Soldaten begleitet. Sie entschieden eigenständig, mit wem sie ein Gespräch führen wollten, und mieden Getränke und Speisen, die ihnen von Dritten angeboten wurden. Jeder Teller wurde von der Küche bis zu seinem Platz genau geprüft, jede Ecke misstrauisch beäugt.

Dorethin, Elsbeth und Fronica genossen die Freiheiten auf dem Ball. Sie lachten und tanzten ausgelassen – zumindest so lange, bis der Hofmeister neben ihnen erschien und durch seine bloße Anwesenheit für mehr Zurückhaltung sorgte.

Dorethins Klavierstück wurde von allen sehnsüchtig erwartet. Die Gäste strahlten, als der prächtige Flügel in den großen Saal geschoben wurde und seinen Platz bei dem Streichquartett fand. Sie hatte eine Überraschung für ihre jüngste Schwester vorbereitet und wies die Soldaten an, ihnen mehr Raum zu verschaffen.

Die Menge wurde nach hinten gedrängt. Auf der nun freien Fläche platzierte sich ein Paar in weißen Gewändern und wartete auf seinen Einsatz. Fronica wusste nicht, was ihre Schwester ausheckte, und betrachtete gespannt das Treiben.

Dann stimmte das Quartett ein, das Paar begann in fließenden Bewegungen zu tanzen, und letztendlich fügte sich Dorethin mit ihrem Spiel ein. Sie erschuf für die Jüngste eine eigene kleine Theaterbühne und ließ das Paar eine Geschichte aufführen.

Die Gäste machten große Augen und lauschten der wohlklingenden Melodie. Das Tanzpaar erzählte allein durch Mimik und Gestik, und die Emotionen, die sie vermittelten, ließen die Herzen der Zuschauer höher schlagen. Das gesamte Stück dauerte eine halbe Stunde, doch die Gäste verharrten respektvoll und spendeten am Ende begeistert Applaus.

Auch das Königspaar aus Vater und Tochter verfolgte die Darbietung von ihren erhöhten Thronplätzen aus und nickte den Musikern und Tänzern anerkennend zu.

Niemand wusste, wie Dorethin es geschafft hatte, neben den vielen Terminen diese Überraschung zu planen – diese war ihr voll und ganz gelungen.

Adelheid blickte wehmütig zu ihren Schwestern hinüber und hätte sie gerne in ihre Arme genommen.

Es war allen klar, dass dies der letzte Einführungsball war, den die Familie von Levenheim veranstaltete. Sechs an der Zahl waren es gewesen.

Die junge Königin versank in Erinnerungen, dachte schmerzlich an ihre Mutter und daran, mit welcher Hingabe sie einst die Bälle organisiert hatte, obwohl sie nie gern an ihnen teilnahm. Wie wandelbar dieser Palast war. Wie sich die Menschen im Laufe der Jahre verändert hatten und welche Allianzen geschlossen und welche gebrochen wurden.

Der ganze Abend wirkte auf Adelheid wie ein einziges großes Theaterstück.

Ihre Blicke schweiften umher und trafen sich hin und wieder mit denen des Grafen, der es sich zur Aufgabe gemacht hatte, an ihrer Stelle ein wachsames Auge auf die jüngeren Schwestern zu werfen. In den letzten Wochen hatte sie sich mit Arthur angefreundet. Sie wusste, dass ihr Vater ihn engagiert hatte, um das Geheimnis der verschmutzten Schuhe zu lüften, und sie wusste ebenfalls, dass er den Prinzessinnen auf die Schliche gekommen war. Dennoch verriet er sie nicht.

Arthur erledigte den Job des königlichen Beraters, als sei er dafür geschaffen – obwohl diese Position ausschließlich unter einem Vorwand entstanden war. Der junge Graf half der Familie in einer schweren Zeit, und seine Unterstützung und Verschwiegenheit zeugten von Loyalität gegenüber dem Königshaus und der Familie von Levenheim.

Bei den Schwestern war er immer für einen Streich zu haben und bewies gleichzeitig Anstand.

Spätestens auf dem heutigen Debütantinnenball konnte man seine Persönlichkeit von den Machenschaften seiner Vorfahren trennen und ihm ein eigenes Leben zusprechen. Er wechselte mit ihnen kaum ein Wort, versuchten sie lediglich die Gunst der Königin zu erlangen, um eine Einladung zu erhalten. Er wollte seine Familie nicht in den Palast integrieren, obgleich er dort glücklich war und sich wohlfühlte.

Doch auch ihn traf die Entscheidung des Königs am Morgen des Balls unerwartet.

König Waldur von Levenheim rief Adelheid und Arthur in seinen Beratungssaal, um ein dringendes Gespräch mit ihnen zu führen. Niemand wusste, worum es ging – beide wollten allerdings das Thema Schuhe oder Portal unter allen Umständen vermeiden.

»Ich habe euch heute hierher bestellt, da eine Unterredung zwingend notwendig ist. Ich muss Entscheidungen treffen, die nicht länger hinausgezögert werden können. Deshalb frage ich euch direkt: Adelheid, meine Tochter und Königin, wirst du mir heute erzählen, was das Geheimnis eurer Schuhe ist?«

»Lieber Vater, mein König, ich habe nichts zu berichten.« Was das Portal betraf, schwieg Adelheid vehement.

»Graf Arthur von Rosenborg, werden Sie das Geheimnis lüften, da Sie es wissen?«

»Sie baten mich, das Geheimnis zu wahren, und das habe ich vor, weiterhin zu tun. Ich kann Ihnen versprechen, dass dies im Interesse aller liegt.«

Der König erkannte das Wortspiel, mit dem der Graf versuchte, die Situation zu seinen Gunsten zu drehen, und richtete sich auf. »Adelheid, meine Liebe. Ich weiß, dass das Geschenk, das wir später gemeinsam an unsere Jüngste überreichen werden, etwas mit den Schuhen zu tun hat. Ich war trotzdem bereit, einen Teil dazu beizutragen. Ich weiß, dass du beim Spiegelmeister warst, um das Glas des Monokels richten zu lassen. Obwohl du dich dabei einer Gefahr ausgesetzt hast, die jeglicher Vernunft widerspricht – und ich dich dafür bestrafen müsste – habe ich dich gehen lassen. Ich wusste stets über jeden deiner Schritte Bescheid. Und auch Sie, werter Graf, habt in meinem Schatten agiert und meinen Schutz und Geleit genossen. Aber im Gegenzug erhalte ich von euch nichts. Ich spreche hier nicht als König, sondern als Vater und Freund. Ich fühle mich betrogen, hintergangen und meiner Freiheit beraubt.«

Adelheid und Arthur runzelten die Stirn und starrten einander verwirrt an. Die Unterhaltung nahm eine unangenehme Wendung, die nichts Gutes verhieß. Die junge Königin bekam es mit der Angst zu tun und blickte den Vater verzweifelt an.

»Geliebter Vater, mein König ... «

»Schweig.« Mit seiner flachen Hand schlug der König auf den Tisch und schrie sie an. Beide zuckten erschrocken zusammen und wichen ein paar Zentimeter zurück.

Der Hofmeister trat ein und brachte ein Serviertablett, dessen silberner Deckel den Inhalt verbarg. Ein Anblick, der sich Adelheid nicht zum ersten Mal bot. Sie ahnte, was sich darunter befinden könnte, und bemühte sich, ihr stark pochendes Herz zu beruhigen. Der König stand auf, ging zu dem Tisch, auf dem das Tablett abgestellt war, und drehte sich zu Adelheid. Die Königin wurde rot vor Scham und suchte verzweifelt nach einer Gelegenheit, ihren Vater zu besänftigen.

»Mein König«, setzte der junge Graf mutig an.

»Schweigt!«, schrie der König wieder. »Ihr bekommt heute die Möglichkeit, für ein einziges weiteres Wort. Eines, und zwar *ja* oder *nein*. Ich werde genau eine Frage an euch richten, und ihr solltet sie wohlüberlegt beantworten, denn ich stelle sie nur ein einziges Mal. Ich bin bei vollem Bewusstsein und mir meiner Handlungen und Forderungen durchaus bewusst. Diese Chance werdet ihr nur einmal erhalten.«

Der Graf schaute den König mit offenem Mund an.

Der Hofmeister stand an der Tür und blickte zum Fenster, ein stiller Zeuge, bereit, alles auf Wunsch zu wiederholen und zu bestätigen.

Adelheid kämpfte mit den Tränen und verstand die Reaktion ihres Vaters nicht. Sie hätte ihm gerne alles erklärt. Sie hoffte, dass ihr wiederholtes Bitten um Vertrauen genügte, doch nun wurde sie eines Besseren belehrt.

Der König nickte dem Hofmeister zu, der herantrat und den Deckel des Serviertellers lüftete.

Zu Adelheids Überraschung lagen darauf nicht die erwarteten Schuhe, sondern das Geschenk für Fronica. Der Graf und die Königin starrten sich erschrocken an.

Der König erkannte in ihrer Reaktion, dass es mehr Bedeutung hatte, als es zunächst schien.

Während der Butler sich wieder entfernte, hob Arthur die Hand, um um das Wort zu bitten. Doch der König unterband dies mit einer einzigen Bewegung.

»Ich werde eine, wie gesagt, *eine* Frage stellen und sie dann jeweils an euch beide richten. Eure Antworten werden euer beider Zukunft bestimmen, und die Umsetzung wird direkt in den nächsten Wochen erfolgen. Ein ausgesprochenes Wort besiegelt die Vereinbarung ohne Möglichkeit zur Rückkehr oder Änderung. Also hört gut zu und handelt klug!«

Adelheid trank hastig einen Schluck Wasser – ihre Kehle fühlte sich staubtrocken an, als würde sie gleich zerreißen. Ein stummer Schrei der Verzweiflung und der Bitte um Gnade quälte sich durch ihre Lungen. Sie legte die Hände betend ineinander und sah ihren Vater flehend an. Sie konnte nicht begreifen, was in ihn gefahren war, warum er nicht die Vorteile des Entwicklungsverlaufes der Mädchen zu schätzen wusste, sondern sie stattdessen zu zerstören versuchte.

Er verstand nicht, was es bedeutete, ihnen die Freiheit ihrer Entfaltung zu nehmen, und wie sehr sie darunter litten. Die Portale symbolisierten Unabhängigkeit und Verwirklichung – und selbst wenn er dies begriffen hätte, würde er wohl kein Interesse daran hegen, die Prinzessinnen zu unterstützen.

Das war der große Unterschied zwischen Königin Magdalena und König Waldur, und deshalb hatte seine geliebte Frau ihn nie eingeweiht.

Der Graf grübelte und musste sich aber trotzdem fügen. Es ging hier nicht nur um die Position, die er innehatte – danach würde er ohnehin nicht in sein altes Leben zurückkehren können. Dieser Teil der Situation war klar und deutlich kommuniziert worden.

Arthur würde den König unter keinen Umständen herausfordern oder die Mädchen verraten.

Verzweifelt suchte er nach einem Mittelweg.

»Nun hört aufmerksam zu.«

Der König nahm die Schatulle mit dem Geschenk und setzte sich hinter seinen Schreibtisch. Er saß den beiden wieder gegenüber und beäugte sie kritisch.

»Dieses Geschenk wird Fronica nur enthalten, wenn ihr mir die Wahrheit sagt. Solltet ihr dies verweigern, werde ich euch beide verheiraten und in eine abgelegene Residenz in Norwegen, hinter den kalten Landesgrenzen, versetzen. Handelt mit Bedacht.«

Adelheid traute ihren Ohren nicht.

Arthur von Rosenborg empfand eine Verheiratung mit der Königin zwar nicht als Strafe, dennoch wollte er keine Ehe mit einer Frau führen, die keinerlei Gefühle für ihn hatte – erst recht nicht in den frostigen Bergen Norwegens. Er hatte das Geheimnis wie verlangt bewahrt, doch sollte Adelheid ihr Schweigen brechen, würde er an ihrer Seite stehen.

Eine Erinnerung schlich sich in seine Gedanken und verwirrte ihn zutiefst.

Geformt aus einem Wort, zwei Leben für eines, besiegelt mit Blut und Magie.

Aber was hatte sein Geschenk mit diesem Tag zu tun, und warum passte es so treffend?

Eine Vorahnung keimte in ihm auf, und plötzlich ergab alles einen Sinn.

»Graf Arthur von Rosenborg, wollen Sie mir das Geheimnis offenbaren?«, fragte der König und musterte ihn genauso gespannt wie Adelheid.

»Nein«, erwiderte dieser resolut.

Adelheid fiel die Kinnlade herunter. Sie schüttelte zaghaft und perplex den Kopf.

Hätte er *Ja* gesagt, hätte sie keine Entscheidung treffen müssen – und sie hätte es ihm nicht einmal übelnehmen können. Nun aber blickte sie ihren Vater an, entschlossen, dem Ganzen ein Ende zu bereiten.

»Königin Adelheid von Levenheim, was ist deine Antwort?«

»Nein!«, schrie sie und sprang wutentbrannt auf. Mit Tränen in den Augen verließ sie fluchtartig den Raum.

Man sah dem König die Enttäuschung an, hatte er doch nur das Rätsel ein für alle Mal enthüllen wollen.

Er wusste, dass er seine Tochter damit verletzt und einen Keil zwischen sich und der Königin getrieben hatte. Allerdings hatte er nicht damit gerechnet, dass der Graf dem standhalten würde – und schon gar nicht, dass das Geheimnis eine derartige Gewichtung besaß.

Den restlichen Tag sah der König weder seine Tochter noch den Grafen, bis zur Eröffnung des Einführungsballs. Adelheid sprach kein Wort mit ihrem Vater und versteckte sich.

Er wollte den Abend jedoch nicht in dieser Atmosphäre verbringen.

Kurz vor Beginn des Balls fing er die Königin ab und ließ Fronica zu sich rufen.

»Sie bekommt das Geschenk, das dir so am Herzen liegt. Ich frage dich ein letztes Mal: Wirst du mir das Geheimnis verraten und der Strafe entgehen?«

Doch Adelheid schüttelte entschieden den Kopf.

»Nein, denn ich habe es Mutter auf ewig versprochen.«

»Dann soll es so sein.«

Als wäre nichts geschehen, überreichten die beiden Fronica das Geschenk und ließen es von einer Bediensteten auf das Mädchenzimmer bringen.

Die Jüngste würde sich den Inhalt erst gemeinsam mit ihren Schwestern nach dem Ball ansehen.

Sie war jedoch neugierig und melancholisch zu gleich. Sie wusste, dass Adelheid das Geschenk sehr beschäftigte und sie in den letzten Monaten kaum Zeit für sich selbst hatte, und dennoch hatte sie ihr eben eines überreicht.

Sie würde sich darüber freuen, egal, was der Inhalt preisgab, denn es kam von Herzen.

An diesem Abend repräsentierten Waldur und Adelheid ihre gestärkten und mächtigen Länder – vereint, gebündelt und geführt durch die von Levenheims. Es gab keinen Zweifel an der Allianz, dem Zusammenhalt und ihrem Bündnis.

Währenddessen bröckelte es hinter den Mauern, Vertrauen verlor an Bedeutung, und die Familie begann, auseinanderzubrechen.

XXVII
Das Geschenk an Fronica

Die Prinzessinnen beendeten den Abend kurz vor Mitternacht und liefen gemeinsam auf ihr Zimmer, denn eine weitere Überraschung stand an. Fronica betrachtete erneut die Schachtel in ihrer Hand und öffnete diese zaghaft.

Die Mädchen saßen auf ihren Betten und warteten gespannt, während die Vierzehnjährige vorsichtig hineingriff und einen runden Gegenstand an einer Kette herausholte.

Es war ein Monokel. Fronica hielt es sich vor das rechte Auge und spähte hindurch, konnte jedoch gar nichts erkennen.

»Eigentlich müsste es mir ein größeres Bild offenbaren, aber ich sehe nichts«, erklärte sie den anderen.

Dorethin stand auf und setzte sich neben sie aufs Bett.

»Zeig mal her«, bat sie die Jüngste mit ausgestreckter Hand und ließ es sich hineinlegen.

Forschend hob Dorethin es sich ebenfalls vor ein Auge. Sie betrachtete Fronicas Gesicht durch das Glas.

»Hm, das ist sonderbar. Ich erkenne auch nichts. Nicht einmal einen Farbunterschied.« Dorethin stand auf und reichte die runde Linse den Zwillingen.

»Vielleicht ist das Glas kaputt gegangen?«, fragte Carissima, die ihrer Schwester Begonia das Einglas entgegenstreckte.

»Aber ich kann dadurch auch nichts erkennen. Es wirkt wie ein durchsichtiges, geschliffenes Vergrößerungsglas.«

»Wenn man hindurchschauen will, beginnt alles zu verschwimmen«, stellte Begonia fest.

»Was hat das zu bedeuten, Adelheid?«, wollte Elsbeth wissen.

Adelheid stand auf, trat ans Bett der Jüngsten heran und flüsterte ihr ein Geheimnis ins Ohr.

Fronica versteckte ein Lächeln und nickte ihrer Königin und Schwester zu. Die anderen würden es früh genug erfahren.

»Und nun sollten wir uns hinlegen. Morgen wird ein anstrengender Tag, und ich hoffe auf eure Unterstützung.«

Adelheid zog sich als Erste um und schlüpfte in ihr Bett. Unsicher, ob in wenigen Minuten etwas passieren würde, nahm sie sich ihr Buch.

Die Zwillinge lästerten derweil über die Gäste des Abends und fragten Dorethin über den netten Prinzen aus, mit dem sie getanzt hatte. Auch Elsbeth hatte einiges zu berichten und hatte ihre Tanzaufforderungen sichtlich genossen. Die Mädchen kicherten wie bei einer Teestunde und tauschten den neuesten Klatsch und Tratsch der Adeligen aus.

Fronica grübelte unterdessen über ihr Geschenk und fragte sich, warum es so geheimnisvoll wirkte. Sie hatte das Monokel von ihrem Vater und Adelheid überreicht bekommen und wusste, dass es einst dem König persönlich gehörte. Schon früher hatte sie es mehrmals in den Händen gehalten – lange bevor es kaputtgegangen war. Dennoch hoffte sie bis zum Schluss, dass es ein Portal für ihre ganz eigene Welt sein könnte.

Bis vor Kurzem glaubte sie, keines zu brauchen, da die neue Königin ihr womöglich mehr Freiheiten einräumen würde. Jetzt platzte sie beinahe vor Neugier.

Welche Magie mochte ihr Geschenk wohl besitzen?

Eilig zog sie ihr pompöses Ballkleid aus und setzte sich danach abwartend auf ihr Bett. Die anderen Mädchen benötigten eine Weile, und in der Zwischenzeit starrte sie nachdenklich auf das Einglas in ihrer Hand.

Das Einzige, was Adelheid ihr vorhin dazu ins Ohr geflüstert hatte, war, dass es magische Kräfte besaß.

Allmählich gähnten die Mädchen, die Plaudereien verstummten und alle – außer Fronica – legten sich schlafen. Die Kerzen wurden ausgeblasen, gute Wünsche für eine erholsame Nacht wurden ausgetauscht, und Fronica verstaute ihr Geschenk.

Sie zog die unterste Schublade ihres Nachttischs auf und legte das runde Glas samt Kette behutsam hinein.

Plötzlich begann es diffus zu leuchten.

Elsbeth, die in dem Bett neben ihr lag, öffnete erschrocken die Augen.

»Was ist das?«, fragte sie.

Fronica konnte es selbst kaum glauben. Sie nahm das Monokel wieder heraus, blickte hindurch – und verschwand.

»Adelheid, sieh nur, Adelheid!«, schrien die Zwillinge, denen das matte Licht ebenfalls nicht entgangen war.

»Ist sie in einem Portal?«, wollte Dorethin von der Ältesten wissen und schaute sie verwundert an.

»Sofern mein Gebet erhört wurde und der Tausch der Magie gerecht war, sollte es so sein«, flüsterte Adelheid mit brüchiger Stimme und zwang sich zu einem kleinen Lächeln.

»Und was jetzt?«, fragte Carissima sorgenvoll.

»Wir warten gemeinsam auf ihre Rückkehr, so wie immer«, stimmte Begonia ein. Die Schwestern blickten auf den Fleck, an dem die Jüngste eben noch gelegen hatte, und erwarteten sie

in Kürze zurück. Adelheid verspürte ein mulmiges Gefühl und hatte ihre eigene Freiheit aufs Spiel gesetzt, um der Schwester das Portal zu ermöglichen – und das, obwohl um ein Haar fast alles aufgeflogen wäre.

Das hätte sie niemals zulassen können.

Der Jüngsten war nicht klar, wie ihre Schwester an ein Portal gekommen war und was es sie gekostet hatte.

Trotzdem stand sie gerade in einer Kuppel, genauer gesagt, in einem Observatorium.

Es hatte eine große Öffnung mit Schiebepaneelen in der Decke. Es lagen allerlei Utensilien herum, und in der Mitte thronte ein Teleskop. Sie hatte das alles schon einmal in Büchern gesehen oder durch Erzählungen von ihrem Vater gehört. Jetzt stand sie selbst wahrhaftig hier und schaute sich verwundert und begeistert zugleich um.

Wo bin ich? Und was will ich hier?

Fronica entdeckte eine Wendeltreppe, die im hinteren Teil des Raumes nach unten führte. Sie folgte den Stufen und ging eine Etage tiefer. Dort standen mehrere Tische, die mit Schriftstücken und Büchern bedeckt waren.

An einem der Tische saß ein alter Mann mit kleiner Brille auf der Nase und studierte seine Aufzeichnungen.

Er blickte auf und blinzelte Fronica überrascht an.

»Junges Fräulein, standen Sie heute auf der Liste? Ich befürchte, Sie haben sich im Datum geirrt.«

Fronica schüttelte eingeschüchtert ihren Kopf.

»Den Studenten und Besuchern wird erst morgen wieder der Zutritt gewährt«, erklärte er ihr geduldig.

»Oh. Dann werde ich Sie morgen erneut besuchen. Entschuldigen Sie die Störung, Herr ...«

Fronica sah ihn verhalten an, machte aus Gewohnheit einen Knicks und wandte sich zum Gehen.

»Herr Bassi, junges Fräulein. Und auf Wiedersehen.«

Mit hochrotem Kopf eilte Fronica aus der Tür und blieb davor stehen. Sie atmete tief ein und aus, um ihren erhöhten Herzschlag zu beruhigen. Dann fiel ihr etwas auf.

Sie befand sich auf einem Berg, der den Blick über die Umgebung freigab. Doch sie erkannte sie nicht.

Die junge Prinzessin ergriff das Monokel in ihrer Tasche, zog es heraus und blickte durch das Glas, als wolle sie damit wie durch eine Lupe mehr erkennen. Plötzlich stand sie Carissima gegenüber, die vor Schreck laut aufschrie.

Fronica war zurück im Zimmer und hielt sich noch immer das Monokel vor ihr Auge. Den Wechsel vom Portal ins schwesterliche Schlafzimmer hatte sie weder gewollt noch bemerkt.

»Da bist du ja«, strahlte Adelheid.

»Wo bist du gewesen?«, wollte Dorethin direkt wissen.

»Warst du in Gefahr?«, klinkten Elsbeth und Carissima sich besorgt ein und versuchten, ihren Schock hinunterzuschlucken.

Begonia lief zu ihrer kleinsten Schwester hinüber und schaute sie an. Sie trug ihr Nachthemd, doch die beschmutzten Schuhe zeugten von einer magischen Reise.

»Was ist mit ihr? Warum spricht sie nicht?«, fragte sie an die anderen gewandt und griff an Fronicas Schultern, um sie zu rütteln.

»Weil ihr sie gar nicht zu Wort kommen lasst«, erklärte Adelheid und warf der Jüngsten ebenfalls einen skeptischen Blick zu, während sie zu ihr trat. Fronica schlang direkt ihre Arme um ihre große Schwester und schluchzte. Die Mädchen bekamen Angst und dachten, es sei etwas Schreckliches geschehen.

Doch plötzlich begann Fronica zu lachen.

»Danke, meine Königin. Danke, dass du mir das ermöglicht hast«, flüsterte sie.

»Sehr gern. Und jetzt erzähl uns von deiner Reise. Du warst nicht lange weg. Was hast du gesehen?« Die Schwestern setzten sich gemeinsam auf Fronicas Bett und lauschten ihren Worten. Sie berichtete von einer Sternwarte, in der gelehrt wurde. Dort führte man anscheinend astronomische Beobachtungen und Zeitmessungen durch.

Sie hatte allerhand neumodische Instrumente gesehen, deren Nutzen sie nicht verstand: Quadranten und Sextanten in den Regalen, Pendeluhren, handgeschriebene Protokolle auf den Tischen, Himmelsuhren und Karten. Fronica versuchte, sich alles erneut ins Gedächtnis zu rufen und erzählte begeistert von ihrem Erlebnis.

»Meint ihr, es ist möglich, sich morgen unter die Besucher zu mischen?«, fragte sie in die Runde und blickte in aufmerksame Gesichter.

»Vielleicht nicht gleich beim ersten Versuch. Womöglich musst du erst dein Interesse bekunden.« Adelheid strich liebevoll über ihren Arm und lächelte sie an.

»Du bist jetzt erwachsen und musst deine eigenen Erfahrungen machen«, fügte sie hinzu.

»Du hast Zeit, dein Portal zu entdecken, so aufregend es auch erscheint. Eile nicht, bleibe vorsichtig und handle mit Bedacht.« Dieser gut gemeinte Ratschlag kam von Carissima, die nun ebenfalls auf Fronica zukam und sie in ihre Arme schloss.

Die anderen Mädchen taten es ihr gleich und verschmolzen zu einem Bündel aus Schwesterliebe.

»Ich habe es ja verstanden. Ihr zerdrückt mich gleich«, kicherte Fronica und versuchte, sich aus der innigen Umarmung zu befreien. Die Schwestern lachten und lösten sich schließlich.

Nach der Rückkehr und dem Schock waren die Mädchen hellwach und verschwanden selbst in ihren Portalen, bis auf Adelheid, die sich zur Jüngsten gesellte und etwas aus Fronicas neuem Buch erfahren wollte.

Die junge Prinzessin konnte sich kaum konzentrieren; ihre Gedanken schweiften immer wieder ab.

Begonia und Carissima hatten in ihrem Portal alle Hände voll zu tun. Durch die vielen Tage, an denen sie pausieren mussten, blieb die Schenke zeitweise geschlossen.

Der alte Schankwirt, der sie einst eingestellt hatte, konnte sich nun dank ihrer Unterstützung und ihres Wissens über Verwaltung und Warenbeschaffung zur Ruhe setzen.

Die Zwillinge übernahmen die Schenke und leiteten sie als Schankwirtinnen.

Die Menschen in den umliegenden Dörfern zerrissen sich die Mäuler über die weibliche Führung; die beiden Frauen hatten die Männer allerdings stets eines Besseren belehrt.

Sie stellten die Gattin des Wirtes und dessen Tochter in der Küche ein und bezahlten sie gerecht. Zusätzlich arbeitete ein ehemaliger Soldat hinter dem Tresen, während Begonia und Carissima die Bedienung übernahmen. Sie bezahlten zwei Musiker, die abwechselnd die Abende begleiteten und lockten so mehr Gäste und Wanderer als vorher an. Trotz Spott und Hohn ließen sich die beiden nicht beirren.

Sie waren Kauffrauen und Händlerinnen.

Sie renovierten die Schenke und verliehen ihr einen weltoffenen, neumodernen Touch, der den Gästen positiv in Erinnerung blieb.

Sie beschafften einen neuen Ofen, neue Tische und Stühle und hochwertigeres Geschirr. Ihr Wirtshaus lud zum Verweilen, zum Trinken und zum Feiern ein.

Sie führten das Lebenswerk des alten Wirtes weiter und erreichten schon bald eines ihrer Ziele: die Schenke so gut es ging, zu verbessern. Es standen noch einige Projekte an, wie einen Stall zu bauen und die Speisekarte zu verändern. Und sollte es in den nächsten Jahren weiterhin so gut laufen, dann bekam das Haus ein neues Dach. Ihre Verwaltungsfähigkeiten kamen ebenso dem Schloss zugute. Der König akzeptierte ihre Unterstützung – wenn auch nur hinter vorgehaltener Hand.

Doch er wusste, dass die Schwestern die Verwaltung des Hofes nach seinem Tod übernehmen könnten, um das Familienerbe fortzuführen.

Dorethin genoss die Zeit in ihrem Portal in vollen Zügen. Dort entdeckte sie die gesamte Welt der Musik – und auch, warum das Viertel, in dem sie gelandet war, einen so frivolen Ruf hatte. Der Charme der Franzosen, insbesondere der Französinnen war ihr nicht entgangen.

Aus der einst schüchternen Klavierspielerin war eine interessierte, lebensfrohe Komponistin geworden. Sie beherrschte die französische Sprache, als hätte sie nie eine andere gesprochen. Ihr sinnlicher Akzent zog Menschen in ihren Bann.

Sie genoss Abende, an denen die Sektkorken knallten, und ließ sich von den musikalischen Stücken aus aller Herren Länder inspirieren.

Und wenn sie sich einmal nach einem ruhigen Plätzchen sehnte, zog sie sich wie zu Beginn in die oberste Etage, in den Schatten neben dem kleinen Fenster zurück – und erfreute sich an dem Anblick der Stadt.

Dorethin schrieb Kompositionen und begleitete andere Sängerinnen und Sänger bei ihren Stücken.

Sie war sich sicher, dass sie ihren Traum, eines Tages in einem Theater in ihrer Welt zu spielen, nicht aufgeben musste. Es brauchte nur ein wenig mehr Zeit.

Und jetzt, da Adelheid Königin war, war es vielleicht schon in ein paar Jahren so weit.

Elsbeth hielt an ihrem Versprechen fest und brachte dem Stallburschen Lesen und Schreiben bei – und mittlerweile sogar schon Latein. Das heimliche Unterrichten im Stall verlangte ihr viel Geduld ab, und beinahe hätte sie sich selbst fast verraten. Der Graf, der seit einigen Wochen als Berater ihres Vaters im Palast verweilte, erwischte sie bei ihrem Vorhaben. Aber das Einzige, was er tat, war, darüber zu lächeln. Er verriet sie nicht und ließ die beiden gewähren.

In der Mädchenschule war es anfangs ebenfalls nicht leicht. Die Konzentration von mehreren Damen gleichzeitig aufrechtzuerhalten, entpuppte sich als echte Herausforderung. Doch dank ihres geduldigen Gemüts fanden die Schülerinnen in Elsbeth eine Vertrauensperson, die zuhörte und unvoreingenommen für ihre Probleme bereitstand. Durch ihre Arbeit konnte Elsbeth selbst viel Neues erlernen und sich mit dem Leiter der Schule zukunftsorientierte Unterrichtsgestaltungen aneignen.

Die Institution gewann neue Förderer und erhielt einen staatlichen Fonds, der es auch Mädchen aus der Mittelschicht ermöglichte, nach einem Einstellungstest am Unterricht teilzunehmen. Die Zahl der Schülerinnen wuchs, und der Bildungsgrad der Fächer stieg. Das Ziel war, den Skeptikern zu beweisen, dass man allen Kindern Zugang zu einer einheitlichen Ausbildung ermöglichen sollte.

Elsbeth wirkte nach außen hin zurückhaltend, daran hatte sich nichts geändert. Sobald aber jemand in ihrer Anwesenheit eine zweifelhafte Meinung äußerte, ließ sie ihn wissen, was sie davon hielt – immer mit klugen Argumenten und einem sicheren Umgang mit Fakten. Sie war wortgewandt, sozial und zugleich durchsetzungsfähig.

Adelheid hingegen besuchte nur noch sehr selten ihre Bibliothek. Die Prioritäten lagen jetzt nicht mehr bei ihren Interessen, sondern bei denen des Landes.

In ihrem Arbeitszimmer schuf sie sich einen Raum der Erinnerungen, in dem sie ihre eigene Abhandlung und Aufzeichnungen zu ihrer Forschung versteckte.

Sie hoffte, irgendwann zu ihrer Arbeit zurückkehren zu können, doch spätestens nach dem Gespräch an diesem Morgen nahm sie schweren Herzens Abschied von ihrem Wunsch.

XXVIII
Des Königs Entscheidung

Am Morgen nach dem Ball erwachten ausgelaugte Prinzessinnen und neugierige Besucher, die den Palast erkundeten. König Waldur war auf der Jagd, samt seiner männlichen Gefolgschaft, und die Damen nahmen ihr Frühstück im blütenreichen Palastgarten ein. Die wärmenden Sonnenstrahlen kündigten den Sommer an. Eine kühle Brise – ein Ausläufer der kalten Jahreszeit – pfiff durch die Hecken und Büsche.

Die Kinder der Damen spielten ausgelassen im Garten und kicherten. Einige genossen die Ruhe im Wintergarten und lasen ein Buch oder führten freundschaftliche Unterhaltungen bei einem Spaziergang im angrenzenden Park.

Die Prinzessinnen ließen den Tag ruhig angehen, sichtlich erschöpft von den Strapazen und dem straffen Zeitplan der letzten Wochen. Es war das erste Mal, dass sie die Gäste ohne ihre geliebte Mutter empfingen. Zu ihren Ehren ließen sie ein Andachtsbild in ihrem geschätzten Wintergarten aufstellen.

Adelheid gesellte sich zu einer gesprächigen Runde, die Tee und Gebäck verzehrte – sie wollte dazugehören, solange sie noch im Schloss verweilte.

Wann genau der König seine Entscheidung den Mädchen mitteilen wollte, wusste sie nicht, doch sie würde ihm die schwere Last nicht abnehmen. Genauso wenig wollte sie, dass eine der Schwestern das Schweigen brach, um sie zu schützen. Denn dann müssten alle fünf ihre Freiheit aufgeben, und das war es ihr nicht wert.

Sie war dankbar für die damalige Entscheidung der Königin und verstand mehr denn je, was sie bedeutete. Welche Last ihre Mutter all die Jahre getragen haben musste und wie sehr es ihrem Herzen schmerzte, ihren geliebten Ehegatten und König belügen zu müssen.

Adelheid spürte es nun am eigenen Leib.

Mit achtzehn war Adelheid als Prinzessin voll heiratsfähig. Diese Entscheidung wäre früher oder später ohnehin auf sie zugekommen. Jetzt würde sie einen Mann an ihrer Seite haben, der sich dem König verschrieb und in seinem neuen Haus in Norwegen als Berater eine fähige Unterstützung sein würde. Für ihren Vater war dies zweifellos das Beste.

Die Teilung der Herrschaft auf beide Länder würden die Menschen bejubeln. Sie würden das Wappen der von Levenheims stärken, ihre Macht demonstrieren und passend zu Adelheids Antritt als Thronerbin ein neues Zeitalter einläuten. Die Regentschaft, der von Levenheims wuchs und expandierte.

Die Älteste der sechs Schwestern beobachtete demütig ihre Geschwister bei ihren Zeitvertreiben und hoffte sehr darauf, dass sie sie in ihrem neuen Domizil besuchen würden.

Arthur hatte Adelheids Geheimnis bisher nicht verraten und würde den Schwestern ebenfalls ihres zugestehen.

Aber das Portal war gebunden ans Schloss.

In ihrer neuen Heimat würde sie weiterforschen können – wenn auch nur begrenzt und mit den Büchern, die sie besaß. Nach der Vermählung müsste sie den Grafen um Hilfe und um Erlaubnis bitten, wenn sie Abhandlungen oder Manuskripte benötigte, die Frauen untersagt waren.

Selbst wenn sie die Königin war und er ein Herzog wäre.

Warum hatte er das Geheimnis nicht gelüftet? War die Heirat der Preis dafür? Wusste er davon und hatte sich diesen Posten deshalb verschafft?

Sie traute ihm nicht. Und sie wollte ihre Familie nicht verlassen. Sie liebte beide Länder, aber hier in Dänemark war sie aufgewachsen. Bisher war sie erst zweimal mit ihrem Vater in Norwegen gewesen, die anderen Mädchen gar nicht.

Sie kannte dort niemanden und hatte nichts.

Wie konnte er mir das nur antun?

Adelheid war betrübt und kämpfte mit den Tränen, deshalb verzog sie sich in den riesigen Schlosspark, um allein zu sein. Die anderen bemerkten ihre Traurigkeit nicht und versanken in den Unterhaltungen.

Erst als die Sonne unterging und die Gesellschaft zu einem Dinner in den Kristallsaal gebeten wurde, kehrte sie zurück. Eine weitere Neuheit, die den Gästen die Möglichkeit bot, länger die Vorzüge des Schlosses zu genießen und bei einem gemeinsamen Abendessen Abschied zu nehmen.

Die Jagdgesellschaft war bereits im Palast angekommen, und die Pferde waren versorgt. Adelheid schlich nach oben ins Zimmer, um sich umzuziehen.

Dort traf sie auf ihre aufgeregten Schwestern.

»Adelheid, wo bist du nur gewesen?«, rügte Begonia die Älteste.

»Schnell, zieh dich an, Vater hat eine wichtige Ankündigung zu machen«, erklärten ihr die Zwillinge und verbreiteten regelrecht Hektik.

Die Mädchen zogen die junge Königin in das Ankleidezimmer und halfen ihr, sich in ein prächtiges Gewand zu werfen, während die Kammerzofe sich bemühte, aus ihren Haaren eine zum Kleid passende Frisur zu zaubern. Der plötzliche Aufwand störte Adelheid.

»Was ist mit dir? Du bist so in dich gekehrt«, fragte Elsbeth ihre Schwester und half ihr beim Anlegen des Halsschmucks. Adelheid drückte ihrer fürsorglichen Schwester aufmunternd die Hand und schenkte ihr ein schmales Lächeln.

»Mach dir keine Sorgen.«

Die Mädchen eilten zusammen in den Südflügel des Schlosses, wo sie bereits von den Gästen erwartet wurden.

Im Kristallsaal war eine große Tafel aus länglichen Tischen in der Mitte des Raumes aufgebaut. Es gab eine neue Sitzordnung, von der Adelheid bisher nichts wusste. Natürlich ahnte sie, dass diese Änderung von ihrem Vater ausging.

Die Schwestern saßen nicht nebeneinander, sondern hatten stets einen jungen oder älteren Mann aus einem anderen Hause neben sich. Die Königin saß zwischen ihrem Vater und dem Grafen, Arthur von Rosenborg. Neben ihm fand Begonia ihren Platz, die wiederum neben dem alten Schatzmeister saß und Carissima verwundert anblickte.

Diese saß neben einem Herrn, den sie wiedererkannte – einer ihrer Tanzpartner vom gestrigen Ball. Neben diesem saß Dorethin, die überrascht war: Der junge Mann hatte ihr gegenüber unverhohlen Interesse an einer Hochzeit bekundet.

Zu Dorethins anderer Seite saß ein Herzog und daneben seine Frau. In den hinteren Bereichen des Saals waren die übrigen Gäste verstreut und genossen die neuen Gesprächspartner.

Adelheid konnte sich nicht erklären, was diese Änderung bedeuten sollte. Sie suchte die Gesichter der beiden Jüngsten, die ungewöhnlich weit auseinander saßen – beide flankiert von jungen Adeligen und ihren Familienmitgliedern. Die Kinder der Gäste waren gar nicht erst anwesend.

Den Mädchen wurde immer mulmiger zu Mute. Irgendetwas stimmte hier nicht.

König Waldur von Levenheim wartete, bis die Speisen und Getränke serviert wurden, und eröffnete anschließend das Mahl.

Die Prinzessinnen versuchten, ihren Anstand zu wahren, beantworteten Fragen und führten Konversationen, obwohl ihnen das Essen fast im Halse stecken blieb. Der Wein floss in Strömen und lockerte die Stimmung der Gäste auf.

Adelheid vermied es, ihren Vater und den Grafen anzusehen.

Sie unterdrückte ihre Wut und Verwunderung und suchte stattdessen die Blicke ihrer Schwestern, um deren Reaktion zu deuten.

Carissima musste sich eine Anekdote der heutigen Jagd anhören, und Begonia erfuhr etwas über den Schneider der Frau, die ihr gegenüber saß.

Adelheid nickte dem Herzog drei Plätze weiter zu und bedankte sich für seine Komplimente zum Schloss.

Die Mädchen sanken tiefer in ihre Stühle und wünschten sich, das Abendessen wäre längst vorüber.

Da stand der König auf, hob sein Weinglas an und verschaffte sich mit seiner tiefen Stimme Gehör.

»Meine lieben Gäste, liebe Familie, werte Damen und Herren. Wie ich es den Herrschaften auf der Jagd bereits mitteilte, habe ich eine Ankündigung zu machen.« Der König blickte in die Gesichter der hinteren Plätze und nickte.

»Der Wandel der Zeit ist unaufhaltsam. Dem können wir nichts entgegenstellen. Ich wünschte, meine geliebte Frau wäre heute an meiner Seite und würde die Neuigkeiten gemeinsam mit mir verkünden.«

Betroffen senkten die Gäste kurz die Köpfe. Der Verlust und der Schmerz waren in seiner Stimme unüberhörbar.

»Erhebt eure Gläser und stoßt auf einen Antrag an, den der junge Graf heute bei der Jagd an mich richtete.«

Alle Augen blickten zum Grafen, doch dieser starrte den König wütend an.

Die beiden hatten in Wahrheit kein einziges Wort gewechselt; die Teilnahme an der Jagd war für Arthur eine Pflichtveranstaltung gewesen, die er verabscheute.

»Er hielt ehrenvoll um die Hand meiner ältesten Tochter an, und ich willigte ein: Adelheid von Levenheim und Graf Arthur von Rosenborg werden heiraten.«

Der Königin stand der Mund offen. Sie blickte ihren aufgezwungenen Zukünftigen geschockt an, doch ihr wurde auf der Stelle klar, dass ihr Vater ein gefährliches Spiel spielte.

Die Gäste prosteten sich zu und beklatschten das zukünftige Paar, während die Prinzessinnen stumm blieben.

»So schnell kann es gehen. Und jetzt schauen Sie sich Ihre Sitznachbarn an. Vielleicht werden bald weitere Hochzeitsglocken läuten.« Eine Warnung, die seinen Töchtern galt und deutlicher nicht sein konnte.

»Das kann er nicht machen!«, flüsterte Begonia Adelheid zu.

Doch er konnte – und tat es.

Fronica sprang auf und brachte ihren Stuhl zu Fall. Sie warf ihrem Vater einen fassungslosen Blick zu, begann zu weinen und stürzte aus dem Kristallsaal.

Die Unterhaltungen wurden lauter, Carissima diskutierte hitzig über die witzige Anekdote ihres Vaters, während Adelheid der Brechreiz überkam. Die überraschte Königin musste die Jüngste allein lassen, wusste allerdings, dass eine Kammerzofe bereits bei ihr war und sie tröstete.

Alles, was sie jetzt tat oder sagte, würde die Situation nur verschlimmern. Sie hoffte, wenigstens noch ein paar Tage mit ihren Geschwistern verbringen zu können, bevor sie umziehen musste.

Elsbeth blickte betroffen zu Boden und rührte kein Essen mehr an, ebenso wenig wie Dorethin, die verwirrt den Kopf schüttelte. Für die Älteste fühlte es sich wie ein Stich ins Herz an. Ihr Vater hatte sie verraten und verkauft – dabei hatte sie nur ihre Schwestern beschützen wollen. Jetzt musste sie die Last seines Zorns auf ihren Schultern tragen. Und alle konnten zusehen.

Die junge Königin hätte ihm gerne ihre Meinung gesagt und ihn vor allem ins Bewusstsein gerufen, was seine geliebte Magdalena davon halten würde. Vor einigen Wochen erzählten die Schwestern, dass der Vater sie häufig lange anstarrt und sie ihn zu sehr an seine Frau erinnerte. Nun schien er Adelheid die Schuld für seinen Schmerz zu geben, weil sie ihrer Mutter so ähnlich sah, und bestrafte sie mit einer Verbannung.

Adelheid wollte nicht in die Fußstapfen von Magdalena treten. Sie war nicht wie sie. Wie befürchtet hatte die Thronfolgerin die Erwartungen ihres Vaters nicht erfüllen können und fühlte sich als Schande für den Palast. Sie redete sich selbst klein und suchte verzweifelt nach einem Grund für die Strafe.

Wie ein gescholtenes Kind saß sie neben dem König – als wäre sie niemand.

»Adelheid, ich bin auf deiner Seite«, holte Arthur sie aus ihren Gedanken. Er schenkte ihr ein kurzes Lächeln.

Der Abend wollte nicht zu Ende gehen. Niemand durfte den Tisch verlassen, bis der König die Gäste entließ. Sobald dies geschah, flohen die Mädchen eilig auf ihr Zimmer.

Dennoch vergaßen sie nicht ihre gute Erziehung: Sie verabschiedeten sich freundlich und respektvoll von den Gästen und wünschten dem Vater widerwillig eine gute Nacht.

Adelheid erschien als Letzte im gemeinsamen Schlafgemach und sah in die schockierten Gesichter ihrer Schwestern.

»Stimmt das?«, herrschte Fronica sie an.

»Wieso hast du uns nichts davon erzählt?«, fragte Begonia mit brüchiger Stimme.

»Ich dachte, wir wären Freunde«, schniefte Elsbeth in ein Taschentuch. Adelheid flüchtete an ihr Bett und begann, herzzerreißend zu weinen.

Die Mädchen trösteten sie, obwohl sie wütend auf die Älteste waren. Sie gaben ihr die Möglichkeit, sich zu erklären.

Da klopfte eine Kammerzofe an die Tür und überreichte den Schwestern einen Zettel.

»Adelheid, der wurde für dich abgegeben«, sagte Begonia, die ihn entgegennahm und ihr reichte.

Die Königin setzte sich auf und wischte sich die Tränen aus dem Gesicht.

»Was steht da?«, wollte Fronica wissen und schnappte sich das Papier. »Keine Geheimnisse mehr«, wies sie die Schwestern mahnend an und las die Zeilen vor:

»*Geehrte Königin, liebste Adelheid. Ich werde abreisen, um dir die Möglichkeit des Einschreitens zu gewähren. Und wenn ich dafür mein restliches Leben hinter Gittern verbringen muss. Dennoch erbitte ich dein Vertrauen.*«

Die Mädchen blickten ihre Königin verwundert an.

»Ist der Brief von Graf Arthur?«, fragte Dorethin gereizt.

Adelheid begann erneut fürchterlich zu weinen und bekam kein Wort heraus.

Sie ließ ihren Gefühlen und ihrem Frust freien Lauf, schlug auf die Matratze ein und schrie ins Kissen. Die Mädchen setzten sich zu ihr und versuchten, sie zu beruhigen.

So verzweifelt und emotional hatten sie ihre Schwester noch nie erlebt und waren sich sicher, dass es hier nicht mit rechten Dingen zuging.

»Du musst uns alles erzählen«, sagte Fronica. »Es gibt für alles eine Lösung, solange wir zusammenhalten. Und du bleibst ein Teil von uns, komme, was wolle.«

Königin Adelheid von Levenheim benötigte eine volle Stunde, um sich zu sammeln. Schließlich richtete sie sich auf. Sie hatten die Frustration und Trauer der letzten Monate in sich verborgen, um stark für die anderen zu sein. Das hörte jetzt auf. Sie war die Königin – und auch wenn der König ihr Vater war, musste sie sich nicht alles gefallen lassen.

Sie stand auf, richtete ihre Kleider, verließ fest entschlossen und wortlos den Raum. Mit geballten Fäusten eilte sie zum Beratungssaal und klopfte energisch an die Tür. Ohne auf eine Einladung zu warten, stieß sie sie auf und trat ein.

Der König saß an seinem großen Holztisch, seine Augen verengten sich, als er seine Tochter erblickte.

»Adelheid«, sagte er mit einem kühlen Lächeln. »Was führt dich zu dieser späten Stunde zu mir?«

Adelheid verschränkte die Arme vor der Brust, um ihre zitternden Hände zu verstecken, dennoch ging sie mit erhobenem Haupt auf ihn zu.

»Das weißt du genau!« Ihre Stimme war ruhig, aber in ihrem Ton schwang eine gefährliche Schärfe mit.

König Waldur hob verdutzt die Augenbrauen und deutete auf einen Stuhl. »Setz dich bitte, Adelheid. Wir können vernünftig miteinander sprechen.«

»Nein, danke.« Sie stützte ihre Handflächen auf der Stuhllehne ab und fixierte seinen Blick. Für einen Moment war alles still, bis sie ihren Mut wiederfand.

»Ich werde mich deinem Willen beugen, den Grafen heiraten und nach Norwegen ziehen. Du kannst mich aus dem Schloss verbannen, wenn es das ist, was du willst. Aber meine Schwestern haben damit nichts zu tun.«

Waldurs Blick verfinsterte sich.

»Du bist nicht in der Position, Forderungen zu stellen, Adelheid. Ich entscheide, was für dieses Haus und meine Töchter das Beste ist.«

»Das Beste?« Adelheid lachte bitter auf. »Wenn Mutter dich so sehen könnte. Sie hätte dich daran erinnert, dass wir mehr als Schachfiguren auf deinem Spielbrett sind. Sie wusste, was gut für uns ist.«

»Wage es nicht, von ihr zu sprechen!« Waldur stand hastig auf, seine Stimme donnerte durch den Raum.

»Du reißt uns auseinander«, schrie Adelheid. Schuldzuweisend zeigte sie mit dem Finger auf ihren Vater. »Du bist nicht in der Lage, deinen eigenen Schmerz zu bewältigen und lässt ihn an uns aus. An deinen eigenen Kindern.« Der König starrte sie sprachlos an, doch sie fuhr unbeirrt fort.

»Sie werden unter deinem Schutz bleiben, und du wirst dich nicht mehr in ihr Leben einmischen. Begonia, Fronica, Carissima, Dorethin und Elsbeth – sie gehören nicht dir. Sie gehören niemandem!« Adelheid lehnte sich nach vorn, ihre Augen blitzten vor Zorn.

»Und wenn du glaubst, in mein Leben oder in das meines zukünftigen Ehemannes eingreifen zu können, dann muss ich dich enttäuschen. Über meinen Schoß und meine Kinder bestimme ich – und nur ich.« Die Worte hingen schwer im Raum.

Der König öffnete den Mund, um etwas zu erwidern, schloss ihn jedoch erneut. Sein Blick war leer – fassungslos.

Adelheid lief zur Tür, hielt ihre Haltung aufrecht und drehte sich erneut um.

»Denk darüber nach, Vater. Du hast mehr zu verlieren, als du glaubst.« Mit diesen Worten schlug sie die Tür hinter sich zu, so laut, dass das Echo durch die Gänge hallte.

Der treue Hofmeister stand auf dem Flur und wagte sich nicht, das Gespräch der beiden zu stören.

Sie eilte zu ihren Schwestern zurück und begann alles zu erzählen: den Druck, den ihr Vater in den letzten Monaten aufgebaut hatte; warum der junge Graf im Schloss verweilte; die

Unterstützung, die sie von ihm erhalten hatte; und das Gespräch am Morgen des Einführungsballs.

Adelheid hatte alles allein bewältigen wollen, um als Älteste und Königin ihrer Verantwortung gerecht zu werden. Doch sie empfand es als persönliches Versagen, dass ihr das nicht gelungen war.

Es war mittlerweile spät in der Nacht, und die Mädchen kuschelten sich schweigsam und traurig aneinander. Am nächsten Morgen würden sie zum Frühstück ihrem Vater gegenübertreten müssen und schworen sich, ihn mit Schweigen zu bestrafen. Zuerst forderte allerdings die Müdigkeit ihren Tribut.

XXIX
Hochzeitsglocken

Die Tage nach dem Ball waren still. Das Schloss versank in eine traurige Stimmung. Erneut. Die Mädchen waren wieder auf sich allein gestellt. Der König hatte allerhand Termine zu den Hochzeitsvorbereitungen und ließ sich bei seinen Töchtern nicht sehen.

Die Zwillinge bekamen ihn gelegentlich zu Gesicht, sie bedachten ihn aber weiterhin mit kalten Blicken.

Die Schwestern unterstützten Adelheid, wo sie konnten: bei ihren Entscheidungen, beim Packen ihrer Koffer und Bücher, und sie verbrachten so viel Zeit wie möglich gemeinsam.

Vom Kutscher erfuhr die Königin, dass Graf Arthur von Rosenborg mitgeteilt worden war, dass sie seinen Antrag angenommen hatte. In zwei Wochen würden sie sich zur Vermählung in Norwegen wiedersehen.

Gottlieb Herbst, von Schuldgefühlen geplagt, senkte die Stimme, als er Adelheid anvertraute: »Meine Königin, ich stehe in Ihrem Dienst, wo auch immer Sie sind. Sollten Sie Hilfe benötigen, so werde ich meine Pflicht erfüllen.«

Adelheid war tief berührt, denn sie wusste, dass die kommenden Wochen und Monate voller Herausforderungen sein würden. Sie und Arthur mussten das Beste aus ihrer erzwungenen Verbindung machen, doch es beruhigte sie zu wissen, dass sie sich, wie einst ihre Mutter, auf die Loyalität des Kutschers verlassen konnte.

Adelheid war ihr Leben lang auf ihre Pflichten vorbereitet worden, dabei wurde deutlich, dass sie wenig Rechte besaß – Rechte, die von nun an an ihren zukünftigen Ehemann gebunden wären. Allein der Gedanke an das Wort *Ehemann* ließ sie erschaudern.

Sie fühlte sich nicht bereit und schaffte es kaum, ihre Pflichten als Schwester zu erfüllen, geschweige denn als Ehefrau oder als Königin.

Die Zeit bis zur Abreise war knapp bemessen. Zwei Wochen blieben ihr, um sich zu verabschieden, und wenige Tage waren bereits vergangen. Sie genoss die Anwesenheit ihrer Schwestern, verbrachte dennoch viele Stunden allein.

Sie ordnete den Inhalt des alten Zimmers ihrer Mutter nach Erinnerungen und hilfreichen Schriftstücken, die sie in ihrem neuen Heim benötigen würde.

Alles, was der Verwaltung der angrenzenden Ländereien diente, übergab sie den Zwillingen.

Sie würden an ihre Stelle treten und auf die Jüngeren achten, das versprachen sie ihr. Sie mussten jetzt das Aushängeschild des Vaters und das schützende Schild des Palastes sein.

Sie konnten nun ihr Wissen aus ihrem Portal in den eigenen Reihen nutzen und Standhaftigkeit beweisen.

Die anderen Prinzessinnen wollten von der Verwaltung des Schlosses nichts wissen und lenkten sich mit Teestunden, Büchern, Klavierspielen und Unterricht ab. Abends saßen sie jedoch gemeinsam zusammen.

»Adelheid, hab keine Angst. Wir kommen zurecht«, sagte Elsbeth leise und fügte zaghaft hinzu: »Es wird Zeit, an dich zu denken und dich vorzubereiten.«

Adelheid runzelte die Stirn, unsicher, was Elsbeth meinte.

»Warst du bereits beim Palastarzt und hast private Informationen eingeholt oder dich in deiner Bibliothek belesen?«, wollte jetzt auch Carissima von ihr wissen und lächelte sie fürsorglich an.

»Ich werde vor Ort einen Mediziner anstellen können und bestimmt keine Schwierigkeiten haben, Medikamente zu erhalten. Macht euch keine Gedanken um unsere Gesundheit«, versuchte Adelheid die Schwestern zu beruhigen. Die Mädchen tauschten daraufhin unsichere Blicke aus.

»Deine Gesundheit«, mischte sich Begonia ein. »Was Carissima meint, ist keine Erkrankung, sondern ... ein erwarteter Umstand.« Sie verstand nicht, was ihre Schwestern meinten, und blinzelte verwirrt.

»Du wirst bald eine Ehefrau sein«, gab Dorethin ihr einen vorsichtigen Hinweis. Es war offensichtlich, dass die Schwestern bereits ohne sie über dieses Thema gesprochen hatten.

»Du solltest den Palastarzt aufsuchen und dich mit den ehelichen Pflichten auseinandersetzen.«

Adelheid lief rot an.

Sie stemmte die Hände in die Hüften und wandte sich empört ab. »Das ist nicht euer Ernst«, rief sie aufgebracht. Fronica lief zu ihr hinüber und lehnte sich an ihrer Schulter an.

»Wir wollen nicht, dass du dort allein und einsam bist«, erklärte sie der Ältesten und nahm sie in den Arm. »Wir werden dich so oft wie möglich besuchen. Einzeln und auch zusammen.«

Nach und nach kamen auch die anderen Mädchen hinzu, bis sie ihre älteste Schwester gemeinsam umarmten.

»Natürlich werden wir die meiste Zeit nicht bei dir sein können«, erklärte Elsbeth leise.

Adelheid schwieg. Sie wusste, dass Einsamkeit sie in Norwegen erwarten würde. Gleichzeitig verstand sie den Gedanken ihrer Schwestern: Es könnte hilfreich – ja, notwendig – sein, eine eigene Familie zu gründen.

Ihr war klar, dass dies von ihr verlangt wurde: einen Thronfolger zu zeugen und die Blutlinie zu sichern.

Adelheid dachte an ihre Schwestern und die Bücher, die sie mitnehmen würde. Doch sie wusste auch, dass das allein nicht reichen würde.

Es war an der Zeit, ein eigenes Leben aufzubauen.

Sie schloss die Augen und genoss die Wärme, die die innige Umarmung auslöste. Hier fühlte sie sich geborgen. Hier schlugen die Herzen im gleichen Takt. Hier gab es keine Sorgen.

Zumindest war das so, bis ihre Mutter verstarb. Mit diesem Tag hatte sich alles verändert, und sie durften nicht länger an den alten Zeiten festhalten.

Sie würde sich dem neuen, trostlosen Leben nicht entziehen können. Doch womöglich konnte sie es mit viel Geduld und Pflichtbewusstsein mitgestalten.

Adelheid atmete tief ein und aus und bedankte sich bei ihren Schwestern.

Sie versprachen, untereinander Briefkontakt zu halten, sich zu besuchen und einander bestmöglich an ihrem Leben teilhaben zu lassen. Trotzdem fühlte es sich für die Schwestern an, als würden sie sich für immer von Adelheid verabschieden.

Wieder versank ihre Freizeit in Terminen.

Sie war den ganzen Tag beschäftigt: mit dem Erlernen des zeremoniellen Ablaufs der Trauung, dem Schneidern ihres Kleides, dem Verfassen des Ehegelübdes und den Vorbereitungen für die lange Reise.

Die Vermählung sollte zu Ehren des Landes in Norwegen stattfinden, der ganze Hofstaat begleitete sie an diesem geschichtsträchtigen Tag.

Es war ein Abenteuer, auf das das versprochene Paar nicht vorbereitet war. Sie würden ein Gefolge führen, Ländereien verwalten, Bedienstete, Köche und einen Mediziner anstellen sowie einen Gärtner und Stallmeister für das Anwesen und die Pferde organisieren müssen – und das, obwohl sie bisher erst wenige Sätze miteinander gewechselt hatten.

Für die Bewohner des Landes wirkte es so, als hätte das Paar diesen Wechsel freiwillig beschlossen. Auch die Bekannten und Anhänger Dänemarks wurden in diesem Glauben gelassen.

Einzig die Familie von Levenheim kannte die Wahrheit über des Königs Wutanfall und die daraus resultierende Hetze.

Die Zeit verging wie im Flug. Adelheid verschwand abends in ihrem Portal und durchforstete heimlich die Bibliothek, wie schon zu Anfang. Sie wollte von ihren Studienfreunden nicht entdeckt werden, um sich nicht erklären zu müssen, warum sie sich scheinbar immer wieder in Luft auflöste.

Sie las Abhandlungen über Norwegen und dessen Geschichte, denn auch eine Prinzessin konnte sich nicht alle Details der jahrhundertealten Historie merken und brauchte hin und wieder eine Auffrischung.

Adelheid wollte nicht unvorbereitet den Statthaltern, Bürgermeistern, Präsidenten und Heiligen gegenübertreten und schon gar nicht alles ihrem Ehemann überlassen, wie es zum Teil von ihr erwartet wurde. Sie war entschlossen, einen Großteil der Macht für sich zu beanspruchen und dem jungen Grafen wortgewandt entgegenzutreten, sollte es zu einer Auseinandersetzung kommen. Sie wollte für sich einstehen.

Am Tag der langen Reise bestiegen alle sechs Schwestern eine Kutsche. Sie wurden von weiteren Wagen begleitet, in denen der König, seine engsten Vertrauten und Kammerzofen saßen. Umgeben war der Tross von Soldaten zu Pferd und einer Armee bewaffneter Männer. Die Wagen waren beladen mit Gegenständen, Kleidung, Adelheids Privatbesitz, Truhen des Grafen sowie Lebensmitteln, Utensilien für die Pferde, Waffen und Wasser.

Es wurden lediglich kurze Pausen eingelegt, und das Verlassen der Kutsche war stets nur in Begleitung der Soldaten gestattet. Obwohl die Prinzessinnen auf bequemste Weise reisten, war es beschwerlich und hart. Es war gefährlich, nervenaufreibend und bedrückend für alle Beteiligten.

Die junge Königin schob gelegentlich die dunklen, goldverzierten Gardinen beiseite, um einen Blick auf die Kolonne zu werfen.

Die Schwestern führten nur wenige Gespräche und hatten kaum etwas zu berichten. Dennoch ließen sie einander nicht los und hielten sich an den Händen.

Während Adelheid und die Mädchen geschützt vor dem Wetter und den Blicken anderer in der Kutsche saßen, ritt der Graf willensstark mit den Soldaten mit. Er wollte den Damen Freiraum geben, dem König imponieren und die Kolonne furchtlos und ebenbürtig anführen.

Das Paar und sein Geleit wurden herzlich von den stationierten Soldaten und den Anwohnern des Landes empfangen und bis zu den Toren der Residenz geleitet. Sie begrüßten sie mit Blumen und Jubelrufen und erhofften sich ihre Gunst.

Die Ankunft des Paares, der gesamten Familie der von Levenheims und die Wiederbelebung des Schlosses, hoben das Ansehen der Stadt – ja, des ganzen Landes. Zugleich schuf es Arbeitsplätze und erhöhte die Wirtschaftlichkeit. Die Erwartungen aller waren enorm und gerade deswegen begegneten ihnen die Menschen auch mit Skepsis und Zurückhaltung.

Adelheid und Graf Arthur wurden direkt auf ihre Zimmer gebracht. Jedes Familienmitglied erhielt ein eigenes, ganz zum Unmut ihrer Schwestern. Das hielt die Prinzessinnen selbstverständlich nicht davon ab, die Nacht gemeinsam zu verbringen.

Die Mädchen hatten kaum Zeit, durchzuatmen, Erlebtes zu verarbeiten oder sich, einfach nur mit sich selbst zu beschäftigen. Das letzte Jahr bestand aus Monaten, die es in sich hatten, und jeder Einzelnen aufs Gemüt schlug.

So sehr sie ihre Portale liebten, wünschten sie sich manchmal die gute alte Zeit zurück.

Die Trauung fand am folgenden Morgen statt, danach ein Ball und an dem darauffolgenden Tag würden alle am Nachmittag wieder abreisen. Die Mädchen versuchten vergeblich, den König zu einem längeren Aufenthalt zu überreden, aber er ließ sich nicht überstimmen.

Sein Palast war ohne Führung und die Menschen, die ihn begleiteten, waren ebenfalls einer Gefahr ausgesetzt. Denn Adelige hatten nicht nur Anhänger – es gab genügend Gruppierungen, die den König fallen sehen wollten oder darauf aus waren, die Familie zu schwächen. Diese bezeichnete der König verächtlich und schimpfend als »Gauner, Mörder und Deserteure«.

Doch die Prinzessinnen wussten es zwischenzeitlich besser. In ihren Portalen waren sie weder adelig noch bevorzugt. Dort mussten sie sich beweisen und arbeiten, mussten lernen und selbst spüren, was es hieß, ohne viel Geld auszukommen – auch wenn das Schicksal stets gnädig mit ihnen war.

Sie waren sich ihrer Privilegien bewusst und versuchten, mit ihren Positionen Gutes zu tun. Vor allem wollten sie aber den benachteiligten Frauen eine Stimme geben und den Fortschritt vorantreiben.

Sie probierten, alte Denkweisen in eine neue Richtung zu lenken und denen Einhalt zu gebieten, die genau für die Beibehaltung solcher altmodischen Verbote warben.

Sie wollten etwas zurückgeben und Teil der Gemeinschaft sein. Nicht weitere goldene Mauern errichten, sondern bestehende zum Einsturz bringen.

Sie forderten Gerechtigkeit und Emanzipation.

Die Vorbereitungen der Hochzeit begannen in den frühen Morgenstunden. Adelheid hatte bisher keine Zeit gehabt, sich in ihrem neuen Zuhause umzusehen – sie kannte nur das Zimmer, das ihr zugewiesen worden war, sowie die angrenzenden Ankleide- und Waschräume. Alles wirkte ordentlich und sauber, obwohl hier lange niemand mehr gelebt hatte.

Bedienstete, Köche und Kellner waren eingestellt worden, um den Hochzeitsball vorzubereiten. Auf den Gängen herrschte geschäftiges Treiben, und eilige Schritte näherten oder entfernten sich.

Adelheid wurde gebadet, angekleidet, frisiert und mit dem teuersten Schmuck der Welt ausgestattet.

Sie hatte genug davon, wie eine Puppe ausgestellt zu werden und diese stundenlangen, sinnlosen Prozeduren über sich ergehen zu lassen. Sie wollte flüchten, sich verstecken, einfach nur Ruhe und Stille. Sie wollte aus dieser Welt verschwinden und in ihre eigene eintauchen. Sie wollte wieder sie selbst sein.

Die Trauung lief ähnlich wie die zeremonielle Übergabe der Krone an die Thronfolgerin ab und begann mit einer Prozession. Adelheid beschritt die Kathedrale, gefolgt von Geistlichen und Würdenträgern. Ihr Eintreten wurde durch militärische und musikalische Darbietungen begleitet. Die Königin suchte nach ihren Schwestern, die ganz vorn in den ersten Reihen saßen. Als sie Adelheid in dem atemberaubenden Hochzeitskleid erblickten, begannen sie zu weinen.

Der Vater nahm kurz vor dem Altar Adelheid an die Hand, führte sie zu ihrem Zukünftigen und reichte ihre Hand in seine. Er übergab das Leben seiner Tochter symbolisch an seinen Nachfolger – Arthur von Rosenborg.

Mit dieser Vermählung bekam er einen neuen Titel und hieß von nun an Herzog Arthur von Levenheim.

Arthur war nervös und wagte es nicht, sie länger anzusehen. Sie war wunderschön, das Abbild einer Göttin. Sie durften keine Gefühle zeigen und der Graf versuchte ebenfalls, seine erröteten Wangen zu verbergen. Das Zittern seiner Hand entging Adelheid allerdings nicht.

Er hatte sie zwei Wochen nicht gesehen und sein Portal, das der Spiegelmeister anfangs für ihn in Form einer Glasscherbe erschaffen hatte, wirkte nur im Schloss.

In seinem Schlafgemach, bei seiner Familie den von Rosenborgs, war die Scherbe einfach nur ein Stück nutzloses Glas.

Geduldig absolvierten die beiden das Ehegelübde und schworen sich Treue, Loyalität und gegenseitige Unterstützung. Der Ringtausch bekräftigte das Gelübde, und alle Anwesenden wurden Zeugen. Königin Adelheid von Levenheim und Herzog Arthur von Levenheim verließen die Kathedrale als geschichtsträchtiges Bündnis.

Die Festlichkeiten ähnelten im Ablauf und in der Form den Beerdigungszeremonien ihrer Mutter und der Titelübergabe an Adelheid. Der Unterschied war das Land und das Publikum. Es bestand aus fremden Menschen, die Macht ausstrahlten, die

Güte des Paares suchten und mit denen Verträge geschlossen oder verhindert werden sollten.

Heute war die Familie anwesend, doch morgen? Keine Freunde, keine Vertrauten und keine Bezugspersonen.

Adelheid und Arthur hatten nur einander – und durften das unter keinen Umständen zeigen. Das hatte ihnen der König vor der Trauung deutlich klargemacht.

Er hatte es sich nicht nehmen lassen, beide in ihren Pflichten und Aufgaben zu unterrichten, den Tagesablauf und die nächsten Wochen zu erklären und an ihre Vernunft und Treue zu appellieren.

Anhänger der Krone hatten sich um die ersten Belange des Hauses gekümmert und die neue Residenz mit allem ausgestattet, was für den Anfang notwendig war.

Die wenigen Mitarbeiter und Bediensteten, die bisher eingewiesen worden waren, hatte eine strenge Prüfung absolviert und standen nun in den Diensten des Landes.

König Waldur versprach seiner Tochter, dass er dafür sorgte, dass ihr nicht das Gleiche widerfahren würde, wie einst seiner geliebten Frau. Er beschützte seine Familie über die Landesgrenzen hinaus, auch wenn das für sie bisher nicht den Anschein gemacht hatte. Er sorgte weiterhin für ihr Wohl und fungierte in allen Belangen als ihr Ansprechpartner.

»Mein Kind, mir ist bewusst, dass sich unsere Wege eine Zeitlang trennen werden. Trotzdem sei dir gewiss: Ich habe stets zu deinem Besten gehandelt und werde dies auch bei deinen Schwestern tun«, sagte er und verließ den Raum.

Adelheid saß die ganze Zeit wortlos da und gab sich emotionslos und gehorsam, so wie es die Etikette verlangte.

Dem Paar wurde ein beachtliches Startkapital mitgegeben, und den Rest würden sie über die Einnahmen der Ländereien bewerkstelligen. Auch in diesem Fall war Adelheid froh, die Zwillinge als ihre Unterstützung an ihrer Seite zu wissen, und würde einfach alles auf sich zukommen lassen.

Bisher war sie von dem neuen Leben schlicht und ergreifend überrollt worden. Sie hatte keine Tränen mehr, die sie weinen konnte. Sie war leer, wie in Trance. Ihre Seele hatte keine Kraft mehr. Sie folgte Anweisungen wie eine Marionette und stand still, wenn keiner die Fäden in den Händen hielt.

Eine weitere Aufgabe des Tages stand bevor, die vor den Augen aller Norweger ausgeführt werden musste: der Hochzeitsball in ihrer neuen Residenz.

Von nun an saßen Adelheid und Arthur vor der Öffentlichkeit stets beisammen und traten als Einheit auf – ein Bündnis des Landes, das Wappen der von Levenheims und als zukünftige Eltern des nächsten Königs.

Die von Levenheims meisterten den Abend mit Bravour und begutachteten die Reihen der Gäste, die das Königspaar von nun an umgeben würde, während sie dem frischvermählten Paar gratulierten.

Auch die Familie von Rosenborg war eingeladen, um ihre Loyalität zu bekunden, doch Arthur war unsicher, ob er sie künftig in seiner Nähe haben wollte.

Während getanzt, getrunken und verhandelt wurde, formierten sich erste Gruppierungen, und Arthur wurde von seinen Vertrauten in Beschlag genommen, um Entscheidungen für das Land zu treffen.

Er hätte lieber zuerst mit Adelheid gesprochen, denn eine Unterredung eilte. Doch da sie ihre Schwestern nur an diesem Abend um sich hatte, wollte er ihr diese Zeit nicht nehmen – er wusste, wie sehr sie sie vermissen würde und wie enorm sie bereits mit dem Abschied kämpfte.

XXX
Ein gebrochenes Herz

Am nächsten Nachmittag stand der gesamte Hofstaat vor dem Gebäude des Ehepaares und verabschiedete sich herzlich von ihnen. Innige Umarmungen wurden ausgetauscht, Tränen weggewischt, Versprechungen und Wünsche gegeben. Adelheid drohte seelisch zu zerbrechen. Ihre Unterlippe bebte vor Trauer und Angst. Sie wollte schreien und weinen.

Lasst mich nicht allein.

Ihre Schwestern konnten und wollten sich nicht von ihr trennen, und die Soldaten mussten einschreiten.

Arthur sah, wie ihr Körper kraftlos schwankte und sie der Ohnmacht nahe zu sein schien. Geschwind eilte er herbei, um seine Ehefrau zu stützen.

Wir kommen so schnell wie möglich wieder und wir werden dir täglich schreiben, riefen die Schwestern weinend durch das Kutschenfenster. *Wir werden bald wieder zusammen sein. Vergiss uns nicht.* Adelheid sank schluchzend zu Boden.

Arthur stützte sie am Arm und half ihr zurück ins Haus. Er ließ Tee bringen und legte sie auf die Couch, wo sie augenblicklich erschöpft einschlief. Es tat ihm unendlich weh, sie so leiden zu sehen, und er versprach stumm, seine Unterstützung.

Besorgt ließ er einen Arzt kommen. Der Mediziner erklärte, dass Adelheid psychisch labil sei, überfordert von den vielen Veränderungen und der Trennung von ihren Schwestern, mit denen sie achtzehn Jahre lang zusammengelebt hatte.

Der Tod der Mutter – sie verlor ihren Halt; der Stress der Verpflichtungen; der Wechsel des Ortes und der täglichen Rhythmen – sie nahmen ihr die Lebensfreude und ihre Vitalität.

Sie brauchte Zeit, um sich an die fremden Menschen, die unbekannten Geräusche und die neue Umgebung zu gewöhnen.

Adelheid hatte bis zum Abschied wacker durchgehalten, doch nun war sie ausgelaugt und gebrochen. Eine leere Hülle ohne Mut oder Zuversicht.

Eine Woche verbrachte sie in ihrem neuen Bett, in einem großen, gemütlichen Zimmer mit Kamin, der stets für sie beheizt wurde. Ihre Kleider wurden in ihr eigenes Ankleidezimmer gebracht und die Truhen verstauten Accessoires und Decken.

Die Bediensteten schlichen umher und versuchten, sie nicht zu wecken oder zu stören. Sie waren sehr auf ihre Genesung bedacht und brachten Getränke und Essen. Auch sie mussten Adelheid erst kennenlernen.

Arthur hielt Abstand, doch abends, wenn sie schlief, ging er auf Zehenspitzen in ihr Zimmer und setzte sich auf einen Sessel neben ihr Bett.

Von dort aus las er ihr leise aus Büchern vor und Briefe, die sie als Paar erhielten. Zwischenzeitlich waren auch die ersten Nachrichten von ihren Schwestern angekommen. Diese legte er respektvoll auf ihrem Nachttisch ab, damit sie sie jederzeit erreichen konnte.

Langsam erholte sich Adelheid, bekam wieder mehr Farbe im Gesicht und begann von alleine zu essen, traute sich jedoch nicht aus ihrem Zimmer. Arthur organisierte ihr neue Bücher, denn er wusste von ihrem Geheimnis – die Liebe zur Literatur.

Er bemühte sich, etwas Positives in den Umzug nach Norwegen zu bringen, und informierte sich über die Universität in Oslo sowie über deren Studenten und Gönner. Dabei stieß er auf interessante Persönlichkeiten.

Eines der Werke, das er ihr ganz stolz präsentierte, war von Camilla Collett und hieß *Die Amtmannstöchter*. Es war der erste norwegische Gesellschaftsroman einer Frau und erschien vor wenigen Jahren. Er war umstritten, klar, und auch der Herzog von Levenheim wurde skeptisch beäugt, als er das Buch beschaffte. Immerhin thematisierte das Schriftstück unter anderem die Unterdrückung von Frauen und arrangierten Ehen. Collett, die sich für Bildung, die Förderung der norwegischen Sprache und die politische Teilhabe einsetzte, war inzwischen bekannt und geschätzt.

Obwohl derartige Themen kritisch gesehen wurden, wollte Arthur seiner Ehefrau zeigen, dass er auf ihrer Seite stand.

Er ließ ihr ihren Freiraum und bemühte sich, den Anforderungen des Königs gerecht zu werden.

Für Adelheid richtete er ein Zimmer her, in das er ihre Bücher und Abhandlungen bringen ließ. Diesen Raum durfte niemand außer ihnen beiden betreten und sollte für Schutz und Vertrautheit stehen.

Zudem kümmerte er sich um die Beschaffung von Personal und überprüfte die ihm fremden Menschen auf Herz und Nieren, denn auch er kannte die Geschichte von Magdalena von Levenheim. Der König hatte ihm dieses Geheimnis am Morgen der Trauung offenbart und klar gemacht, dass das Leben seiner

Tochter nun in Arthurs Händen lag, und dieser nahm seine Verantwortung sehr ernst.

Das Anwesen war groß und würde viel Arbeit bedeuten; dennoch konnte der junge Herzog sich ein Leben hier vorstellen. Der König selbst war in Norwegen aufgewachsen und für seine geliebte Königin nach Dänemark gezogen. Er hatte seine Familie an eine Krankheit verloren, kurz nachdem er Magdalena heiratete, seitdem stand dieses Domizil leer.

Arthur fühlte sich, obgleich der Umstände und aller Widrigkeiten zum Trotz geehrt, dass der König ihm seine Tochter, die Königin des Landes, und seinen familiären Sitz anvertraute.

Mit der Annahme des Rätsels hatte er sich damals dem Palast der von Levenheims verschrieben und jetzt würde er loyal unter dem Wappen beider Länder regieren. Er war bereit, seiner Königin treu zu dienen und ihr zur Seite zu stehen. Er würde das Land Norwegen unterstützen und führen, so wie es sein Posten verlangt. Auch den Namen des königlichen Beraters würde er in Ehren weitertragen.

Für Arthur war all das eine Selbstverständlichkeit. Auf Adelheid hingegen wirkte es wie ein Spiel. Wie ein Plan, den ihr Vater vor langer Zeit vereitelte. Ein Komplott zwischen dem ernannten Herzog und dem König.

Einer Frau Macht geben – in welchem Geschichtsbuch wurde das bisher zu Ende geschrieben?, dachte sie verbittert.

Sie fühlte sich wie eine Marionette, die von äußeren Kräften kontrolliert und manipuliert wurde – sie war orientierungslos und konnte sich nicht wehren.

Jeden Abend klopfte Arthur sachte an die Tür und bat sie, gemeinsam mit ihm zu speisen. Sie erschien jedoch nicht. Bis er nach zwei Wochen um Mitternacht aufgeregt in ihr Schlafzimmer stürzte und auf sie zulief.

Sie bekam es mit der Angst zu tun und versteckte sich unter der Bettdecke. Sie fürchtete, er würde seine ehelichen Rechte einfordern – dafür war sie nicht bereit. Panisch strampelte und schrie sie, doch Arthur schaute sie nur verwundert an.

»Was ist mit dir?«, fragte er mit erhobenen Augenbrauen.

»Du machst mir Angst.«

»Das wollte ich nicht. Komm mit, sie braucht deine Hilfe.«

Adelheid hatte vom vielen Liegen kaum Kraft in den Beinen und suchte mit langsamen Schritten nach einem Morgenmantel. Arthur stand im Türrahmen und ging auf Abstand, damit sie sich nicht bedrängt fühlte.

Als sie so weit war, lief er voraus ins Untergeschoss und durch den Hintereingang in den Garten.

»Wo gehst du hin?«, wollte sie von ihm wissen und hatte Mühe, Schritt zu halten.

»Du wirst es gleich sehen. Du musst ihr helfen. Ich weiß nicht, was ich tun soll.«

Die Königin folgte ihm und zweifelte an seinem klaren Verstand – bis sie an den Stallungen ankamen.

Arthur öffnete die Tür und Adelheid erblickte einen Mann, der der hiesige Stadtarzt zu sein schien. Er half einer Stute bei der Geburt eines Fohlens.

»Werte Königin«, sagt er dann und verfiel umständlich in eine Verbeugung, während seine Hände am Bauch der Stute weilten. »Ich könnte Hilfe gebrauchen. Ich bin Humanmediziner.«

Adelheid verstand sofort, krempelte die Ärmel ihres Mantels hoch und kniete sich ins Stroh neben dem Arzt. Dann gab sie Arthur Anweisungen, warmes Wasser und Decken zu holen, und schickte eine Bedienstete, die ihn dabei unterstützen sollte. Er musste mehrmals gehen, um zusätzlich weitere chirurgische Gegenstände und Verbandsmaterial zu holen.

Sie entzündeten Lampen, um für Licht zu sorgen, und halfen dem Pferd dabei, das Fohlen lebend zu gebären. Die Königin wollte ebenso unter keinen Umständen die Stute verlieren und verbrachte Stunden an ihrer Seite, bis das Fohlen auf der Welt war, sich beide einigermaßen erholt hatten und das Schlimmste überstanden war.

Arthur und der Arzt waren sichtlich erschöpft und betrachteten Adelheid beeindruckt.

Der neue Herzog wies den Arzt an, der Begabung seiner Frau mit Respekt zu begegnen und sie stets zu konsultieren, wenn ihre Hilfe gebraucht wurde.

Die Hektik der letzten Stunden und die Erschöpfung übermannte Adelheid zwar, doch sie wurde das Gefühl nicht los, etwas Wertvolles bewiesen zu haben – sie hatte eine große Hürde gemeistert. Sie hatte tun dürfen, was sie liebte, und Arthur war es, der es ihr ermöglicht hatte.

Adelheid wollte versuchen, ihre neue Lebenssituation aus einem anderen Blickwinkel zu betrachten und Missverständnisse ein für alle Mal zu klären.

Als die Wege der beiden sich im Haus trennten, schenkte sie ihm ein zaghaftes Lächeln.

Am nächsten Morgen leistete Adelheid dem Herzog schüchtern Gesellschaft am Frühstückstisch. Sie saßen sich an einer langen Tafel gegenüber und wechselten kein Wort.

Adelheid wollte sich dadurch erkenntlich zeigen – für sein Vertrauen und dafür, dass das Fohlen von ihr gerettet werden konnte. Sie warf zwischen den Bissen verstohlene Blicke zu ihm hinüber, war sich jedoch nicht sicher, was sie sagen sollte.

Arthur bemerkte ihre Bemühungen, auch wenn sie ihm nicht gänzlich vertraute. Sie tat sich schwer, sich mit den neuen Umständen zu arrangieren, aber er würde ihr weiterhin die Zeit geben, die sie benötigte. Er wollte, dass sie wusste, dass sie ihr Wissen hier nicht verstecken musste und weiterforschen konnte. Er war stolz auf seine Frau.

Sie aß nur wenig, und die abrupt beendete Nacht schien Spuren hinterlassen zu haben. Kurz darauf ging sie deshalb wieder nach oben in ihr Schlafgemach.

»Danke«, rief er ihr zögerlich hinterher und wusste selbst nicht, ob er ihren Einsatz in der Nacht oder die Gesellschaft beim Frühstück meinte.

»Gern geschehen«, erwiderte sie eilig und verschwand.

Den Tag verbrachten sie getrennt und versuchten, ihr neues Leben zu meistern.

Adelheid widmete sich den Briefen auf ihrem Nachttisch und suchte eifrig die Nachrichten ihrer Schwestern heraus. Arthur hingegen kümmerte sich um den verwilderten Garten und legte selbst Hand an. Die Arbeit half ihm, den Kopf freizubekommen. Doch abends saß er wieder allein am Tisch, schlich durch die dunklen Gänge und ging schließlich zu Bett.

Es war bereits Mitternacht, da klopfte Arthur stürmisch an ihre Tür. »Adelheid, wach auf«, rief er von draußen. »Steh auf, ich will dir etwas zeigen. Ich habe da was Wichtiges entdeckt.«

Adelheid warf den Morgenmantel über und öffnete verschlafen die Tür. Dort stand Arthur aufgeregt und reichte ihr seine Hand.

»Los, komm. Das musst du sehen.«

Sie blickte an sich hinunter, stand erneut mit zerzausten Haaren und langem weißen Nachtgewand vor ihm.

»Die Bediensteten schlafen bereits. Dich wird keiner sehen. Versprochen«, sagte er beruhigend.

Adelheid ergriff zögerlich seine Hand und ließ sich von ihm führen.

Er war unstet und lief viel zu schnell durch die Gänge, bog um eine Ecke und nahm die Treppe nach oben zum Dachgeschoss.

Sie kam kaum hinterher und ihre nackten Füße klatschten auf dem Steinboden – sie war verwundert über die Richtung, die er einschlug. Auf dem Dachboden, der dekorativ nicht gerade zum Rest des Hauses passte, wartete er vor einer alten Holztür.

»Versuch, sie zu öffnen«, ermutigte er sie.

Arthur wusste bereits, dass die Tür verschlossen war, wollte aber, dass sie es selbst probierte. Er lächelte, kramte in seiner Hosentasche herum und zog schließlich einen Gegenstand heraus.

»Ich weiß, dass das alles ein Schock für dich war. Es hat auch mich getroffen.« Er verlagerte sein Gewicht und wechselte die Position, während er nach den passenden Worten suchte. »Ich habe ein Geschenk für dich.« Er bat seine Ehefrau, ihre Hand in seine zu betten. Dann legte er den Gegenstand auf ihre Handfläche und wartete auf ihre Reaktion.

Adelheid fröstelte und blickte auf ihre nackten Füße.

»Tut mir leid, dafür war keine Zeit. Du wirst es hoffentlich gleich verstehen.«

Die Königin starrte auf den Gegenstand. Es war ein Schlüssel – jedoch kein gewöhnlicher. Er lag schwer in der Hand, war aus Metall und mit Verzierungen geschmückt. Das war aber nicht das Besondere daran.

Der Schlüssel schien mit Glas ummantelt zu sein.

»Ich habe mich an das Geschenk erinnert und die Türen abgesucht. Er passte in kein Schloss und alle Türen waren bereits geöffnet. Bis ich vorhin diese hier fand«, erklärte er.

»Und bei dieser passt er?«, wollte sie nun von ihm wissen.

»Er gehört zu dieser Tür.«

»Was verbirgt sich dahinter?«, fragte Adelheid ihn gespannt.

»Das musst du herausfinden. Ich kann ihn nicht benutzen.« Seine Augen funkelten.

»Aber woher willst du das wissen?«

Adelheid schaute Arthur verwirrt an, dann richtete sie ihren Blick abermals auf den Schlüssel.

»*Geformt aus einem Wort, zwei Leben für eines* ... «, zitierte er Echos Neros Worte und Adelheid vollendete ungläubig den Satz: »... *besiegelt mit Blut und Magie.*«

Sie begann zu zittern und schob den Schlüssel zögerlich ins Schloss. Mit einem leisen Klicken öffnete sich die Tür, und Arthur wich einen Schritt zurück. In Adelheids Körper machte sich eine Welle der Aufregung breit – sie bekam Gänsehaut, als sie durch den Türrahmen trat. Dann war sie verschwunden.

Arthur erschrak und legte sich die Hände vor den Mund. Er hatte durch sein Glasstück des Mädchenfensters mehrmals gesehen, wie sie in ihren Portalen verschwanden. Doch jetzt, in seiner Realität, vor seinen Augen, konnte er es kaum glauben.

Er durchschritt ebenfalls den Eingang, fand aber lediglich eine alte Rumpelkammer vor. Die Lampe des Flurs schien nur schwach hinein, und man konnte seine eigene Hand vor Augen nicht erkennen, so dunkel war es. Deshalb ging er wieder in den Flur zurück und setzte sich auf den Absatz der Treppe, um geduldig auf seine Ehefrau zu warten. Er wusste nicht, wo Adelheid landete, und hoffte, dass ihr dort nichts geschehen würde.

Trotz der Sorge legte sich eine erleichternde Zufriedenheit auf seine Seele. Er hatte bis vorhin noch Zweifel an des Spiegelmeisters Schlüssel gehabt. Doch nun war er sich sicher, dass Adelheid ihre Krone nicht als Fessel, sondern als Symbol ihrer Freiheit tragen würde – ein Schmuckstück, das sie glänzen ließ, aber nicht bändigen konnte.

Es vergingen mehrere Stunden. Die späte Uhrzeit forderte ihren Preis, und er schlief mit dem Rücken an die Wand gelehnt im Sitzen ein.

XXXI
Ein unerwarteter Gast

Was Adelheid sah, verschlug ihr die Sprache. Es war der Schlüssel eines Portals. Die Tür, die sie öffnete, führte zum Dachboden ihres neuen Zuhauses in Norwegen, aber das Zimmer, das sie betrat, befand sich im Palast; ihrem Palast in Dänemark.

Adelheid stand plötzlich im Schlafgemach ihrer Schwestern – ihr Herz wurde schwer und weich zugleich.

Fassungslos und um kein Geräusch zu verursachen, hielt sie sich die Hand vor den Mund und schniefte leise.

Ihre Schwestern schliefen, und obwohl sie es liebend gern getan hätte, weckte sie sie nicht.

Zuerst musste sie etwas überprüfen.

Die Königin schlich zu ihrem Bett und öffnete die oberste Schublade ihres Nachttischschrankes. Dort wartete ihr Handspiegel auf sie, und ohne lange zu überlegen, verschwand sie in ihrem Portal.

Sie schritt durch die Gänge der Bibliothek, erfühlte mit ihren Fingern die raue Struktur der Buchrücken und konnte ihr Glück kaum glauben.

Sie eilte zu einem Schulungsraum der Universität und ließ ihren Blick über die Reihen schweifen.

Da erkannte sie ihre Freundin, die sie erfreut zu sich hineinwinkte und sie herzlich umarmte. »Wo bist du nur gewesen? Hast du meine Abhandlung erhalten?«

»Ja, allerdings. Ich vermute, ich habe einiges nachzuholen?«, wollte Adelheid von Elizabeth Blackwell wissen.

Die zwei jungen Damen kicherten vertraut und lauschten der Unterrichtung.

Erst nach dem Besuch in der Portalwelt weckte sie ihre Schwestern, die ihren Augen kaum trauten, und berichtete von Arthurs Geschenk.

»Ein weiteres Portal, gekoppelt an deinen Ehemann und an das Schloss?«, fragte Begonia skeptisch.

»So scheint es zu funktionieren, ja«, bestätigte Adelheid strahlend.

»Wie ist Norwegen?«, fragte die Jüngste unvermittelt. »Wann können wir dich dort besuchen? Und hast du schon alles eingerichtet?« Adelheid hob unwissend ihre Schultern, während Begonia bereits drauf und dran war, sich die nicht vorhandenen Hemdsärmel hochzukrempeln.

»Sperrt er dich ein? Aber wozu dann dieses Geschenk?«

»Nein, er ist sehr liebevoll und nett«, erklärte sie ihren Schwestern.

»Aber?«, wollte Carissima den Grund ihrer Unwissenheit über Norwegens und ihr eigenes Haus erfahren.

»Ich habe euch so schrecklich vermisst und bin einfach im Bett geblieben.«

»Etwa die ganze Zeit?«, sorgte sich nun auch Dorethin.

»Ich habe ihm nicht über den Weg getraut und dachte, er und Vater stecken unter einer Decke«, gestand sie ihre Befürchtung.

»Ich glaube, da muss sich jemand entschuldigen«, rügte Elsbeth ihre große Schwester. »Vergiss nicht, dass er das Geheimnis hätte verraten und dich als Preis aushandeln können.«

»Das hat er euretwegen nicht getan.«

»Unseretwegen? Wir haben ihn nicht gerade herzlich willkommen geheißen, geschweige denn akzeptiert. Er hat das nicht unseretwegen getan, sondern für dich.«

Begonia verschränkte die Arme vor der Brust, um dem Gesagten Nachdruck zu verleihen, und holte Adelheid auf den Boden der Tatsachen zurück.

Diese wiederum schämte sich für ihr kaltes Benehmen Arthur gegenüber. Er stand loyal zu ihr und half, wo er konnte, weil er es wollte und nicht, weil ihr Vater es verlangte. Auch jetzt stand er an ihrer Seite, obwohl ihm das gleiche Schicksal ereilte.

Er hatte kein Portal, in das er schlüpfen und sich verstecken konnte. Er hatte nur sie.

Später würde sie mit ihm ein Gespräch führen müssen, doch zuerst genoss sie die Nähe ihrer geliebten Schwestern.

»Und jetzt erzählt schon. Was habe ich verpasst?«

Ihr Blick schweifte über die Gesichter der Schwestern. Fronicas Grinsen entging ihr nicht.

»Erzähl mir von deinem Portal. Wie ist es dir dort bisher ergangen?«

Die Mädchen wechselten alle, wie in alter Manier auf Adelheids Bett und mummelten sich gemeinsam unter ihrer Bettdecke ein. Dann begann die Jüngste zu berichten.

Fronica hatte ein paar Wochen gehabt, Zeit in ihrem Portal verbringen zu können, und keinem entging ihre Leidenschaft.

Sie sinnierte über Dinge, für die sie viel zu jung war und für die es keine Antworten gab.

Sie war begeistert von der italienischen Stadt, in der sie gelandet war, und streifte dort furchtlos durch die Straßen. Sie war in Bologna und schwärmte von der Architektur, den meterhohen Toren und den säulenbestückten Gassen. Den freundlichen Menschen und ihrem neuen Bekannten – Dr. Bassi.

Er war ein Nachkomme von Laura Bassi und berichtete stolz von ihrer außergewöhnlichen Karriere: Bereits mit zwanzig Jahren verteidigte sie über vierzig Thesen in Philosophie und Naturwissenschaften, trotz der Hindernisse für Frauen in der Wissenschaft. Sie war die erste weibliche Person, die Mitglied der Akademie in Bologna wurde, leitete die Abteilung für Physik und setzte sich für Gleichberechtigung ein, wodurch sie Frauen den Zugang zu Universitäten und Forschung erleichterte.

Inspiriert von Laura Bassis Leben nahm Fronica in ihrem Portal an Diskussionsrunden teil und vertiefte sich in Themen wie Philosophie, Quantenmechanik und Existenzialismus. Dr. Bassi erkannte ihr großes Talent, das zuvor unterdrückt worden war. Nun konnte sie ihre Fragen und ihr Wissen frei entfalten, was ihre Begeisterung steigerte und ihre Schwestern erfreute.

Jetzt durfte sie in ihrem Portal laut werden und all das verborgene Wissen entdecken und Fragen aussprechen, die andere als Zeitverschwendung empfanden.

Sie lebte im Schloss nicht mehr so zurückgezogen und konnte reiferen Gesprächen beiwohnen.

Die Geschwister brachten Adelheid auf den neuesten Stand, erzählten von Herausforderungen in ihren Portalen und auch im Palast. Wie die Stimmung der Familie sich langsam wieder aufbaute und wie sie ihren Alltag ohne sie bestritten.

Sie hielten zusammen – so wie es immer war.

Adelheid war überwältig, von der Präsenz ihrer Schwestern, wie die Mädchen sich in dem letzten Jahr entwickelten und zu Damen heranwuchsen, die sich nicht mehr unterdrücken ließen.

Die Mädchen wussten, dass ihre geliebte Mutter, Gott hab sie selig, stets ein Auge auf sie warf und ebenso stolz auf sie sein würde.

Die Königin verbrachte drei volle Stunden bei den Prinzessinnen, eilte anschließend durch ihr Portal zurück, aber nicht, ohne sich für morgen wieder mit ihren Schwestern zu verabreden. Dann umarmten sie sich innig und schlüpften in ihre Betten.

Adelheid fühlte sich wie neu geboren.

Arthur hatte ihr mit dem Portalschlüssel nicht nur einen Hoffnungsschimmer geschenkt, sondern auch ein Feuer in ihrem Inneren entfacht. Eine Leidenschaft, die in den kalten Händen des Königs erloschen war, nun allerdings hinter schützenden Mauern lodern konnte.

Die Königin schritt vorsichtig durch die Tür des Mädchenzimmers und landete im dunklen Treppenaufgang ihres Hauses.

Ihre Augen brauchten einen Moment, um sich an die Dunkelheit des Raumes zu gewöhnen. Da entdeckte sie Arthur, der an der Wand lehnte und schlief. Er schnarchte leise.

Adelheid zog die alte Holztür vorsichtig zu, nahm den Portalschlüssel aus dem Schloss und betrachtete den jungen Herzog einen Moment lang schweigend.

Ihr war klar, dass sie sich nicht nur entschuldigen musste. Sie musste dankbar sein – denn sie hätte es nicht besser treffen können. Sie hatte alles, was sie sich je wünschte: Sie konnte ihre Portalwelt behalten und den Kontakt zu ihren Schwestern wahren. Auch ihre Portale blieben erhalten, und sie wurden nicht getrennt.

Adelheid hatte einen gutaussehenden, freundlichen, zuvorkommenden und ehrlichen Mann an ihrer Seite, der ihr bereits seine Liebe gestand, noch bevor sie den Titel der Königin trug – und das, obwohl er selbst niemals König werden würde.

Zusätzlich hielt er ihr in den letzten Wochen den Rücken frei, während sie nichts zustande brachte. Er sorgte sich um sie und nahm Anteil an ihren Interessen.

Behutsam rüttelte sie an seiner Schulter, um ihn zu wecken.

»Arthur, wach auf.«

»Wie spät ist es?«, murmelte er und rieb sich müde die Augen.

»Es ist mitten in der Nacht. Wir sollten schlafen.«

Adelheid reichte ihm ihre Hand und half ihm beim Aufstehen. Die beiden standen sich gegenüber und sahen einander verlegen an.

»Danke«, sagte Adelheid schließlich und war froh, dass er ihre geröteten Wangen im dämmrigen Licht nicht sehen konnte.

»Ach, das war nur ein Geschenk«, spielte Arthur die Sache herunter. Da spürte er plötzlich ihre warmen Lippen auf seinen.

Er legte eine Hand an ihre Wange und sie verharrten in dem Moment, bis Adelheid sich widerwillig löste.

»Danke für alles.«

Ende

Epilog

Die Geschichte, die Sie soeben gelesen haben, ist eine Neuinterpretation des Märchens *Die zertanzten Schuhe* und ein Produkt meiner Fantasie. Die Figuren und ihre Charaktere sind frei erfunden. Dennoch wurzelt vieles in diesem Buch in der Wirklichkeit. Die Erwähnungen von Frauen wie Fanny Mendelssohn, Fr. Wippermann, Elisabeth Blackwell, Laura Bassi und Camilla Collett sind eine Hommage an ihre bahnbrechenden Errungenschaften und ihren unermüdlichen Einsatz.

Diese Damen haben in einer Zeit, in der Frauen oft keine Stimme hatten, sich ihren Platz in der Geschichte erkämpft.

Sie haben als Künstlerinnen, Wissenschaftlerinnen, Physikerinnen, Ärztinnen und Schriftstellerinnen bewiesen, dass Talent und Mut nicht an Geschlechtergrenzen haltmachen.

Ihre Arbeit hat die Grundlagen für die Emanzipation geschaffen, die wir heute oft als selbstverständlich erachten.

Mit ihrer Beharrlichkeit und ihrem Einsatz waren sie Pionierinnen, die uns den Weg geebnet haben. Ihre Leistungen sind nicht nur historische Fußnoten, sondern lebendige Beweise dafür, wie wichtig es ist, für Gleichberechtigung und Selbstbestimmung einzutreten.

Indem ich diese Frauen in meinem Buch erwähne, möchte ich daran erinnern, dass die Errungenschaften der Vergangenheit die Fundamente unserer Gegenwart sind.

Sie verdienen unsere Anerkennung und unseren Respekt – nicht nur für das, was sie erreicht haben, sondern auch für das, was sie uns hinterlassen haben: den Mut, unsere eigenen Träume zu verfolgen und die Welt zu gestalten.

Danksagung

Ein großes Dankeschön gilt meinem wunderbaren Umfeld, das meine Leidenschaft für das Schreiben mit so viel Verständnis und Geduld unterstützt. Es ist nicht selbstverständlich, dass ihr mir den Raum lasst, mich in meinen Geschichten zu verlieren, während draußen das Leben weitergeht. Doch gerade aus dieser Realität schöpfe ich immer wieder die Inspiration, die in meine Texte einfließt.

Mein Dank gilt auch den Probeleser:innen, sowie Christine, Nadine und Viktoria, die an mein unfertiges Werk glaubten und ihre Zeit opferten, um es mit ihrem Feedback zu bereichern. Eure Unterstützung ist für mich ein unschätzbarer Antrieb.

Ohne euch alle wäre dieses Buch nicht möglich gewesen. Danke!

Über die Autorin

Reni Weller, geboren im Mai 1987, wuchs in einer idyllischen Kleinstadt im Vogtland auf. Die Faszination für Bücher hat sie von ihrem Vater, der als Drucker viele Werke entstehen ließ und ihr die ersten Bücher schenkte. Nach der Ausbildung zog es die damals 20-jährige in die Hauptstadt und bis heute liebt sie den Trubel und die Menschen vor Ort.

Ihre Bücher schreibt sie in dem Genre Fantasy und auch Gedichte finden ihren Weg. Als Indie-Autorin mag sie besonders die Freiheit der Themenwahl und das Verwenden von tierischen Begleitern.

Bereits erschienen

Der Orden des Animalus – Seelenhunde

Erster Band der Seelentiere

Sie kämpft gegen die Einsamkeit.
Er für seine Freiheit.

Clementine vergräbt sich am liebsten in ihren Büchern und verbringt ihre Freizeit meist zu Hause und allein, bis sich ihr eines Tages ein magischer Hund offenbart. Der rätselhafte Vierbeiner ist auf der Suche nach einem Familienmitglied und braucht ihre Hilfe, da er unter keinen Umständen gefunden werden darf. Denn ein mächtiger Orden weiß von seiner Gabe. Gemeinsam versuchen sie sein Geheimnis zu schützen, doch das zarte Band der beiden droht zu zerreißen.

ISBN: 9783757976927

Der Orden des Animalus – Seelenkatze

Zweiter Band der Seelentiere

Von außen betrachtet, bin ich nicht mehr ich.
Aber ich bin jetzt der, der ich sein will.

Philipps Leben gerät nach einem Schicksalsschlag unerwartet aus den Fugen. Deshalb trifft er in seiner Verzweiflung eine folgenschwere Entscheidung. Auslöser all dessen ist eine magische Katze, die auf dem Radar eines mysteriösen Geheimbundes erscheint. Der mächtige Orden trachtet nach ihrer Gabe und auch Philipp wird zu ihrem Feind. Währenddessen kämpft die Seelenkatze mit einem schmerzhaften Verlust, doch ihre Kräfte allein können sie beide nicht retten. Wird es Philipp gelingen, seine inneren Hürden zu überwinden und Wiedergutmachung zu leisten?

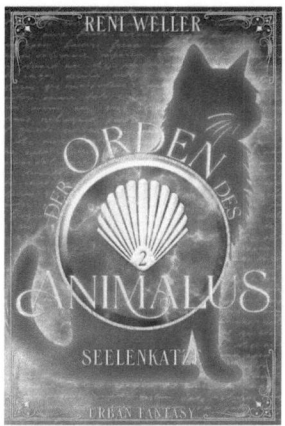

ISBN: 9783759236784